LIÇÕES SOBRE AFOGAMENTOS

AVA REID

LIÇÕES SOBRE AFOGAMENTOS

Tradução
Stefano Volp

1ª edição

RIO DE JANEIRO
2024

PREPARAÇÃO DE TEXTO
Luciana Aché

REVISÃO
Jean Marcel Montassier
Rachel Agavino

DESIGN DE CAPA
Christin Engelberth

ILUSTRAÇÃO DE CAPA
Julie Tyler

TÍTULO ORIGINAL
A Study in Drowning

CIP-BRASIL. CATALOGAÇÃO NA PUBLICAÇÃO
SINDICATO NACIONAL DOS EDITORES DE LIVROS, RJ

R284L Reid, Ava
Lições sobre afogamentos / Ava Reid ; tradução Stefano Volp. - 1. ed. - Rio de Janeiro : Galera Record, 2024.

Tradução de: A study in drowning
ISBN 978-65-5981-387-2

1. Ficção americana. I. Volp, Stefano. II. Título.

CDD: 813
24-88806 CDU: 82-3(73)

Meri Gleice Rodrigues de Souza - Bibliotecária - CRB-7/6439

Publicado originalmente nos Estados Unidos pela HarperCollins em 2023.
Essa edição foi publicada mediante acordo com Sterling Lord Literistic e Agência Riff.

Texto revisado segundo o Acordo Ortográfico da Língua Portuguesa de 1990.

Direitos exclusivos de publicação em língua portuguesa somente para o Brasil
adquiridos pela
EDITORA GALERA RECORD LTDA.
Rua Argentina, 120 – Rio de Janeiro, RJ – 20921-380 – Tel.: (21) 2585-2000,
que se reserva a propriedade literária desta tradução.

Impresso no Brasil

ISBN 978-65-5981-387-2

Seja um leitor preferencial Record.
Cadastre-se e receba informações sobre nossos
lançamentos e nossas promoções.

Atendimento e venda direta ao leitor:
sac@record.com.br

Para James
Esta é uma história de amor.

"Recuso espelhos", disse o Rei das Fadas. "Recuso-os por você e por mim. Se quiser se enxergar, olhe para a maré ao anoitecer. Olhe para o mar."

DE *ANGHARAD*, POR EMRYS MYRDDIN, PUBLICADO EM 191.

CAPÍTULO UM

Começou como o início de todas as coisas: uma garota à margem, aterrorizada e ansiosa.

DE *ANGHARAD*, POR EMRYS MYRDDIN, PUBLICADO EM 191.

O cartaz estava tão desgastado e esfarrapado quanto uma página arrancada do livro favorito de alguém. Aquilo só podia ser intencional, Effy pensou. Estava impresso em um pergaminho amarelo espesso, não muito diferente de seus papéis de rascunho. As bordas se enrolavam sobre si mesmas — como se tímidas ou protetoras, dando a impressão de que o pergaminho tivesse um segredo a esconder.

Effy usou as mãos para alisar o papel, depois semicerrou os olhos para o texto em caligrafia rebuscada. Escrito à mão, estava borrado em vários lugares. Uma mancha de água de forma indiscernível obscurecia-o ainda mais, feito uma marca de nascença ou mofo crescente.

Aos estimados alunos da faculdade de arquitetura,

O espólio do autor nacional de Llyr, EMRYS MYRDDIN, *está solicitando plantas para uma casa senhorial nos arredores da cidade natal do falecido autor, Saltney, baía dos Nove Sinos.*

Pedimos que a estrutura proposta – MANSÃO HIRAETH – seja grande o suficiente para abrigar a família Myrddin sobrevivente, bem como a extensa coleção de livros, manuscritos e cartas deixados por Myrddin.

Solicitamos que os projetos de design reflitam o caráter de Myrddin e o espírito de sua vasta e influente obra.

Pedimos que sejam enviados para o endereço abaixo até meados do outono. O escolhido será contatado antes do primeiro dia do inverno.

Três condições, exatamente como em um dos contos de fadas de Myrddin. O coração de Effy começou a bater acelerado. Quase que por impulso, ela esticou a mão para agarrar os cabelos dourados, presos em um coque com sua fita preta de sempre. Alisou as mechas soltas que flutuavam ao redor de seu rosto na atmosfera modorrenta e ensolarada do saguão da faculdade.

— Com licença — disse alguém.

O olhar de Effy se voltou para trás. Outro estudante de arquitetura, usando um casaco de tweed marrom, estava parado atrás dela, se balançando para a frente e para trás, demonstrando evidente irritação.

— Só um minuto — pediu ela. — Ainda não terminei de ver.

Ela detestou a maneira como sua voz tremia. O estudante bufou em resposta. Effy se voltou para o cartaz, seus batimentos cardíacos ainda mais acelerados agora. Mas não havia mais nada para ler, apenas o endereço na parte inferior – nenhuma assinatura, nenhum *atenciosamente*.

O outro aluno começou a bater o pé. Effy enfiou a mão na bolsa e remexeu até encontrar uma caneta sem tampa e nitidamente abandonada sem a menor cerimônia, com a ponta toda empoeirada. Ela a pressionou contra o próprio dedo, mas nenhuma gota de tinta apareceu.

Seu estômago se revirou. Ela pressionou de novo. O rapaz atrás dela se mexeu, fazendo a madeira antiga ranger sob os pés. Effy colocou a caneta na boca e sugou a carga até sentir o sabor metálico da tinta.

— Pelo amor dos Santos — resmungou o rapaz.

Com pressa, ela rabiscou o endereço na parte de trás de uma das mãos e largou a caneta dentro da bolsa. Afastou-se da parede, do cartaz e do rapaz, antes que ele pudesse fazer ou dizer mais alguma coisa. Enquanto caminhava depressa pelo corredor, Effy ainda ouviu-o xingá-la baixinho.

Sentiu as bochechas corarem. Ela chegou à sala de aula e sentou-se em seu lugar habitual, evitando os olhares dos outros alunos enquanto se acomodavam. Em vez disso, olhou para baixo, para a tinta que se derramava sobre sua mão. As palavras começavam a borrar, como se o endereço fosse um feitiço com uma vida útil provocantemente curta.

A magia cruel era a moeda do Povo das Fadas, conforme aparecia nos livros de Myrddin. Ela os havia lido tantas vezes que a lógica daquele mundo se sobrepunha ao dela, como papel vegetal brilhante sobre o original.

Effy se concentrou nas palavras, gravando-as na memória antes que a tinta se tornasse ilegível. Se forçasse um pouco mais, talvez ela pudesse esquecer o insulto sussurrado do rapaz. Mas os pensamentos escaparam, percorrendo todas as razões pelas quais ele poderia ter zombado e debochado dela.

Um: ela era a única estudante mulher na faculdade de arquitetura. Mesmo que o rapaz nunca a tivesse vislumbrado nos corredores antes, com certeza ele tinha visto o nome dela nos resultados das provas e, depois, na lista de integrantes da faculdade que ficava no saguão. Três dias antes, algum babaca qualquer tinha pegado uma caneta e transformado seu sobrenome, *Sayre*, em algo obsceno.

Dois: além de ser a única aluna na faculdade de arquitetura, tinha se saído melhor do que ele na prova de admissão. Ela tinha pontuação alta o suficiente para a faculdade de literatura, mas eles não aceitavam mulheres, então acabou optando pela arquitetura: menos prestigiosa, menos interessante e, na sua opinião, muito mais difícil. Sua mente não funcionava em linhas retas e ângulos precisos.

Três: ele sabia sobre o professor Corbenic. Quando Effy pensava nele agora, era apenas em pequenos fragmentos. O relógio de ouro no pulso de pelos escuros e espessos. A maturidade daquilo a chocara, como um golpe no estômago. Poucos dos garotos de sua faculdade — e era isso que eles eram, garotos — tinham pelos tão espessos nos braços, que dirá relógios caros.

Effy fechou os olhos com força, desejando que a imagem desaparecesse. Quando os abriu novamente, o quadro à sua frente parecia vítreo, como uma janela à noite. Ela conseguia imaginar mil coisas borradas por detrás dele.

Seu instrutor de atelier, o professor Parri, estava começando a aula do seu jeito habitual, mas em argantiano. Era uma nova política na universidade, instituída apenas no início de seu primeiro período, seis semanas atrás. Oficialmente, era um gesto de respeito pelos poucos alunos argantianos da universidade, mas, nas entrelinhas, havia uma espécie de medo antecipado. Se Argant vencesse a guerra, será que eles imporiam seu idioma a toda Llyr? As crianças cresceriam moldando seus sons vocálicos e verbos em vez de memorizar a poesia llyriana?

Podia ser uma boa ideia que todos na universidade tivessem uma vantagem.

Mas mesmo quando o professor Parri voltou ao llyriano, a mente de Effy continuou a girar, incapaz de se aquietar. O professor queria que duas plantas de corte transversal fossem concluídas até o final da aula. Ela escolhera remodelar o Museu dos Adormecidos. Era a atração turística mais querida da cidade de Caer-Isel, bem como o suposto repositório da magia llyriana. Lá, os sete Contadores de Histórias dormiam em seus caixões de vidro, protegendo silenciosamente Llyr contra ameaças e, segundo alguns, esperando por quando o país atravessasse o seu pior momento para ressurgir e proteger sua terra natal. Das duas uma: ou era uma superstição provinciana ou uma verdade absoluta, dependendo de para quem você perguntasse.

Desde o sepultamento de Myrddin, pouco antes do início do ano letivo de Effy, os ingressos haviam se esgotado e as filas para o museu se estendiam ao redor do quarteirão. Effy tinha tentado fazer a visita três vezes, esperando por horas apenas para ser rejeitada na bilheteria. Então ela precisava imaginar qual seria a aparência dos Contadores de Histórias, traçando seus rostos adormecidos. Ela fora ainda mais cuidadosa ao retratar Myrddin. Mesmo na morte, ele parecia sábio e gentil, da maneira como ela imaginava que um pai seria.

Mas agora, enquanto a voz de Parri chegava em ondas incessantes até ela, como a maré baixa contra a costa, Effy abriu seu caderno de desenhos em uma nova página e escreveu as palavras: MANSÃO HIRAETH.

Ao sair da aula de atelier, Effy foi para a biblioteca. Ela havia entregado apenas uma de suas plantas de corte transversal, e não ficara muito boa. A elevação estava toda errada, desequilibrada, como se o museu tivesse sido construído em um penhasco irregular em vez do meticulosamente paisagístico centro de Caer-Isel. Os prédios da universidade se curvavam ao redor dele como uma concha, todos em mármore pálido e pedra amarela desbotada pelo sol.

Ela nunca teria sonhado em entregar um trabalho tão medíocre nem na época da escola. Mas, nas seis semanas desde que começara a universidade, tantas coisas haviam mudado. Se chegara em Caer-Isel com esperança, paixão ou até mesmo apenas competitividade mesquinha, tudo isso tinha desaparecido num instante. O tempo parecia tão comprimido quanto infinito. O tempo rolava sobre Effy tal qual ondas, como se ela não passasse de uma estátua afundando nas profundezas do oceano. Até que as ondas se tornassem fortes outra vez, sacudindo aquele corpo inerte, que ainda era ela.

Ainda assim, as palavras *Mansão Hiraeth* ficaram presas em sua mente como um anzol, impulsionando-a em direção a algum propósito, algum objetivo, mesmo que nebuloso. Talvez isso a intrigasse mais. Porque, sem aqueles detalhes práticos irritantes, era muito mais fácil imaginar que o objetivo estava ao seu alcance.

A biblioteca não ficava a mais de cinco minutos da faculdade de arquitetura, mas o vento do lago Bala chicoteando suas bochechas e dando rajadas gélidas em seus cabelos fazia parecer mais longe. Ela empurrou as portas duplas da biblioteca com pressa. Até que, por fim, entrou no prédio e foi envolvida pelo repentino e carregado silêncio.

Em seu primeiro dia na universidade, no dia anterior ao professor Corbenic, Effy tinha visitado a biblioteca e adorado. Tinha contrabandeado uma xícara de café e encontrado seu caminho para uma das salas desativadas no sexto andar. Até o elevador parecia exausto quando chegou ao patamar, gemendo, se balançando e chacoalhando como ossos pequenos sendo sacudidos dentro de uma caixa de colecionador.

O sexto andar abrigava os livros mais antigos sobre os assuntos mais misteriosos: tomos sobre a história da indústria de caça às selkies de Llyr (um campo surpreendentemente lucrativo, Effy descobrira, antes que as selkies fossem caçadas até serem extintas). Um guia de campo a respeito dos fungos de Argant, com uma nota de rodapé que se estendia por várias páginas sobre como distinguir as trufas de Argant das muito superiores variedades llyrianas. Um relato de uma das muitas guerras entre Llyr e Argant, contado do ponto de vista de um rifle.

Effy tinha se encolhido na alcova mais escondida que conseguiu encontrar, sob uma janela com marcas de chuva, e leu esses livros arcanos. Procurou especialmente por livros sobre fadas, e passou horas folheando um sobre círculos das fadas fora de Oxwich, e depois a etnografia de um professor, há muito falecido, sobre o Povo das Fadas que ele encontrou lá. Tais relatos, escritos séculos antes, foram rotulados pela universidade como superstições do Sul. Os livros que ela encontrou estavam classificados como *ficção*.

Mas Effy acreditava neles. Ela acreditava em tudo: nos relatos acadêmicos, no folclore supersticioso do Sul, na poesia épica que alertava sobre os artifícios do Rei das Fadas. Se tivesse estudado literatura, teria escrito os próprios tratados apaixonados, apoiando sua crença. Estar presa na faculdade de arquitetura era como viver silenciada, amordaçada.

No entanto, agora, parada no saguão, a biblioteca de repente era um lugar aterrorizante. A solidão que outrora a confortara se tornou um espaço vazio enorme onde tantas coisas ruins poderiam acontecer. Ela não sabia *o quê*, exatamente — havia apenas um medo turbulento e impreciso. O silêncio era um lapso de tempo antes de um desastre inevitável, como assistir a um copo balançar cada vez mais perto da borda de uma mesa, antecipando o momento em que ele vai cair e se estilhaçar. Ela não entendia por que as coisas que antes lhe eram familiares agora pareciam hostis e estranhas.

Effy não pretendia se demorar ali. Então subiu a imensa escadaria de mármore, seus passos ecoando suavemente. Os tetos abobadados faziam com que ela sentisse como se estivesse dentro de uma elaboradíssima caixa de joias antigas. Partículas de poeira flutuavam em colunas de luz dourada.

Ela chegou ao balcão de atendimento em forma de ferradura e colocou ambas as mãos sobre a madeira envernizada. A mulher atrás do balcão a encarou com pouco interesse.

— Bom dia — disse Effy, com o maior sorriso que pôde oferecer. A saudação era um equívoco, já que eram duas e quinze da tarde. Mas ela só estava acordada havia três horas, tempo suficiente apenas para se vestir e ir para sua aula de atelier.

— O que está procurando? — perguntou a bibliotecária, impassível.

— Você tem algum livro sobre Emrys Myrddin?

A expressão da mulher mudou, os olhos se apertando com desprezo.

— Você terá que ser mais específica do que isso. Ficção, não ficção, biografia, teoria...

— Não ficção — interrompeu Effy depressa. — Qualquer coisa sobre sua vida, sua família. — Esperando conquistar a simpatia da bibliotecária, ela acrescentou: — Já tenho todos os romances e livros de poesias dele. É meu autor favorito.

— Seu e de metade da universidade — retrucou a mulher de forma displicente. — Espere aqui.

Ela desapareceu por uma porta atrás do balcão de atendimento. Effy sentia uma coceira no nariz por causa do cheiro de papel velho e mofo. Dos cômodos adjacentes, ela podia ouvir o farfalhar das páginas sendo viradas e as lentas lâminas dos ventiladores de teto girando.

— Oi — disse alguém. Era o garoto do saguão da faculdade, aquele que se aproximara dela para ver o cartaz. Seu paletó de tweed estava agora debaixo do braço, e os suspensórios esticados sobre uma camisa branca.

— Oi — respondeu ela. Foi mais um reflexo do que qualquer outra coisa. A palavra soou estranha em todo aquele espaço quieto e vazio. Ela logo tirou as mãos do balcão.

— Você estuda arquitetura, né — disse ele, e não era uma pergunta.

— Sim — confirmou ela, hesitante.

— Eu também. Você vai enviar uma proposta? Para o projeto da Mansão Hiraeth?

— Talvez. — Ela de repente teve a estranha sensação de estar debaixo d'água. Algo que vinha acontecendo com mais frequência nos últimos tempos. — E você?

— Acho que sim. Podíamos trabalhar juntos nisso, sabe? — O rapaz tamborilou os dedos sobre a borda do balcão de forma um tanto intensa. — Quero dizer, enviar uma proposta conjunta. Não há nada nas regras que diga o contrário. Juntos teríamos mais chance de vencer. Isso nos tornaria famosos. Seríamos contratados pelas empresas de arquitetura mais prestigiadas de Llyr assim que nos formássemos.

A memória do sussurro insolente do rapaz zumbia no fundo da mente dela, baixo, mas insistente.

— Não sei. Acho que já tenho uma ideia do que vou trabalhar. Passei a aula inteira de atelier esboçando. — Ela deu uma leve risada, na expectativa de suavizar o tom de rejeição.

O garoto nem sequer sorriu de volta. Por um longo momento, o silêncio se estendeu entre os dois.

Quando ele tornou a falar, tinha a voz baixa:

— Você é tão bonita. Sério. Você é a garota mais linda que eu já vi. Tem noção disso?

Se ela dissesse que *sim*, seria pura arrogância. Se balançasse a cabeça e refutasse o elogio, estaria sendo falsamente modesta, pagando de tímida. Era uma trapaça ao estilo das fadas. Não havia resposta que não a condenasse.

Então ela respondeu, sem jeito:

— Talvez você possa me ajudar com as plantas para o projeto do Parri. As minhas estão bem ruins.

O rapaz se animou, endireitando a postura de modo a parecer até um pouco mais alto.

— Claro. Deixa eu te dar o meu número.

Effy tirou uma caneta da mochila e ofereceu a ele. Ele envolveu o punho dela com os dedos e escreveu sete dígitos no dorso de sua mão. Aquele mesmo ruído branco, como o de uma chuva intensa, abafou tudo outra vez, até o zunido dos ventiladores.

A porta atrás do balcão se abriu e a mulher voltou. O rapaz soltou a mão de Effy.

— Certo — disse ele. — Me liga quando quiser trabalhar nas suas plantas de corte transversal.

— Vou ligar.

Effy esperou até que ele desaparecesse escada abaixo para voltar sua atenção à bibliotecária. Sua mão estava dormente.

— Desculpe — disse a bibliotecária. — Alguém já pegou todos os livros sobre Myrddin.

Ela não pôde evitar o tom agudo em sua voz quando repetiu:

— *Todos?*

— Parece que sim. Não me surpreende. É um assunto popular para teses. Como ele morreu recentemente, há muito terreno fértil. Potencial inexplorado. Todos os alunos de literatura estão ansiosos para serem os primeiros a escrever a narrativa da vida dele.

Effy sentiu o estômago revirar.

— Então foi um aluno de literatura que pegou?

A bibliotecária assentiu. Alcançou o livro de registros embaixo da mesa, cada linha e coluna preenchida com títulos de livros e nomes de quem os havia pegado emprestado. A mulher abriu uma página que listava uma série de títulos biográficos e obras ligadas à teoria da recepção. Na coluna do nome dos alunos se repetia o mesmo nome, com uma caligrafia apertada, mas precisa: *P. Hèloury*.

Um nome *argantiano*. Effy sentiu como se tivesse sido atingida.

— Bom, obrigada pela ajuda — agradeceu ela, a voz de repente pesada devido ao nó em sua garganta. Ela pressionou as unhas na palma da mão. Não podia chorar ali. Não era mais uma criança.

— Imagina — disse a bibliotecária. — Ligo para você assim que os livros retornarem.

~

Do lado de fora, Effy esfregou os olhos até as lágrimas cessarem. Aquilo era tão injusto. É claro que um aluno de literatura teria chegado aos livros antes. Eles passavam os dias se debruçando sobre cada estrofe da famosa poesia de Myrddin, sobre cada linha de seu romance mais famoso, *Angharad*. Faziam todos os dias aquilo que Effy tinha tempo para fazer apenas à noite, depois de terminar seus trabalhos apressados de arquitetura. Debaixo dos lençóis, sob a luz pálida de um abajur, ela estudava sua cópia desgastada de *Angharad*, que não saía da sua mesa de cabeceira. Conhecia cada fissura em sua lombada, cada vinco nas páginas.

E um *argantiano*. Ela não conseguia sequer compreender como *havia* um deles na faculdade de literatura, que era a mais prestigiosa da universidade, e ainda mais um que estivesse estudando Myrddin. Ele era o autor nacional de *Llyr*. Tudo parecia um terrível golpe do destino, um tapa na cara, pessoal e malicioso. O nome em sua grafia precisa pairava na mente dela: *P. Hèloury*.

Por que ela sequer pensou que isso pudesse funcionar? Effy não era uma grande arquiteta; iniciara seu primeiro semestre na universidade havia apenas seis semanas e já corria o risco de reprovar em duas disciplinas. Três, caso não entregasse aquelas plantas de corte transversal. Sua mãe diria para ela não desperdiçar tempo. *Apenas se concentre nos seus estudos*, aconselharia. *Nos seus amigos. Não se esgote buscando algo fora de seu alcance.* Ela não diria isso por maldade.

Nos seus estudos, a voz imaginada da mãe ecoou, e Effy pensou no olhar desdenhoso do professor Parri. Ele havia levantado sua única planta de corte transversal e sacudido diante dela até a página fazer ondas, como se a aluna fosse um inseto que ele tentava espantar.

Nos seus amigos. Effy olhou para o número no dorso de sua mão. Os zeros e oitos do garoto eram grandes e largos, como se ele tivesse tentado cobrir o máximo possível da pele dela com tinta azul. De repente, ela se sentiu muito enjoada.

Alguém a empurrou de forma grosseira, e Effy percebeu que estava bloqueando a entrada da biblioteca. Piscando, envergonhada, ela se apressou para descer os degraus e atravessou a rua, desviando de dois carros pretos que passaram com os motores roncando. Havia um pequeno píer que dava vista para o lago Bala. Ela se inclinou sobre a balaustrada e esfregou o terceiro nó de sua mão direita como se fosse um daqueles dispositivos de estímulo tátil para aliviar a ansiedade. Parte do dedo terminava em tecido cicatrizado. Se o rapaz havia notado a ausência de seu dedo anelar, não comentara a respeito.

Pedestres passavam por ela aos esbarrões. Mais alunos com bolsas de couro a caminho da aula, cigarros apagados pendendo da boca. Turistas com suas câmeras de lentes grandes e angulares se moviam de maneira desajeitada e hesitante em direção ao Museu dos Adormecidos. O sotaque estranho deles chegava até ela. Deviam ser da região mais ao sul de Llyr, o Centenário Inferior.

Abaixo dela, as ondas do lago Bala batiam com timidez no píer de pedra. Espuma branca efervescia como saliva na boca de um cão. Effy sentia uma perigosa frustração sob a mansidão da maré, algo acorrentado que queria ser livre. Uma tempestade poderia surgir tão rápido quanto um piscar de olhos. O temporal causaria um súbito surgimento de guarda--chuvas pretos, como cogumelos, e lavaria todos os turistas da rua.

Através da constante neblina, Effy conseguia vislumbrar de forma tênue o outro lado do lago e a terra verde que lá se encontrava. Argant, o beligerante vizinho do norte de Llyr. Ela costumava pensar que o problema era que os argantianos e os llyrianos tinham diferenças demais entre si e, por isso, não conseguiam parar de guerrear e se odiar. Agora, após viver na cidade dividida por seis semanas, ela percebeu que o problema era o oposto. Argant vivia alegando que os tesouros e as tradições llyrianos eram, na verdade, seus. E Llyr vivia acusando Argant de roubar seus heróis e suas histórias. A nomeação de autores nacionais, que por fim se tornariam Adormecidos, era uma tentativa llyriana para criar algo que Argant não pudesse tomar.

Era uma tradição arcaica, mas seguida à risca, ainda que a maioria dos nortistas não acreditasse no que a superstição do Sul dizia: que quando os tanques de Llyr avançavam por aquela terra verde, quando seus rifles espreitavam das trincheiras que haviam cavado no solo argantiano, era a magia dos Adormecidos que os protegia. Que quando as armas argantianas emperravam ou uma neblina fora de época rastejava pelo campo de batalha, isso também era graças à magia dos Adormecidos.

Nos últimos anos, a guerra tinha estagnado. Às vezes, o céu retumbava com o som de tiros distantes, mas era algo que poderia ser facilmente confundido com trovões. Os habitantes de Caer-Isel, incluindo Effy, aprenderam a tratar aqueles sons como os ruídos do trânsito: irritantes, mas inevitáveis. Com a consagração de Myrddin como um Adormecido, ela esperava que as coisas pudessem virar a favor de Llyr.

Ela não tinha escolha senão acreditar na magia dos Adormecidos, na magia de Myrddin. Era o alicerce sobre o qual sua vida fora construída. Embora tivesse lido *Angharad* pela primeira vez aos 13 anos, ela já sonhava com o Rei das Fadas muito antes disso.

Effy sentiu um respingo da água salgada do mar nas bochechas. Para o inferno com aquele aluno de literatura, aquele argantiano, P. Héloury. Que se danassem Parri e aquelas terríveis plantas de corte transversal. Ela estava cansada, exausta de se esforçar tanto por algo que nem mesmo queria. Estava cansada de temer encontrar o professor Corbenic nos corredores ou no saguão da faculdade. Cansada das memórias que deslizavam por trás de suas pálpebras à noite, aqueles pequenos fragmentos: as mãos enormes dele, a envergadura de seus dedos, as juntas embranquecendo enquanto seu punho se fechava e se abria.

Effy se levantou e refez o laço em seu cabelo. No alto, o céu havia se tornado da cor de ferro, nuvens densas com uma fúria ameaçadora. O bonde passou pela rua com seu barulho metálico, soando mais alto que o trovão que se aproximava — um trovão de verdade desta vez, não explosões mixurucas. Ela abotoou sua jaqueta e correu em direção ao dormitório enquanto a chuva começava a cair.

~

Effy cambaleou até o dormitório com os cabelos molhados, água pingando dos cílios e se acumulando nas botas. Arrancou os calçados e os atirou pelo corredor, onde aterrissaram com dois baques abafados. É lógico que o dia terminaria com ela sendo pega em uma das insuportáveis chuvas de outono de Caer-Isel, apesar de ter corrido para escapar desta vez.

Depois que botou para fora um pouco daquela fúria, Effy pendurou a jaqueta com mais calma e torceu os cabelos.

A porta do quarto de sua colega de dormitório se abriu hesitante.

— Effy?

— Desculpe — disse ela, um rubor subindo por seu pescoço. Suas botas ainda estavam jogadas no final do corredor. — Não sabia que você estava em casa.

— Tudo bem. A Maisie também está aqui.

Effy assentiu e foi buscar as botas com um constrangimento entorpecido. Rhia a observou da porta, os cachos escuros desalinhados, a blusa branca abotoada de maneira desleixada. Não era a primeira vez que Effy interrompia um momento íntimo entre Rhia e sua namorada, tornando a situação ainda mais humilhante.

— Você está bem? — perguntou Rhia. — Está um horror lá fora.

— Estou bem. Só não tinha um guarda-chuva. E também posso estar reprovando em três matérias.

— Entendi. — Rhia franziu os lábios. — Parece que você precisa de uma bebida. O que é isso na sua mão?

Effy olhou para baixo. A chuva fizera a tinta azul escorrer pelo seu pulso.

— Ah, fui atacada por uma lula gigante.

— Assustador. Se você se secar, pode entrar e tomar um chá.

Effy esboçou um sorriso grato e foi para o banheiro. Todo mundo lhe dissera o quanto os quartos do dormitório da universidade eram nojentos, mas, quando chegou, os considerou como uma espécie de aventura, como acampar no bosque. Agora tudo era apenas nojento e maçante. O rejunte entre os azulejos estava sujo e a borda da banheira exibia um anel laranja nauseante de resíduo de sabão. Quando puxou a toalha do suporte, viu uma aranha gigante se esgueirar e desaparecer em uma fissura na parede. Effy nem sequer teve energia para gritar.

Quando voltou para o corredor, mais seca, a porta de Rhia estava escancarada, seu quarto preenchido com uma suave luz amarelada. Maisie estava sentada na beira da cama, uma caneca fumegante na mão, os cabelos castanhos presos em um coque apressado.

— Eu vi de novo o Watson — anunciou Effy, desabando na cadeira da escrivaninha de Rhia.

— Não, eu esmaguei o Watson, lembra? Esse é o Harold.

— Ah, sim — disse Effy. — Watson teve um fim glorioso. — Os restos mortais dele levaram dez minutos para serem limpos da parede do banheiro.

Enquanto Rhia enchia a caneca de Effy, Maisie perguntou:

— Por que todas as aranhas têm nomes masculinos?

— Porque assim é mais satisfatório esmagá-las — explicou Rhia, atirando-se na cama ao lado da garota. Vendo-a aninhada em Maisie daquela forma, com tanta intimidade descontraída, Effy teve a súbita sensação de estar se intrometendo.

Era um sentimento eterno, essa sensação de não ser bem-vinda. Não importava o lugar, Effy sempre nutria o medo de ser indesejada. Deu um gole no chá. O calor da bebida ajudou a aliviar um pouco do seu desconforto.

— Então, acho que vou reprovar em três matérias — começou ela. — E ainda estamos no meio do outono.

— É bom ainda estarmos na metade do outono — comentou Maisie. — Você tem muito tempo para recuperar.

Rhia brincou distraidamente com uma mecha do cabelo de Maisie.

— Ou você pode desistir. Venha se juntar a nós no curso de música. A orquestra precisa de mais flautistas.

— Se você conseguir me ensinar a tocar flauta na próxima semana, fechado.

Ela não disse que, por mais frustrante que fosse, cursar arquitetura lhe dava menos sensação de que estava desistindo do que se cursasse música. A faculdade de arquitetura era a segunda mais prestigiosa da universidade. Se ela não podia estudar literatura como queria, pelo menos poderia fingir que arquitetura tinha sido sua primeira escolha desde o início.

— Não tenho certeza se isso é totalmente realista, querida — disse Maisie. Ela se virou para Effy. — Então, o que você *vai* fazer a respeito?

Effy quase contou a elas sobre o cartaz. Sobre Emrys Myrddin e a Mansão Hiraeth e o novo desenho em seu bloco de esboços. Rhia era impulsiva e sempre cheia de ideias malucas, incluindo, mas não se limitando a *Vou te ensinar a tocar flauta em uma semana* e *vamos nos esgueirar até o telhado da faculdade de astronomia*, mas Maisie era tão sensata que quase chegava a irritar. Ela teria dito a Effy que só o fato de considerar aquilo já era loucura.

Naquele exato momento, a possibilidade da Mansão Hiraeth, o sonho, pertencia apenas a ela. Mesmo que fosse inevitável que tudo não desse em nada, ela queria continuar sonhando um pouco mais.

Então, no final das contas, apenas deu de ombros e deixou Rhia tentar convencê-la a aprender a tocar órgão. Effy terminou seu chá e deu boa-noite às garotas. Mas quando voltou para o seu quarto, não sentia a menor vontade de dormir. A frustração e a ansiedade se manifestavam feito comichões na pele.

Ela se sentou na cama e pegou seu exemplar surrado de *Angharad*.

Angharad era a obra mais famosa de Myrddin. Era a história de uma jovem que se torna a noiva do Rei das Fadas. O Povo das Fadas era cruel, astuto e sempre cobiçoso. Os humanos eram brinquedos para eles, divertidos em sua mortalidade frágil e insignificante. Os encantos do Povo das Fadas os faziam parecer hipnoticamente belos, como uma serpente vistosa com uma mordida mortal. Eles usavam seus encantamentos para fazer os humanos tocarem violino até que seus dedos caíssem ou dançarem até que seus pés sangrassem. Ainda assim, Effy às vezes também se pegava meio que apaixonada pelo Rei das Fadas. A parte vulnerável da crueldade do Rei fazia o coração dela palpitar. Havia uma intimidade no meio de toda violência. Quanto melhor se conhece alguém, mais profundamente é capaz de feri-lo.

No livro, a protagonista tinha seus truques para se esquivar e encantar o Rei das Fadas: pão e sal, sinos de prata, freixo da montanha, um corpete de ferro. Effy tinha seus comprimidos para dormir. Podia tomar um, às vezes dois, e mergulhar em um sono sem sonhos.

Ela virou para a segunda orelha do livro, onde a foto e a biografia do autor estavam impressas. Myrddin tinha sido um eremita recluso, sobretudo nos últimos anos que antecederam sua morte. Os artigos de jornal escritos sobre ele eram rígidos e formais, e ele se tornou célebre por recusar entrevistas. A foto em preto e branco granulada fora tirada de uma grande distância, mostrando apenas seu perfil. Ele estava em pé diante de uma janela, sua silhueta escura, o rosto virado para longe da câmera. Pelo que Effy sabia, era a única foto existente de Myrddin.

Qualquer casa que honrasse Myrddin também teria que ser misteriosa. Haveria algum outro estudante na faculdade de arquitetura capaz de entender isso? Alguém capaz de conhecer as obras dele de olhos fechados? Effy duvidava. O restante deles apenas queria o prestígio, o prêmio em dinheiro, como o garoto na biblioteca. Nenhum deles se importava com o fato de que aquele era *Myrddin*. Não acreditavam na magia antiga.

Naquela noite, os comprimidos para dormir ficaram intocados na cômoda. Em vez disso, Effy pegou seu bloco de desenhos e rascunhou até o amanhecer.

CAPÍTULO DOIS

A prática narrativa detém um status que comanda o mais alto grau de respeito, e aqueles que a exercem deveriam ser reconhecidos como custódios do legado cultural de Llyr. Em reconhecimento a tal estatura, o Departamento de Literatura se estabelece como o programa de graduação de maior prestígio em nossa universidade, requerendo, portanto, os níveis mais elevados de desempenho acadêmico nos exames de admissão e a satisfação de critérios de seleção excepcionalmente rigorosos. Nesse contexto, seria inadequado admitir mulheres, uma vez que, devido ao gênero, são incapazes de demonstrar grande habilidade nas faculdades de análise literária ou compreensão.

DE UMA CARTA DE SION BILLOWS POR OCASIÃO DA FUNDAÇÃO DA UNIVERSIDADE DE LLYR, PUBLICADA EM 680.

— Então você vai mesmo — disse Rhia.

Effy assentiu, engolindo um gole fervente de café. Ao redor delas, havia outros alunos, com a cabeça inclinada sobre seus livros, mãos manchadas de tinta agarradas a canetas, lábios mordidos em concentração. Uma máquina de café zunia, além do som dos pratos tilintando enquanto tortas e bolinhos eram servidos. O Bardo Indolente era o café favorito dos alunos em Caer-Isel, e ficava a apenas um quarteirão do Museu dos Adormecidos.

— Não estou tentando cortar seu barato, que os Santos me livrem de soar como a Maisie, mas... você não acha tudo isso um pouco estranho? Quero dizer, por que eles escolheriam uma estudante do primeiro ano de arquitetura para um projeto tão grandioso?

Effy mergulhou a mão na bolsa e puxou uma folha de papel dobrada. Manobrando em torno de sua xícara de café e do doce meio comido de Rhia, ela alisou o papel sobre a mesa, então esperou enquanto Rhia se inclinava para ler o que estava escrito em tinta escura e caligrafia cuidadosa.

Prezada Srta. Sayre,

É com grande satisfação que lhe escrevo para oferecer meus sinceros parabéns pela escolha de sua proposta para o projeto arquitetônico da Mansão Hiraeth. Entre as numerosas candidaturas recebidas, a sua destacou-se de maneira notável e, a meu ver, captura com excepcional fidelidade o espírito do legado deixado por meu pai.

Seria, para mim, um prazer recebê-la em Saltney a fim de discutirmos os detalhes de sua proposta em um encontro presencial. Almejo que, ao término de sua visita, possamos chegar a um consenso sobre as plantas definitivas e, consequentemente, dar início ao empreendimento com a devida celeridade.

Para a sua viagem até Hiraeth, sugiro tomar o primeiro trem partindo de Caer-Isel em direção a Laleston e, subsequente a isso, trocar para o serviço ferroviário com destino a Saltney. Antecipo minhas desculpas pela extensão e possíveis incômodos do trajeto. Providenciarei para que o Sr. Wetherell, meu advogado, esteja à sua espera na estação ferroviária para facilitar o restante da viagem.

Aguardo com expectativa a nossa colaboração.

Atenciosamente,

Ianto Myrddin

Assim que Rhia ergueu o olhar da carta, Effy disse:

— Já mostrei para o reitor Fogg. Ele me liberou pelas próximas seis semanas para ir até Saltney e trabalhar na casa. *E* está convencendo o professor Parri a contabilizar isso como sendo a minha nota para a aula de atelier.

Ela tentou soar segura de si, embora se sentisse principalmente aliviada. Desejou ter estado presente para ver o professor Parri franzir o nariz enquanto o reitor Fogg dava a notícia.

— Bem, suponho que isso pareça legítimo — disse Rhia após um momento. — Mas o Centenário Inferior... é bastante diferente daqui, sabe.

— Eu sei. Comprei uma capa de chuva nova e uma dúzia de suéteres novos.

— Não estou falando disso — retrucou Rhia, com um sorriso leve. — É o seguinte: na minha terra natal, todo mundo acredita que são os Adormecidos que estão impedindo Argant de simplesmente arrasar Llyr com bombardeios. Sério, pelos Santos, meus pais estavam convencidos de que haveria um segundo Afogamento, antes de Myrddin ser consagrado. Aqui ninguém acredita nos Adormecidos.

Mas eu acredito. Effy não vocalizou esse sentimento. Rhia era do Sul e costumava falar com desdém sobre sua pequena cidade natal e as pessoas devotas de lá. Effy não se sentia confortável para debater com ela — e também não queria confessar as próprias crenças. Esse tipo de superstição não combinava com uma garota do Norte, de uma tradicional família nortista, na segunda faculdade mais prestigiada de Llyr.

Então, Effy manteve seus verdadeiros pensamentos para si mesma, e afirmou:

— Eu entendo. Mas não ficarei lá por muito tempo. E prometo não voltar cheirando a maresia.

— Ah, você vai voltar metade peixe — assegurou Rhia. — Confie em mim.

— Qual metade?

— A parte de baixo — respondeu ela, após um momento de reflexão. — Imagina só quanto dinheiro vou poder economizar em sapatos.

A biblioteca estava vazia e agradável, em parte devido ao frio. A névoa descia das colinas verdejantes de Argant e pairava sobre Caer-Isel como uma horda fantasmagórica. A torre do sino da universidade vestia sua névoa como se fosse o véu de luto de uma viúva. Os alunos pararam de fumar sob o pórtico da biblioteca porque estavam com medo de serem vítimas das estalactites penduradas. Todas as manhãs, a estátua do fundador da universidade, Sion Billows, ficava recoberta por uma camada de geada nova.

Effy nunca recebera uma ligação da bibliotecária sobre os livros de Myrddin. Era evidente que, quem quer que P. Héloury fosse, não devolveria o material tão cedo. Havia três semanas que essa conclusão a consumia, uma raiva que não a deixava. Ela tinha discussões mentais com ele na cabeça, imaginando cenários em que saía desses embates verbais orgulhosa e vitoriosa. Mas nada disso aliviava sua fúria.

Naquele momento, porém, Effy estava na biblioteca por um motivo diferente. Ela pegou o elevador até a seção de geografia no terceiro andar. A sala estava repleta de um labirinto de estantes, que criavam muitos cantos empoeirados e ocultos. A jovem puxou um grande atlas de uma das prateleiras e se aninhou em um desses cantos, bem debaixo de uma janela salpicada de gelo.

Abriu o livro em um mapa da ilha. Lá estava o rio Naer, que a cortava verticalmente, como a veia azul no dorso de sua mão. Havia também Caer-Isel, é claro — com uma nota de rodapé que a lembrava do nome argantiano da cidade, Ker-Is —, um grande pedaço de destroços no centro do lago Bala.

A fronteira oficial entre Llyr e Argant era uma grande cerca de aço, coberta com espirais de arame farpado. Ela cortava o centro da cidade, contornando o Museu dos Adormecidos. Effy fora vê-la durante sua primeira semana na universidade, e a autoridade austera que a estrutura transmitia a deixara atônita. Um número de seguranças vestidos de cinza estava posicionado ao longo da cerca, inexpressivos sob seus chapéus peludos. Ela observou enquanto um pequeno grupo — uma família — se aproximava pelo lado argantiano e começava o longo processo de desdobramento de papéis e passaportes, com movimentos ágeis dos guardas e os rostos das crianças ficando mais corados enquanto permaneciam no frio. Acima deles, as duas bandeiras lutavam uma contra a outra, e com o vento: a serpente preta em um campo verde para Argant, e a serpente vermelha em um campo branco para Llyr. Depois de um tempo, havia se tornado difícil demais assistir àquela cena, e Effy saíra às pressas, sentindo uma estranha sensação de vergonha.

Seu dedo percorreu o mapa. O norte de Llyr era formado por colinas verdejantes, um mosaico de luz solar e neblina, pontilhado de árvores baixas e casas de pedra, pequenas cidadelas com ruas estreitas, e então a maior cidade, Draefen. Era a capital administrativa de Llyr e o local onde sua família morava, onde Effy crescera com sua mãe e seus avós. Draefen se aconchegava confortavelmente em um vale entre dois picos de montanhas, abrangendo ambos os lados de Naer. O céu era coberto por nuvens e pela fumaça das fábricas, e a linha do horizonte recortada com as cristas de velas brancas, como as barbatanas de monstros do lago em que ninguém do Norte acreditava mais. Ela pensou que ver o esboço do local no pergaminho poderia fazê-la sentir saudades de casa, mas só trazia à tona o cheiro de óleo, sal e entranhas de peixe. Os olhos de Effy não se demoraram muito ali.

E então, ao sul de Draefen, ao sul de Laleston, a última cidade que qualquer pessoa com bom senso poderia ter motivos para visitar, estava o Centenário Inferior. Os últimos cento e sessenta quilômetros ao sul de Llyr eram formados por litorais irregulares e vilarejos de pescadores, penhascos brancos desmoronando e praias ásperas e feias com seixos que cortavam a sola dos calçados. Mesmo a ilustração parecia apressada, como se o artista quisesse terminar logo com aquilo e passar para algo melhor.

A baía dos Nove Sinos parecia a mordida que um cachorro tinha dado em um velho pedaço de carne apodrecido. Effy passou o polegar por ela, traçando o contorno serrilhado da enseada. E Emrys Myrddin era *dali*, do Centenário Inferior, um lugar tão sombrio e remoto que Effy mal conseguia visualizar. Era tão diferente que quase poderia ser outro país, ela pensou. Outro mundo.

O som da porta rangendo fez Effy ter um sobressalto. Ela espiou por trás da estante e viu outro aluno entrar na sala, com um casaco sob o braço, ainda ofegante por causa do frio. Ele colocou seu casaco e sua pasta sobre uma das mesas e se moveu em direção a ela, então um arrepio subiu pela espinha de Effy. A ideia de ele encontrá-la, encolhida num cantinho do chão, era ao mesmo tempo constrangedora e estranhamente aterrorizante. Effy se levantou e tentou se mover em silêncio para fora do campo de visão, mas ele a viu mesmo assim.

— Olá — saudou ele. Sua voz era amigável.

— Oi — respondeu ela devagar.

— Desculpe. Não precisa ir embora. Há espaço suficiente aqui para nós dois, eu acho.

Ele sorriu de leve, mostrando apenas a pontinha dos dentes.

— Não tem problema — disse ela. — Eu já estava de saída mesmo.

Effy tentou passar por ele, para devolver o atlas ao seu lugar na prateleira, mas o rapaz não se afastou para permitir sua passagem até o último segundo, então seus braços se roçaram. O coração dela pulou para a garganta. *Idiota,* ela se repreendeu de imediato. *Ele não fez nada de errado.* Ainda assim, o ar na sala de repente parecia carregado e palpável. Ela tinha que sair dali.

Então o olhar dela captou o emblema na jaqueta dele. Era o distintivo do Departamento de Literatura.

— Ah! Você estuda literatura? — perguntou ela, abruptamente e alto demais.

— Sim. — O rapaz encontrou os olhos dela. — Sou calouro. Por quê?

— Eu estava apenas me perguntando se... — Ela hesitou. Tinha certeza de que a pergunta soaria estranha. Mas a curiosidade mórbida e amarga a cutucava havia tanto tempo. — Você conhece algum aluno argantiano no seu departamento?

Ele franziu a testa.

— Acho que não. Bem, talvez uns dois, no segundo ou terceiro ano. Mas não é comum. Tenho certeza de que você pode imaginar o motivo. Quero dizer, quantos argantianos querem estudar literatura llyriana?

Exatamente o que tinha passado pela cabeça dela.

— Então você não conhece nenhum deles pelo nome?

— Não. Desculpe.

Effy tentou não parecer decepcionada. Ela sabia que era infantil fazer de P. Héloury a personificação da raiz da sua amargura. Mas era também tão injusto. Argant havia sido inimiga de Llyr por séculos. Por que então um argantiano podia estudar literatura llyriana, só por ser um homem, mas ela não podia por ser uma mulher? Por que não fazia nenhuma diferença o fato de que ela sabia de cor os livros de Myrddin, ou que passara quase metade da vida dormindo com *Angharad* em sua mesa de cabeceira? Ou ainda que, uma vez, ela tentara fazer um corpete de ferro para si mesma e colocara ramos de freixo na entrada de seu quarto?

— Tudo bem — disse ela, embora seu tom de voz tenha saído constrangido. O rapaz a encarou com perplexidade, então ela sentiu que precisava se explicar. — É só que eu estava tentando pegar alguns livros sobre Myrddin...

— Ah, tá — interrompeu ele. — Você é uma das devotas de Myrddin.

Seu tom era depreciativo. Effy sentiu o rosto esquentar.

— Gosto do trabalho dele. Muita gente gosta.

— Muitas garotas. — Uma expressão que ela não conseguiu decifrar passou pelo rosto dele, que a examinou de cima a baixo. — Olha, se você quiser minha opinião sobre Myrddin, ou qualquer outra coisa...

O estômago dela se revirou.

— Desculpe — interrompeu ela. — Realmente preciso ir.

O rapaz abriu a boca para responder, mas Effy não esperou para ouvir. Simplesmente deixou o atlas em cima da mesa e se apressou para sair da sala, com o sangue latejando nos ouvidos. Foi só quando desceu o elevador, passou pelas portas duplas da biblioteca e voltou ao frio cortante, que sentiu que podia respirar de novo. Aquela mesma voz interior lhe dizia que ela estava sendo infantil, ridícula. Apenas algumas palavras e um olhar atravessado a faziam reagir como se alguém a tivesse esfaqueado.

Sua visão permaneceu embaçada durante todo o trajeto de volta para o dormitório. Rhia não estava lá, e o próprio quarto se encontrava quase vazio, com tudo arrumado no baú que ela levaria consigo para Saltney. A única coisa que Effy deixou do lado de fora foi seu exemplar de *Angharad*, com uma dobra marcando a página em que o Rei das Fadas se deitava com Angharad pela primeira vez. Ao lado, o frasco de pílulas para dormir.

Ela pegou uma e engoliu em seco. Se não o fizesse, ela sabia que sonharia com o Rei das Fadas aquela noite.

~

Restava apenas uma coisa a fazer.

A porta do escritório de seu orientador parecia mais larga e mais alta do que as outras portas do corredor, como uma daquelas letras ornamentais em um manuscrito antigo, enfeitada, barroca e enorme em comparação com o pequeno texto comum que se seguia.

Effy ergueu a mão e a deixou repousada na madeira. Ela pretendia bater, mas em algum momento no caminho seu corpo havia abandonado o objetivo de sua mente.

Não importava. Do outro lado, houve um som de arrastar, uma reclamação murmurada e então a porta se abriu.

O professor Corbenic a encarou piscando os olhos.

— Effy.

— Posso entrar?

Ele assentiu uma vez com veemência e então deu um passo para o lado para deixá-la passar. O escritório estava do mesmo jeito que ela se lembrava: tão abarrotado de livros que havia apenas uma trilha estreita da porta à mesa. Persianas empoeiradas abaixadas de modo que só uma fresta de luz se esgueirava para dentro do cômodo. Diplomas emoldurados se alinhavam na parede como cabeças de animais empalhados.

— Por favor. Sente-se.

Em vez disso, Effy ficou de pé atrás da poltrona verde.

— Desculpe por não ter marcado um horário. É só que eu estou...

Ela deixou a frase morrer, odiando o quanto sua voz estava baixa. As mangas da camisa do professor Corbenic estavam arregaçadas até os cotovelos, expondo as extensões de pelos escuros do braço e o relógio dourado cintilante.

— Não tem problema — disse ele, embora suas palavras fossem revestidas de uma frieza que fez Effy querer se encolher e desaparecer através daquele pequeno vão nas persianas. — Imaginei que você voltaria mais cedo ou mais tarde. Eu soube do seu pequeno projeto.

— Ah, sim. — O estômago dela se contraiu. — Suponho que o reitor Fogg tenha lhe contado.

— Sim. Ele está falando de novo comigo, por milagre. — A voz do professor Corbenic tinha se tornado ainda mais gélida. — Saltney fica a um longo caminho da cidade grande.

— É sobre isso que eu queria falar com o senhor. — Ela começou a puxar alguns fios soltos na parte de trás da poltrona. — O reitor Fogg disse que eu poderia me ausentar por seis semanas a partir das férias de inverno, e ele conseguiu que o professor Parri concordasse em contar isso como sendo a nota para a aula de atelier, mas eu ainda...

— Ele queria que seu orientador assinasse a aprovação — concluiu ele em tom neutro. Seus dedos, cerrados contra o tecido branco de sua camisa, pareciam enormes.

Ela respirou fundo, se encostando na poltrona. Puxara tanto fio verde que parecia segurar um emaranhado de vinhas. Mas a poltrona já estava em frangalhos desde a primeira vez que a vira. No início do semestre, sempre que Effy voltava do escritório do professor Corbenic, encontrava esses pequenos fios verdes presos em seus cabelos.

Devagar, ela alcançou o bolso e tirou o pergaminho dobrado.

— Só preciso da sua assinatura.

Pronto. Ela tinha dito. Na mesma hora, sentiu um peso sair de seu peito. O relógio de pêndulo no canto marcou os segundos, cada um caindo como uma gota de água da chuva no chão. Sua mão tremia enquanto ela estendia o papel para ele, e por um tempo ele não disse nada, não fez nada, até que de repente avançou.

Effy deu um passo trôpego para trás quando ele pegou o papel de sua mão.

O homem deu uma risada baixa e curta.

— Ah, pelo amor de todos os Santos. Não precisa ficar pagando de donzela envergonhada agora.

O coração dela batia tão alto e rápido que ela mal se ouviu dizer:

— Você ainda é meu orientador...

— Sim, e que coisa, não é? Tinha certeza de que o reitor Fogg teria expulsado você ou me demitido.

— Não contei para ninguém — ela conseguiu dizer, com o rosto enrubescido.

— Bem, ainda assim a história se espalhou, não foi? — disse Corbenic, embora seu momento de raiva tivesse passado, recostando-se em sua mesa. Ele passou uma das mãos pelos cabelos pretos. — Eu me encontrei com o reitor Fogg na semana passada. Ele estava irritadíssimo. Isso poderia ter custado a minha carreira.

— Eu sei.

Ela sabia tão bem que foi tudo em que Effy conseguiu pensar, no momento em que ele se debruçou sobre ela naquela poltrona. Quando a mão dele envolveu a parte de trás de sua cabeça, quando a fraca luz do sol brilhou na fivela do cinto dele, Effy só conseguia pensar no quanto tudo aquilo era perigoso. O professor Corbenic era jovem, bonito, o queridinho da faculdade. Ele e o reitor Fogg tomavam chá juntos. Ele não *precisava* dela.

Mas, ah, ele tinha feito parecer que precisava. "Você é tão bonita", dissera ele, e parecia quase sem fôlego. "É uma agonia te ver entrar aqui toda semana, com esses seus olhos verdes e seus cabelos dourados. Quando você sai, só consigo pensar em quando você vai voltar, e em como eu vou sobreviver vendo algo tão belo que não posso tocar."

Ele havia segurado o rosto dela com tanta ternura quanto um curador de museu manusearia seus artefatos. E Effy sentira seu coração bater e vibrar da mesma forma que fazia quando ela lia suas partes favoritas de *Angharad*, aquelas páginas sempre marcadas com orelhas.

— É só para isso que você precisa de mim? — O professor Corbenic usou uma caneta para rubricar a página e empurrou o pergaminho de volta para ela, soltando em seguida uma risada mais baixa e curta. — Sabe o que eu acho, Effy? Você é uma garota inteligente. Você tem potencial, se mantiver sua cabeça fora das nuvens. Mas uma caloura, assumindo um projeto dessa magnitude? Isso está além da sua capacidade. Não consigo entender por que a propriedade de Myrddin sequer abriria uma chamada para estudantes, em primeiro lugar. E... suponho que você nunca esteve ao sul de Laleston antes, certo?

Effy balançou a cabeça.

— Bem. O Centenário Inferior é o tipo de lugar de onde as jovens fogem, e não para onde correm. Seria mais fácil simplesmente ficar aqui em Caer-Isel e tentar melhorar suas notas. Se precisar de tutoria para a aula do professor Parri, eu posso ajudá-la.

— Não — disse Effy depressa, guardando o pergaminho. — Está tudo bem.

O professor Corbenic a encarou de forma indecifrável, a luz do final da tarde acumulando-se sobre o visor de seu relógio de pulso.

— Você é o tipo de garota que gosta de tornar a vida mais difícil para si mesma. Se não fosse tão bonita, já teria se dado mal.

~

Effy saiu do escritório do professor Corbenic com os olhos ardendo, mas se recusou a chorar. No caminho de volta pelo saguão da faculdade, ela viu a lista de alunos, seu sobrenome riscado e substituído por *puta*.

Depois de verificar que ninguém estava vindo, Effy arrancou o papel, amassou-o e o carregou consigo. Seu coração batia acelerado. O *Centenário Inferior é o tipo de lugar de onde as jovens fogem, e não para onde correm.*

Talvez ela estivesse fugindo. Talvez estivesse tornando a vida mais difícil para si mesma. Mas ela não suportava o ruído da enchente em seus ouvidos, a névoa que caía sobre seus olhos, os pesadelos abafados apenas pelo poder aniquilador de seus comprimidos para dormir. Ela não era do Sul, mas sabia o que era se afogar.

Effy passou pela biblioteca e saiu para o píer. Ficou lá, apoiada na grade, sentindo as rajadas de vento em suas bochechas, e então jogou o papel amassado nas águas geladas do lago Bala.

CAPÍTULO TRÊS

O que é uma sereia senão uma mulher meio afogada,
O que é uma selkie senão uma esposa relutante,
O que é uma história senão uma rede de pesca, arrastando ambas
Do tumulto gentil das ondas turvas?

DE "ELEGIA PARA UMA SEREIA", EXTRAÍDO DE *AS OBRAS POÉTICAS DE EMRYS MYRDDIN*, PUBLICADO ENTRE 196 E 208.

Effy guardou seu exemplar de *Angharad* na bolsa. Sua mala estava cheia de calças, blusas de gola alta e meias de lã. Rhia foi com ela até a estação de trem.

— Tem certeza de que não posso convencê-la a não fazer isso? — perguntou.

Effy balançou a cabeça. Passageiros passavam por elas em borrões de cinza e castanho. Rhia era generosa, de cabeça aberta, inteligente e gentil o suficiente para nunca mencionar os rumores sobre Effy e o professor Corbenic.

Mas ela não sabia sobre as pílulas cor-de-rosa, aquelas que Effy sempre mantinha ao seu lado, caso as bordas do mundo começassem a desfocar. Ela não sabia sobre o Rei das Fadas e nunca havia lido uma página sequer de *Angharad*. Não entendia o que Myrddin significava para Effy, assim como não entendia do que Effy estava fugindo. Rhia era do Sul — mas não sabia o que era se afogar.

Uma mulher de chapéu cloche azul esbarrou em Effy e pisou em seu pé.

— Vou sentir saudade de você. Diga à Maisie que ela pode ficar com meu quarto.

— Pode deixar. — Rhia mordeu os lábios, depois exibiu um de seus grandes sorrisos enquanto o trem assobiava como uma chaleira. — Seja cuidadosa. Seja inteligente. Seja doce.

— Todos os três? É bastante coisa.

— Aceito dois de três, então. Pode escolher — disse Rhia. Ela abraçou Effy e, por um instante, com os olhos fechados e o rosto pressionado contra os cabelos castanhos e cheios de Rhia, Effy se sentiu mais calma que o mar sem vento.

— Bem melhor assim — murmurou Effy. Elas se separaram quando uma mãe arrastando dois filhos emburrados esbarrou em ambas. — Obrigada.

Rhia franziu a testa.

— Pelo quê?

Effy não respondeu. Nem ela mesma sabia. Apenas estava grata por não estar sozinha naquela plataforma.

Os outros passageiros exalavam fumacinhas pela boca, cintos e correntes de carteira tilintavam, saltos altos cravavam o chão de ladrilho com um som metálico. Effy arrastou sua mala para bordo e observou pela janela enquanto o trem partia da estação. Não desviou o olhar até que Rhia, acenando, desaparecesse na multidão.

Ela tivera a intenção de trabalhar no trem; tinha até levado seu bloco de desenho e sua caneta na bolsa. Mas assim que o veículo começou a cruzar a ponte que levava ao sul, passando sobre o lago Bala, a mente dela se encheu de um temor vago, porém avassalador. A página branca de seu bloco de desenho e a luz brilhante do meio-dia refletindo no lago faziam seus olhos lacrimejarem. A mulher sentada ao seu lado cruzava e descruzava as pernas o tempo todo, e o som da seda tocando o couro a desconcentrava de tal maneira que Effy não conseguia pensar em mais nada.

O Norte de Llyr se despedia, de um verde-esmeralda durante o inverno. Quando precisou trocar de trem em Laleston, a jovem saiu cambaleante e cruzou a plataforma em um estado de torpor, arrastando a mala atrás de si. Embora não pudesse ver lá fora, o ar parecia úmido e espesso, e havia água de chuva escorrendo pelas janelas.

Chegaram em Saltney bem quando o relógio acabara de marcar cinco horas. Em Caer-Isel, mesmo no inverno, o sol ainda estaria aparecendo na linha do horizonte. Em Saltney, porém, o céu denso era escuro como breu, com nuvens de tempestade se agitando feito vapor em uma panela.

Enquanto os últimos passageiros desembarcavam, Effy permaneceu de pé, banhada pela luz amarelada de um lampião, olhando para a estrada escura e vazia. Não sabia para onde ir.

Sua mente estava enevoada. Embora tivesse lido a carta de Ianto tantas vezes, agora ela não conseguia se lembrar do nome do advogado, a pessoa que deveria buscá-la na estação — Wheathall? Weathergill? Ninguém lhe passara um número para o qual ligar. E enquanto ela espreitava pela rua mal iluminada, não havia carros à vista.

Havia apenas uma fileira de pequenos prédios encardidos, suas portas e janelas escurecidas pela sujeira. Mais adiante, ela podia ver um aglomerado de casas com telhados de sapê, erguendo-se do capim ralo como dentes quebrados. O som fraco e distante de água quebrando nas rochas ecoava.

O vento aumentou e parecia passar direto pelo casaco de Effy e pela sua grossa blusa de lã, chicoteando os cabelos dela ao redor do rosto. Era possível sentir o gosto do sal marinho, os grãos acumulados nos lábios. Ela apertou os olhos, mas uma dor tremenda se acentuava no centro de sua testa, bem entre as sobrancelhas.

Só havia o vento, o frio e a escuridão estendendo-se ao redor dela, palpáveis e intermináveis. O próximo trem só sairia na manhã seguinte, e o que ela faria até lá? Talvez ninguém estivesse vindo. Talvez aquele projeto fosse uma farsa, uma piada à custa de estudantes ingênuos do primeiro ano.

Ou, pior: uma armadilha para atrair uma jovem para um lugar distante e perigoso de onde ela nunca voltaria.

Todo mundo tinha falado que havia algo de errado com aquela história. Alguma coisa estranha. Rhia a advertira; até mesmo o professor Corbenic. E, no entanto, ela se lançara naquele projeto como um pardal contra uma janela, alheio ao brilho do vidro.

Um soluço de pânico subiu pela sua garganta. Através do brilho de lágrimas não derramadas, ela podia ver um borrão retangular a distância. Ela se aproximou, vacilante, até que o ponto foi tomando forma: uma cabine telefônica.

Effy apertou a mão ao redor da alça de sua mala e a arrastou consigo para dentro da cabine. Com os dedos trêmulos, alcançou o bolso e tirou algumas moedas, empurrando-as para dentro da fenda.

Ela hesitou antes de discar. Uma parte dela queria desligar o telefone; a outra estava desesperada apenas para ouvir uma voz conhecida. Então ela discou o único número que sabia de cor.

— Alô?

A voz familiar cortou o silêncio.

— Mãe?

— Effy? É você? De onde está ligando?

— Estou em Saltney — ela conseguiu dizer com a voz embargada. — No Centenário Inferior.

Ela quase podia ver a pequena linha de expressão se formando na testa de sua mãe, sendo franzida.

— Bem, em nome de todos os Santos, o que você está fazendo aí?

Com isso, um vazio estranho se abriu no peito de Effy. Não deveria ter ligado.

— Estou trabalhando em um projeto — disse ela. — Para a propriedade de Emrys Myrddin. Vários alunos de arquitetura enviaram desenhos e escolheram o meu.

Houve um intervalo silencioso. Effy era capaz de ver sua mãe enroscada na poltrona, com um gole de gim ainda restante em um copo.

— Então por que você está chorando?

A garganta de Effy parecia muito apertada.

— Estou na estação de trem. Não sei se alguém vem me buscar, e não tenho um número para ligar...

A mãe soltou um suspiro. E então: o som do gelo tilintando enquanto ela se servia de mais bebida.

— Você não pensou em conseguir um número de telefone antes de ir para alguma cidade aleatória a... vejamos, seis horas ao sul de Draefen? Não acredito no que estou ouvindo, Effy. É uma decisão ruim atrás da outra.

— Eu sei. — A mão de Effy tensionou ao redor do receptor. — Me desculpe. Você poderia perguntar ao vovô se ele consegue...?

— Você não pode esperar que alguém vá te salvar o tempo todo — interrompeu sua mãe. — Não vou pedir ao seu avô que dirija seis horas até o Centenário Inferior no escuro. Escute o que está falando.

Mas Effy só conseguia ouvir o som abafado do mar.

— Além disso, eu não estaria fazendo o meu papel de mãe — continuou ela. — Tem uma hora que eu preciso deixar que você afunde ou nade.

Lágrimas escorriam pelas bochechas de Effy. O telefone quase escorregava de sua mão.

— Me desculpe. Não precisa acordar o vovô. Eu só não sei o que fazer.

— Primeiro você tem que se acalmar — disse sua mãe com firmeza. — Não dá para conversar com você nesse estado. É mais um daqueles *surtos*? Está vendo coisas?

— Não — negou Effy. Lá fora, a escuridão pulsava e fervilhava.

— Você está com seu medicamento?

— Sim.

— Então tome-o. Certo? Me ligue depois de ter se acalmado.

Effy assentiu, mesmo sabendo que sua mãe não podia vê-la.

Segurou o telefone até que houve um clique suave na outra linha e a respiração de sua mãe desapareceu.

Ela deixou o telefone cair pendurado, o fio balançando. Abriu a bolsa e procurou pelo pequeno frasco de vidro, destampou-o e derramou na mão um único comprimido. Era rosa como um botão de flor não aberto, morto antes que pudesse florescer.

Effy levou o comprimido à boca e o engoliu em seco.

Levou vários minutos até que sua pulsação retornasse ao normal. Ela tinha consumido incontáveis frascos daqueles comprimidos desde os 10 anos. Foi dentro do consultório médico que aprendeu pela primeira vez a chamar aqueles momentos de pânico, aqueles deslizes, de *surtos*.

O médico tinha segurado o frasco de pílulas cor-de-rosa em uma das mãos e balançado um dedo para ela com a outra, como se a estivesse repreendendo por algo que ela ainda nem havia feito.

— A senhorita precisará de atenção com estes — avisou. — Só tome quando *realmente* precisar. Quando começar a ver coisas que não são reais. Está entendendo, mocinha?

Ela tinha 10 anos e já havia desistido de tentar explicar que o que via *era* real, mesmo que ninguém acreditasse nela.

Em vez de prestar atenção, Effy havia se fixado no tufo de pelos grisalhos saindo da orelha esquerda do médico.

— Estou.

— Ótimo — disse ele, e lhe deu um tapinha sem jeito e distante na cabeça.

A mãe de Effy havia guardado as pílulas em sua bolsa. As duas saíram do consultório, caminhando por uma manhã úmida de primavera, e debaixo de uma árvore florida, sua mãe parara para assoar o nariz em um lenço. Alergias, ela explicara. Mas tinha os olhos avermelhados quando chegaram em casa, antes de ela se trancar no quarto por horas. Não queria ter uma filha louca tanto quanto Effy não queria ser uma.

Agora no momento presente o entorno retornava a ela aos poucos: a estrada escura, a luz quente do lampião, as casas com suas janelas fechadas e portas trancadas. Effy saiu da cabine, arrastando sua mala atrás de si, e inalou o cheiro de sal. O ruído das ondas banhando a costa rochosa aumentava outra vez, opressivo.

Não demorou nem um minuto até que um feixe de luz reluziu pela estrada de cascalho. À medida que se aproximava, o brilho se dividiu em dois focos de luz, e um carro preto logo parou diante dela.

A janela do lado do motorista foi abaixada.

— Effy Sayre?

De repente, ela foi inundada por um alívio esmagador.

— Sim?

— Sou Thomas Wetherell, advogado do espólio da família Myrddin. Recebi instruções para buscá-la na estação.

— Sim — repetiu ela, a palavra formando um vapor branco no ar frio. — Sim. Obrigada.

Wetherell franziu a testa para ela. Ele tinha cabelos grisalhos penteados para trás e um rosto muito bem barbeado.

— Deixe-me ajudá-la com sua bagagem.

Assim que entrou no carro, Effy sentiu seu corpo enrijecer outra vez, seu alívio de curta duração transformando-se em pavor. De repente, havia centenas de novas preocupações em sua mente. Sobretudo o fato de que ela havia causado uma péssima primeira impressão.

Na janela embaçada e respingada de chuva, Effy viu uma versão confusa de si mesma: nariz corado, olhos inchados, bochechas ainda úmidas e brilhantes. Ela esfregou o rosto com a manga do suéter, mas só conseguiu deixá-lo ainda mais vermelho. O carro chacoalhou pela estrada escura, e um solavanco desagradável a fez ser lançada para a frente, os joelhos batendo contra o porta-luvas.

Effy mordeu o lábio para não praguejar. Não queria que Wetherell pensasse que ela era uma garota apavorada da cidade, embora fosse exatamente isso.

— Quanto tempo até chegarmos a Hiraeth? — perguntou Effy, enquanto passavam por Saltney. Um pub, uma pequena igreja, uma lanchonete que vendia peixe com batatas fritas... no Centenário Inferior era isso que bastava para um lugar ser considerado uma cidade.

Wetherell franziu a testa novamente. Effy teve a sensação de que veria aquela expressão muitas vezes.

— Meia hora, talvez mais. Depende da condição da estrada.

O estômago de Effy revirou. E então o carro começou a se inclinar mais para cima.

Por instinto, ela agarrou a maçaneta da porta.

— Isso é normal?

— Sim — assentiu Wetherell, olhando para ela com desdém, algo beirando a pena. — Estamos subindo os penhascos.

Foi só então que ela percebeu que a Mansão Hiraeth não era em Saltney. Até mesmo aquele pedacinho de civilização pela janela sumiria por completo. O coração de Effy apertou ainda mais enquanto o carro começou a sacolejar penhasco acima.

Ela quase ficou com medo de olhar pela janela. A lua parecia acompanhar o carro, pintando a estrada e os penhascos que se desintegravam com uma luz pálida. Eles eram brancos, entrelaçados com faixas de erosão, cobertos de musgo e líquen, e salpicados de sal. Pareciam lindos contra a enormidade escura do mar, suas ondas titânicas explodindo contra as rochas pálidas repetidamente.

Effy tentava admirá-los quando o carro deu uma freada brusca. Bem em frente ao veículo, onde a estrada fazia uma curva na subida do penhasco, a estrada de repente se via inundada por espuma e água escura. Ela buscou o olhar de Wetherell, horrorizada, mas ele mal esboçou reação. Quando a maré recuou de novo, ele continuou a dirigir, os pneus chapinhando pela terra recém-molhada.

Demorou um longo momento até Effy encontrar a própria voz.

— *Isso* é normal?

— Sim — disse Wetherell. — Costumamos esperar a maré baixar para dirigir até a cidade, mas o horário da sua chegada foi... infeliz.

Um belo de um eufemismo. À medida que o carro subia mais a colina, o rugido das ondas começou a fraquejar. Então foi a vez de a névoa espessa descer, envolvendo as árvores em branquitude. Quanto mais a neblina os engolfava por todos os lados, mais a estrada se estreitava. A garganta de Effy se apertou.

— Quanto falta? — perguntou ela.

— Não muito agora.

E então algo irrompeu da linha das árvores e da névoa, passando em frente ao carro. Effy teve apenas um vislumbre. Os cabelos escuros, emaranhados e molhados, movendo-se tão fluidamente quanto a água. Onde os faróis iluminaram, ela também viu uma curva ossuda em um tom de amarelo pálido.

— Sr. Wetherell. — Ela ofegou enquanto o ser desaparecia na névoa outra vez. Ele nem sequer havia diminuído a velocidade. — O que foi aquilo?

Se ela não tivesse engolido um de seus comprimidos há pouco, não teria nem perguntado. Mas Wetherell também devia tê-lo visto. Ela não *poderia* ter imaginado aquilo: os comprimidos cor-de-rosa eram para obliterar sua imaginação.

— Devia ser apenas um cervo — respondeu Wetherell, de um jeito que parecia quase casual demais. — Os cervos do Sul desenvolveram algumas adaptações peculiares. Pés palmados e barrigas com escamas. Biólogos especulam que é uma preparação evolutiva para o segundo Afogamento.

Mas Effy não tinha visto escamas. Ela vira um emaranhado de cabelo com um aspecto selvagem, uma coroa de ossos. Esfregou o rosto de novo. O que o médico teria dito? Seria possível que duas pessoas tivessem a mesma alucinação?

O carro fez uma curva íngreme e hesitante, e a névoa pareceu se dividir à frente. Wetherell parou bem ao lado de um enorme carvalho. Os galhos se erguiam e se curvavam sob o peso do musgo pendurado. Ele estendeu a mão e abriu o porta-luvas, retirando uma pequena lanterna. Sem proferir uma palavra sequer, acendeu o objeto e saiu do carro, mesmo que Effy ainda não pudesse ver uma casa surgindo da névoa.

Ela o ouviu pegar sua mala. Então abriu a porta e o seguiu até a parte de trás do carro.

— Chegamos?

— Sim — confirmou Wetherell. Ele soltou a mala dela na grama, que era tão densa que parecia engolir o som. — É só subir esta colina.

A névoa tornava difícil ver mais do que alguns passos à frente, mas Effy sentia a inclinação sob os pés. Ela seguiu atrás de Wetherell, a lanterna dele cortando a névoa. Após alguns momentos caminhando em silêncio, seguindo apenas o contorno tênue das costas de Wetherell, a névoa voltou a se afinar. Ela vislumbrou que estavam em um pequeno e fechado círculo de árvores, os galhos acima entrelaçados tão densamente que nenhum pedaço de céu podia ser visto.

Por fim, uma forma robusta e desajeitada emergiu: um chalé de pedra com telhado de sapê. A construção era tão antiga que a terra havia começado a reivindicá-la — a grama se apossava da lateral voltada para os fundos, dando-lhe a aparência de uma grande cabeça com cabelos verdes, as vinhas entrelaçadas por cada fissura das paredes.

Wetherell marchou até a porta e a abriu com um empurrão brusco e pragmático. Houve o barulho de metal sendo raspado contra pedra, como uma faca sendo afiada.

Effy não pôde evitar o som sufocado que emitiu.

— Isto não é...? Isto não pode ser Hiraeth...

Já na porta, Wetherell se virou e lançou a ela aquele olhar piedoso, agora familiar.

— Não. Mas a madame pediu que você ficasse no chalé de hóspedes. Você poderá conhecer a casa amanhã, quando estiver claro.

A madame. O obituário de Myrddin mencionara que ele havia deixado uma esposa e um filho, mas nenhum deles tinha sido nomeado no artigo. Ela só conhecia Ianto por conta da carta, que não mencionava a mãe. Sentindo um arrepio na espinha, Effy seguiu Wetherell para dentro da casa.

O homem colocou a mala dela no chão e começou a mexer em uma lamparina a óleo na parede, que, após um momento, acendeu com uma chama viva. Effy olhou em volta. Havia uma pequena escrivaninha de madeira no canto e uma banheira para se lavar, mas o que roubava a atenção era uma enorme cama de quatro colunas no centro do chalé, que parecia absurda naquele contexto, posicionada contra a parede de pedras desgastadas e cobertas de liquens. O móvel tinha um dossel delicado e fino que lembrava teias de aranha. Sobre a cama, um edredom de veludo verde sob pelo menos uma dúzia de travesseiros, cujas borlas douradas murchavam como talos de trigo cortados.

Tudo parecia de alguma forma desgastado, desbotado pelo tempo e descorado feito uma fotografia antiga. Parecia mais frio dentro da cabana do que fora.

— Não tem eletricidade — anunciou Wetherell com franqueza. Acendeu uma segunda lâmpada a óleo, pendurada sobre a porta. — Mas as torneiras funcionam, se você insistir.

Effy olhou para as duas torneiras enferrujadas acima da banheira e não disse nada. Pensou na voz da mãe chiando na outra ponta da linha telefônica. *É uma decisão ruim atrás da outra.*

Wetherell terminou de ajustar a lâmpada e passou a caixa de fósforos para ela. Effy os pegou em silêncio.

— Bem, eu mandarei alguém buscá-la pela manhã.

— A casa fica muito distante?

— Uma caminhada de dez minutos, mais ou menos.

— Dependendo das estradas? — Effy tentou um sorriso frágil.

Wetherell a encarou sem esboçar reação.

— Dependendo de muitas coisas.

Então ele se foi, e Effy ficou sozinha. Ela esperava ouvi-lo pisando na grama, mas tudo parecia silenciosamente perturbador. Nenhum grilo cantava, corujas não piavam e predadores não se moviam atrás da linha das árvores. Até o vento tinha se acalmado.

Depois de crescer em Draefen, com os sons da cidade em um loop incessante, carros sempre buzinando e pessoas sempre aos gritos, Effy achou o silêncio insuportável. Era como se duas adagas tivessem sido cravadas em seus ouvidos. Ela respirou fundo e soltou o ar outra vez de forma trêmula. Não podia se permitir chorar. A pílula do dia já havia sido engolida.

Parada ali, na cabana fria e úmida, Effy considerou suas opções. Eram pouquíssimas, e nenhuma delas era boa. Poderia tentar voltar aos tropeços pela escuridão até Saltney, mas estaria à mercê dos penhascos, do mar e do que quer que esperasse lá fora na névoa. Pensou na coisa que tinha visto atravessar a estrada, e sentiu um frio no estômago.

Mesmo que conseguisse chegar lá embaixo, não haveria trens até a manhã seguinte. E depois o quê? Ela voltaria para Caer-Isel, para seu quarto de dormitório decadente, as aranhas e o limo de sabão, para suas terríveis tentativas de cortes transversais e os garotos que sussurravam coisas sobre ela nos corredores. Para o professor Corbenic. De volta a olhar através do pátio nevado para a faculdade de literatura, cheia de inveja e ânsia. Ela ligaria para sua mãe a fim de contar a novidade, e sua mãe suspiraria aliviada e diria: *Obrigada por ser sensata, Effy. Você já tem problemas suficientes para lidar.*

Naquele momento, tudo aquilo parecia preferível a ficar em Hiraeth. Mas ela não podia fazer nada até que o sol nascesse.

Abriu sua mala e trocou as roupas pela camisola, encolhendo-se com a sensação do chão de pedra gelado contra seus pés descalços. Ela abriu o outro frasco de pílulas e engoliu a seco sua pílula para dormir, sentindo-se desanimada demais até para tentar as torneiras. Acendeu a vela posicionada sobre a mesa de cabeceira e apagou as lâmpadas a óleo.

Effy estava prestes a se enfiar debaixo do edredom de veludo quando um medo terrível a atingiu. Ela pensou mais uma vez na criatura na estrada. Não era um cervo, mas também não era nada humano; disso ela sabia. E *não* tinha sido imaginação. Ela havia tomado sua pílula rosa. Wetherell também tinha visto a criatura. Nem mesmo o médico, com sua ciência e seus frascos de vidro, poderia ter explicado aquilo.

Qualquer coisa poderia irromper porta adentro, qualquer coisa. Effy pegou a vela e caminhou em direção à porta, sua respiração superficial e fria.

Não havia fechadura, mas a porta era pesadíssima e reforçada com metal. Ferro. Effy passou o dedo sobre o suporte, e nenhum resquício de ferrugem se desfez sob seu toque. Tudo o mais na cabana era antigo, mas o ferro era novo.

Enquanto Effy voltava, hesitante, para a cama de quatro colunas, uma frase surgiu em sua mente. *Esperei pelo Rei das Fadas em nosso leito matrimonial, mas ele não sabia que eu estava usando um corpete de ferro.* As palavras de Angharad eram tão familiares que soavam como a voz de um amigo de longa data. Poucas coisas poderiam proteger de verdade contra o Povo das Fadas, mas o ferro era uma delas.

Effy se ajoelhou junto à mala que trouxera e tirou seu exemplar de *Angharad*, virando as páginas até parar naquela em que havia sublinhado aquele trecho com uma caneta preta. Era Myrddin protegendo-a, dando--lhe um sinal. Mantendo-a segura.

Ela colocou o livro debaixo dos travesseiros e puxou o edredom até o queixo. A escuridão pesada e imóvel. Absolutamente silenciosa, exceto por um leve gotejar. Onde quer que a água estivesse, parecia próxima.

Ela tinha certeza de que nunca conseguiria pegar no sono naquele silêncio úmido e denso, mas a pílula fez sua mágica. Effy deslizou em silêncio para o mundo do sono, a memória das palavras de *Angharad* fluindo feito uma canção de ninar.

CAPÍTULO QUATRO

Cabe-nos, portanto, abordar a questão da interação entre as mulheres e a água. Observa-se que, ao serem submersos no mar, os homens sucumbem pelo afogamento. Em contraste, quando as mulheres se deparam com o elemento aquático, ocorre uma transformação. Impõe-se a indagação: estaríamos diante de uma metamorfose ou de um regresso ao lar originário?

DE *UMA MEDIAÇÃO SOBRE ÁGUA E FEMINILIDADE NAS OBRAS DE EMRYS MYRDDIN*, POR DR. CEDRIC GOSSE, PUBLICADO EM 211.

Effy acordou na manhã seguinte ao som de ferro raspando contra pedra. O lado de seu rosto estava molhado e mechas de cabelo úmido grudavam em sua testa. Ela secou com a borda do edredom verde. Quando olhou para cima, viu que um pedaço do teto estava encharcado — o som que ela tinha ouvido na noite anterior, mas não conseguira saber de onde vinha. A água velha e estagnada devia ter pingado nela por horas enquanto dormia.

Mal havia se sentado na cama quando um feixe de luz entrou pela porta aberta. O corpo dela se tensionou, achando que veria aqueles cabelos pretos molhados e um osso amarelado... Mas era apenas um garoto parado sob o batente, seus cabelos castanho-escuros bagunçados pelo vento, embora em nada molhados.

Certamente aquele *não* era o Rei das Fadas, mas um intruso ainda assim.

— Ei! — exclamou ela, puxando as cobertas até o pescoço. — O que você está fazendo aqui?

Ele nem se deu ao trabalho de parecer chocado. Apenas virou de costas para ela e, ainda com a mão na maçaneta, disse:

— Wetherell me enviou para garantir que você estivesse acordada.

Pelo visto, Wetherell já tinha pouquíssima confiança nela. Effy engoliu em seco, ainda segurando o edredom junto ao queixo, estreitando os olhos para o garoto, que olhava para fora. Usava óculos redondos de armação fina, um tanto embaçados pelo ar úmido da manhã.

— Licença — exigiu Effy, franzindo a testa. — Não vou me trocar com você aqui dentro.

Isso, por fim, pareceu ofendê-lo. O rosto dele se tingiu de vermelho, e sem dizer outra palavra, o rapaz saiu e fechou a porta atrás de si com mais firmeza do que o necessário.

Ainda irritada, Effy se levantou e vasculhou seus pertences. Até suas roupas pareciam de alguma forma úmidas. Ela vestiu um par de calças de lã, uma blusa de gola alta preta e as meias mais grossas que tinha. Amarrou o cabelo para trás com uma fita. Não havia espelho no chalé de hóspedes, então ela teria que torcer para que seu rosto não estivesse muito inchado e os olhos não tão vermelhos. Até então, só tinha mandado mal nas primeiras impressões.

Ela vestiu o casaco e passou pela porta. O rapaz — de idade para estar na universidade, não muito mais velho do que ela — estava recostado contra a parede da cabana, um pequeno caderno de capa de couro em uma das mãos e um maço de cigarros na outra. O rosto era ao mesmo tempo suave e angular, com óculos apoiados em um nariz estreito e delicado.

Se Effy estivesse em um estado de espírito mais generoso, ela o teria achado bonito.

Quando ele a viu, guardou os cigarros no bolso. Ainda estava um pouco vermelho e fez questão de evitar contato visual.

— Vamos.

Effy assentiu, mas a grosseria dele azedou seu estômago. A luz matinal, mesmo através das árvores, era clara o suficiente para fazer sua cabeça latejar. Sem se preocupar em ser educada, ela retrucou:

— Você não vai nem perguntar o meu nome?

— Eu sei o seu nome. Você não perguntou o meu.

Ele usava um casaco azul, aberto na frente, que parecia fino demais para o clima, e uma camisa branca de botões por baixo. Suas botas mostravam alguns arranhões. Tudo fazia Effy pensar que ele estava em Hiraeth havia algum tempo. Mas dava para ver que ele não era do Sul. Sua tez não era pálida o bastante, e ele se movia pela floresta com uma delicadeza hesitante que beirava o desgosto.

Effy cedeu, vencida pela curiosidade.

— Qual é o seu nome?

— Preston — respondeu ele.

Um nome pomposo e formal comum no Norte de Llyr. O nome lhe caía bem.

— Você trabalha para os Myrddin?

— Não — disse ele, curto e grosso. Ele a olhou de cima a baixo com uma sobrancelha erguida. — Você não vai trazer nada? Achei que estivesse aqui para projetar uma casa.

Effy congelou. Sem dizer outra palavra, ela se virou e voltou apressada para a cabana. Ajoelhou-se ao lado da mala e apanhou seu bloco de desenho e a primeira caneta que encontrou, depois saiu pisando forte novamente. Já nem sentia mais frio. Suas bochechas ardiam.

Preston havia continuado pelo caminho. Ela precisou dar três passos enormes para alcançá-lo, tentando compensar a diferença no comprimento das pernas. Embora ele tivesse uma estrutura esguia, quase franzina, Preston devia ter uns vinte centímetros de altura a mais do que ela.

Eles continuaram em silêncio por alguns momentos, os olhos de Effy ainda se acostumando à luminosidade. Pela manhã, a floresta era menos aterrorizante, mas ainda mais estranha. Tudo era verde demais: o musgo crescendo sobre cada pedra e subindo pelos troncos das árvores, a grama crescida e macia sob seus pés. Acima, as folhas sussurravam com um som semelhante ao relinchar de cavalos, e o orvalho da manhã sobre elas se tornava cristalino ao sol. Por alguma razão, a maneira como a luz se infiltrava fez Effy se lembrar da sensação de estar em uma capela. Memórias de bancos empoeirados e livros de oração faziam seu nariz coçar.

O caminho se curvava para cima, e eles passaram por galhos caídos e pedras quebradas. As pernas de Effy já doíam quando as árvores começaram a rarear. Preston se abaixou sob um galho inclinado, pesado por causa de musgo, e o segurou para que ela passasse por baixo depois dele. A demonstração inesperada de cavalheirismo a irritou. Em vez de agradecer, ela lhe lançou um olhar carrancudo.

E então, de repente, eles estavam parados à beira de um penhasco.

O vento soprava forte o suficiente para fazer os olhos de Effy lacrimejarem e ela precisou piscar várias vezes. A pedra do penhasco descia até uma costa rochosa, onde as ondas rolavam incessantemente, encharcando a praia pedregosa. O mar se estendia até a linha do horizonte, agitado, azul-acinzentado e salpicado de espuma. Aves marinhas mergulhavam pelo céu cor de ferro, água reluzindo em seus bicos.

— É lindo — disse ela. Preston apenas olhava à frente, franzindo a testa.

Effy estava prestes a fazer uma observação ácida sobre a indiferença do rapaz quando ouviu um som terrível, como o arrancar de uma árvore de suas raízes, alto e próximo demais.

Effy olhou para baixo horrorizada: a rocha estava desmoronando sob seus pés.

— Cuidado! — A mão de Preston se fechou em torno do braço dela. Ele puxou-a para trás bem na hora em que a pedra sobre a qual ela estivera despencou mar adentro.

As rochas despedaçadas desapareceram sob a água, cada estrondo do impacto sombrio e definitivo.

Effy tropeçou para trás, caindo contra o peito de Preston. Sua cabeça ficou presa sob o queixo dele, ela podia sentir a pulsação furiosa na garganta do garoto e o calor do seu corpo através da camisa.

Ambos se afastaram um do outro, mas não antes de ela conseguir dar uma olhada no caderno que ele carregava, agora perto o suficiente para ler o nome em relevo na capa: *P. Héloury*.

— Não fique tão perto da beira do penhasco — repreendeu ele, abotoando o casaco como se quisesse esquecer que, que os Santos o livrassem, eles haviam se tocado. — Há uma razão para os naturalistas estarem em pé de guerra a respeito de um segundo Afogamento.

— É você — constatou Effy.

Os olhos dele se estreitaram.

— O quê?

Ela sentiu como se perdesse o fôlego. Passara as últimas semanas criando uma versão maligna de P. Héloury em sua mente, um conjunto perfeito de tudo que desprezava. Um estudante de literatura. Um acadêmico astuto e oportunista que pesquisava as obras de Myrddin.

Um *argantiano*.

— Foi você quem pegou meus livros — disse ela finalmente, as únicas palavras que conseguiu reunir enquanto seu sangue pulsava com adrenalina. A lembrança de estar diante do balcão de empréstimos, o número do rapaz em tinta escorrendo no dorso de sua mão, a enchia de uma ira reacendida. — Sobre Myrddin. Fui à biblioteca e a bibliotecária me disse que todos tinham sido emprestados.

— Bem, eles não são *seus* livros. Não é assim que funciona uma biblioteca.

Effy apenas o encarava. Suas mãos tremiam. Ela havia praticado discussões em sua mente contra sua versão imaginada de P. Héloury, mas agora que estava diante dele, toda eloquência argumentativa a abandonara.

— O que você está fazendo aqui? — disparou ela. — Futucando as coisas de um homem morto para que possa roubar o que precisa para algum... para algum artigo acadêmico? Tenho certeza de que você pode escrever um parágrafo ou dois sobre as marcas de café na mesa dele.

— Myrddin está morto há seis meses — disse Preston sem emoção. — A história de sua vida é mais do que jogo limpo.

O vento atiçava os cabelos de Effy furiosamente, quase os soltando da fita preta. Preston cruzou os braços na altura do peito.

A resposta impassível fez o estômago dela revirar. Procurou no emaranhado de pensamentos algo que pudesse usar, uma flecha que pudesse perfurar a teimosia do garoto. Até que teve uma ideia. Com uma voz trêmula, Effy indagou:

— Como você chegou aqui? Alunos argantianos com passaportes temporários não podem sair de Caer-Isel.

O olhar de Preston por trás dos óculos era inabalável. Era como se ela não tivesse dito coisa alguma.

— Minha mãe é llyriana — admitiu ele. — De qualquer forma, eu poderia ter conseguido um visto de estudante. Estou aqui com permissão do reitor Fogg, coletando cartas e documentos de Myrddin para o arquivo da universidade.

Então ela se deu conta de um leve sotaque na fala dele, que não notara antes. A pequena pausa antes das consoantes duras, o som suave da letra *s*. Effy nunca havia passado tanto tempo falando com um argantiano antes. Por um momento, ficou com os olhos vidrados na maneira particularmente delicada como Preston arredondava os lábios quando articulava suas vogais longas, mas então ela piscou e toda a sua raiva retornou.

— Não sei por que você se importa com Myrddin — disse ela. De repente, sua garganta se apertou, e ela ficou à beira das lágrimas. — Ele é *nosso* autor nacional. Não seu. Você ao menos leu os livros dele?

— Li todos. — A expressão de Preston endureceu. — Ele é um assunto bastante válido para a investigação acadêmica, não importa a origem do pesquisador.

Ela odiava a maneira como ele falava, tão cheio de uma confiança desinteressada. Por semanas ela havia se preparado para este exato confronto, mas agora que eles discutiam de verdade, ele *vencia*.

Effy se lembrou do que a bibliotecária havia lhe dito.

— Você quer ser o primeiro a contar a história de vida dele. Não passa de um... de um... acadêmico aventureiro e oportunista.

Um argantiano tentando escrever a narrativa da vida de um ícone llyriano, da vida de Myrddin, era algo tão absurdo que ela não tinha nem palavras para definir aquilo.

— Ninguém tem o direito exclusivo de contar uma história — rebateu ele, áspero. — Além do mais, não tenho o objetivo de levantar uma bandeira específica com isso. Estou aqui apenas pela verdade.

Effy respirou fundo, tentando desembaraçar as várias mechas de sua ira. Por baixo da raiva dos justos que sentia ao se deparar com um argantiano corrompendo o legado de Myrddin, havia algo mais profundo e doloroso.

Qual é o sentido de estudar literatura se você não quer contar histórias? Ela queria perguntar a ele, mas tinha medo de que, se abrisse a boca, pudesse mesmo chorar.

E então, por cima do ombro de Preston, ela avistou uma figura descendo o penhasco. Ele era incrivelmente alto e vestia preto da cabeça aos pés e, apesar do vento, seus cabelos escuros se mantinham achatados sobre a cabeça, quase como se estivessem molhados.

Effy pensou na criatura na estrada, e seu peito apertou. Entretanto, quando a figura chegou até eles, constatou que era um homem comum — de ombros largos e queixo quadrado e enorme, mas mortal.

— Eu estava começando a me preocupar que vocês tivessem caído direto no mar — disse ele. Era de meia-idade, por volta dos 40 anos. A mesma idade que o professor Corbenic. — Os penhascos têm estado particularmente instáveis nos últimos dias.

— Não. Estamos bem — respondeu Preston.

— Então o mar está se comportando hoje. — O homem encarou a extensão cinzenta e agitada abaixo por um momento. — Vocês dois conhecem os rumores sobre o Segundo Afogamento, tenho certeza. Já explicou nossas circunstâncias à Srta. Sayre?

Preston se enrijeceu. Effy se perguntou se ele mencionaria toda aquela discussão. Bem, tinha sido mais um ataque verbal da parte dela. Mas no que aquilo daria, além de fazê-los parecer crianças brigando?

— Pensei em deixar essa parte para você — concluiu Preston. Effy notou a maneira como ele enfiava a unha do polegar na lombada do seu caderno.

— Excelente — respondeu o homem, em tom suave. Ele se virou para Effy, os olhos pálidos brilhando. — É muito bom finalmente conhecê-la, Srta. Sayre. Mal posso expressar o quanto estou satisfeito por ter aceitado o convite. Sou Ianto Myrddin. O falecido autor ilustre era meu pai.

Sob o olhar dele, Effy sentiu seu estômago despencar como as gaivotas mergulhando. Ianto tinha uma beleza rústica e áspera, como se tivesse nascido de rochas brutas. Suas juntas salientes sob a pele esticada. A palma da mão dela formigou depois de apertar a mão calejada dele.

— Obrigada por me convidar — agradeceu ela. — Seu pai... era meu autor favorito.

Soou bem mais sutil do que Effy queria dizer, mas ela imaginou que haveria tempo de sobra para elogios fervorosos. Ianto sorriu para ela, destacando a covinha torta que marcava sua bochecha esquerda.

— Deu para notar pelo seu projeto. Foi por isso que o escolhi, claro... é algo que meu pai teria amado. Traiçoeiro, mas belo. Eu suponho que isso caracteriza toda a baía dos Nove Sinos, não é, Srta. Sayre?

— Effy — disse ela. Não esperava soar tão afetada, ou sentir seus joelhos tão fracos. — Apenas Effy.

Ao lado de Ianto, Preston parecia muito magro — e inquieto. Effy percebeu a forma como as veias da garganta dele pulsavam enquanto Ianto falava.

— Estou voltando para a casa — anunciou Preston. — Tenho trabalho a fazer.

— Sim, há uma pilha de cartas do meu pai esperando por você — comentou Ianto. — E para você, Effy, desjejum e café. Sinto muito que precise ficar na casa de hóspedes, mas minha mãe insistiu. Ela é muito idosa. Frágil.

— Não tem problema nenhum — disse ela. Sua voz soava estranhamente vazia até para os próprios ouvidos. Ela teve a súbita e familiar sensação de estar debaixo d'água, a maré quebrando incessantemente sobre ela. Não havia tomado nenhuma de suas pílulas cor-de-rosa nesta manhã.

— Muito bem, então. — Ianto sorriu de novo, e Effy sentiu-se do mesmo jeito que sentira quando o penhasco havia desmoronado alguns instantes antes: consciente de estar a uma enorme altura, sentindo a pulsação sob seus pés. — Deixe-me te mostrar Hiraeth.

Uma leve neblina matinal cobria o penhasco. Pálida e lenta, a cerração se infiltrava como líquen consumindo uma árvore morta. Da névoa, surgiu a Mansão Hiraeth, em cinza, preto e verde, como se fosse uma extensão dos próprios penhascos.

Ianto os guiou ao longo da subida por uma escadaria de pedra, cujos degraus irregulares estavam cobertos de musgo. As portas duplas de madeira se deterioravam com a umidade; Effy podia sentir o cheiro de podridão antes mesmo de chegar ao batente. A aldrava de bronze era enorme, tinha o formato de uma argola de touro gigantesca, e estava toda descascada pela ferrugem. Ianto precisou empurrar a porta com o ombro várias vezes para forçá-la a abrir, até que, enfim, as dobradiças antigas cederam com um gemido sombrio e sinistro.

— Bem-vinda — anunciou Ianto. — Tente não escorregar.

Effy olhou para baixo antes de olhar para cima. O chão de ladrilhos estava mesmo escorregadio, como a superfície de um lago, e o tapete vermelho que levava à escadaria estava grosso com o bolor. Quando ela levantou o olhar, avistou melhor a escadaria, a madeira consumida por cupins e umidade, teias de aranha entrelaçadas no corrimão inteiro.

Retratos pendiam tortos sobre o papel de parede descascado, que parecia ter sido, em algum momento, de um atraente tom de azul-pavão, mas agora se via transformado em uma tonalidade de cinza sujo devido às manchas de água.

— Eu... — começou ela, mas de repente parou, incerta do que dizer. O ar tinha um gosto espesso e azedo. Quando recuperou sua capacidade de fala, piscando contra a poeira no ar, ela conseguiu perguntar: — Está assim desde que seu pai faleceu?

Ianto deu uma bufada que era metade diversão, metade consternação.

— Está em vários estados de desgaste desde que eu era criança. Meu pai não era muito dado a melhorias domésticas, e o clima da baía não facilita a manutenção.

Houve um leve respingo à esquerda dela. Preston havia pisado numa pequena poça lamacenta.

— Vou subir — avisou ele, o tom seco. — Já desperdicei o suficiente da manhã.

Effy sabia que aquilo era uma indireta para ela, e estreitou os olhos para ele.

— Pelo menos tome um café. — O tom de Ianto não sugeriu que Preston tivesse muita escolha. — E, depois, talvez você possa me ajudar a oferecer um tour para a Srta. Sayre. Imagino que esteja mais familiarizado do que eu com algumas partes da casa agora. O escritório do meu pai, por exemplo.

Preston respirou fundo, mas não protestou. Effy não estava satisfeita com a perspectiva de ele acompanhá-la, mas, em consideração a Ianto, tentou não transparecer nenhum descontentamento.

A cozinha ficava logo após o hall — pequena, apertada e em ruínas, com metade das portas dos armários penduradas nas dobradiças. Os ladrilhos brancos estavam tão amalgamados com o rejunte sujo que pareciam dentes tortos na boca de um homem velho.

Ianto serviu o café para Effy em uma caneca lascada. Pelos pretos cobriam o dorso de suas mãos, assim como as do professor Corbenic.

Effy deu um gole, mas o café tinha um gosto tão azedo quanto o ar. Apesar de Preston ter se servido, não deu nenhum gole. Sua mão continuava voltando ao bolso, e Effy se lembrou de como ele havia enfiado seus cigarros lá. Seus dedos eram longos, finos, quase sem pelos. Sentindo o calor subir às suas bochechas, ela desviou o olhar.

— Eu deveria voltar ao trabalho — disse ele, mas Ianto já os conduzia para a sala de jantar. Havia uma longa mesa coberta por uma toalha branca roída por traças, as extremidades manchadas como a barra enlameada de um vestido.

Um candelabro estranho e bastante empoeirado pendia precariamente do teto. Effy nunca tinha visto nada parecido: cacos de vidro espelhados cortados em losangos estreitos como estalactites, a luz saltando de um para outro em um brilho ondulante. Embora parecesse que o vento mal entrasse na sala, o objeto dava a impressão de balanço.

— Que lindo — disse Effy, apontando para cima. — Onde você encontrou?

— Acho que foi uma aquisição da minha mãe. Não me lembro, de fato. Não posso dizer que temos feito muitos jantares aqui ultimamente — disse Ianto, e soltou uma risada curta que soou desconfortável no silêncio. Eles passaram pelo resto dos cômodos no primeiro andar: uma despensa que até ratos e baratas tinham abandonado, uma sala de estar que com certeza não tinha recebido ninguém nas últimas semanas, e um banheiro que fez até mesmo Ianto franzir a testa em desculpas silenciosas.

Naquele momento, o estômago de Effy revirava com tanta força que ela pensou estar prestes a vomitar.

Ianto os levou escada acima, apontando cada um dos retratos pelo caminho. Nenhum era de pessoas reais — a família Myrddin não tinha pedigree aristocrático e, portanto, nenhuma herança ancestral. Emrys fora filho de um pescador. Aqueles, na verdade, eram quadros de personagens e cenas dos livros de Myrddin.

Effy viu Angharad em sua cama matrimonial, os cabelos pálidos espalhados sobre os travesseiros, um corpete de ferro brilhando na cintura.

Então ela viu o Rei das Fadas, seus cabelos pretos esvoaçantes pesavam nos ombros como uma mancha de água fétida, os olhos incolores pareciam segui-la enquanto ela subia os degraus. Effy parou no meio da escada com o coração acelerado. Aquele cabelo, aqueles olhos, a forma esguia e irregular como se abrisse um rasgo na realidade...

— Senhor Myrddin... hum, Ianto... — chamou ela. — Vi uma coisa ontem à noite, no escuro...

— O que disse, Effy? — Dois degraus acima dela, a voz de Ianto soava distante, desinteressada. Mas Preston a olhava com uma expressão indecifrável, como se esperasse ela continuar.

— Nada — disse ela, depois de um momento. — Deixa pra lá.

A entrada para o patamar de cima era um arco de madeira decorado com entalhes. Vinhas intrincadas e contornos de conchas cercavam os rostos solenes de dois homens.

— Santo Eupheme e São Marinell — anunciou Preston. Depois baixou a cabeça, como se estivesse arrependido por ter falado.

Santo Eupheme era o padroeiro dos contadores de histórias, e São Marinell o governante do mar e padroeiro dos pais. Em outra ocasião, ela teria ficado curiosa para ver quem Myrddin havia escolhido para abençoar aquela soleira. Mas agora ela só se sentia vagamente enjoada.

— Eu sei que você pode pensar que é blasfêmia ter um retrato do Rei das Fadas ao lado da imagem dos Santos — disse Ianto, atravessando o arco. — Mas meu pai era um sulista da cabeça aos pés. Ele nunca deixou esta propriedade, sabia? Depois da publicação de *Angharad*. Ele não deu entrevistas, não fez discursos. Os críticos diziam que ele era louco, mas ele não se importava. Ele não deixou esta casa até o Museu dos Adormecidos vir buscar seu corpo de carro. E, bem, não vou entediá-la com os detalhes. Tudo que eu queria dizer é que, apesar da educação totalmente sulista, meu pai nunca buscou *humanizar* ou perdoar o Rei das Fadas de forma alguma.

Effy pensou no Rei das Fadas de Myrddin: encantador, cruel e, no final, digno de pena em seus desejos destrutivos. Ele havia amado

Angharad, e a coisa que mais amava o havia matado. Ela franziu a testa. Com certeza não existia nada mais humano do que isso.

— Eu sugeriria o oposto, na verdade. — Preston falou de repente, ríspido. — Reduzido à sua essência, como ele está no final quando Angharad lhe mostra o próprio reflexo no espelho, o Rei das Fadas representa o verdadeiro epítome da humanidade, em toda a sua vilania e fragilidade vulgar.

Foi assim que Angharad o matou: mostrando ao Rei a própria imagem no espelho. Houve um momento de silêncio. Ianto se virou devagar em direção a Preston, os olhos pálidos se estreitando.

— Bem, suponho que *você* seja o especialista entre nós — disse ele em voz baixa. — Preston Héloury, aluno de Cedric Gosse, o maior pesquisador de Myrddin. Ou talvez eu devesse dizer: o garoto de recados de Gosse. Imagino que ele esteja ocupado demais para vasculhar cartas antigas em uma casa no fim do mundo.

Preston não respondeu, mas ao redor da lombada do caderno que segurava, os nós de seus dedos se embranqueceram. Effy ficou parada por um momento, em choque. Ele havia sido ousado e articulado o suficiente para expressar o que ela havia apenas pensado consigo mesma em silêncio. Ela não tinha qualquer interesse em deixá-lo saber disso, óbvio, mas parecia que, no que dizia respeito ao Rei das Fadas... ela talvez quase concordasse com ele.

Effy afastou o pensamento. Não queria ter nenhuma opinião em comum com Preston, ainda mais quando se tratava de *Angharad*.

Ianto os levou pelo corredor onde lâmpadas de vidro nuas tremeluziam nas paredes. A primeira porta à esquerda estava entreaberta.

— A biblioteca — anunciou ele, virando-se para Effy. — Tenho certeza de que você vai concordar que a maior parte do trabalho a ser feito está aqui.

Effy o seguiu para dentro do cômodo. Uma única janela suja derramava luz sobre as estantes, a mesa não parecia muito firme e as velas estavam derretidas. Uma poltrona manchada espiava por trás de uma das estantes como um gato velho, rabugento ao ser perturbado. O piso de madeira apodrecida rangia e gemia sob seus pés, pesado com tantas pilhas de livros. Os volumes transbordavam das estantes e estavam espalhados pelo chão, com lombadas rasgadas e páginas arrancadas, empilhados em poças da própria tinta escorrida.

Effy levou um tempo até conseguir falar. A pergunta que lhe veio aos lábios a surpreendeu.

— Foi assim a sua vida toda? — ela conseguiu perguntar. — Seu pai manteve deste jeito de propósito?

— Infelizmente — respondeu Ianto, ríspido. — Meu pai era um gênio em muitos aspectos, mas muitas vezes isso significava que ele tinha pouco cuidado com as tarefas mundanas e desagradáveis do dia a dia.

Será que ela deveria estar anotando isso? Sentia-se tonta. Myrddin havia sido um homem estranho, um recluso, mas não havia razão para ele viver desse jeito. Effy não conseguia mais pensar nele como o homem enigmático em sua foto de autor. Só podia imaginá-lo agora como um caranguejo preso em uma poça escorregadia, encharcado pela maré.

— Vamos continuar — disse ela, esperando que sua voz não a traísse, entregando o quão cansada se sentia. Pelo canto do olho, ela viu uma pequena ruga aparecer entre as sobrancelhas de Preston.

A porta do próximo cômodo estava fechada. Ianto a empurrou para abri-la, e Preston avançou na mesma hora, se colocando em frente à porta e impedindo que Ianto a abrisse.

— Este é o escritório — anunciou. — Minhas coisas estão aqui.

O que ele poderia ter a esconder? Talvez estivesse mesmo examinando as marcas de café de Myrddin. Talvez tivesse desenterrado as dentaduras do autor. Outra onda de náusea a invadiu.

— Eu adoraria vê-lo — disse Effy. Embora se sentisse enjoada, ela não queria perder a oportunidade de provocá-lo. E o comportamento evasivo dele a havia deixado curiosa.

Preston a olhou com imenso desdém, os lábios apertados. No entanto, não havia nada incriminador ou embaraçoso no local: apenas um divã com o estofamento rasgado, com um cobertor jogado sobre o encosto, que ele obviamente vinha usando para dormir, e uma mesa repleta de papéis espalhados. Bitucas de cigarro aqui e ali na janela.

O lugar estava muito mais arrumado que todos os outros cômodos da casa, mas ainda assim não parecia tão imaculado quanto ela esperava do pretensioso *P. Héloury*.

Ao deixarem o escritório, o chão rangeu alto sob o peso deles, e Effy cambaleou em direção à parede mais próxima. Por um momento, ela teve certeza de que a madeira iria colapsar sob seus pés, assim como acontecera com a rocha nos penhascos.

Ianto sorriu para ela com simpatia, e ela se recompôs, as bochechas quentes. A voz de sua mãe ressoava em sua mente. *É uma decisão ruim atrás da outra.*

Eles chegaram a uma porta no final do corredor, e Ianto disse:

— Eu lhe mostraria os quartos, mas minha mãe não quer ser incomodada.

A viúva de Myrddin. Effy nem mesmo sabia o nome dela; não sabia nada sobre ela além do fato de que ordenara a Ianto que a fizesse ficar na casa de hóspedes. Mas permitira que Preston usasse a casa. Effy não pôde evitar o pensamento de que a viúva não a queria lá.

Ela podia sentir o início da crise de pânico se aproximando, sentia comichões nas pontas dos dedos e dos pés, e sua visão embranquecia nas bordas. Queria poder tomar suas pílulas cor-de-rosa, mas, na pressa, as havia deixado sobre a escrivaninha. *A culpa era de Preston,* decidiu ela, mas não conseguiu sequer formar o pensamento com a raiva que desejava.

— Tudo bem. Já vi o suficiente.

Todos os três desceram as escadas outra vez, Effy segurava o corrimão úmido e escorregadio o tempo todo. Não havia nada que quisesse mais do que deixar aquela casa horrorosa e seu ar denso e salgado. Mas enquanto Ianto a conduzia de volta até a cozinha, insistindo em oferecer bolinhos e arenque defumado, os olhos de Effy pousaram em algo que não havia notado antes: uma pequena porta, com o batente torto e a madeira na base salpicada de minúsculas cracas brancas. Encarando a porta, Effy jurou que podia ouvir o som das ondas com mais precisão, como um enorme pulsar sanguíneo no coração da própria casa.

— Para onde dá essa porta? — perguntou ela.

Ianto não respondeu. Enfiou a mão abaixo da gola de sua blusa preta e retirou uma chave, pendurada no pescoço por uma fina tira de couro. Ele encaixou a chave na fechadura e a porta se abriu.

— Tenha cuidado — advertiu ele, antes de se afastar para que Effy pudesse visualizar o cômodo. — Não caia.

A porta dava para um conjunto de escadas, parcialmente submersas em água turva. Apenas os primeiros degraus eram visíveis. O cheiro de sal invadia seu nariz, junto dos aromas peculiares de couro velho e papel molhado.

— Estes eram os arquivos do meu pai, deixados no porão — explicou Ianto. — Mas há alguns anos o nível do mar subiu demais e inundou o andar inteiro. Não conseguimos que ninguém viesse até aqui para tentar drená-lo.

— Mas os documentos não são valiosos? — Effy se surpreendeu por fazer tal pergunta. Parecia intrometida, oportunista, algo que Preston poderia dizer. Talvez ele já até tivesse dito.

— Claro que sim — afirmou Ianto. — Meu pai era muito protetor de seus assuntos pessoais e profissionais. Quaisquer papéis que estejam aí embaixo, tenho certeza de que estão selados, mas são impossíveis de alcançar, a menos que você não se importe em mergulhar no gelo e na escuridão.

Effy observou a água ondular, o volume do líquido ondulando e aplainando como seda preta.

— A água não deveria ter escoado por si só? Quando a maré baixou?

Ianto olhou para ela com a expressão de pena que Wetherell lhe direcionara no carro.

— O penhasco está afundando. A própria fundação da casa está encharcada. Toda a baía dos Nove Sinos, na verdade. Estamos mais próximos de nos afogar a cada ano.

Effy não tinha percebido quão literal era o discurso do Segundo Afogamento, era mais do que uma mera superstição do Sul. Ela se sentiu envergonhada por ter descartado a hipótese até agora.

Acima das escadas havia outro arco. A pedra úmida e coberta de musgo. Palavras foram gravadas em sua superfície entre esculturas de ondas.

Ela leu a inscrição em voz alta, sua entonação elevando-se no final para torná-la uma pergunta.

— "O mar é o único inimigo"?

E então, para sua completa surpresa, foi Preston quem falou.

— *Tudo que é antigo deve se decompor* — disse ele, e a frase tinha a cadência de uma canção. — *Um homem sábio disse-me assim. Contudo, na época um marinheiro eu era, ainda sem vestígios de prata entre meus cabelos e, impelido pela ousadia característica da juventude, proferi: o mar é o único inimigo.*

Effy apenas o encarou enquanto ele recitava as linhas, o olhar firme por trás dos óculos, o tom de sua voz suave e reverente. Ela reconhecia as palavras agora.

— "A morte do marinheiro" — disse ela, a voz suave. — Do livro de poemas de Myrddin.

— Sim — assentiu ele, parecendo surpreso. — Não achei que você conhecesse.

— Alunos de literatura não são os únicos capazes de ler —respondeu ela com raiva, e logo se arrependeu da aspereza em sua voz. Havia deixado a amargura e a inveja que sentia aparentes demais. Talvez Preston já pudesse adivinhar por que ela o detestava tanto.

Mas tudo que ele disse foi:

— Certo.

A voz dele era curta e seu olhar se tornou frio e distante de novo. Effy balançou a cabeça, como se tentasse dissipar os vestígios nebulosos de um sonho. Queria expulsar da mente aquele momento frágil que ela e Preston haviam compartilhado.

Ianto pigarreou.

— Meu pai sempre foi seu próprio maior admirador — comentou ele. Esperou Effy se afastar e então fechou a porta, colocando a chave de volta no colar. — Vamos todos tomar um café da manhã. Não quero que pensem que sou um anfitrião grosseiro.

No entanto, Effy se desculpou e pediu licença, insistindo que precisava de ar fresco. Não era mentira. Mal conseguia respirar naquela ruína de casa.

Ela subiu os degraus cobertos de musgo no caminho até o penhasco. Desta vez, teve cuidado para não ficar muito perto da beirada. A pedra branca desmoronando lembrava as placas de gelo que flutuavam pelo rio Naer no inverno: agitadas e volúveis, nada que inspirasse confiança na sustentação. Effy estreitou os olhos contra o vento cortante.

Talvez não houvesse outros candidatos para o projeto. Talvez ela tivesse sido a única estudante que olhara para o cartaz e vira uma fantasia, enquanto os outros viram a realidade terrível.

Effy enfim entendeu: foi *por isso* que Ianto havia procurado por um estudante. Nenhum arquiteto experiente tentaria construir uma casa à beira de um penhasco afundando, sobre uma fundação que estava metade submersa. Nem mesmo em reverência a Emrys Myrddin.

Isso está além da sua capacidade, dissera o professor Corbenic, e tinha razão. Ele era como uma farpa que ela não conseguia arrancar de debaixo da unha. A lembrança dele surgia nos momentos mais estranhos, quando ela fazia algo tão simples quanto curvar os dedos para pegar uma caneca de café.

Lá embaixo, as ondas roíam o penhasco. Effy não podia mais enxergar aquilo com o mesmo olhar da beleza, só pensava na água escura corroendo a pedra pálida. Seus joelhos se dobraram e ela afundou na grama agitada.

A verdade era que tinha visto muitas coisas refinadas e belas por baixo de toda a umidade e podridão, como baús de tesouro esperando para serem resgatados de um naufrágio. Tapetes luxuosos que deviam ter custado uma fortuna, candelabros feitos de ouro maciço. No entanto, nada disso poderia ser salvo da deterioração e do mar crescente.

Era uma tarefa absurda, algo que aconteceria em um conto de fadas, o tipo de desafio desesperado e fútil que o próprio Rei das Fadas poderia ter lançado. Em sua mente, Effy reviu aquela criatura da estrada se virando para ela, abrindo a boca devoradora e dizendo: *Faça para mim uma camisa sem costura. Plante um acre de terra com uma espiga de milho. Construa uma casa em um penhasco afundando e ganhe sua liberdade.*

Nunca pensou que Myrddin lançaria uma tarefa tão cruel. Mas ela não conhecia esse homem, aquele que havia mantido a própria família presa em uma casa fétida que afundava, aquele que havia deixado tudo ao seu redor desmoronar em ruínas. O homem que ela passou a vida toda idolatrando fora estranho e recluso, mas não insensível. Logo, tudo aquilo parecia terrivelmente errado. Como um sonho do qual ela precisava acordar.

Então a voz de Preston sussurrou em seu ouvido. *O mar é o único inimigo.*

CAPÍTULO CINCO

A apreciação da obra de Myrddin apresenta-se tão intrigante quanto o próprio autor. Diversos críticos o têm acusado de adotar um romantismo desmedido em suas obras (conforme exemplificado por Fox, Montresor *et al.*). Contudo, a sua obra *Angharad* é reconhecida, ainda que com relutância, até mesmo pelos seus mais fervorosos críticos, como um trabalho extremamente profundo e surpreendente. Seus entusiastas, que abrangem tanto críticos acadêmicos quanto leitores do público comercial, insistem veementemente que a capacidade de ressonância universal de seu trabalho, seu universalismo, não é um mero acaso, mas sim uma manifestação do profundo entendimento que Myrddin detém acerca da condição humana. Em virtude disso, ele é considerado merecedor de seu status como autor nacional.

DO PREFÁCIO DE *AS OBRAS COMPLETAS DE EMRYS MYRDDIN*, EDITADO POR CEDRIC GOSSE, PUBLICADO EM 212.

Na manhã seguinte, o céu estava denso com nuvens e sem sol, e Effy se levantou sob uma luz cinza pálida e reumática. Ela não havia retornado a Hiraeth no dia anterior, mesmo com a insistência de Ianto, e preferiu se acomodar na casa de hóspedes, a mente a todo vapor repassando as poucas e difíceis opções que tinha.

Tentou abrir as torneiras enferrujadas acima da banheira, girando-as para a frente e para trás até que seus dedos doessem e suas palmas ficassem ásperas com a ferrugem. Por fim, ela conseguiu fazer com que uma delas gotejasse, e colocou as mãos em concha sob o fluxo escasso. Levou quase uma hora para se limpar e lavar os cabelos, mas se recusou a ir suja até a cidade. Ela ainda tinha o mínimo de dignidade.

Quando terminou, Effy colocou seu frasco de comprimidos na bolsa e vestiu seu casaco. Deixou a mala entreaberta e largada para trás. O que havia ali de insubstituível? Foi o que ela considerou enquanto começava sua caminhada trôpega pelas falésias em direção a Saltney. Algumas roupas, o bloco para desenhos, um conjunto barato de transferidores e compassos. Ela não sentiria falta de nada disso.

Effy finalmente havia pensado num plano na noite anterior, deitada sob o edredom verde, enquanto esperava que seu comprimido para dormir fizesse efeito. Enquanto as gotas rançosas pingavam no travesseiro ao seu lado, ela decidiu que não podia esperar, ou implorar a Wetherell por uma carona. Deixaria Saltney na primeira hora da manhã, e caminharia sozinha, que se danasse o mar.

Que se danasse também a criatura de cabelos escuros. Ela conhecia as histórias, e conhecia a própria mente. O Rei das Fadas não mostrava seu rosto à luz do dia, mas ela tomara um de seus comprimidos cor-de-rosa, só para garantir.

Seu plano parecia sólido o bastante até começar a garoar. Effy continuou, decidida, as botas raspando contra as pedras soltas à medida que a estrada ficava cada vez mais íngreme. O respingo de chuva era suficiente para transformar a terra compactada em lama, e logo cada passo era um esforço. A lama agarrava seus sapatos e a água escorria pelo seu rosto.

Com a visão embaçada, Effy espiou mais à frente, tentando avaliar o quanto faltava até chegar. Havia uma curva acentuada na estrada, e os penhascos se erguiam acima dela, bloqueando a vista de Saltney. Ela não conseguia ver fumaça saindo das chaminés ao longe, nem telhados de palha no horizonte.

Esfregou as bochechas. À sua esquerda, o mar lambia a borda da estrada em largas línguas de sal e espuma. Uma onda quebrou sobre a rocha e encharcou a ponta de sua bota.

O pânico aumentou em seu peito quando Effy ouviu o ronco do motor de um carro vindo atrás de si. Um automóvel preto deslizou pela estrada, suas janelas salpicadas de gotas de chuva, o capô liso e molhado.

Effy se afastou para deixá-lo passar, mas, em vez disso, ele diminuiu a velocidade e parou ao lado dela. A janela do lado do motorista baixou.

Preston a encarou em silêncio por vários segundos, com os braços apoiados no volante. Seu cabelo tão desalinhado quanto no dia anterior, e os olhos fixos por trás dos óculos. Finalmente, ele disse:

— Effy, entre.

— Não quero — teimou ela.

É óbvio que a chuva escolheu aquele exato momento para aumentar, as gotas grossas encharcando os cílios dela. O olhar de Preston era de ceticismo puro.

— A estrada está inundada lá embaixo — avisou ele. Então, em um tom sério, acrescentou: — Você está planejando nadar?

Carrancuda, ela encarou a estrada lamacenta e perguntou:

— É assim que você atrai todas as garotas para o seu carro?

— A maioria das garotas não me dá a chance, já que são sensatas o suficiente para não tentar passear pelas falésias na chuva.

O rosto dela adquiriu um rubor magnífico. Ela contornou o veículo até o lado oposto, com as bochechas ardendo. Em um movimento furioso, abriu a porta do carro, se jogou no banco do passageiro e manteve o olhar adiante.

— Eu me oponho à palavra *passear*.

— Sua objeção foi anotada. — O olhar dele não se desviou dela. — Coloque o cinto de segurança.

Ele estava tentando humilhá-la, tratá-la como uma criança.

— Nem mesmo minha mãe me faz usar o cinto de segurança — zombou ela.

— Imagino que a sua mãe não passe muito tempo dirigindo por estradas meio submersas.

Ela não conseguiu pensar em uma resposta inteligente para aquele argumento. Preston já tinha colocado o cinto, e ela estava com muito frio e molhada demais para discutir. Enquanto afivelava o cinto, ela pensou: *Você é tão insuportável*. Quase o disse em voz alta.

Os dois seguiram em silêncio por um bom tempo, as rodas do carro girando com força sobre a lama. Toda vez que a chuva aumentava, o humor de Effy piorava. Era como se o tempo estivesse zombando dela, lembrando-a de quão estúpida e indefesa ela havia sido, e como Preston, sempre lógico, tinha vindo em seu socorro. Ela afundou no banco, irritadíssima.

O interior do carro de Preston cheirava a cigarros e couro. Por mais que ela odiasse admitir, não era tão desagradável assim. Havia até mesmo uma leve sensação de conforto ali. Ela lançou um olhar furtivo para ele, mas o garoto tinha os olhos fixos na estrada enquanto o carro descia pelo penhasco.

— Por que você está indo para Saltney? — perguntou ela.

Preston pareceu surpreso ao ouvi-la falar.

— Às vezes trabalho no pub. É difícil se concentrar naquela casa, com o filho de Myrddin fungando no meu cangote.

Uma onda de raiva surgiu nas entranhas dela.

— Talvez Ianto não goste de acadêmicos sem alma vasculhando as coisas do falecido pai em busca de pequenas anedotas para incrementar suas teses.

De repente, Preston ergueu a cabeça.

— Como você sabia que era para a minha tese?

Effy estava tão satisfeita por sua isca ter funcionado que teve que se conter para não sorrir. Pela primeira vez, sentiu que saíra na frente na discussão, que havia ganhado alguma vantagem sobre ele.

— Eu só suspeitei que você tivesse segundas intenções pelo jeito que ficou tão desconfortável quando Ianto tentou me mostrar o escritório.

— Bem, parabéns pela sua habilidade de observação. — O tom de Preston soou um pouco amargo, o que agradou Effy ainda mais. — Mas só para você saber, nenhum aluno de literatura perderia uma oportunidade como essa.

Nenhum estudante de *literatura*. Será que ele estava tentando diminuí-la, provocá-la? Será que o garoto adivinhara a verdadeira razão pela qual ela o desprezava tanto? Effy tentou esconder sua frustração e inveja.

— A oportunidade de fazer o quê? Escrever uma tese intrometida e ganhar uma estrelinha dourada do chefe do departamento?

— Não — respondeu Preston. — A oportunidade de descobrir *a verdade*.

Essa era a segunda vez que ele dizia aquilo: *a verdade*. Como se tentasse fazer com que seus planos interesseiros parecerem mais nobres.

— Por que Ianto te convidou para cá? — questionou ela, ríspida.

— Ele não convidou. Obviamente ele não se opôs à proposta de a universidade criar uma coleção com as anotações do pai, mas não foi ele quem me convidou. — Ele se inclinou para olhar para ela por um instante, depois voltaram para a estrada. — Foi a viúva de Myrddin.

A viúva misteriosa de novo, que nem sequer saíra do quarto para cumprimentar Effy, que insistira em deixá-la isolada na casa de hóspedes. Por que *ela* patrocinaria um estudante universitário fuxiqueiro?

O carro passou por uma poça enorme de água salgada e espuma, uma onda que ainda não havia recuado. A freada súbita fez Effy ser arremessada para a frente, o cinto de segurança cumprindo seu papel antes que ela batesse o rosto no porta-luvas.

Ainda sem querer ceder, ela se endireitou e olhou para a frente em um silêncio carrancudo. Jurava ter vislumbrado um sorriso no rosto de Preston.

Quando o carro fez a última curva na estrada, ele ficou sério e perguntou:

— Por que você está tão desesperada para chegar a Saltney?

Na mesma hora, Effy sentiu o estômago revirar. A última coisa que queria era confessar seus planos de ir embora de Hiraeth depois de passar só um dia lá. Mesmo diante de uma tarefa tão impossível, a desistência era humilhante. Ainda mais humilhante do que ela esperava, porque Preston estava vivendo e trabalhando naquela casa horrível havia *semanas* e não fora desencorajado pela podridão ou pela ruína, nem mesmo pelas falésias afundando. Admitir a verdade significaria aceitar que ele era mais inteligente, mais engenhoso e mais determinado.

E seria ainda pior contar a ele a verdade mais profunda e dolorosa: que a visão de Hiraeth havia arruinado sua fantasia de criança, arruinado a versão de Myrddin que ela havia construído na própria mente, em que ele era benevolente e culto e havia escrito um livro na intenção de salvar garotas como ela.

Agora, quando ela o imaginava, só pensava nas falésias desmoronando, nas rochas caindo debaixo de seus pés. Pensava naquela sala afogada no porão, em Ianto dizendo: *"Meu pai sempre foi seu próprio maior admirador."*

— Preciso ligar para a minha mãe.

Foi a primeira mentira que veio à cabeça dela, e não era das boas. As bochechas de Effy coraram. Ela se sentiu como uma criança pega furtando uma loja, envergonhada pela desculpa tosca que dera.

Preston arqueou uma sobrancelha, mas sua expressão não parecia desdenhosa.

— Ela sabe que você deu uma pausa nos estudos? — Seu tom era casual, sem indicar pressuposições, mas foi o suficiente para o coração de Effy pular uma batida. Eles estudavam na mesma universidade. Em faculdades diferentes, claro, mas era possível que tivessem se cruzado na biblioteca ou enquanto tomavam café no Bardo Indolente. Ser a única garota no curso de arquitetura era como estar sob uma redoma de vidro, tudo que ela fazia era observado. Os rumores começavam do nada e corriam como água. Não era irrealista supor que ele tivesse ouvido falar sobre o professor Corbenic, por exemplo.

Agora que a mente dela havia conjurado a possibilidade, sentiu seu estômago revirar de terror e medo. Ela foi engolfada pela vontade abrupta de abrir a porta do carro e se atirar ao mar. Conseguiu se acalmar e responder com frieza:

— Isso não é da sua conta.

Por trás dos óculos, o olhar de Preston endureceu.

— Certo — disse ele. — Vou te deixar perto da cabine telefônica.

Felizmente, o resto do trajeto foi curto. Quando Preston chegou a Saltney, a chuva também havia cessado. Poças de água suja pontilhavam a estrada. Na rua principal havia uma igreja, feita da mesma pedra branca esfarelenta das falésias, uma peixaria com uma placa de madeira pendurada de um lado só acima da porta, e o pub, com uma luz dourada suave brilhando por trás das janelas encharcadas de chuva.

— Pode me deixar aqui — pediu Effy. — Vou andando.

Preston encostou o carro sem dizer uma palavra. Effy tentou abrir a porta, mas a maçaneta apenas se mexeu inutilmente. Ela puxou outra vez, fervendo de frustração por dentro, o rosto queimando.

— Está trancada — explicou Preston. Sua voz estava tensa.

A teimosia de Effy fez com que ela continuasse puxando a maçaneta, mesmo sabendo que a porta não ia abrir. Após várias tentativas, ela ouviu Preston respirar fundo e então ele se inclinou, mexendo na fechadura.

No movimento, o ombro dele acabou pressionado contra o peito dela, os rostos dos dois próximos o suficiente para que Effy pudesse ver os músculos desenharem a mandíbula dele. A pele exibia um leve bronzeado e um punhado de sardas salpicava suas bochechas. Effy não tinha notado antes. Havia duas marcas vermelhas onde os óculos pressionavam, pequenas marcas que se estendiam na ponte do nariz... ela se perguntou se machucava. Quase quis perguntar. Era um pensamento estranho, e ela não tinha certeza de por que tinha pensado nisso. Seu coração batia depressa, e, para ela, era claro que Preston podia senti-lo através da lã de seu suéter. Enfim a porta se abriu com um clique. Preston se afastou, soltando um suspiro baixo. Foi só então que Effy percebeu que também estava prendendo a respiração.

O ar frio soprava pela porta aberta, trazendo consigo o cheiro de maresia. Effy saiu do carro o mais rápido que pôde, o lábio inferior latejando onde ela havia mordido a ponto de quase sangrar.

~

A estação de trem não era longe do pub, mas assim que começou a caminhar, as pernas de Effy começaram a ficar dormentes. Ela observou da rua enquanto Preston saía do carro, a gola da jaqueta levantada de modo a proteger as orelhas.

Havia um leve rubor pintando as bochechas dele, e Effy estava certa de que não era coisa da sua imaginação. Ele lhe ofereceu um aceno rígido e contido e depois desapareceu no pub. Enquanto a porta estava aberta por um momento, Effy ouviu a música abafada que vinha do toca-discos lá de dentro.

Ela se virou em direção à estação de trem. Não fazia sentido esperar, pensou ela, se de fato ia embora. No caminho, acabou enfiando o pé esquerdo em uma poça, encharcando a barra da calça. Já sentia falta de Caer-Isel, das cafeterias e de Rhia. Ela sentia falta até mesmo de Harold e Watson.

Sentia saudades das ruas pavimentadas.

Não havia outros carros além do de Preston por perto, e a rua estava sombria e vazia. A estação de trem não era mais do que uma pequena bilheteria e um trecho de trilhos silenciosos, com água escorrendo pela janela da bilheteria e pingando do toldo.

Ela não sabia quando o próximo trem chegaria, e não parecia haver qualquer tipo de quadro de horários afixado por ali. Effy olhou por cima do ombro, como se pudesse flagrar Preston olhando para ela. Mas por que ele se importaria o suficiente a ponto de investigar sua mentira?

A apenas alguns passos da estação, Effy avistou a cabine telefônica, cujo vidro também estava embaçado pela condensação.

Como que num impulso, ela entrou na cabine e pegou o telefone. Óbvio que não precisava dar cabo à mentira estúpida que contara a Preston. Mas, ainda assim, se viu discando o número da mãe outra vez.

Uma parte minúscula de Effy *queria* ouvir a voz da mãe. Era como o ímpeto que um cachorrinho tinha de cheirar o mesmo velho favo de mel, esquecendo que tinha sido picado pelas abelhas antes.

— Alô? Effy? É você?

— Mãe? — O alívio que sentiu quase a derrubou. — Sinto muito por não ter ligado de volta antes.

— Bem, deveria mesmo — disse a mãe. — Eu estava nervosa. Contei aos seus avós. Onde você está?

— Ainda em Saltney. — Effy engoliu em seco. — Mas já estou de saída.

Um barulho de algo se mexendo ressoou na linha; ela imaginou sua mãe ajustando o telefone para que ficasse encaixado entre o ombro e a orelha.

— O que te fez finalmente mudar de ideia?

Finalmente foi uma pequena pitada de crueldade. Apenas um dia se passara.

— Só percebi que você estava certa. É coisa demais para eu lidar.

A mãe soltou um murmúrio de aprovação. Ao fundo, ouviam-se ruídos abafados de carros passando pela rua. Effy imaginou sua mãe parada ao lado da janela aberta, o fio do telefone enrolado ao redor de seu corpo esguio. Visualizou a poltrona na sala de estar, onde costumava se enroscar depois da escola para fazer a lição de casa; imaginou seus avós andando pela cozinha no andar de baixo, preparando carne de veado e assando tortinhas.

Imaginou seu quarto, com o mesmo papel de parede rosa pastel que tinha desde criança e o urso de pelúcia que ficara com vergonha de levar para a universidade, mas do qual sentia falta todas as noites.

— Bem, graças aos Santos — agradeceu sua mãe. — Não aguento mais problemas vindos de você.

— Eu sei — disse Effy. — Desculpe. Estou indo para casa agora.

As palavras a deixaram chocada no segundo em que falou. Um momento antes, ela estava com saudades de Caer-Isel, mas agora percebia que, ainda que aquele fosse um lugar familiar, não era seguro. A linha ficou silenciosa por um momento. Sua mãe respirou fundo.

— Casa? E seus estudos?

— Não quero voltar para Caer-Isel. — O nó das lágrimas se fechou na garganta dela tão de repente, que doía ao tentar falar. — Aconteceu uma coisa, mãe, e eu não posso...

Ela queria contar à sua mãe sobre o professor Corbenic, mas perdeu a capacidade de falar na hora. Tudo ainda se repetia em flashes na mente de Effy; não havia narrativa, nenhuma história com um começo, meio e fim. Havia apenas a confusão de medo e pânico que deixavam sua boca seca, os pesadelos que a faziam acordar assustada à noite.

E ela sabia exatamente como sua mãe se sentia em relação aos seus pesadelos.

— Effy. — A voz da mãe soou tão afiada que fez o estômago da garota revirar. — Não quero que você volte para casa. Não pode fazer isso. Eu tenho o meu trabalho e você já é crescida. Não importa o tamanho da bagunça que arrumou, conserte você mesma. Volte para a faculdade. Tome seus remédios. Foque nos seus estudos. Me deixa viver minha vida. Você está tomando seus remédios, não está?

Naquele momento, Effy desejou que seus sentidos se entorpecessem outra vez. Queria mergulhar naquele lugar de águas profundas, onde tudo que poderia ouvir seria o turbilhão das ondas acima dela.

Mas a mente dela não colaborou. Em vez disso, ela sentia o frio do telefone pressionado contra sua orelha, o aperto na garganta e o batimento cardíaco descompassado e aflito. Levantou a mão para esfregar o nódulo de tecido cicatrizado onde deveria estar seu dedo anelar.

— Estou tomando — respondeu. — Mas esse não é...

Ela parou no meio da frase. Pretendia dizer que *esse não era o problema,* mas será que não era? Ela poderia ter corrido a qualquer momento enquanto estava no escritório do professor Corbenic. Era isso que os garotos da faculdade sussurravam: que ela quisera aquilo. Afinal, por que mais ela teria ficado? Por que nunca o empurrou para longe? Por que nunca disse aquela simples palavra: *não?*

Tentar articular o medo inarticulável que sentiu quando estava sentada na poltrona verde do escritório dele a levaria pelo mesmo caminho de sempre. Terminaria com a mãe dizendo que não existem monstros. Que não havia nada observando-a do canto de seu quarto, não importava quantas noites Effy não conseguisse dormir sob aquele olhar frio e inexpressivo.

— Será que não fiz o suficiente? — A voz de sua mãe soava trêmula, como uma agulha sobre um disco arranhado. — Por dezoito anos fomos só você e eu, e pelos Santos, você não facilitou em nada...

Ela pensou em lembrar sua mãe de que seus avós também tinham contribuído, que eles pagaram pelos estudos dela, levaram-na em viagens, ajudaram com a lição de casa, cuidaram dela enquanto sua mãe se restabelecia das ressacas de gim ou ficava na cama por dias sob um manto de exaustão. Mas Effy já tinha ouvido esse disco tocar mil vezes. Não adiantava dizer nada disso, não adiantava dizer coisa alguma, na verdade.

— Eu sei — foi tudo que ela conseguiu falar, no final. — Desculpe. Vou voltar para a universidade agora. Tchau, mãe.

Effy desligou antes que a mãe pudesse responder.

Effy saiu da cabine telefônica, as botas batendo sobre o cascalho molhado. Esperava sentir um aperto de pânico subir pela espinha, mas estava estranhamente em paz. Era o fato de não ter muita escolha que a acalmava. Havia apenas dois caminhos à sua frente agora, um bem trilhado e sombrio, o outro meio iluminado e à espera.

Ela pensou que poderia descer aquele caminho escuro, mas quanto mais pensava nos sussurros no corredor e no professor Corbenic, mais percebia que não suportaria aquilo. Isso facilitava a próxima decisão. Ela se ajoelhou para enrolar a barra da calça molhada e então se levantou e marchou pela rua vazia, a estação de trem se tornando um borrão em sua visão periférica.

Effy não tinha andado mais do que uma dúzia de passos quando viu alguém vindo pela estrada em sua direção. Era um homem mais velho, com o rosto marcado pelo tempo e um cajado de pastor. Alguns carneiros baliam atrás dele. Ela não conseguiu contar quantos tinham até que ele se aproximasse.

Foi o instinto de quem cresceu na cidade que fez Effy segurar a bolsa com mais firmeza, mas o homem parou a mais de um braço de distância dela, os dedos enrugados fechados ao redor do cajado. Seus olhos eram da cor do mar mais cristalino, um verde fosco e denso.

— Sei que você não é daqui — disse ele, com um sotaque sulista embaralhado que Effy lutou para entender. — Uma jovem bonita sozinha nos penhascos lá em cima... Não tem lido seus contos de fadas?

Effy ficou bastante ofendida.

— Já li muitos contos de fada.

— Não tem lido direito, então. Você é uma moça religiosa? Reza para seus Santos à noite?

— Às vezes. — Na verdade, ela não ia à igreja havia anos. Sua mãe a levava por mera obrigação, citando a fé de sua avó e a devoção à Santa Caelia, padroeira das mulheres grávidas. A capela mais próxima em Draefen era dedicada à Santa Duessa, padroeira dos mentirosos abençoados. Effy se sentava lá, trajando um vestido branco engomado, balançando as pernas sob o banco e contando o número de pedaços vermelhos nos vitrais. Uma ou duas vezes ela flagrara a mãe cochilando.

— Bem, suas orações são inúteis — disse o velho pastor. — Elas não a protegerão contra *ele*.

O vento aumentou, frio e cortante. Soprou a grama no topo da colina e carregou a maresia. Um dos carneiros de face preta balia para ela com certa ansiedade. Eram sete, com chifres enrolados contra as cabeças planas feito moluscos.

Effy sentiu os pelos arrepiarem. Ela baixou a voz e se inclinou para mais perto do pastor.

— O senhor está falando do Rei das Fadas?

O homem não respondeu de cara, mas ergueu o olhar para ambos os lados, em direção às colinas e então para o mar, como se esperasse algo surgir ou avançar de um daqueles lugares. Effy pensou na criatura na estrada, com os cabelos escuros molhados e a coroa de ossos. Ela tinha visto aquilo. Wetherell também. Talvez o pastor também tivesse visto. Os nervos de Effy estavam à flor da pele, o sangue correndo com adrenalina.

— Proteja-se contra ele — aconselhou o pastor. — Coloque metal nas suas janelas e portas.

— Ferro. Eu sei.

O ancião vasculhou o bolso esquerdo por um momento. Depois estendeu a mão. Na palma havia um conjunto de pedras nas cores branca, cinza e cor de ferrugem, como os seixos na praia. Cada uma tinha um pequeno buraco no centro, através do qual Effy podia ver a pele enrugada do homem.

— Pedras de bruxa — explicou o pastor. — O Rei das Fadas usa muitos disfarces inteligentes. Olhe através delas e você o verá chegando em sua verdadeira forma.

Ele agarrou o pulso de Effy e abriu os dedos, depositando as pedras na mão da garota antes que ela pudesse protestar. Eram mais pesadas do que pareciam.

Effy colocou as pedras no bolso da calça. Quando ergueu o olhar outra vez, o pastor já tinha se virado e caminhava pela estrada em direção às colinas verdes. Seus carneiros o seguiam como boias na água. Um deles parou na estrada e olhou para trás, na direção de Effy.

A garota ainda podia sentir os pelos arrepiados. Enfiou a mão no bolso e ergueu uma das pedras na altura do olho, espiando pelo buraco no meio. Mas tudo que viu foi o carneiro a encarando, imóvel e sem piscar.

Effy baixou a pedra, se sentindo uma boba. Com ou sem contos de fadas, se estivesse em Caer-Isel, ela nunca teria parado para ouvir os delírios de algum velho estranho na rua. Então colocou as pedras de volta no bolso e tentou enxugar a umidade da maresia do rosto. Ela percebeu que o que acontecera com ela foi como o oposto de um furto.

O pub tinha um nome, mas o letreiro estava tão úmido e apodrecido que Effy não conseguia ler. Ela empurrou a porta com mais confiança do que de fato sentia. Seus pelos da nuca ainda estavam arrepiados com a lembrança das palavras do pastor.

De uma só vez, ela foi banhada pela luz quente e dourada do pub. Havia uma lareira de pedra no canto que crepitava emitindo um som parecido com o de galhos estalando sob os passos de um par de botas. Na cornija acima da lareira havia fotografias antigas em tons de sépia. O cômodo estava lotado com várias mesas redondas e, mais adiante, duas mesas junto a sofás, um espaço mais reservado. A madeira daqueles móveis era mais brilhante, mais nova. Uma tentativa evidente de modernização.

Atrás do balcão havia fileiras e fileiras de garrafas de bebidas, algumas claras, outras em tons de verde ou âmbar, reluzindo como balas caramelizadas. O disco que ela ouvira mais cedo ainda estava tocando a mesma música de uma mulher de voz soprano que Effy não reconheceu.

O pub estava vazio, exceto por dois homens mais velhos sentados perto da janela — pescadores, a julgar pelos suéteres grossos e as botas de borracha — e a bartender, que aparentava ter a idade da mãe dela, com mãos que pareciam ter trabalhado tantos anos quanto Effy tinha de vida. E Preston, cujo cabelo desgrenhado ela avistou por cima do encosto de um dos sofás. Ela desviou, passando ao redor da mesa mais próxima para que ele não a visse.

Só tinha ido a um pub uma ou duas vezes na vida, quando Rhia a levara. Ela não conhecia nenhuma das regras implícitas de etiqueta. Também não bebia. Álcool, dissera o médico, não interagia bem com a medicação, e Effy já tinha dificuldade suficiente para discernir realidade de fantasia.

A bartender a fitou com um olhar impiedoso e carrancudo.

— Vai pedir alguma coisa? — perguntou a mulher, com um sotaque tão incompreensível quanto o do pastor.

Effy deu um passo em direção ao balcão.

— Sim. Desculpa. Vou querer um gim-tônica, por favor.

Era a bebida preferida de sua mãe e a primeira coisa que lhe veio à mente. A bartender ergueu uma sobrancelha, mas foi buscar um copo. Effy sentiu suas bochechas ruborizando. Mal passava das nove da manhã, mas ela não tinha ideia do que mais poderia pedir.

Ela deixou seu olhar vagar em direção aos pescadores, que pararam de conversar para observá-la, olhos pequenos e perspicazes sob sobrancelhas espessas.

As palavras do pastor ressoavam em sua cabeça.

Olhe através delas e você o verá chegando em sua verdadeira forma.

Para os religiosos do Norte, fadas eram demônios, seres do submundo, inimigos jurados de seus Santos. Para cientistas e naturalistas céticos e pretensiosos, o Povo das Fadas era tão fictício quanto quaisquer outras histórias contadas na igreja. Mas para os sulistas, a existência das fadas era um fato, como furacões ou víboras no jardim. Eles tomavam precauções contra fadas. Fechavam as janelas e trancavam as portas.

Effy quase levantou a pedra de bruxa na altura do olho outra vez, mas se sentiria boba fazendo isso bem diante da bartender e daqueles homens. Além disso, o Rei das Fadas era vaidoso até seu último suspiro. Ele escolheria um disfarce mais dignificado do que esses.

O som de um copo sendo colocado sobre o balcão trouxe de volta a atenção de Effy. A bartender a olhava com expectativa.

— Quanto custa? — perguntou Effy. A bartender lhe disse o valor, e a garota contou as moedas com cuidado.

Os pescadores ainda a observavam. A mulher recolheu o dinheiro e Effy pegou seu copo.

— Qual é a bebida mais popular aqui?

— Normalmente uísque. Mas como agora é inverno, a maioria das pessoas pede cidra quente.

Effy corou ao segurar seu copo gelado. Tão logo a bartender voltou a limpar o balcão, ela se apressou em sair.

Assim que saiu do campo de visão da mulher, ela considerou suas opções. Poderia sentar-se em uma das mesas, exposta aos pescadores maliciosos, ou poderia ficar no espaço mais reservado bem ao lado de onde Preston estava sentado e... o quê? Saborear sua bebida em silêncio, enquanto Preston trabalhava do outro lado, ambos extremamente conscientes da presença um do outro, tendo apenas a fina madeira envernizada separando-os, como um confessionário de igreja?

Effy mal conseguia imaginar algo mais constrangedor. E depois do que aconteceu no carro, ela sentiu que precisava recuperar um pouco da dignidade perdida. Antes que perdesse a coragem, marchou em direção a Preston e se sentou diante dele.

Assustado, ele fechou o livro com um estalo. Com as bochechas coradas e os olhos inquietos, ele parecia um estudante culpado. E ela supôs que era isso mesmo que Preston era, só não sabia pelo que ele sentia culpa.

— Parece que você terminou sua ligação.

— Sim — confirmou Effy. Ao lado do cotovelo de Preston havia um copo de uísque pela metade, o que a fez se sentir menos boba por ter pedido uma bebida às nove da manhã. Ela ainda não tinha decidido se tomaria mesmo um gole, mas estava feliz por ter seu copo — isso lhe dava a sensação de estar mais em posição de igualdade com Preston.

Ele guardou o livro de volta na mochila, mas não antes de Effy ler o título na lombada: *As obras poéticas de Emrys Myrddin, 196–208*.

Ele pegou-a olhando e lançou um olhar desafiador.

— Um dos *seus* livros da biblioteca — disse ele. — Não quis jogar sal na ferida.

Ela decidiu que o rapaz não a faria se sentir envergonhada.

— Era isso que você devia estar lendo, então. "A morte do marinheiro".

— Não é uma das obras mais conhecidas de Myrddin. Estou surpreso.

— Eu te disse. Ele é meu autor favorito.

— O consenso acadêmico diz que a poesia de Myrddin em geral é mediana.

O rosto de Effy esquentou, a raiva agitando seu estômago.

— Então por que se dedicar a estudar algo que você considera inferior?

— Eu disse que era o consenso acadêmico, não minha opinião pessoal. — O que, óbvio, ele não compartilharia. Ele era muito melhor do que Effy em manter suas cartas ocultas. Seus óculos haviam escorregado um pouco pelo nariz; ele logo os empurrou para cima. — E de qualquer forma, você não precisa amar algo para se dedicar a isso.

Preston falou de forma casual e ela sabia que aquela frase não era carregada de más intenções, mas isso só piorou a situação. Por que ele conseguia feri-la tanto com tão pouco?

— Mas qual é o sentido, então? — ela conseguiu questionar. — Você teve notas altas o suficiente nas provas para estudar o que quisesse, e escolheu literatura por impulso?

— Não foi por impulso. E talvez arquitetura seja a paixão da sua vida, talvez não. Todos nós temos nossos motivos para fazer o que fazemos. — Outra onda de raiva percorreu Effy.

— Eu não vejo razão para estudar literatura a menos que você se importe com as histórias que está lendo e escrevendo.

— Bem, eu estudo a teoria. Não sou escritor.

A fala a esmagou como algo que fora pego pela confusão tensa e implacável de uma correnteza. Como ele poderia estar satisfeito apenas *estudando* literatura, sem nunca escrever uma palavra de sua autoria? Sem nunca ter a chance de colocar no papel as coisas que imaginava? Enquanto isso, a banalidade da própria vida a deixava miserável: esboçando planos para coisas que não sabia construir, desenhando casas que *outras* pessoas chamariam de lar. Era o suficiente para fazê-la querer chorar, mas ela cravou as unhas na palma da mão para impedir que as lágrimas brotassem nos olhos.

— Bem, de um jeito ou de outro, eu não consigo imaginar o que um argantiano aprenderia lendo contos de fadas llyrianos — disse ela por fim, tentando imitar a frieza monótona do tom de voz dele. — Myrddin é *nosso* autor nacional. Você não entenderia as histórias a menos que tivesse crescido ouvindo sua mãe lê-las.

— Eu te disse — falou ele, devagar —, minha mãe é llyriana.

— Mas você cresceu em Argant.

— Obviamente.

Isso rendeu a ela um olhar bravo — era a primeira vez que Effy o via parecer repreendido, na defensiva, mas a pequena vitória não foi tão satisfatória quanto ela imaginou. Óbvio que Preston estava ciente de seus sotaque e sobrenome inconfundivelmente argantianos. Ela se lembrou da conversa com o estudante de literatura na biblioteca, que fez sua pergunta ecoar: *Quer dizer, quantos argantianos querem estudar literatura llyriana?*

Por baixo disso havia uma segunda pergunta não dita: O *que dá a eles esse direito?*

Ela não queria ser como aquele garoto, não queria ser como aqueles llyrianos preconceituosos e de mente pequena, que acreditavam em todas as superstições e estereótipos absurdos sobre seus inimigos. Não importava o quanto detestasse Preston, não era culpa dele ter nascido argantiano, assim como não era culpa dela ter nascido mulher.

E Effy se lembrou do tom respeitoso em sua voz quando ele recitou aquelas linhas de "A morte do marinheiro". *Todos nós temos nossos motivos para fazer o que fazemos.*

Talvez houvesse uma razão para ele se apegar a Myrddin. Talvez não fosse apenas oportunismo descarado. De repente, e contra todas as probabilidades, ela se compadeceu por tê-lo provocado.

Preston levantou seu copo e o esvaziou em um único gole, sem nem mesmo fazer careta. Quando terminou, olhou para o copo de gim-tônica intocado da garota.

— Você vai beber isso?

Effy olhou para o próprio copo, o gelo derretendo, a água tônica borbulhando. Ela pensou nos olhos vermelhos de sua mãe depois de uma noite de bebedeira e sentiu um leve enjoo.

— Não.

— Então, vamos.

— O quê?

— Eu te levo de volta para Hiraeth.

— Pensei que você fosse trabalhar aqui — disse ela. — E quanto a Ianto na sua cola?

— Na casa é Ianto, aqui é você. — Preston pegou o começo de uma objeção nos lábios dela, e logo acrescentou: — Não é sua culpa. Você não vai ter nada para fazer na cidade além de beber gim e ficar me encarando enquanto eu trabalho. Não estou feliz em ser a coisa mais interessante em Saltney, mas infelizmente posso garantir que esse é o caso.

— Não tenho tanta certeza disso. — Effy pensou no pastor, nas pedras no bolso dela. Decidiu não mencionar nada daquilo. Em vez disso, comentou: — Não querendo ferir o seu ego, mas eu vi uns cocôs de ovelha muito interessantes no caminho para cá.

Preston soltou uma *gargalhada*. Foi um curto e surpreso sopro de ar, mas sem malícia alguma. Ele achou mesmo engraçado. E Effy descobriu que adorava aquele som.

Ela devolveu seu copo ainda cheio para a bartender e seguiu Preston para a rua. Tinha começado a chuviscar outra vez, e as gotas se agrupavam no cabelo dele como pequenas contas brilhantes de orvalho matinal.

Enquanto Preston tirava um maço de cigarros do bolso, Effy passou a língua pelos lábios, sorvendo gotículas do chuvisco que a molhava. O rapaz colocou um cigarro na boca e o acendeu com uma das mãos, a outra apoiada na porta do carro, no lado do motorista. Os dedos longos e finos de Preston envolveram a maçaneta.

— Me dá um? — pediu ela.

Não sabia ao certo por que tinha dito aquilo. Talvez quisesse provar algo a ele, compensar pelo copo de gim que deixou derretendo no balcão. Talvez estivesse apenas distraída pela maneira como os lábios dele se mexiam enquanto fumava. Effy balançou a cabeça, tentando dispersar o pensamento indesejado.

Preston parecia tão surpreso quanto ela. No entanto, sem dizer uma palavra, ele pegou outro cigarro, colocou na boca, acendeu e passou para ela por cima do capô.

Effy soltou uma risada curta.

— Não confia em mim para usar o seu isqueiro?

Ela ficou muito satisfeita ao ver as bochechas dele corarem.

— Eu estava tentando ser educado — respondeu ele. — Não cometerei esse erro outra vez.

Ambos entraram no carro. Effy colocou o cigarro entre os lábios e inalou, tentando não tossir. Nunca tinha fumado antes, mas não queria que Preston soubesse disso. Também não queria que ele sequer imaginasse o quanto ela estava pensando no fato de que tinha entre os lábios o mesmo cigarro que havia tocado os lábios dele. Tentava espiar de forma disfarçada a delicadeza com a qual ele prendia o cigarro entre os dentes enquanto dirigia.

O automóvel subia a encosta, a fumaça de cigarro se espalhando pelo ar silencioso, o mar ditando seu ritmo incessante contra as rochas. Talvez fosse o cigarro, talvez o cheiro reconfortante do carro de Preston, seja lá o que fosse, uma espécie de calmaria caiu sobre Effy.

Então ela tocou as pedras no bolso, passando o dedo pelos buracos, enquanto era levada de volta para Hiraeth.

CAPÍTULO SEIS

O Afogamento foi mais do que um evento climático. Foi algo que veio a definir a história social, política e econômica da região, e deu origem a uma subcultura distintiva e cada vez mais proeminente entre os residentes do Centenário Inferior. De forma um tanto paradoxal, provocou um aumento do nacionalismo sulista, um endurecimento da divisão Norte-Sul de Llyr. Pode-se dizer, portanto, que o Afogamento é responsável por estruturar o núcleo da identidade do Sul, mesmo quase dois séculos depois.

DA INTRODUÇÃO DE *UM COMPÊNDIO DE ESCRITORES DO SUL NA TRADIÇÃO NEO-BALADISTA*, EDITADO PELO DR. RHYS BRINLEY, PUBLICADO EM 201.

A manhã seguinte foi o primeiro dia sem nuvens na baía dos Nove Sinos desde que Effy chegara, e ela tomou esse fato como um sinal. Assim que acordou, se vestiu em um instante e correu pelo caminho em direção à casa, as botas dela deslizando na terra macia.

Lá embaixo, até o mar parecia estar se comportando, as ondas produziam apenas um murmúrio abafado contra a pedra. A luz do sol refletia na crista de espuma branca. Ao longe, ela viu duas aves brincando na água — do seu ponto de vista, as cabeças cinzentas pareciam pequenas como seixos.

A calmaria do dia anterior havia dado lugar a uma determinação incipiente. Sentada no carro ao lado de Preston, com a fumaça do tabaco enchendo a cabine, Effy decidiu que iria tentar. Ela não podia desistir antes mesmo de começar.

Você não precisa amar algo para se dedicar a isso, dissera Preston. No momento ela se irritara com a condescendência daquela afirmação, mas agora percebia — a contragosto — que aquele era, na verdade, um bom conselho.

E talvez tivesse se equivocado a respeito de Myrddin em alguns aspectos, mas isso não significava que ela estava completamente enganada. Ele ainda era o autor de *Angharad*. Ainda era o homem que colocou ferro na porta da casa de visitas.

Angharad também já havia achado que o que precisava fazer era impossível. No início, ela nunca tinha acreditado que poderia escapar do Rei das Fadas.

Effy podia não ser uma grande projetista, mas era excelente na arte da fuga. Estava sempre desgastando a arquitetura de sua vida até que houvesse uma rachadura grande o suficiente para que ela pudesse passar. Sempre que enfrentava algum perigo, sua mente conjurava uma porta secreta, um buraco no assoalho, algum lugar onde ela pudesse se esconder ou por onde pudesse fugir.

Enfim a casa apareceu à vista, marcante e escura contra o delicado céu azul. Effy trazia consigo seu bloco de desenho com o projeto original para a Mansão Hiraeth e três canetas, caso uma ou duas falhassem. Estava ofegante e com uma agradável exaustão quando subiu os degraus cobertos de musgo.

Ianto esperava por ela na entrada e parecia contente em vê-la, talvez até aliviado.

— Você parece estar se sentindo melhor — comentou ele.

— Sim — respondeu ela, sentindo uma nova onda de constrangimento ao se lembrar de como havia saído correndo da casa. — Peço desculpas por não ter vindo ontem. Ainda estou... bem... me acostumando com o ar daqui, acho.

— É compreensível — disse Ianto, com generosidade. — Dá pra ver que você é uma garota do Norte até o último fio de cabelo. Estou feliz por vê-la mais disposta. — Ela não sabia se ele estava comentando sobre sua aparência ou sua atitude, até que ele acrescentou: — A cor da sua pele é encantadora.

— Ah, obrigada — agradeceu ela, com o rosto já quente.

Os olhos pálidos de Ianto brilharam.

— Então vamos começar — anunciou ele, e convidou Effy a passar pela porta.

Effy ignorou a leve sensação de desconforto e seguiu atrás dele. Ela havia sido escolhida pela força e inventividade de seu projeto original, mas isso havia sido feito antes de a candidata ver a Mansão Hiraeth pessoalmente. O convite inicial de Ianto fez parecer que não haveria nada além de um grande campo vazio esperando por ela, pronto para ser preenchido com uma nova fundação. Não uma monstruosidade em ruínas. Depois de voltar de Saltney no dia anterior, Effy havia se sentado na beira da cama, equilibrado as folhas para desenho sobre os joelhos e tentado unir sua visão inicial com a realidade horrenda que tinha encontrado.

O resultado foi, pelo menos aos olhos de uma novata, interessante. Ela imaginou que o plano evoluiria com o tempo — Ianto queria a planta executada antes que ela retornasse para Caer-Isel —, mas ela era capaz de executá-lo. Tinha que ser.

Ianto a conduziu até a entrada que, apesar do sol e do céu sem nuvens, ainda estava parcialmente banhada em uma luz cinzenta e sombria. As poças no chão preenchidas por água salgada e turva. Wetherell estava em pé junto à entrada da cozinha, parecendo rígido e carrancudo, com uma expressão severa. Quando ela lhe desejou bom-dia, ele respondeu apenas com um aceno.

Effy se recusou a deixar que ele jogasse um balde de água fria em seu entusiasmo.

— É por aqui que eu quero começar, na verdade — disse ela. — O hall de entrada. Ele deveria ser inundado de luz em um dia ensolarado.

— Isso vai ser difícil — comentou Ianto. — A frente da casa está voltada para o oeste.

— Eu sei — respondeu ela, já retirando seus rascunhos da bolsa. — Quero virar a casa toda, se for possível. Este hall e a cozinha de frente para o leste, com vista para a água.

Ianto assumiu uma expressão pensativa.

— Então a entrada teria que ser na direção do penhasco.

— Sei que parece impossível — reconheceu ela.

Wetherell interveio:

— Parece caro, isso sim. O Sr. Myrddin discutiu as limitações financeiras do projeto com você?

— Agora não — cortou Ianto, acenando com a mão. — Quero ouvir a extensão dos planos de Effy. Se precisarmos fazer ajustes, podemos fazer isso mais tarde.

Por um momento, Wetherell pareceu fazer menção de protestar, mas apenas apertou os lábios e voltou para a porta.

— Bem, estive pensando a respeito — começou ela, com cuidado. — Sobre custo e viabilidade. Seguindo minha planta, seria necessário demolir a maior parte da estrutura atual e recuar a nova casa para muitos metros atrás da beira do penhasco. Dada a imprevisibilidade da rocha, a topografia irregular...

Effy parou de falar. Uma sombra havia caído sobre o rosto de Ianto. Sua expressão de desprazer dizia que suas ideias, de fato, não estavam alinhadas. Quer dizer, então, que ele não havia pensado em uma estrutura totalmente nova no lugar da antiga?

A expressão de Ianto e o escurecer de seus olhos fizeram com que a mente dela fosse inundada por um pânico indistinto, mas terrível. Ela até recuou, mas tudo que ele fez foi perguntar:

— Gostaria de ir lá em cima comigo, Effy? Tem algo que eu queria que você visse.

Effy assentiu devagar, na mesma hora sentindo-se tola por estar tão assustada. Era o tipo de coisa pela qual sua mãe a teria repreendido — *não aconteceu nada, Effy*. Quando criança, ela sempre recebia esse olhar perplexo e desdenhoso ao correr para o quarto da mãe depois de um pesadelo. O mesmo de sempre. Uma forma sombria no canto do seu quarto. Até que, por fim, ela parou de ir até a porta da mãe. Em vez disso, lia *Angharad* à luz do abajur até que seus comprimidos a fizessem adormecer.

Ianto a conduziu escada acima, a mão deslizando sobre o corrimão de madeira apodrecida. Effy seguiu, sentindo-se um tanto instável. Ao passarem pelo retrato do Rei das Fadas, ela pausou e encarou seu olhar frio. Não foi de propósito. Era só que aquilo parecia uma provocação, um lembrete de que *aquela* versão do Rei das Fadas estava presa naquela moldura dourada, em um mundo imaginado.

Mas o verdadeiro Rei das Fadas não estava preso como o do quadro. E ela havia visto aquela criatura na estrada.

Effy segurou a pedra da bruxa no bolso enquanto ela e Ianto chegavam ao patamar superior. Água pingava das esculturas de Santo Euphemio e São Marinell. Ianto era tão alto que a água gotejou sobre os ombros e cabelos escuros dele.

Ele parecia não notar. Morando em um lugar como aquele, Effy supôs, as pessoas podiam deixar de sentir o frio ou a umidade.

— Por aqui — guiou Ianto, conduzindo-a pelo corredor. O chão rangia alto sob os pés deles. Ele parou quando chegaram a uma pequena e discreta porta de madeira. — Você saiu tão depressa no outro dia, que não cheguei a mostrar esta parte. Não que eu a culpe por completo, é óbvio. Esta casa não é para os fracos de coração.

A maçaneta começou a tremer e a moldura da porta a sacudir, como se alguém estivesse batendo do outro lado. Effy ficou tensa, o coração acelerado. Ela se viu pensando no escritório do professor Corbenic e na poltrona verde, nos fios soltos do estofado que pareciam vinhas crescendo.

Ianto abriu a porta. Ou melhor, ele girou a maçaneta e o vento fez o resto, quase arrancando a porta das dobradiças com um uivo violento.

Effy recuou por instinto, levantando a mão para proteger os olhos. Só conseguiu espiar pela porta aberta quando o vento parou de uivar.

Havia uma varanda estreita com apenas metade das tábuas corridas intactas. O restante da madeira estava tão corroído pelo mofo e pela umidade que o chão parecia um tabuleiro de xadrez: tábuas desgastadas pelo sol e buracos escuros. Tudo rangia ao vento, como Effy imaginava que um navio fantasma faria, com candelabros pendurados que balançavam de modo assustador.

Ela encarou Ianto horrorizada. Era melhor que ele não estivesse esperando vê-la pisar de fato naquela plataforma destruída!

Então, como se pudesse ler seus pensamentos, ele estendeu o braço para segurá-la. Um braço grande, com pelos escuros e de pele tão pálida quanto a rocha antiga.

— Não vá adiante — alertou Ianto. — E ignore mais um testemunho da negligência do meu pai. Quero que você veja a vista.

Sentindo-se mais segura agora, Effy olhou para a frente. Para além da madeira podre estava a face do penhasco, verde, branca e cinza, pontilhada de ninhos de águias e outros menores de gaivotas, as penas flutuando ao vento. Lá embaixo, o mar parecia brilhoso e mortal, as ondas batiam contra as rochas.

Effy sentiu a altura sob as solas dos pés e o suor deixando suas mãos escorregadias. Antes, quando o solo do penhasco havia se aberto sob os pés dela, tinha sido tão inesperado que ela nem tivera a chance de ter medo. Agora ela entendia o perigo das rochas, a ira espumante do oceano.

— É lindo, não é? — perguntou Ianto. Mesmo com o vento, seu cabelo ainda permanecia lambido.

— É aterrorizante — confessou Effy.

— A maioria das coisas belas é — disse Ianto. — Você sabe por que este lugar é chamado de baía dos Nove Sinos?

Effy balançou a cabeça.

— Antes do Afogamento, a terra se estendia mais para o mar. Havia dezenas de pequenas cidades lá na terra antiga, a maioria vilas de pescadores. O que te ensinaram sobre o que aconteceu com elas?

— Bem, houve uma tempestade — começou Effy, mas ela podia dizer que era uma daquelas perguntas traiçoeiras, como um buraco no chão. Se morder a isca, você cai.

Ianto deu um pequeno sorriso.

— Essa é uma das noções equivocadas que muitos do Norte têm sobre o Afogamento. Que foi uma grande tempestade, uma única noite de terror e depois suas consequências. No entanto, uma pessoa pode levar até dez minutos para se afogar. Dez minutos não parecem muito tempo, mas quando você não consegue respirar e seus pulmões ardem, isso acaba sendo tempo demais. Você pode morrer até mesmo depois de ser retirado da água. Vai morrer seco em terra se a água tiver apodrecido seus pulmões além da conta. O Afogamento do Centenário Inferior levou anos, minha querida. Começou com a estação úmida durando mais do que deveria e a estação seca sendo menos seca do que o esperado. Alguns penhascos desmoronando, um pântano ou dois transbordando... No início, mal se comentava sobre isso, e certamente nada disso era considerado um aviso.

"Já ouviu aquela história sobre o sapo em água quente? Se você aumentar a temperatura devagar, ele não notará nada até ser cozido vivo. Um nortista até poderia ter visto o perigo chegando, mas os sulistas praticamente tinham escamas e nadadeiras. O mar tomou tudo aos poucos, foram milhares de pequenas mortes, e o povo suportou tudo porque não conhecia outra vida. As pessoas não pensaram em temer o Afogamento de verdade até a água bater, de fato, à porta.

"Os sortudos, os mais ricos, com suas casas mais afastadas da costa, conseguiram fugir. Mas as ondas se levantaram e engoliram tudo, casas e lojas, mulheres e crianças, velhos e jovens. O mar não tem piedade. Nesta baía havia nove igrejas, e todas foram engolidas também, não importa o quanto seus fiéis tivessem implorado a São Marinell. Dizem que em certos dias ainda se pode ouvir os sinos dessas igrejas tocando debaixo d'água."

Effy se virou na direção da água, atenta, mas não ouviu sino algum.

— O Afogamento aconteceu há duzentos anos — disse ela. — Muito antes de o seu pai nascer. — Ela esperava que não soasse como uma afronta.

— Claro. Mas a história do Afogamento vive na cabeça de toda criança nascida no Centenário Inferior. Nossas mães sussurram para nós quando ainda somos bebês. Nossos pais nos ensinam a nadar antes mesmo de andar. Nossa primeira brincadeira com amigos é quanto tempo conseguimos prender o fôlego debaixo d'água. Isso tudo por medo. O medo impede que o mar nos leve.

Effy se lembrou do que Rhia havia lhe dito sobre os sulistas e suas superstições. Sobre como eles temiam um segundo Afogamento e pensavam que a magia dos Adormecidos impediria tal desastre. Ao observar o oceano bombardear os penhascos e ouvir Ianto falar, Effy conseguiu entender por que eles pensavam dessa forma. O medo pode fazer qualquer um acreditar.

Para o estranhamento de Effy, ela se viu pensando no professor Corbenic. Quando ele colocou a mão no joelho dela pela primeira vez, Effy pensou que estava sendo afetuoso, paternal. Não sabia que deveria ter tido medo daquele gesto. Mesmo agora, ela não sabia se tinha permissão para ter.

— Foi por isso que meu pai construiu esta casa — continuou Ianto. — Ele queria que minha mãe e eu aprendêssemos a temer o mar.

— Sua mãe não é do Centenário Inferior?

A misteriosa viúva outra vez.

— Não — respondeu Ianto, seco. — Mas, Effy, espero que você entenda que derrubar esta casa seria um ato de sacrilégio. Isso desonraria a memória do meu pai. Talvez eu não tenha deixado isso evidente na minha carta inicial, e peço desculpas. Esta casa não pode ser demolida. Eu sei que você tem um enorme respeito e afeto pelo meu pai e pelo legado de Emrys Myrddin, então estou confiante de que você pode enfrentar este desafio.

Será que ele também acredita que a consagração de Myrddin impediria outro Afogamento? Que talvez até revertesse o dano já feito? Effy não perguntou; ela não queria correr o risco de ofendê-lo. Enquanto tentava pensar numa resposta, Ianto se esticou e fechou a porta. O uivo do vento foi abafado e o cabelo dela se aquietou.

— Estou pronta — disse Effy, por fim. — Eu quero fazer isso.

Ela queria tanto fazer algo valioso pela primeira vez, criar algo belo, algo feito por *ela*. Queria que aquele momento fosse mais do que apenas uma fuga, queria ser mais do que uma garotinha assustada fugindo de monstros imaginários. Se não era capaz de escrever uma tese, um artigo de jornal ou mesmo um conto de fadas — e a universidade fazia questão de que ela soubesse disso. Esta era sua única chance de fazer algo que iria durar, então ela a agarraria, não importava o quão intransponível a tarefa parecesse.

E quando voltasse para Caer-Isel, seria para dizer ao professor Corbenic e aos colegas que eles estavam errados a seu respeito. Ela nunca voltaria choramingando e cabisbaixa. Nunca se sentaria naquela poltrona verde de novo.

Teria que confiar em Myrddin mais uma vez. Acreditar que ele não lhe daria um desafio impossível. Precisaria confiar, como sempre fez, nas palavras escritas em *Angharad*, no final feliz que elas prometiam. E daí que milhões de homens tinham morrido afogados? E daí se havia rumores de que outro Afogamento estava a caminho?

O único inimigo dela era o mar.

— Excelente — concluiu Ianto, exibindo seu sorriso de uma covinha só. — Eu sabia que estava certo em escolher você.

Ele estendeu a mão e tocou no ombro dela em um aperto gentil. Effy congelou.

Ianto não parou de encará-la, como se esperasse uma resposta. Mas tudo que Effy podia sentir era aquele toque pegajoso, o peso da mão enorme. Aquilo mandou sua mente de volta ao passado, ao escritório do professor Corbenic. De volta àquela poltrona verde.

Ela não conseguiu falar devido ao peso que sentia. Como se tivesse se transformado em uma boneca velha, enterrada sob teias de aranha e poeira.

Quando o silêncio se tornou longo e constrangedor, Ianto a soltou. A intensidade de seu olhar diminuiu, como se ele tivesse sentido o terror repentino que se apoderou de Effy. Ele piscou, parecendo um pouco atordoado também.

— Desculpe, vou precisar me ausentar por um momento — disse ele. — Preciso passar alguns números para Wetherell. Receio que ele não vá ficar feliz comigo. Por favor, espere aqui.

~

Effy não esperou. Sentia a cabeça latejar e o estômago pesado. A estranha casa em ruínas de Myrddin rangia ao seu redor. Muitos anos atrás, antes do primeiro Afogamento, as pessoas do Centenário Inferior executavam seus criminosos amarrando-os na praia em maré baixa. Então todos esperavam, assistindo às ondas os engolirem. Estendiam toalhas de piquenique e se alimentavam de pão enquanto o mar se alimentava dos pecadores, jorrando água garganta adentro até que ficassem pálidos e inchados.

Effy não sabia bem por que sempre imaginava uma mulher quando pensava nisso. Uma mulher com cabelos da cor de algas.

Era desse tipo de barbárie que os conquistadores do Norte afirmavam estar salvando seus súditos do Sul. Séculos depois, tudo isso virou história de contos de fadas e lendas, geralmente de autoria *llyriana*, como se nenhuma conquista tivesse ocorrido. Como se vilarejos inteiros não tivessem sido massacrados em uma missão para erradicar aquelas tradições indecorosas. Como se histórias não fossem espólios de guerra.

Effy caminhava sem pressa pelo corredor, pressionando uma das mãos contra a parede para se apoiar. O enjoo que sentia não diminuiu nem quando parou diante de uma das portas. Era o escritório. O quarto de Preston. A curiosidade, ou talvez algo mais, a impeliu a estender a mão até a maçaneta.

Sempre que ia ao confessionário da igreja, Effy inventava pecados que parecessem valer a pena confessar, mas não tão horríveis a ponto de escandalizar o padre. Agora ela tinha uma vontade inconfundível de se confessar de verdade. Queria que alguém soubesse como Ianto a havia tocado — mesmo que ela ainda estivesse tentando se convencer de que não tinha sido nada de mais. Um gesto amigável, um tapinha encorajador no ombro. Mas todos os afogamentos começam com um simples gotejamento, certo?

Effy odiava não poder distinguir o certo do errado, o seguro do perigoso. Seu medo havia transfigurado o mundo inteiro. Olhar para qualquer coisa era como tentar vislumbrar um reflexo em um espelho quebrado — tudo era distorcido, estilhaçado e estranho.

Preston dissera que se importava apenas com a verdade. Quem melhor, então, para dizer a ela se seu medo era justificado? Ela sentia, de alguma forma, que podia confiar nele para isso.

Todo aquele tempo no carro e ele não tocara nela em momento algum. Na verdade, quando estava perto de Effy, ele se movia de maneira muito cuidadosa, como se ela fosse algo frágil que ele não quisesse quebrar.

Effy prendeu o fôlego e abriu a porta, que rangeu como o resto da casa, um guincho horrível, feito um gato morrendo. Ela esperava encontrar Preston sentado atrás da escrivaninha de Myrddin, com a cabeça inclinada sobre um livro.

Mas o cômodo estava vazio, e Effy foi tomada por um baque de decepção. Deixou seu olhar vagar pelos papéis espalhados e livros antigos, o parapeito da janela forrado de cigarros, o cobertor puído jogado sobre o divã. Ela encarou o móvel por um momento, tentando imaginar Preston dormindo ali.

O pensamento a fez sorrir. As pernas longas do garoto com certeza ultrapassariam o tamanho do móvel e ficariam penduradas.

Sentindo-se mais curiosa e ousada, ela se aproximou da escrivaninha. Tinha sido de Myrddin, embora já não conseguisse imaginá-lo sentado ali — Preston estava por toda parte. Seus livros estavam abertos como conchas, com manchas de água amarelando as páginas. *As obras poéticas de Emrys Myrddin, 196–208* estava aberto na página do poema "A morte do marinheiro". Effy passou o dedo pelas palavras, pensando em Preston fazendo o mesmo. Será que a reverência no tom dele fora fruto de sua imaginação, ou será que o rapaz era um apaixonado por Myrddin, no fim das contas?

Havia papéis espalhados, alguns amassados, dobrados... Muitos tinham bordas irregulares, como se tivessem sido arrancados de um caderno. Effy procurou o caderno de Preston, mas não encontrou. Suas canetas estavam todas espalhadas, Preston nem se dera o trabalho de tampá-las.

Em retrospecto, era engraçado perceber como ela assumira que ele seria meticuloso e preciso em tudo que fizesse. Nem mesmo *ela* deixava suas canetas sem tampa como se fosse uma selvagem.

Effy sabia que estava bisbilhotando, mas não se importava. Passou a mão sobre alguns dos papéis. A maioria estava escrita em argantiano, que ela não conseguia ler, embora tivesse parado para estudar a caligrafia de Preston. Era esmerada e com letras apertadas, do mesmo jeito que aparecia no livro de registros da biblioteca, mas não necessariamente elegante. Ele tinha um jeito engraçado de desenhar a letra g: dois círculos empilhados, como um boneco de neve sem cabeça. Effy mordeu o lábio porque parecia uma coisa boba demais para fazer alguém sorrir, embora aquilo tenha causado certo encantamento nela.

Ela desdobrou outro papel, este escrito na língua de Llyr.

Título da tese proposta? Execução do autor: Uma investigação sobre a autoria das principais obras de Emrys Myrddin

Parte um: apresentar teoria da falsa autoria, começando com ??

Parte dois: evidência criptográfica – pedir amostras para Gosse

Parte três: cartas, entradas de diário – usar mimeógrafo mais próximo, em Laleston?

A lista era extensa, mas a mente de Effy parou na primeira linha. *Execução do autor*. Com os dedos trêmulos, ela virou a folha. Preston havia feito alguns esboços sem propósito nas margens e rabiscado algumas palavras apressadas, que se repetiam pela página.

Chocada e incrédula, ela correu os olhos pelas anotações, quando a porta rangeu ao abrir.

— O que você está fazendo? — perguntou Preston, exigente.

Effy amassou o pedaço de papel de imediato, com o coração acelerado.

— Eu poderia te perguntar a mesma coisa.

Ela não tinha tanta confiança quanto sua voz transparecia. Preston trazia uma caneca de café em uma das mãos, e seus dedos ágeis a envolviam com tanta firmeza que as juntas estavam brancas. Aquele mesmo músculo que Effy notara antes se destacava em sua mandíbula. Ela se lembrou de como ele fora reservado quando Ianto mostrou o escritório, como guardou com pressa suas anotações quando ela se juntou a ele na mesa do pub no dia anterior.

Agora ela sabia por que ele tinha sido tão cuidadoso em esconder seu trabalho.

— Effy — disse ele em um tom grave, paralisado na soleira da porta. Mas os olhos do rapaz percorriam o ambiente em um frenesi por trás dos óculos.

— "Execução do autor" — leu ela com a voz trêmula. — "Uma investigação sobre a autoria das principais obras de Emrys Myrddin." Esta é a sua tese?

— Espere um segundo — pediu Preston, com uma pontada de desespero. Effy descobriu que gostava bastante da ideia de ele *implorar* a ela, e sentiu o rubor chegando até as bochechas. — Eu posso explicar tudo. Não vá correndo contar para Ianto.

As bochechas dela esquentaram ainda mais.

— O que te faz pensar que eu correria para Ianto?

Preston caminhou em direção a ela devagar, deixando a porta ranger ao fechá-la atrás de si. O coração de Effy batia descompassado. Ela lembrou do que o pastor havia dito sobre o Rei das Fadas e seus disfarces, e naquele momento teve a impressão de ver um pouco dessa malícia em Preston, nos olhos estreitos e no peito inflado.

Effy tocou as pedras de bruxa em seu bolso.

De repente, toda a ferocidade nele desvaneceu. Ele recuou, como se pedisse desculpas por ousar se aproximar dela *daquela maneira,* e Effy desistiu de pegar as pedras. Preston não convencia como um Rei das Fadas. Era muito rígido, muito magro.

— Escuta —começou ele. — Eu sei que você é devota de Myrddin, mas nada disso tem a pretensão de desrespeitar o legado dele.

Effy segurou o papel contra o peito.

— Você acha que ele era uma *fraude?*

— Estou apenas tentando descobrir a verdade. A verdade não tem uma pauta.

Quando ela apenas o encarou com frieza, Preston continuou:

— A palavra fraude tem certas conotações com as quais não me sinto confortável. Mas não, eu não acho que ele seja o único autor de grande parte de suas obras.

Rangendo os dentes, Effy desejou que ele fosse direto pelo menos *uma vez* na vida. Ela lutou para manter o tom de sua voz controlado enquanto respondia:

— Myrddin era um homem estranho, um eremita, um recluso... mas isso não o torna uma fraude. Por que você acreditaria em algo assim? *Como* você poderia acreditar em algo assim?

Estavam falando sobre *Myrddin*, Emrys Myrddin, o sétimo e mais recentemente consagrado Adormecido, o autor mais celebrado da história de Llyr. Aquilo era absurdo. Impossível.

— É complicado. — Preston colocou a caneca de café na mesa e passou a mão pelos cabelos já desgrenhados. — Para começar, Myrddin era filho de um pescador. Não foi confirmado nem mesmo se seus pais eram alfabetizados e, pelo que pude descobrir, ele parou de frequentar a escola aos 12 anos. A ideia de que alguém com essa educação limitada pudesse produzir tais obras é... bem, é um pensamento romântico, mas bastante improvável.

O sangue de Effy pulsava em seus ouvidos. Até as pontas dos dedos dela estavam dormentes de fúria.

— Você não passa de um típico elitista idiota — disparou ela. — Então apenas aqueles que usam óculos e têm educação universitária podem escrever algo significativo?

— Por que você está tão interessada em defendê-lo? — desafiou Preston, o olhar frio como gelo. — Você é uma garota do Norte. Sayre não é exatamente um nome sulista.

Quanto tempo ele havia passado pensando no sobrenome de Effy? Por algum motivo, o pensamento fez o estômago dela revirar.

— Só porque eu não sou do Sul, não significa que eu seja esnobe — rebateu ela. — E isso só prova o quão estúpida é a sua teoria. A obra de Myrddin não é apenas para os pescadores supersticiosos do Centenário Inferior. Todo mundo que a lê adora. Bem, todo mundo que não é um elitista...

— Não me chame de idiota outra vez — interrompeu Preston, irritado. — Estou longe de ser o único a questionar a autoria dele. É uma teoria muito comum na faculdade de literatura, mas até agora ninguém fez um trabalho bom o bastante para prová-la. Meu orientador, o professor Gosse, está liderando a iniciativa. Ele me mandou para cá sob o pretexto de coletar documentos e cartas de Myrddin. Estou aqui com a *permissão* da universidade, essa parte não foi uma mentira.

Só de pensar em um grupo de acadêmicos de literatura engravatados, com narizes apertados pelos óculos, sentados em poltronas de couro e discutindo com frieza maneiras de desacreditar Myrddin fez Effy fervilhar de tanta raiva. Mais raiva até do que quando ela havia confrontado Preston no penhasco, ou de quando viu o nome dele escrito no livro de registros da biblioteca.

— Qual é o seu verdadeiro objetivo, afinal? Humilhar os fãs de Myrddin e ponto? Eles o removeriam do Museu dos Adormecidos, eles fariam... — Algo terrível passou pela mente dela. — Isso é um grande plano argantiano para enfraquecer Llyr?

Uma sombra perpassou o rosto de Preston.

— Não me diga que *você* acredita nas histórias sobre a magia dos Adormecidos.

Effy sentiu um aperto no peito. Seus dedos se fecharam em um punho. Era óbvio que *ele* não acreditaria na magia dos Adormecidos, sendo um argantiano pagão e ainda por cima um acadêmico. Ela sentiu vergonha por ter mencionado aquilo.

— Eu não disse isso — respondeu, seca. — Mas seria extremamente humilhante para Llyr perder nosso Adormecido mais prestigiado. No mínimo, afetaria o moral dos nossos soldados.

— Llyr está vencendo essa guerra, caso você não saiba. — Preston falou de forma distante, mas sua expressão continuou sombria. — Estão pensando até em reinstaurar um recrutamento obrigatório em Argant... todos os homens de 18 a 25 anos. Não é meu objetivo, mas não seria a pior coisa do mundo se o moral dos soldados de Llyr fosse abalado.

Effy mal conseguia imaginar alguém menos adequado para a vida militar do que Preston Héloury.

— Então você é um sabotador.

— Agora você está sendo muito ridícula — disse ele com um riso zombeteiro. — Não estou falando de política, nem um pouco. Isso é sobre a pesquisa acadêmica.

— E você acha que a pesquisa acadêmica não depende nem um pouco da política?

Em defesa de Preston, ele pareceu mesmo pensar nas implicações daquela pergunta, o olhar fixo em algum ponto obscuro na parede distante por um momento. Quando olhou de volta para ela, disse:

— Não. Mas seria o ideal. A pesquisa acadêmica deveria consistir no esforço para buscar a verdade objetiva.

Effy soltou uma bufada depreciativa, forçando a garganta.

— Eu acho que você está delirando em acreditar que exista mesmo uma *verdade objetiva*.

— Bem, suponho que nossa discordância a respeito disso é estrutural, então. — Preston cruzou os braços na altura do peito.

A raiva de Effy começou a diminuir, deixando-a trêmula ao sentir a adrenalina se esvaindo. Ela parou por um momento para pensar com mais calma.

— Bem — continuou ela, imitando o tom arrogante dele —, não acho que Ianto ficaria muito feliz em saber que o aluno universitário que ele está hospedando está tentando derrubar o legado do pai. Para ser sincera, acho que ele ficaria furioso.

Ela ficou satisfeita ao ver o rosto de Preston empalidecer.

— Escute — pediu ele outra vez —, você não precisa fazer isso. Estou aqui há semanas e não consegui encontrar quase nada de útil. Vou ter que desistir do projeto e ir embora em breve, a menos que...

Effy arqueou uma sobrancelha.

— A menos que...?

— A menos que você me ajude — completou ele.

No início, ela pensou que havia entendido errado. Se a intenção era deixá-la confusa, ele conseguiu. Quando se recompôs, Effy perguntou, incrédula:

— *Ajudar* você? Por que diabos eu ajudaria você?

E então, sem rodeios, Preston respondeu:

— *Procurei por mim mesma nas piscinas naturais ao entardecer, mas isso também não passava de mais uma das piadas do Rei das Fadas. Quando entardeceu, o sol já havia se acovardado demais, desaparecendo no horizonte, e tudo que restava naquelas piscinas era a escuridão. Sua luz minguante não conseguia alcançá-las.*

Ele a encarou, esperançoso. Mesmo atordoada, Effy se lembrava do final do trecho.

— *Com as mãos, golpeei a água fria e fosca, como se pudesse puni-la por me desobedecer. E naquele momento percebi que, sem saber, o Rei das Fadas havia falado a verdade: embora as piscinas naturais não tivessem revelado minha face a mim, eu havia sido revelada. Uma coisa traiçoeira, cheia de ira, e cobiçosa, assim como ele. Exatamente como ele sempre quis que eu fosse.* — Effy fez uma pausa, engoliu um suspiro e então acrescentou: — E é *luz declinante*, não *minguante*.

Preston cruzou os braços sobre o peito.

— Ninguém mais na faculdade de literatura é capaz de fazer isso. Citar *Angharad* palavra por palavra de cabeça. E aquele poema, "A morte do marinheiro"? A poesia de Myrddin não é conhecida, e esse, em particular, é um poema bastante esquecido.

— Aonde você quer chegar com isso?

— Você obviamente quer estar na faculdade de literatura, Effy. E você merece estar lá.

Tudo que Effy podia fazer era encará-lo, sem palavras. Teve que se lembrar de respirar, de piscar.

— Você não pode estar falando sério. Eu tenho uma boa memória...

— É mais do que isso — emendou ele. — O que você acha que os outros alunos de literatura têm que você não tem?

Agora ele só podia estar brincando com ela. Lágrimas indignadas e quentes brotaram de imediato, mas ela se recusou a deixá-las cair.

— Pare agora — ordenou ela. — Você sabe qual é o motivo. Você sabe que mulheres não são aceitas na faculdade de literatura. Você não precisa fazer esse jogo cruel e bobo...

— É uma tradição absurda e ultrapassada — interrompeu Preston com veemência.

Effy ficou surpresa com a rigidez dele. O rapaz poderia ter repetido o mesmo discurso de sempre que todos os professores da universidade recitavam, sobre como a mente das mulheres era insípida demais, como elas só eram capazes de escrever coisas frívolas e femininas, nada que transcendesse tempo ou lugar, nada que *durasse*.

— Não achei que você se importaria tanto com uma regra que não te afeta em nada.

— Você já deveria saber que não sou fã de fazer as coisas só porque sempre foram feitas da mesma maneira. — Preston cerrou os dentes. — Ou de preservar coisas só porque sempre foram preservadas. Então...

Era óbvio. As bochechas de Effy coraram.

— Então o quê? Vai me mencionar nos agradecimentos da sua tese?

— Não. Chamaria você para ser coautora.

Isso foi ainda mais inesperado. Effy prendeu o fôlego, o coração batendo em descompasso.

— Eu não... nunca escrevi um artigo literário antes. Eu não saberia como.

— Não é difícil. Você já conhece as obras de Myrddin de cor. Eu escreveria todas as partes de teoria e crítica. — Preston a encarava com intensidade. — Se você apresentasse à banca uma tese literária verdadeiramente revolucionária, eles não iriam conseguir inventar uma desculpa para não te aceitar.

Effy quase revirou os olhos. Quem chama o próprio trabalho de *revolucionário*? Mesmo assim, ela se permitiu imaginar um novo futuro. Um futuro onde ela voltaria à universidade com seu nome ao lado do nome de Preston em uma tese *revolucionária* (talvez até *antes* do dele, se Preston quisesse jogar limpo e colocar seus nomes em ordem alfabética). Um futuro em que a faculdade de literatura romperia com sua tradição ultrapassada. Ela nunca mais teria que desenhar outra planta de corte transversal.

Nunca mais teria que ver o professor Corbenic.

A esperança brotava como um delicado botão de flor. Tanto o professor Corbenic quanto os outros alunos... eles não poderiam vencer se ela desistisse do jogo deles e partisse para outro.

Mas isso significaria trair Myrddin. Trair tudo em que ela acreditara a vida inteira, as palavras e histórias que havia seguido como o ponteiro de uma bússola. *Angharad* sempre fora seu norte verdadeiro.

— Não posso — disse Effy, enfim. Não conseguiu elaborar mais do que isso.

Preston exalou.

— Você não está, pelo menos, um pouco curiosa quanto ao legado de Myrddin? Não quer descobrir a verdade por si mesma? Afinal, ele é seu autor favorito. Você poderia acabar provando que eu estou errado.

Ela deu uma risada de desdém, mas não pôde negar que a ideia era atraente.

— Você se importa mesmo mais com a verdade do que em estar certo?

— Claro que sim. — Não havia um pingo de hesitação em sua voz.

A intensidade dele fez com que ela hesitasse. Como se sentisse a avidez dela enfraquecendo, Preston insistiu:

— Não posso dizer que não será difícil fazer o departamento mudar de ideia. Mas eu vou lutar por você, Effy. Eu prometo.

Os olhos deles se encontraram, e não havia subterfúgio na expressão de Preston. Nenhum artifício. Ele falava com sinceridade. Effy engoliu em seco.

— Eu tentei — ela conseguiu dizer. — Quando recebi minha nota do vestibular. Escrevi uma carta para o seu orientador, o professor Gosse. Sugeri tópicos para um projeto de tese. Disse a ele o quanto a obra de Myrddin significava para mim.

Preston respirou fundo.

— E o que ele disse?

— Ele nunca respondeu.

Effy nunca havia contado isso a ninguém, nem mesmo à mãe. Ela olhou para as próprias mãos vacilantes, ainda segurando o papel amassado.

— Sinto muito — respondeu Preston. E então ele hesitou, passando a mão pelo cabelo. — Eu... isso é terrível e cruel.

Ela não disse nada, tentando ignorar as lágrimas.

— Mas eu acredito neste projeto — continuou Preston. Sua voz estava mais suave agora. — Eu tenho fé em você... em nós dois.

Ele gaguejou um pouco no final, como se estivesse envergonhado pelo que havia dito. Effy nunca o vira tropeçar nas palavras até então, e por algum motivo aquilo a fez querer confiar mais nele.

— Mas e os Adormecidos? — perguntou ela, arriscando a possibilidade de Preston reagir com desdém outra vez. — Eu sei que todos na universidade são agnósticos arrogantes, inteligentes demais para mitos e magia, mas nem todos em Llyr acham isso. Ainda mais no Sul. Eles acham que a consagração de Myrddin é a única coisa que impede um segundo Afogamento.

— Um único artigo não é suficiente para destruir um mito de uma vez só — afirmou Preston. — Ainda mais um que levou séculos para ser fomentado. O Museu dos Adormecidos não vai expulsar Myrddin quando descermos do trem em Caer-Isel com nossa tese nas mãos.

Ele não havia falado isso com todas as letras, mas Effy sabia o que ele queria dizer: que verdade e magia eram duas coisas diferentes e irreconciliáveis. Era o que Effy havia sido ensinada a vida toda — pelos médicos que a trataram, pela mãe pouco afetuosa, pelos padres e pelos professores da escola e, depois, os professores da universidade, que nunca, jamais acreditaram nela.

Effy havia depositado sua fé na magia. Preston não tinha nada mais sagrado do que a verdade. Uma aliança incomum.

E, no entanto, ela se viu incapaz de recusar.

— Você não acha que eles terão as mesmas preocupações que eu tive? — Era sua última linha de defesa. — Não acha que alguns deles vão perguntar por que uma pessoa com o sobrenome Héloury está tão empenhada em destruir o legado de um autor nacional de Llyr?

— Mais um motivo para ter um nome llyriano de sangue azul como *Effy Sayre* na capa junto do meu. — O olhar de Preston tinha um ar brincalhão. — Considere isso uma trégua.

Effy não resistiu em revirar os olhos.

— É *realmente* por isso que você quer minha ajuda?

— Não só por isso. Ianto está me excluindo. Ele não confia em mim, mas confia em você.

Ela se lembrou de como Ianto havia colocado a mão em seu ombro. Quão pesado havia sido, como a havia empurrado de volta para aquele lugar de afogamento. Sem pensar, ela soltou:

— Então o que você quer que eu faça? Que eu o seduza?

O rosto de Preston ficou vermelho-vivo.

— Não! Pelo amor dos Santos, não. Que tipo de pessoa você acha que eu sou?

Effy também ficara vermelha, incapaz de olhar nos olhos dele. Por que tinha dito aquilo? Era mais uma prova de que algo parecia não funcionar direito dentro de seu cérebro, como um desvio nos trilhos de um trem. Ela nunca conseguia confiar nas intenções de ninguém.

— Os argantianos têm um santo padroeiro da verdade? — perguntou ela.

— Não exatamente — respondeu Preston. — Mas eu juro por sua Santa Una, se te faz feliz saber.

De alguma forma, Effy se pegou concordando. A mão direita ainda segurava o papel de Preston, então ela estendeu a mão esquerda, que não tinha o dedo anelar.

Preston pegou sua mão e eles se cumprimentaram. A palma dele era macia, os dedos longos e finos. Effy não gostava de apertar a mão das pessoas. Sempre segurava além do ponto que era confortável porque nunca sabia quando era hora de soltar.

— Juro por Santa Una que vou te ajudar — prometeu ela. — E não vou revelar você... a nós dois... para Ianto.

— Juro por Santa Una que não vou te trair — prometeu Preston. — E lutarei por você. Prometo que seu nome estará na capa, bem ao lado do meu.

Effy segurou a mão dele, os dedos de ambos apertando as mãos mutuamente. Ela esperou que Preston se contorcesse, que a soltasse, mas ele não o fez. O polegar dele estava manchado de tinta, e ela se perguntou se o gesto era algum tipo de teste, se ele estava tentando medir sua determinação. Effy nunca havia se considerado alguém com muita resistência.

No entanto, não havia nada desafiador nos olhos dele, e Effy percebeu então que a escolha era *dela*. Era uma coisa pequena com a qual talvez ninguém mais se importasse. Mas alguém permitir que Effy escolhesse já era algo.

Por fim, ela soltou o aperto. Preston estalou os dedos conforme baixava a mão.

— Começaremos amanhã — anunciou ele. — Posso pegar minhas anotações de volta?

Morta de vergonha, Effy soltou a página e a colocou na mesa.

A tinta havia manchado um pouco a palma da garota.

— Você deveria ter escrito esse em argantiano também — comentou ela.

Preston a encarou e afinou os lábios.

— Agora eu sei disso.

~

De volta ao chalé de hóspedes naquela noite, Effy não conseguia parar de pensar. Mesmo depois de ter engolido o comprimido para dormir, ela ficou acordada olhando para o teto úmido e mofado, ponderando sobre o acordo que havia feito.

Talvez pela manhã ela percebesse que tinha sido uma burrice. Ou se arrependesse de não ter pegado o próximo trem. Ou, ainda, se arrependesse de ter traído Myrddin.

Mas, por enquanto, tudo que ela conseguia sentir era uma adrenalina revirando o estômago. Ela esfregou a pele que restara do dedo anelar amputado, tão lisa quanto uma pedra de bruxa.

Effy se virou na cama, os cabelos espalhados sobre a fronha verde, o coração ainda acelerado. Quando fechou os olhos, ela ainda podia ver a página de anotações de Preston, a tinta azul sobre o papel branco. Era o nome dela que ele havia rabiscado sem rumo nas margens, repetido na página inteira:

Effy
Effy
Effy
Effy
Effy.

CAPÍTULO SETE

Angharad é um texto difícil de classificar. Certos trechos são lidos como pervertidos e vulgares, mais apropriados para um conto erótico ou um romance, enquanto outros apresentam prosa requintadamente elaborada e grande profundidade temática. Não é incomum ver donas de casa folheando seus exemplares sobre uma pilha de roupa suja, ou passageiros de bondes curvados sobre seus livros de bolso no trajeto. E, no entanto, é igualmente comum que *Angharad* apareça nas ementas das disciplinas mais avançadas da literatura acadêmica. Nenhum outro livro na história de Llyr pode se gabar de tal apelo universal.

DA INTRODUÇÃO DE *ANGHARAD: A EDIÇÃO DE COLECIONADOR COMENTADA*, EDITADO POR DR. CEDRIC GOSSE, PUBLICADO EM 210.

Quando Effy chegou a Hiraeth pela primeira vez, ela nunca teria imaginado que estaria, às sete da manhã, analisando as cartas de um homem morto com Preston Héloury.

No entanto, foi exatamente o que ela fez no dia seguinte.

— Bem, suponho que você vai querer saber onde eu parei — começou ele.

Ela assentiu.

— Preciso explicar a base da minha teoria, então. A família de Myrddin era refugiada do Afogamento — disse Preston. — Seria de caráter intuitivo que suas obras retratassem o mundo natural como inerentemente perigoso, instável, até mesmo malicioso. Grande parte de sua poesia caracteriza a natureza dessa maneira...

— "O mar é o único inimigo." — Effy o interrompeu.

— Exato, mas o pai de Myrddin era pescador, e o avô também. O professor Gosse foi o primeiro a apontar essa aparente contradição. A família de Myrddin dependia do mar para seu sustento, mas, em seu trabalho, ele é sempre retratado como uma força cruel e maligna.

— Isso não é verdade — pontuou Effy. — Em *Angharad*, o Rei das Fadas a leva para ver o oceano, e ela diz que é belo e livre. *Lindo, perigoso e vasto além da compreensão mortal, o mar faz sonhadores de todos nós.*

Preston lançou a ela um olhar estranho. Era a primeira vez que o via parecer confuso, intrigado.

— Termine a citação.

— Hmmm... — Effy forçou sua memória para se lembrar do trecho. — *Olhei para o Rei das Fadas atrás de mim, e para o oceano à frente, as duas coisas mais belas que eu já havia visto. Ambos eram criaturas feitas de raiva, sal e espuma. Ambos poderiam me despir até os ossos. Eu não queria nada mais do que tentar sua ira, porque, se eu fosse corajosa o suficiente, talvez fosse recompensada com seu amor em vez disso.*

— Você conhece mesmo o texto de cabo a rabo — apontou Preston, e dessa vez, Effy tinha certeza, havia admiração em sua voz. — Mas eu também não acho que isso caracterize o mar de uma maneira muito caridosa. O Rei das Fadas é o captor de Angharad. Myrddin retrata o mar como um deus trapaceiro, atraindo Angharad com sua beleza, mas sempre com o potencial de destruí-la por completo.

— Ele a amava — disse Effy, surpresa com a veemência no tom de sua voz. — O Rei das Fadas. Ele amava Angharad mais do que qualquer coisa. Foi *ela* quem *o* traiu.

Ela nunca teve a chance de falar sobre *Angharad* assim, de defender a própria opinião, de apresentar as próprias teorias. Havia algo revigorante nisso, e Effy esperava que Preston a desafiasse. No entanto, ele a encarou por um longo momento, com os lábios apertados, e disse:

— Vamos continuar. A ressonância metafórica de um trecho específico não é importante agora.

— Tudo bem — topou Effy, mas se sentiu decepcionada.

— Então, continuando, Gosse publicou um artigo discutindo a ironia disso, mas ele não fez qualquer afirmação específica sobre a autoria de Myrddin. Isso foi há alguns meses, quando Myrddin tinha acabado de morrer. Desde então, os pesquisadores acadêmicos começaram a investigar seu passado. Gosse queria ser o primeiro, mas não queria assustar Ianto vindo até aqui pessoalmente... devido ao efeito intimidador de ser o principal pesquisador de Myrddin e tudo mais. Então ele me mandou no lugar dele. — Preston franzia a testa ao dizer isso, como se esperasse que ela o repreendesse de novo. — Não há escolas em Saltney, como você viu. Myrddin recebeu algum ensino informal das freiras, mas isso acabou definitivamente quando ele tinha 12 anos. Seus pais não eram alfabetizados. Temos vários documentos da família Myrddin, incluindo o contrato de locação da casa deles, e todos são assinados com uma marca.

— Onde fica a casa deles? — perguntou Effy. Ela pensou no pastor recuando em direção às colinas verdejantes. — Não vi muitas casas lá embaixo.

— Ah, a casa não existe mais — disse Preston. — Várias das construções mais antigas em Saltney, as que ficavam mais próximas à água, já caíram no mar. Quase não culpo os moradores locais por suas superstições sobre o segundo Afogamento.

Ela sentiu um baque de tristeza confusa que não conseguia explicar direito. A casa onde Myrddin cresceu, onde sua mãe o colocava na cama à noite, onde seu pai descansava suas mãos marcadas pela vida na pesca... uma casa engolida e corroída, consumida pelas eras. Effy tinha se atentado para ouvir os sinos debaixo d'água naquela manhã, mas não escutou som algum.

Seria ela responsável por corroer ainda mais o legado de Myrddin? Seu estômago revirou com o pensamento.

— Isso ainda não prova nada — objetou Effy. — Olhe para todas estas cartas. Ele obviamente sabia ler e escrever.

— Olhe *bem* para elas — enfatizou Preston. Ele pegou a mais próxima, com as bordas enroladas, o papel amarelado pelo tempo. — Esta é datada de um ano antes da publicação de *Angharad*. Está endereçada ao seu editor, Greenebough Books. Veja como ele assina.

Effy olhou para a página com atenção. A caligrafia de Myrddin era *de fato* bastante descuidada, difícil de compreender.

— "Atenciosamente, Emrys Myrddin" — leu ela em voz alta. — O que há de errado nisso?

— Preste atenção no sobrenome — disse Preston. — Ele escreveu *Myrthin*, com *th*. Essa é a grafia do Norte.

Effy pegou o papel da mão do rapaz e passou o dedo pela assinatura. A tinta estava velha e desbotada, manchada em alguns lugares, mas o *th* era evidente.

Ela não queria admitir o quanto aquilo a confundia, então apenas disse:

— Pode ter sido só um erro.

— Um erro estranho, errar a grafia do próprio sobrenome.

— E daí? — desafiou ela. — Mandar mal na ortografia não equivale a analfabetismo.

— De qualquer forma, eu não acho que Myrddin tenha escrito isso. Acho que é uma falsificação.

Effy deu uma risada depreciativa.

— Agora é *você* quem está soando tão lunático quanto aqueles supersticiosos do Sul que tanto despreza.

— Não é algo sem precedentes. — Preston soava quase petulante. — Já vimos casos de falsificação literária antes. O truque de qualquer boa mentira consiste apenas em encontrar um público que queira acreditar nela.

Effy mordeu o lábio.

— Então quem seria o público para a suposta mentira de Myrddin?

— Você mesma disse. — O canto da boca de Preston se curvou em um meio sorriso apertado. — Sulistas supersticiosos que querem acreditar que um dos seus poderia transcender suas origens comuns e escrever livros que fazem até garotas do Norte caírem de amores.

— Eu nunca *caí de amores* — retrucou ela, irritada.

— Óbvio que não — disse Preston, sério outra vez. — Mas há outras pessoas que lucram com a mentira. O editor de Myrddin, por exemplo. A Greenebough fatura uma fortuna com direitos autorais até hoje. Metade do apelo de Myrddin se deve a esse passado capaz de conquistar o público: o poeta provincial empobrecido que se revela um gênio. Há muito dinheiro a ser feito com esse mito.

Preston tinha um jeito de falar com tanta eloquência e certeza que, por um momento, Effy se pegou meio convencida e intimidada demais para argumentar. Quando a névoa da sensação se dissipou, ela estava irritada consigo mesma por ter sido influenciada com tanta facilidade.

— Não seja condescendente — repreendeu ela. — Nem todos os sulistas são camponeses antiquados, e nem todos os nortistas são esnobes. Aposto que você odeia quando as pessoas generalizam os argantianos. Sabe, a maioria dos llyrianos acha que os argantianos são um povo frio e malicioso que não acredita em nada além de direitos de mineração e margens de lucro. Não dá para afirmar que você esteja se esforçando para derrubar tais crenças.

Mesmo enquanto falava, Effy se arrependeu de se deixar levar pelos mesmos estereótipos de sempre. Mais do que isso, estava frustrada consigo mesma por não conseguir elaborar um argumento melhor contra ele.

— Não sou obrigado a refutar clichês llyrianos. — A voz de Preston soava fria agora. — Além disso, é um *fato* que o Sul seja economicamente desfavorecido em comparação com o Norte, e os efeitos desse desfavorecimento são mais evidentes no Centenário Inferior. Também é um fato que as instituições políticas e culturais de Llyr são dominadas por nortistas, e sempre foram ao longo da história. Esse é o legado do imperialismo, o Norte colhe enquanto o Sul planta.

— Não pedi a você que me educasse sobre o meu próprio país — retrucou Effy. — Estatísticas não contam a história toda. Além disso, os argantianos fizeram a mesma coisa. Transformaram os próprios vilarejos nas montanhas em minas e túneis de carvão, só que vocês deixaram seus mitos e suas magias caírem no esquecimento em vez de celebrá-los. Pelo menos Llyr não tenta esconder seu passado.

Preston parecia cansado.

— Alguns podem chamar isso de celebração; outros diriam que é ignorar os efeitos de um legado colonial... ah, deixa pra lá. Podemos discutir isso até a casa inteira cair no mar. Não estou pedindo que você concorde com tudo que eu digo. Mas você concordou em ajudar, então pode pelo menos *tentar* não bater de frente comigo a cada passo?

Effy cerrou os dentes e olhou para a pilha de cartas em cima da mesa. Ela *havia* concordado, mas estava achando mais difícil do que esperava, com a atitude esnobe de Preston. Faria o melhor possível para tentar suportá-lo, por enquanto. Uma vez que tivesse garantido uma vaga na faculdade de literatura, ela poderia passar o resto de sua carreira universitária tentando desfazer o dano que causaria ao legado de Myrddin.

— Certo — concordou ela por fim, franzindo a testa. — Mas você tem que prometer ser quinze por cento menos dono da razão e do conhecimento.

Preston respirou fundo.

— Dez.

— E você acha que *eu* sou a teimosa?

— Tá bom — cedeu ele. — Quinze, e você não me xinga de novo.

— Só fiz isso uma vez. — Ela ainda achava que ele tinha merecido. Mas ele estava certo; não adiantava discutir a cada respiração.

No entanto, tudo aquilo era amargo de engolir. Ela havia abandonado os próprios princípios para conseguir o que queria, para melhorar sua posição na universidade, para ganhar algumas honras acadêmicas. Para escapar dos olhares de desprezo nos corredores, dos sussurros, e daquela poltrona verde. Em quem isso a transformava? Não em alguém melhor que Preston, no final das contas. Pelo menos ele estava comprometido com o princípio mais ou menos nobre da *verdade*.

Mortificada ao perceber tal fato, Effy ficou em silêncio.

Preston cruzou os braços sobre o peito.

— Enfim, antes de eu vir para cá, Gosse e eu compilamos um glossário das palavras e expressões usadas em toda a obra de Myrddin e comparamos com as cartas.

Imediatamente deixando de lado a promessa que acabara de fazer, Effy soltou:

— Pelo amor dos Santos, quanto tempo isso levou?

— É a minha *tese* — enfatizou Preston, mas as pontas das orelhas do garoto ficaram rosadas. — Acontece que há pouca sobreposição entre o vocabulário que ele usa em suas cartas e em seus romances, o tipo de fraseologia específica que aparece várias vezes em seus livros, mas nunca ocorre em suas cartas. Se não fosse tudo assinado por *Emrys Myrddin*, você jamais imaginaria que foram escritos pela mesma pessoa. E então há o problema com *Angharad*.

Effy logo adotou uma postura defensiva.

— Qual é o problema com *Angharad*?

— É um livro estranho. Em termos de gênero, é difícil de classificar. Myrddin geralmente pertence a uma escola de escritores creditados por reviver a epopeia romântica.

— *Angharad* é um romance — ressaltou ela, tentando manter a voz equilibrada. — Trágico, mas ainda assim um romance.

Preston hesitou. Effy quase podia vê-lo repassando o acordo deles na mente, calculando como moderar seu tom em cerca de quinze por cento.

— Epopeias românticas são escritas na terceira pessoa, e sempre narradas por homens. Heróis e cavaleiros cujos objetivos são resgatar donzelas e matar monstros. Mas o Rei das Fadas é ao mesmo tempo amante e monstro, e Angharad é ao mesmo tempo heroína e donzela.

— E obviamente você não pode creditar isso ao fato de Myrddin ser um visionário criativo — disse Effy, com uma careta.

— Há muitas inconsistências — insistiu Preston. — Tantas que algo parece errado. E Ianto é tão evasivo a respeito disso, que me faz achar tudo ainda mais suspeito.

Effy olhou para os papéis espalhados outra vez.

— Não me diga que isso é tudo que você conseguiu descobrir.

— Eu disse que precisava da sua ajuda — falou ele, soando afetado. — Ianto está me deixando no escuro. Foi Wetherell quem me deu essas cartas. Ele conseguiu pedindo por aí a alguns correspondentes de Myrddin, seu editor e seus amigos. Mas tem que haver mais.

— Mais cartas?

— Cartas. Páginas de algum diário. Rascunhos de poemas ruins. Romances inacabados. Listas de compras, pelo amor dos Santos. *Alguma coisa*. É como se o homem tivesse sido apagado da própria casa.

— Ele está morto há seis meses — apontou Effy. Pensou outra vez no que Ianto havia dito: *Meu pai sempre foi seu próprio maior admirador*. Havia um toque de ressentimento ali.

— Mesmo assim — rebateu Preston. — Estou convencido de que Ianto está escondendo algo. Esta é uma casa velha e confusa. Tem que haver... não sei, um quarto secreto em algum lugar. Um sótão, um depósito... algo que ele não está me mostrando. Ianto jura que não, mas não acredito nele.

Effy pensou na porta que guardava a maré.

— E quanto ao porão?

Preston empalideceu.

— Não vejo utilidade em perguntar sobre isso — respondeu ele. — Está alagado. Além disso, Ianto guarda aquela chave como se fosse a própria vida. Nem me daria ao trabalho.

Effy percebeu uma nota de medo na voz de Preston. Nunca o tinha ouvido soar nem um pouco assustado, por isso decidiu não pressioná-lo a respeito daquele assunto. Por enquanto. Além disso, outra coisa passou pela cabeça dela.

— A viúva. Você me disse que ela te convidou para cá.

— Nunca a vi — respondeu Preston, parecendo um pouco menos pálido e aliviado por mudar de assunto. — Ianto me disse que ela está doente e prefere ficar sozinha.

Effy não pôde deixar de pensar na mulher. Myrddin tinha 84 anos quando morreu; certamente a viúva não era muito mais jovem. Talvez *doente* fosse um eufemismo para *louca*. Os homens gostavam de manter mulheres loucas trancadas onde todos podiam confortavelmente esquecer da existência delas. Mas Ianto não parecia nutrir qualquer sentimento ruim em relação à mãe. Effy balançou a cabeça, como se quisesse banir o pensamento.

— Certo — disse ela. — Mas o que você quer de mim?

Preston hesitou e desviou o olhar.

— Plantas da casa — respondeu ele após uma pausa. — Tenho certeza de que existem em algum lugar. Talvez Ianto já as tenha mostrado para você.

— Ele não mostrou. — E Effy nem havia pensado em perguntar, o que era um pouco vergonhoso. — Mas seria muito razoável que eu pedisse. Posso perguntar.

— Certo. Ianto não desconfiaria de nada. — Os olhos de Preston cintilaram por trás dos óculos, mas sua expressão era indecifrável. — Apenas tenha cuidado. Não...

Effy suspirou.

— Serei perfeitamente educada, se é isso que você quer dizer.

— Na verdade, eu quis dizer o oposto. — Agora era Preston que corava. — Eu o manteria a distância. Não seja muito... solícita.

Effy não conseguiu entender se ele estava tentando repreendê-la ou alertá-la. Será que era nela que ele não confiava, ou em Ianto? Isso a fez sentir um arrepio. Com certeza ele não a achava incompetente.

Preston parecia tão perturbado que era nítido o quanto havia algo mais que ele queria dizer, mas não conseguia. Effy sustentou seu olhar para ver se era capaz de entender o que, mas tudo que conseguiu foi corar também. No final, ela apenas respondeu:

— Serei cuidadosa.

— Muito bom. E, óbvio, vou ser discreto também — disse ele, endireitando o corpo, o tom de voz frio e cortante outra vez. — Faço todas as minhas anotações em argantiano para que Ianto não possa lê-las.

— Exceto uma — corrigiu Effy. Ela havia passado a noite toda pensando no próprio nome rabiscado nas margens daquela página, na caligrafia precisa e caprichosa de Preston. *Effy Effy Effy Effy Effy*. Talvez fosse apenas marginália sem sentido. Talvez fosse algo mais. Ela não queria envergonhá-lo, mas duvidava que suportaria não saber a verdade. — Por que não aquela anotação também?

— Grande parte do que escrevo não importa de verdade. — O olhar de Preston estava focado nela, inabalável, embora o rubor não tivesse desaparecido por completo. — São só ideias erráticas que passam pela minha cabeça. Sei que vou jogá-las fora mais tarde, então não preciso me dar ao trabalho de traduzi-las do argantiano para o llyriano. Devo ter pensado que aquela fosse importante.

Effy levou o resto da manhã para criar coragem para falar com Ianto. De novo e de novo, a mente dela reproduzia aquele momento em que ele havia colocado a mão em seu ombro. Ela deslizara em um piscar de olhos para aquelas águas profundas. Mas ao caminhar pelo andar de cima, Effy balançou a cabeça, tentando se livrar da memória. *Ele sempre foi gentil com você*, uma voz disse. No final das contas, ela se convenceu de que o gesto havia sido paternal e nada mais.

Ianto tomava chá na sala de jantar, sob aquele candelabro que pendia perigosamente. Havia teias de aranha grudadas nos suportes de velas vazios, e os cacos de vidro pareciam ondular, mesmo sem vento. Quando ele a avistou, logo se levantou e disse:

— Effy! Por favor, sente-se. Posso te servir um chá?

Ela segurou o encosto de uma cadeira com as duas mãos. Por instinto, queria recusar, mas estava ali com um propósito. Com o estômago revirando, Effy se acomodou no assento.

— Claro. Eu adoraria.

— Excelente — disse Ianto. Ele se apressou até a cozinha e Effy ficou sentada ali, com as palmas das mãos suadas, tentando manter a mente focada. Tentando não pensar no quão pesado o toque dele havia sido.

Ianto voltou alguns instantes depois, carregando uma xícara de porcelana lascada. Ele a colocou diante da garota. Effy experimentou um pequeno gole, sentindo o açúcar não misturado se acumular feito areia em sua língua. Pousou a xícara na mesa.

— Estive pensando... — começou ela, mas Ianto a interrompeu com um gesto.

— Sinto que sei tão pouco sobre você, Effy — disse ele. — Você é uma arquiteta, fã do meu pai, mas com certeza há mais para saber...

— Ah, eu não sou muito interessante — avisou ela, com uma risada curta e desconfortável.

Ianto capturou o olhar dela e o sustentou.

— Você é muito interessante para mim. Nasceu mesmo em Caer-Isel?

— Draefen. — Effy ajeitou as meias, sentindo-se desconfortável. — Fui para Caer-Isel para estudar na universidade.

— Uma garota do Norte, de fato — pontuou Ianto com um sorriso. — Eu poderia ter adivinhado pelo seu sobrenome. — Ele a observou por um momento, como se tentasse se lembrar de algo. — Você não é parente dos Sayres do banco de Draefen, é?

Effy sentiu os músculos relaxarem um pouco. Essas eram perguntas fáceis de responder.

— Sim. Meu avô é gerente do banco. Minha mãe é uma das secretárias.

— É evidente que arquitetura não é algo de família. O que a inspirou a estudar essa área?

Effy ponderou qual seria a melhor forma de responder. Não queria transparecer o quão desinteressada era a respeito, então apenas disse:

— Gosto de desafios.

Ianto riu, encantado.

— Bem, então você assumiu o projeto certo.

Sentindo-se mais à vontade, Effy tomou outro gole de chá e tentou sorrir de volta. Até se permitiu encontrar os olhos de Ianto. Eram muito incomuns, ela percebeu, quase incolores, como água. Não importava como a expressão dele mudasse, nem se ele estivesse sorrindo ou franzindo a testa, seus olhos pareciam não mudar em nada. Era como olhar para uma das piscinas naturais, os espelhos falsos do Rei das Fadas.

De repente, Ianto se levantou.

— Quer saber? Este não é o ambiente apropriado para uma conversa animada. Você já teve a chance de visitar o pub da cidade? Tenho certeza de que gostaria de outra chance de voltar à civilização, ou ao que chamamos de civilização no Centenário Inferior.

E foi assim que Effy voltou para o pub em Saltney, sentada à mesa de frente para Ianto Myrddin.

As janelas do local estavam opacas com a névoa e a água da chuva deixada pela última tempestade, e as luzes no interior brilhavam amareladas. Ianto sorria ao conversar com a bartender, que parecia seríssima, como de costume.

Effy tentou pedir cidra quente, mas Ianto logo providenciou dois copos de uísque. Para não parecer rude, Effy fingiu dar pequenos goles e o observou por cima da borda do copo. Os cabelos úmidos tocavam os ombros do homem, que apoiava os braços no encosto do banco quase como se quisesse se manter seguro no assento.

Ela pousou o copo sobre a mesa, com os dedos levemente trêmulos. Tentou olhar ao redor do pub com curiosidade, para dar a impressão de que era a primeira vez que via aquele lugar.

— Obrigada. Você tinha razão. O lugar é adorável.

— É bom sair de casa — comentou Ianto. Sua voz havia assumido um tom estranho, mais baixo e rouco. Effy tinha certeza de que estava apenas imaginando coisas. — Sei que não se compara à comida de Caer-Isel — continuou Ianto, a voz ainda ligeiramente fora de tom —, mas a torta de carne com rins daqui é muito boa.

Effy planejava recusar a sugestão do prato com educação, mas não adiantou. Quando a bartender voltou, na mesma hora Ianto pediu duas porções.

Depois que a mulher se afastou outra vez, Effy pigarreou.

— Então, sobre Hiraeth...

— Você disse que gosta de desafios — interrompeu Ianto. — Dá para ver por que se candidatou a este projeto.

Effy respirou fundo. Conseguir as plantas da casa seria mais difícil do que pensava.

— Sim — concordou ela. — E você sabe o quanto respeito o trabalho do seu pai.

Não era tecnicamente mentira, mas soava como uma, considerando o acordo que acabara de fazer com Preston. Ela fez uma rápida e silenciosa oração a Santa Duessa, colocando as mãos em prece sobre as pernas. A padroeira do engano por boas causas (que era um conceito bastante questionável) andava recebendo muitas solicitações dela nos últimos dias.

— Com certeza — disse Ianto. — Mas a tarefa é monumental. Eu não a culparia se tivesse que encontrar algum pobre órfão para sacrificar.

Effy piscou, tão surpresa que, por um momento, ficou sem palavras.

— O quê?

— Ah, você nunca ouviu falar dessa lenda antiga? — Ianto parecia satisfeito, mas havia algo assustador por trás do seu sorriso. — É um ritual aqui no Sul, que remonta aos dias pré-Afogamento. Derramar o sangue de uma criança sem pai na fundação de um castelo, para garantir que a estrutura da construção fosse sólida e forte. Sacrifício de sangue... imagino que vocês, nortistas, achariam isso brutal demais.

Como ela mesma era uma criança sem pai, Effy achou a lenda tão brutal quanto fascinante. Felizmente, a comida chegou antes que ela pudesse responder.

As tortas de carne com rins fumegavam na mesma tonalidade de marrom dourado de madeira envernizada. Effy pegou o garfo com relutância. Fingir entusiasmo para comer rim, pelo amor de Deus! Preston estava exigindo muito dela...

Para a surpresa de Effy, Ianto não tocou na comida. Tudo que fez foi encará-la, o olhar contemplativo e intenso.

— Você tem passado bastante tempo com o estudante argantiano ultimamente.

O coração de Effy acelerou.

— Nem tanto — conseguiu dizer, com dificuldade. — Só hoje de manhã. Ele é... — Ela procurou por uma descrição que não beirasse a mentira. — Ele tem coisas interessantes a dizer.

— Não tenho um bom pressentimento em relação a ele. — Ianto pegou a faca. A lâmina manchada de gordura reluzia. — Ele é um pouco agitado, não é? Um jovem estranho que se assusta fácil. Talvez seja o sangue argantiano.

Por alguma razão, Effy sentiu a necessidade de defender Preston.

— Acho que ele é apenas dedicado ao trabalho. Não perde tempo com conversa fiada ou gentilezas.

— Acho que ele é muito parecido com meu pai, nesse aspecto. — Ianto apontou a faca para ela. — Vamos lá, então. Coma.

O coração de Effy errou uma batida. Ela cortou a massa folhada da torta, o vapor escapando do corte como um espírito deixando seu receptáculo.

Ianto a observava com o olhar fixo, os olhos aguados e incolores indecifráveis. Quando ela estava no meio da mordida, ele disse:

— Você é uma garota muito bonita.

A comida na língua dela estava pelando, quente demais para engolir. Queria cuspir no guardanapo, mas não conseguia; mal era capaz de se mexer. Os olhos de Effy se encheram de lágrimas, e Ianto apenas continuava encarando-a, o olhar indecifrável e implacável.

Ela não concordava com ele. Pelo menos, não tinha ideia se estava bonita naquele momento. Usava meias longas, uma saia xadrez e um suéter de lã branco. Era o tipo de roupa que usara durante sua primeira semana na universidade. Antes do professor Corbenic. Agora ela se arrependia. O ar úmido havia deixado o cabelo ondulado repleto de frizz. Como não havia espelho na casa de hóspedes, ela não tinha conseguido passar maquiagem, ou sequer checar como estavam as olheiras.

Foi doloroso manter a comida quente sobre a língua, mas ela resistiu até que a porção esfriasse a ponto de poder engolir. Effy levou a mão à boca. A ponta de seu nariz esquentou, como acontecia quando ela estava prestes a chorar.

Se Ianto percebeu, não demonstrou. O olhar dele sobre ela permanecia inabalável, apesar de agora seus olhos parecerem mais claros. Mais nítidos.

— Seus olhos. Seu cabelo — continuou ele. — Lindos.

Effy cravou as unhas na palma da mão. Estava completamente arrependida de ter aceitado o convite. Mas não queria falhar em sua tarefa. Por mais chocante que fosse, ela não queria decepcionar Preston. Então encontrou o olhar de Ianto e deu a melhor resposta que pôde:

— Obrigada — disse ela. Ao menos seu rubor não era fingimento. — Isso é muito gentil da sua parte.

A porta do pub se escancarou e três pescadores entraram, exalando o cheiro salgado do mar. Mesmo com o vento soprando pela porta, os cabelos pretos de Ianto permaneciam lisos e imaculados.

Effy carregava várias das pedras de bruxa no bolso do casaco. Ainda segurando o garfo com uma das mãos, ela tocou as pedras com a outra. Se atreveria a pegar uma delas na frente de Ianto? Será que o terror óbvio que sentia estragaria tudo?

Ela não podia mais esperar; dali em diante só ficaria mais e mais assustada. Então disse de uma só vez:

— Eu queria perguntar se você tem as plantas da casa. Seriam de grande ajuda.

O pedido fez com que o olhar dele enfim mudasse. Um vislumbre de surpresa atravessou o rosto dele depressa, e depois desapareceu. Foi como um pássaro batendo em uma janela e depois voando meio torto. De repente, Ianto tirou um maço de papéis dobrados do bolso.

— Aqui estão — disse ele.

Ansiosa, Effy estendeu a mão para pegar os documentos. Seus dedos mal haviam tocado as bordas do papel quando Ianto agarrou a mão dela de repente. A força do aperto fez com que ela soltasse um arquejo em choque.

— Ianto...

O rosto dele assumiu a palidez das pedras do penhasco, e nos olhos já não havia cor. E assim, de forma tão abrupta quanto ele a havia agarrado, ele a soltou. Levantou-se do assento de forma quase violenta. A faca caiu com o movimento.

— Vamos — ordenou ele. A voz saindo entre dentes cerrados.

Tudo que Effy conseguiu fazer foi encarar a cena, boquiaberta.

Então ele rosnou outra vez:

— *Vamos!*

Entorpecida, Effy se levantou. Guardou as plantas na bolsa e se apressou para segui-lo.

~

De volta ao carro, o olhar de Ianto estava fixo na estrada à frente, as mãos enormes ao redor do volante.

Effy tinha medo de romper o silêncio pesado e constrangedor, medo de pôr em risco sua vitória precária, medo de provocar Ianto. Tudo que fez foi olhar pela janela, acompanhando o caminho das gotas de chuva que deslizavam pelo vidro. Seus dedos ainda latejavam onde ele os havia agarrado.

O mar batia furiosamente contra as rochas, línguas de espuma banhando a borda da estrada. A água havia assumido uma tonalidade esverdeada, como uma poção no caldeirão de uma bruxa.

Com o olhar ainda fixo a sua frente, Ianto soou um tanto grosseiro:

— Você gostou da sua refeição?

— Sim — respondeu Effy. Os bocados de torta de carne com rins se assentavam inquietos em sua barriga. Cada saliência na estrada fazia o estômago dela revirar ainda mais.

— Bom. Nem todas as garotas são gratas pela cortesia, nem muito humildes sobre os próprios encantos. Nas cidades do Norte, ouvi dizer que as mulheres estão começando a ter uma visão muito pouco elogiosa sobre os homens e o casamento.

Effy engoliu em seco. Era verdade que havia mais mulheres na universidade do que nunca, e muitas delas saíam de lá sem uma aliança no dedo.

Dez anos antes, a única razão para uma garota ir à faculdade era para encontrar um marido. Sua avó ainda perguntava a respeito toda vez que escrevia, querendo saber se Effy havia conhecido algum rapaz simpático. *Não*, Effy sempre escrevia de volta, *eu não conheci*.

O carro balançava e sacudia, fazendo o coração dela palpitar mais forte. Em um último esforço para manter a civilidade, Effy perguntou:

— Você já foi casado?

O carro arrancou com violência por uma faixa de areia molhada.

— Não — respondeu ele. — O casamento não é para todos os homens.

— Entendo — respondeu ela, tentando soar compassiva. — Meus pais nunca se casaram.

Houve um longo período de silêncio durante o qual o vento uivava tão alto que as janelas pareciam tremer.

Ianto dirigia muito, muito mais rápido do que Wetherell. Effy agarrou a borda do assento e mordeu o lábio. O interior do carro cheirava a maresia e almíscar. Cheirava a Hiraeth.

— Você está com pressa para voltar? — Ela quase teve que gritar por causa do som do vento e da areia voando de encontro às janelas.

— Claro — disse Ianto. Contudo soou mais como um rosnado.

O tom da voz dele a prendeu ali, como uma agulha atravessando a asa de uma borboleta. Ela estava tomada por um medo ameaçador que não conseguia explicar, enrolava os dedos em torno da alça da bolsa, o sangue correndo e o coração batendo forte. Um instinto primal martelava na sua cabeça: *Algo terrível está prestes a acontecer.*

— Me desculpe — disse ela. O ar no carro parecia rígido e pesado.

Então Effy percebeu que não tinha tomado sua pílula rosa naquela manhã.

O olhar de Ianto se desviou da estrada, e não, ela não estava imaginando coisas — aqueles olhos, que antes eram turvos, agora estavam vítreos e aguçados. Algo maníaco brilhava neles.

— Conversamos por uma hora e você nunca me disse o que eu quero saber — falou ele.

Effy queria dizer a ele para manter os olhos na estrada, não nela. O carro subia o penhasco tão depressa que o corpo dela estava praticamente grudado ao assento.

— E o que é?

De repente, Ianto virou a cabeça para verificar a estrada. E foi então que Effy percebeu que o carro não tinha retrovisor. Os espelhos laterais estavam virados para dentro, inúteis. Se Ianto quisesse olhar para trás, teria que torcer o pescoço.

Como não havia notado aquilo antes, quando Wetherell dirigia? Será que havia espelhos naquele dia?

A visão dela começou a embaçar. *Não aqui*, ela implorou a si mesma. *Não aqui, não agora*. As pílulas cor-de-rosa estavam na bolsa, mas não podia arriscar pegá-las na frente de Ianto. Não suportaria as perguntas que ele faria a respeito. As pedras de bruxa no bolso dela chacoalhavam de forma irregular com o ritmo do carro.

— Por que você está aqui? — Indagou Ianto finalmente. Sua voz ainda soava como um rosnado baixo e rouco. — Uma garota bonita como você não precisa deste projeto para incrementar o currículo. Qualquer professor de sangue quente lhe daria as notas mais altas em um piscar de olhos.

O pânico atingiu o ápice, e então Effy o viu. Ele estava sentado no banco do motorista, onde, segundos antes, estava Ianto. Os cabelos pretos eram escorridos como água. A pele pálida como a luz da lua, e olhos que a queimavam, chamuscando o sangue dela até os ossos. Os dedos dele soltaram o volante e avançaram em direção a ela, as unhas longas e escuras afiadas como garras.

Ela não estava usando o cinto de segurança, então, quando abriu a porta, não foi difícil se atirar para fora do carro.

CAPÍTULO OITO

O Rei das Fadas aparecia em múltiplas formas, algumas das quais fisicamente idênticas. Em alguns dias, me era impossível discernir se o esposo que se aproximava de mim era aquele que beijaria minhas pálpebras com ternura infinita, ou se ele me dominaria com violência em nosso leito conjugal, indiferente aos meus lamentos. Esses eram os momentos mais difíceis. Quando eu não era capaz de distinguir a versão benevolente da cruel. Eu desejava que ele se transformasse em serpente, em uma entidade de pés bifurcados, uma criatura alada — qualquer coisa, exceto um homem.

DE *ANGHARAD*, POR EMRYS MYRDDIN, PUBLICADO EM 191.

Levou uma hora para Effy chegar a Hiraeth, caminhando com as pernas dormentes, a visão embaçando e depois tomando foco em reviravoltas vertiginosas. Seus cabelos estavam úmidos e colados ao rosto, e as meias rasgadas em farrapos. Além disso, ela estava sangrando.

Preston estava no topo da escada, e quando a viu, desceu correndo, dois degraus de cada vez.

— Effy — disse ele, ofegante, quando a alcançou. — Onde você esteve?

— Onde está Ianto?

— Ele voltou há meia hora, sozinho. — Preston gesticulou em direção ao carro preto parado na entrada. — Tentei perguntar a ele onde você estava, mas ele só passou direto por mim e se trancou no quarto. O que aconteceu?

Effy tossiu, tentando encontrar sua voz. Seu lábio estava cortado e parecia inchado, dolorido.

— Consegui — anunciou ela. — As plantas.

Preston a encarou como se ela tivesse duas cabeças.

— Não, quero dizer, o que aconteceu com *você?* Você está coberta de sangue e... bem, de sujeira.

— A estrada é suja — explicou Effy. Não estava lúcida o suficiente para se sentir envergonhada.

Preston a guiou escada acima e para dentro da casa. Nada de Ianto aparecer até então — um pequeno milagre —, mas, da porta da cozinha, Wetherell os encarou com uma expressão sombria. Parecia tão carrancudo quanto de costume, a pele cinza sob a luz aguada.

A subida pelas escadas para o segundo andar foi mais difícil. Effy se apoiou no corrimão enquanto Preston a observava com os lábios franzidos, os ombros tensos como se esperasse que ela fosse cair a qualquer momento.

O retrato do Rei das Fadas parecia turvo e caleidoscópico, as cores da pintura se misturando em um borrão indecifrável. O rosto da criatura era uma mancha pálida, sem características definidas.

Talvez essa fosse sua punição por trair Myrddin, por planejar pisotear todo o legado dele. Ela soltou algo parecido com um soluço, baixo demais para que Preston ouvisse.

O Rei das Fadas nunca havia aparecido para ela à luz do dia antes.

Quando chegaram ao escritório, Effy precisou de toda a sua força para não desfalecer. Uma dor aguda e ritmada latejava atrás de suas têmporas. Ela observou os papéis espalhados em cima da mesa, os livros abertos, o divã desgastado, e sentiu, por algum motivo, um leve alívio.

— Effy. — Preston chamou de novo, com a voz grave. — O que você fez?

— Saltei do carro do Ianto — respondeu ela.

Ouvir as próprias palavras em voz alta fez a névoa na mente de Effy se dissipar. De repente, se deu conta do quão louca soava. Quão louca tinha sido. Ela levou uma das mãos à boca e sentiu o lábio inchado.

Preston parecia desesperado.

— Como isso tem a ver com as plantas? Não imaginei que sua missão exigiria cenas heroicas de ação.

— Não houve nada de heroico nisso — disse Effy. Estava mais enrubescida do que nunca. — Até gostaria que fosse. Ianto já tinha me dado as plantas. Eu só... eu não aguentava mais ficar naquele carro com ele.

Foi tudo que ela conseguiu dizer. O que será que Preston diria se ela confessasse o que tinha visto (se é que vira mesmo alguma coisa)? Não seria diferente de como sempre fora com sua mãe e seus avós, com o médico, com os professores e padres.

Na melhor das hipóteses, Preston a encararia confuso, certo de que era alguma piada. Provavelmente zombaria e, em segredo, se arrependeria de ter atrelado seu futuro acadêmico a uma garota louca que precisava de pílulas para distinguir o que era real do que não era.

Era óbvio que não havia pior aliada do que Effy em uma busca pela *verdade objetiva*.

Mas tudo que Preston fez foi balançar a cabeça.

— E ele te deixou lá? Desse jeito?

À medida que Effy assistira às luzes traseiras do carro de Ianto desaparecendo a distância, tudo que sentiu foi alívio. Teve medo de que ele parasse e a arrastasse de volta para dentro. A visão do Rei das Fadas, os cabelos pretos molhados e a mão horrível avançando na direção dela ainda se repetia por trás de suas pálpebras.

— Eu não o culpo — disse ela, a voz vazia de emoção. — Foi uma coisa estúpida a fazer.

Preston deu um longo suspiro.

— De verdade, eu nunca imaginei que ele tentaria tirar você de casa. Sinto muito.

— Por que está se desculpando?

Ele piscou, os óculos escorregando pelo nariz.

— Não tenho certeza.

Se Effy estivesse em um estado de espírito mais coerente, ouvir Preston admitir incerteza a teria feito feliz. Finalmente havia encontrado *alguma coisa*, por mais trivial que fosse, que ele não sabia.

Effy enfim teve coragem de checar o próprio estado. Seu suéter branco estava úmido e manchado de lama. Ela não podia ver, mas podia sentir o cotovelo latejando sob a manga, o sangue grudando nas fibras de lã. E embora a saia tivesse passado relativamente ilesa, o quadril dela doía. Suas meias tinham levado a pior: rasgos impossíveis de consertar; ambos os joelhos estavam ralados e sangravam, doendo o suficiente para fazê-la gemer. Fragmentos de sujeira e pequenas pedras estavam agarrados à sua pele como moscas presas em papel mata-moscas. O nariz dela doía e ela estava grata por não poder ver o próprio rosto.

Não havia espelhos no carro de Ianto. Ela tinha certeza disso. Na verdade, desde que chegara a Hiraeth, ela não tinha visto o próprio reflexo nenhuma vez. Não conseguia se ver nem mesmo no espelho do olhar nublado e agitado de Ianto.

— Aqui — murmurou Effy, entregando sua bolsa a Preston. — Estou com as plantas.

Preston pegou a bolsa dela e a colocou em cima da mesa. Ele não a abriu ou mesmo espiou dentro.

— Effy, por que você não se senta?

— Por quê? — Ela sentiu um raio de pânico subir pela espinha. — Não quero.

— Bem — disse Preston. — Isso vai tornar tudo muito mais difícil.

E então ele se ajoelhou na frente dela, e Effy ficou tão chocada que quase caiu. Ela *precisou* se apoiar na mesa para não cair.

— O que você está fazendo? — ela engasgou.

— Se não limpar a sujeira, seus cortes vão infeccionar. Infecções podem levar a sepse, que, se não for tratada, em algum momento vai requerer amputação. E, de certa forma, seria minha culpa se você tivesse que amputar as pernas do joelho para baixo, porque fui eu quem te pediu para pegar as plantas para começo de conversa.

Ele disse tudo isso com total sinceridade.

Effy respirou fundo — em parte para se fortalecer, e em parte para não rir da cara dele. Cumprindo sua palavra, Preston começou a tirar as pedrinhas dos joelhos machucados dela com delicadeza. Seu toque era tão suave que ela sentiu apenas leves picadas de dor. Os olhos do rapaz se estreitavam atrás dos óculos, parecendo tão focados quanto nas ocasiões em que ele estudava um dos livros de Myrddin.

Depois de um tempo, ele pareceu satisfeito por ter tirado todas as pedras e estendeu a mão até o copo de água na mesa. Effy ainda estava tão perplexa que mal reagiu quando ele molhou a manga da própria camisa e começou a limpar a pele machucada, arrancando um grito dela.

— Ai! — gemeu Effy. — Isso dói bastante.

— Desculpe — respondeu ele. — Já vai acabar.

A dor trazia de volta a tontura. Com cuidado, ela colocou uma das mãos no ombro de Preston para se equilibrar.

Ele parou o que estava fazendo, os músculos tensos, e olhou para cima na direção dela. Eles se encararam por um bom tempo, mas nenhum dos dois disse uma palavra. Um minuto depois, Preston olhou para baixo de novo, voltando ao trabalho.

Effy enrolou os dedos na camisa dele. A pele por baixo estava quente, e ela podia sentir os músculos dele flexionarem.

— Quantos joelhos ralados você já tratou em sua carreira acadêmica?

— Preciso confessar que você é a minha primeira vítima.

Ela riu.

— Você é muito estranho, Preston Héloury.

— Foi você quem pulou de um carro em movimento, Effy Sayre.

— É que eu não estava usando cinto de segurança — rebateu ela.

Foi a segunda vez que ela o ouviu rir. Então se lembrou do quanto gostava daquele som: baixo e ofegante, o ombro dele tremendo de leve sob um aperto ou outro.

Depois de um momento, Preston se levantou e disse:

— Deixe-me ver suas mãos.

Effy as estendeu. Suas palmas estavam um pouco arranhadas. Parecia que ela tinha brigado com uma roseira. Com a mão aberta, a ausência de seu dedo anelar era gritante.

Ela torceu para que Preston não perguntasse a respeito. Essa era outra pergunta a que ela não queria responder.

— Parece que está tudo bem com elas — decidiu ele. — Estou confiante de que isso não será o que acabará com você.

Uma pequena mancha do sangue dela sujava a bochecha de Preston, onde ele havia tocado ao ajustar os óculos. Effy decidiu não mencionar aquilo.

— Isso é um alívio — disse ela. — Odiaria ser responsável pela minha morte prematura.

Preston riu de novo.

— Eu nunca superaria a culpa.

Effy sorriu, mas não conseguia parar de pensar nos olhos de Ianto, na mudança no timbre da voz dele. Será que ela podia ter imaginado tudo aquilo? Por que ele a apressara para sair de casa, apenas para arrastá-la de volta também às pressas? Ele tinha dirigido tão rápido, com tanta determinação, as palavras todas emaranhadas e em um tom baixo. O cérebro de Effy pulsava como a luz de um farol, cada batida do coração gritava: *Perigo. Perigo. Perigo.*

Ela se lembrou de como Ianto tinha contado a história do Afogamento, sobre como os habitantes do Centenário Inferior não perceberam que morreriam até estarem com água até o pescoço. Se ela não tivesse se jogado do carro, teria se afogado?

Às vezes, Effy tinha pesadelos em que estava sentada na poltrona verde do escritório do professor Corbenic, os pulsos amarrados aos apoios de braço, água preta e turva subindo ao seu redor. Ela não conseguia escapar, e a água continuava entrando — e o pior de tudo: nesses sonhos, ela nem mesmo lutava. Simplesmente engolia a água como se fosse ar.

— Você acha que ele vai ficar bravo comigo? — perguntou Effy de repente. — Ianto.

O divertimento nos olhos de Preston desapareceu.

— Bem... essa não é a maneira mais estratégica de escapar de uma conversa desagradável, eu admito. Do que ele estava falando?

Ela respirou fundo. Por onde começaria a explicar tudo aquilo? Com certeza não podia contar sobre o Rei das Fadas. Preston tinha sido bastante direto sobre como se sentia em relação às *superstições do Sul*. Confessar qualquer coisa do tipo a deixaria exposta como o tipo de garota instável e não confiável que Effy estava tão desesperada para não ser.

— Foi apenas uma conversa esquisita, como você disse — respondeu ela. — Eu exagerei.

— Tenho certeza de que ele vai superar — comentou Preston, mas seu rosto transparecia certo desconforto.

Agora que Preston estava satisfeito sabendo que Effy não ia morrer devido aos ferimentos, e agora que a dor de cabeça de Effy começara a diminuir, eles abriram as plantas sobre a mesa. Naquele momento, o céu tinha escurecido, e apenas um fraco feixe de luz do luar sangrava através da janela. A lua não estava cheia e brilhava branca como uma pérola, cercada de nuvens.

Preston acendeu dois lampiões a querosene e os trouxe para perto, para que pudessem ler sob a luz alaranjada.

As plantas eram muito antigas, dava para Effy notar pela cor *azulada*. Mais ou menos uma década antes, plantas tradicionais haviam se tornado obsoletas, e foram substituídas por métodos de impressão menos caros, que renderizavam tinta azul em um fundo branco. As plantas da Mansão Hiraeth eram da cor azul-safira brilhante, o mesmo tom da marca de gim favorita da mãe dela. As bordas estavam desgastadas, e grande parte da tinta, borrada e desbotada.

A primeira página mostrava uma planta de corte transversal da casa — muito, muito melhor do que qualquer coisa que Effy poderia ter sonhado em desenhar — e a segunda mostrava uma planta baixa.

Preston franziu a testa.

— Não consigo entender nada disso.

— Eu consigo — disse Effy, satisfeita por, pela primeira vez, possuir um conhecimento que ele não tinha.

Ela passou o polegar pela página, traçando o contorno do primeiro andar. Lá estavam a sala de jantar, a cozinha, o hall de entrada e o banheiro horrível que ela nem sequer fora autorizada a olhar. Nada fora do comum ali. No entanto, quando procurou pela porta do porão, não encontrou nada.

— Isso é interessante — murmurou ela.

— O quê?

— Parece que o porão não está nas plantas — explicou ela. — Mas, bem, um porão não é algo que você possa acrescentar no último minuto. Tem que ser parte dos planos de arquitetura desde o início. A única coisa que consigo pensar é que talvez esta casa tenha sido construída sobre uma fundação já existente, que já continha um porão.

Preston contraiu a mandíbula.

— Você quer dizer que havia outra estrutura aqui, antes de Hiraeth? É difícil imaginar como isso é possível. Até mesmo esta casa parece desafiar as leis da natureza.

— Não seria tão estranho. A baía dos Nove Sinos foi devastada pelo Afogamento, mas isso não significa que nada tenha sobrevivido. — Effy olhou para as plantas, confiante em sua teoria. — É mais fácil reparar uma fundação existente do que construir algo do zero.

— Você é a especialista aqui — disse Preston, embora não soasse convencido.

A descoberta era curiosa, mas não resolvia nenhum dos problemas deles, já que Preston se recusara a chegar perto do porão, e ele ficava pálido só de ouvir falar a respeito. Effy examinou o desenho do segundo andar. Lá havia o escritório e a porta que dava para a varanda em ruínas, e então a série de quartos que Ianto a proibira de ver: o dele e o da mãe. O maior devia ser o principal, e então, à esquerda, o de Ianto.

Como sempre acontecia quando pensava a respeito, a viúva de Myrddin se fixava na mente de Effy como uma agulha fincada.

— Você nunca conheceu a dona da casa, certo? — perguntou ela.

— Não — respondeu Preston. — Nunca nem falei com ela pelo telefone. Ela é idosa, imagino que preze pela privacidade.

Mas um arrepio percorreu a nuca de Effy.

— Se ela prezasse tanto pela própria privacidade, não teria convidado alguém como você para bisbilhotar a casa dela.

Ele cruzou os braços na altura peito e respondeu na defensiva:

— Estou apenas vasculhando as coisas do marido dela, não as dela. Quem quer que seja a Sra. Myrddin, ela não é relevante para as minhas investigações acadêmicas.

— Mas você nunca se perguntou, para além de suas *investigações acadêmicas*, por que ela é tão reclusa? — Tudo isso parecia errado desde que Effy chegara a Hiraeth, e com certeza desde que vira o Rei das Fadas. — Quando perguntei a Ianto sobre a mãe, ele não disse muita coisa.

— Não estamos escrevendo uma tese sobre a viúva de Myrddin, Effy. Deveríamos ficar aliviados por ela estar fora do nosso caminho.

Effy era capaz de pensar em pelo menos cinco argumentos para refutar aquela afirmação, mas no final decidiu não dizer nada.

Ela voltou a analisar as plantas. Os cômodos privados que Ianto os havia proibido de acessar consistiam em dois quartos e dois banheiros. Perfeitamente comum. Tudo era perfeitamente comum para uma casa.

Um tanto desanimada, mas sem querer admitir a derrota, ela voltou sua atenção para a planta de corte transversal.

Observou o telhado, que era levemente inclinado, não grande o suficiente para um sótão, ou mesmo uma passagem secreta, como Preston havia sugerido. Todavia, ao longo da parede da casa voltada para o leste, perto do quarto de Ianto, havia uma faixa estreita em branco, algo que o arquiteto se esquecera de preencher.

Só que nenhum arquiteto que se preze se *esquece* de terminar suas plantas (apenas Effy, e isso era mais porque não ligava, não porque era incompetente), então ela se inclinou sobre a mesa e franziu a testa, tentando medir o tamanho do espaço vazio com seu polegar.

— O que foi? — insistiu Preston. — Achou alguma coisa?

— Sim. — Effy apontou para o espaço em branco. — Não está na planta baixa, o que é estranho, mas se você olhar com atenção para planta de corte transversal, pode ver um espacinho em branco. Julgando pela escala relativa do desenho, o espaço é do tamanho de um guarda-roupa estreito e fica ao lado do quarto do Ianto. Eu diria que foi um erro do arquiteto, mas eu já sei que você não acredita em coincidências.

Embora Preston parecesse ofendido, ele não discutiu.

— Bem, eu prefiro acreditar que Ianto esteja escondendo algo do pai dele lá. Ele é tão reservado que chega a ser suspeito.

— Mas não podemos ir lá *agora*.

Já era tarde; Ianto havia se retirado para seus aposentos, e a ideia de confrontá-lo outra vez fazia Effy sentir vontade de vomitar. Sempre que ficava com a mente desocupada, era logo preenchida pela imagem do Rei das Fadas, uma das mãos no volante e a outra estendida em sua direção. Ela balançou a cabeça, tentando dissipar a lembrança.

— Não, óbvio que não — disse Preston. — Mas amanhã de manhã Ianto vai sair. Ele sempre vai à igreja aos domingos, e leva cerca de uma hora para voltar. Podemos aproveitar a oportunidade enquanto ele estiver fora.

Uma hora. Era mais ou menos o tempo que eles haviam passado no pub, e depois Ianto tinha se desesperado para voltar. Effy pensou em mencionar aquilo, mas o que isso sugeria, de fato? Nada útil. Era apenas o cérebro dela tentando dar sentido ao terror infundado que a assombrava como um fantasma.

Em vez disso, ela falou:

— E quanto à *irrelevante* Sra. Myrddin? Você disse que ela nunca sai do quarto. Então ela estará lá, mesmo que Ianto não esteja.

Preston lançou um olhar de soslaio para a porta, como se esperasse que alguém entrasse de repente.

— Só precisamos fazer silêncio para não perturbá-la.

— Mas e *se* a perturbarmos? — arriscou Effy.

— Então vamos ter que mentir — disse Preston. Ele se moveu um pouco ao dizer isso, com os ombros encolhidos. — É só dizer que Ianto nos mandou até lá.

— Essa não é uma mentira muito boa.

— Bem, então pense você em algo — devolveu ele, ligeiramente corado. — A gente pode se encontrar aqui amanhã de manhã. Ianto terá saído antes do nascer do sol.

Ainda parecia uma péssima ideia, mas Effy não conseguia pensar em alternativas.

— Tudo bem — concordou ela. — Nos encontramos aqui ao amanhecer.

Preston assentiu. Quando Effy se virou em direção à porta (devagar, para não piorar a dor dos joelhos machucados), ela teve a sensação de que ele ainda a observava. Espiou por cima do ombro e viu Preston olhar para baixo depressa, mexendo em alguns papéis na mesa, envergonhado por ter sido pego em flagrante.

O rubor nas bochechas dele se intensificou. Effy se pegou pensando na leveza de seu toque, e em como as pontas de seus dedos ainda estavam manchadas com o sangue dela.

— Preston? — chamou ela. Sua voz soou estranha, baixa e curiosa. Quase esperançosa.

Ele ergueu os olhos.

— Sim?

— Obrigada.

— Pelo quê?

— Por se importar com a minha morte.

— Ah, cautela nunca é demais. Pessoas já morreram de formas muito mais banais.

— Obrigada por me dar a chance de ter uma morte interessante, então.

— Desde que você não se jogue de mais nenhum carro em movimento — brincou Preston, com um leve tremor no lado esquerdo da boca, como se tentasse não sorrir. Por trás dos óculos, o olhar do rapaz guardava uma expressão solene. — Existem formas de morrer muito mais interessantes por aí.

~

Ao sair do escritório, Effy foi banhada pelo brilho cintilante das lâmpadas nuas alinhadas ao longo do corredor. No momento em que deixou o cômodo, sentiu um frio repentino e parecia que havia sido enraizada ao chão, como se algo invisível a segurasse ali. A respiração dela saía de sua boca em suspiros tênues.

No entanto, aquilo não era uma *crise de pânico* como a que vivenciara quando viu o Rei das Fadas. Era o oposto, na verdade — uma calma estranha e antinatural.

Um silêncio irrequieto e impressionante fervilhava ao redor. Os assoalhos tinham parado de ranger, e Effy não conseguia mais ouvir o som distante do oceano batendo contra as rochas, arrastando Hiraeth em direção ao mar.

Preston estava a apenas uma porta de distância, mas Effy se sentia tão sozinha. Era como se a casa se espalhasse ao redor dela como ramos de videiras.

E então ela viu: um brilho pálido ao final do corredor, como se alguém tivesse deixado uma janela aberta e a cortina balançasse. Mas não havia janela nem cortina. Tudo que viu foi a barra desgastada de um vestido e um relance de cabelos longos e prateados. Ela só conseguiu ver o finalzinho de cada parte, e o calcanhar de um pé descalço e fantasmagórico, como a rede emaranhada de um pescador envolvendo a criatura do mar presa nele.

Effy sentia a jugular latejando com o pulso acelerado. O ar se tornara cortante, frágil e frio, tão frio quanto o coração do inverno. Effy ficou surpresa com o terror congelante que sentia, já que não era como nada que ela havia sentido antes, como o medo do Rei das Fadas e suas garras que a perseguia a vida inteira. Aquele era um perigo que ela sabia reconhecer.

O que tinha acabado de ver era diferente. Um horror que não conseguia identificar, que ela só foi capaz de compreender depois que o fantasma desapareceu. Só podia ser um fantasma. Effy até chegou a dar um passo cauteloso em direção ao final do corredor, onde avistara a figura desaparecer. A porta do quarto estava fechada, e ela não tinha ouvido o barulho da maçaneta. O que quer que fosse havia atravessado a madeira.

A criatura estava fugindo de algo. O pensamento passou pela mente de Effy enquanto ela recuava de novo, o coração acelerado. Ver um vestido sumir na curva do corredor e — de forma impossível — através da porta fechada era como dar de cara com o cadáver de um corvo em seu caminho. Todos, até mesmo os mais céticos do Norte, sabiam que aquilo era um presságio de morte.

O medo não era do pássaro em si, mas da coisa terrível e desconhecida cujo presságio era a morte do animal.

Depois que o carro de Ianto havia se afastado e Effy se levantara da estrada, ela tomara um de seus comprimidos cor-de-rosa. As pílulas deveriam funcionar como muro de contenção contra as visões que ela tinha, contra o mundo irreal que sempre parecia florescer por baixo do real, como o pulsar do sangue por trás de um hematoma, esperando o momento para jorrar.

Ainda assim, ela vira o fantasma. E o Rei das Fadas havia aparecido para ela à luz do dia, algo que nunca acontecera até então. No canto escuro do quarto, Effy continuou refletindo sobre a crença de que a luz do sol a mantinha segura. Em *Angharad*, o Rei das Fadas vinha até a heroína à noite, quando o pai e os irmãos da protagonista dormiam um sono pesado demais para notarem.

Havia algo errado aqui, em Hiraeth, talvez em todo o Centenário Inferior. Magia antiga e deuses perversos — ou pior, de caráter duvidoso. O Rei das Fadas era mais poderoso ali. O mundo irreal estava prestes a romper as correntes que o prendiam.

E Effy se enfiara no centro disso, numa casa afundando no fim do mundo. As bochechas e a testa dela estavam encharcadas de suor frio. As garantias que o médico havia dado a ela não importavam agora. As pílulas que ele prescrevera não eram suficientes para impedir que as ondas a derrubassem.

Quando conseguiu mover as pernas dormentes de novo, correu escada abaixo e se lançou porta afora, na escuridão da noite, o coração batendo forte em seus ouvidos. Ela não tinha medo do fantasma, mas estava terrivelmente, miseravelmente temerosa do que quer que tivesse matado a mulher que aquele espírito um dia fora.

CAPÍTULO NOVE

Posso ouvir as sereias cantando
Sob as ondas volúveis e lascivas,
Seus cabelos tão opulentos quanto a melissa,
Suas purezas tão predispostas ao despojo
Quanto o ouro dentro de seus baús submersos.

DE "GRANDE CAPITÃO E SUA NOIVA DO MAR",
EXTRAÍDO DE *AS OBRAS POÉTICAS DE EMRYS MYRDDIN*,
PUBLICADAS ENTRE 196–208.

A manhã tinha um tom de cinza pálido como a barriga de uma truta, e as ondas suaves batiam na costa. Effy acordou sobressaltada um pouco depois do amanhecer, a ansiedade de seus pesadelos ainda girando nos cantos de sua mente.

Seus comprimidos para dormir deveriam funcionar a ponto de acabar até mesmo com seus sonhos, mergulhando-a em uma escuridão total e obliterada, mas eles também não surtiram o efeito desejado. Ela passou horas entre os tormentos dos pesadelos, revirando-se com tanta violência que o edredom de cor musgo escorregara da cama ao chão.

Ela sonhara com ele, é claro. O Rei das Fadas e sua coroa de ossos. Não conseguia se lembrar de um tempo em que havia sonhado com qualquer outra coisa. Às vezes, os pesadelos eram intercalados com imagens do professor Corbenic, mas eles oscilavam de um para o outro tão rapidamente que, em algum momento, pareciam idênticos. Em todos havia cabelos pretos, mãos avançando e água subindo até sua garganta.

Effy sabia que Preston não ficaria feliz com seu atraso. Vestiu apressada o suéter e calçou as botas. Hesitou diante da porta, os dedos pairando acima do puxador de ferro. Agora que ela vira o Rei das Fadas à luz do dia, não confiava mais nas suas antigas táticas de sobrevivência.

Pegou dois comprimidos cor-de-rosa e os engoliu a seco. Então abriu a porta e *correu*, deslizando sem fôlego pelo caminho em direção a Hiraeth.

Quando chegou, estava ofegante, cheia de adrenalina. Effy não teve qualquer vislumbre de cabelos úmidos nos espaços entre as árvores. Ao passar pela frente da casa, procurou o carro de Ianto, que — ainda bem — não estava lá.

Duas aves marinhas bicavam algo nas marcas de pneu. Um animal atropelado, desfigurado e achatado. Effy não se aproximou o suficiente para identificar o que era. A mera visão do pelo emaranhado e ensanguentado fez seu estômago se revirar. Então ela subiu as escadas que levavam para dentro da casa.

Preston esperava por ela no escritório com uma caneca de café nas mãos e um olhar reprovador.

— Está atrasada.

Effy conferiu a luz rosa suave na janela.

— Ainda está amanhecendo. Além disso, não é justo. Você dormiu aqui.

— E tive tempo para pegar café e tudo. — Preston olhou para a própria caneca por um instante. — Se você tivesse chegado ao amanhecer, também poderia ter tomado uma xícara.

Ela respirou fundo e resistiu à tentação de revirar os olhos, mas a previsibilidade da reação dele era estranhamente reconfortante. Após toda a estranheza, os pesadelos, as mudanças bruscas de humor de Ianto, a meticulosidade confiável de Preston era quase como um bálsamo.

Não que ela fosse dizer isso a ele.

— Você pediu que eu não lutasse contra você a cada passo, mas prometeu ser quinze por cento menos condescendente — relembrou ela. — Então precisa me deixar ganhar às vezes.

Os lábios de Preston se apertaram.

— Está bem — cedeu ele. — Pode vencer essa, seja lá o que isso signifique para você.

Satisfeita com isso, Effy pensou em qual poderia ser um troféu adequado.

— Significa que você tem que me dar o seu café.

Ele soltou um suspiro prolongado e sofrido, mas passou a caneca para ela. Mantendo contato visual com Preston sobre a borda do objeto, Effy sorveu um pequeno gole e se engasgou.

É óbvio que Preston Héloury tomava café puro. Ela baixou a caneca, tentando esconder sua careta.

— Você viu Ianto sair? — perguntou Preston.

— Não, ele já tinha ido embora. — Effy pensou no cadáver do animal na estrada. Era pequeno demais para ser um cervo, mas grande demais para ser um coelho, de tamanho suficiente para que Ianto o tivesse visto através do para-brisa do carro e mesmo assim não tivesse tirado o pé do acelerador.

A visão do Rei das Fadas sentado no banco do motorista passou pela sua mente. Effy teve que cravar as unhas na palma da mão para fazê-la desaparecer.

— Precisamos nos apressar — disse Preston. — *Acho* que os cultos llyrianos duram apenas uma hora, mas você saberia melhor do que eu.

Enquanto começavam a caminhar em direção à porta, Effy disse:

— Então minhas suspeitas estavam corretas: argantianos *são* pagãos.

— Não todos — corrigiu ele, sem se abalar, quase alegre. — Eu sou.

— Tenho certeza de que sua mãe llyriana está muito satisfeita com você.

— Ela tenta ao máximo me fazer sentir culpado com isso.

Começaram a descer o corredor.

— Mas ela não deve ser tão religiosa — disse Effy enquanto viravam a esquina que levava até o quarto —, ou então ela não teria se casado com um argantiano.

— Você ficaria surpresa com o quanto de dissonância cognitiva as pessoas são capazes de manter.

— Você nunca se cansa de ser tão insensível e de nariz em pé?

Preston abafou uma risada.

— Não, isso me vem muito naturalmente.

— Você *poderia* ter dito que o amor transcende disputas teológicas mesquinhas.

— O amor conquista tudo? — Preston arqueou uma sobrancelha. — Suponho que eu poderia dizer isso, se fosse um romântico.

Effy bufou, mas por algum motivo seu coração batia descompassado. Disse a si mesma que estava nervosa com o plano que tinha tudo para dar errado, e, enquanto Preston alcançava a porta, a lembrança do fantasma surgiu em sua mente. Seus cabelos brancos chicoteando como a vela rasgada de uma embarcação, a pele tão pálida que beirava a translucidez.

Uma frieza semelhante arrepiou os pelos de Effy, e ela quase disse: *Espere, pare*. Mas seria inútil mencionar o encontro com o fantasma para Preston. Ela sabia, sem precisar perguntar, que ele não era do tipo que acreditava em assombrações.

A Sra. Myrddin, por outro lado, talvez valesse a pena mencionar.

— Faça silêncio — pediu ela. — A viúva deve estar aqui.

— *Eu sei* — sussurrou Preston de volta. — Estou fazendo o mínimo de barulho possível.

Effy prendeu a respiração enquanto Preston girava a maçaneta e abria a porta que levava aos cômodos privativos. Um corredor estreito foi revelado diante deles, empoeirado e escuro. O piso de madeira estava marcado com buracos de cupins e as paredes, nuas, exceto por um pequeno espelho manchado de ferrugem.

Effy ficou surpresa ao vê-lo. No entanto, ao examinar o espelho mais de perto, percebeu que o vidro estava tão oxidado que não era possível ver qualquer reflexo nele. Um sentimento estranho de decepção se instalou em seu ventre.

Ela e Preston pararam no corredor para escutar, mas nenhum som ecoou de qualquer das portas à frente. E, assim como na noite anterior, até o som do bater da água contra as rochas havia desaparecido. Se a Sra. Myrddin estava em seus aposentos, devia estar dormindo.

Ou, uma voz tímida cutucou a mente de Effy, *era possível que ela nem mesmo existisse*. Ela não podia provar nada daquilo, mas quando pensava no fantasma, o coração da garota acelerava.

Mantendo a voz baixa, ela comentou:

— O quarto do Ianto é o da esquerda.

— Espero que ele não tenha trancado a porta.

Havia algo errado com aquela parte da casa. Parecia existir em outro mundo. Frio, silencioso e estranho, como um naufrágio no fundo do oceano. O resto de Hiraeth rangia, gemia e balançava, protestando contra sua lenta destruição. Ali, o ar tinha certa rigidez, e Effy se movia quase em câmera lenta, como se estivesse usando roupas encharcadas. Na verdade, era como se aquela ala da casa já tivesse sido afogada.

A porta do quarto de Ianto se abriu sem emitir quase nenhum som.

Effy não sabia o que esperava ver do outro lado. Uma sereia encalhada na cama, um monte de peles de selkie? O fantasma? O quarto era comum demais, pelo menos no contexto de Hiraeth. Havia uma cama enorme com dossel, não muito diferente daquela em que Effy dormia, com cortinas de voal roídas por traças e lençóis de cetim azul-escuro que davam a impressão de que o colchão estava encharcado. Até onde ela podia dizer, não havia espelhos em lugar algum.

Havia um guarda-roupa cujas portas estavam firmemente fechadas, a manga de um suéter preto pendia entre elas feito um texugo em uma armadilha. *Um texugo*, Effy pensou de repente. Talvez fosse o animal que vira na estrada.

Jornais amarelados estavam empilhados em um canto, mas nenhum deles dizia respeito a Emrys Myrddin. As manchetes eram bastante aleatórias: um artigo sobre uma exposição artística em Laleston. Um sobre uma série de roubos em Corth, uma cidade não muito longe a leste de Saltney. Outro era sobre um pônei que fora consagrado herói por enfrentar um gato-das-montanhas com bravura; no final, o pônei sucumbiu aos ferimentos e morreu.

Effy deixou o jornal cair de volta no chão.

— Nada.

— Ainda não estou pronto para desistir — disse Preston. — Onde era aquele espaço branco nas plantas?

— Na parede oeste. — Effy apontou.

A parede oeste consistia apenas em uma enorme estante de livros ocupada pela metade. Em silêncio, Effy e Preston examinaram as lombadas, mas não encontraram obras de Emrys Myrddin. O gosto literário de Ianto parecia ser mais sórdido, composto principalmente de mistérios e romances, os tipos de livros que ela sabia que Preston acharia *ridículos*.

No entanto, um título erótico chamou a atenção dela: *Dominando a donzela*. Effy o colocou de volta no lugar com um arrepio.

— Não entendo — comentou Preston, soltando um suspiro frustrado. — Não é possível que não tenha nada aqui. Que tipo de homem faz uma limpa tão profunda em uma casa a ponto de apagar a memória do pai falecido?

Era a segunda vez que Preston mencionava isso, e ela se perguntou por que o fato parecia incomodá-lo tanto.

— Eu não sei — disse ela. — Cada um tem o próprio jeito de lidar com o luto. Você não pode saber o que faria até que aconteça com você.

— Já aconteceu — rebateu Preston. — Meu pai está morto.

Ele disse isso tão casualmente que levou um tempo até que Effy fosse capaz de reagir. Ela voltou o olhar para ele, o corpo meio virado na direção dela, a luz minguante iluminava o perfil do rapaz. Os olhos de Preston, que eram de um marrom pálido, eram intensos mas firmes, como se ele estivesse encarando a mesma coisa por tempo demais.

— Olhe só para a gente — disse ela por fim. — Duas crianças órfãs de pai, abandonadas em uma casa que está afundando. É melhor termos cuidado para que Ianto não decida cortar nossa garganta sobre a nova fundação.

Ela disse aquilo para tentar aliviar o clima, mas a boca de Preston se contraiu em uma linha fina.

— Se há alguém que ainda acreditaria em um costume antigo como esse, é Ianto. Você viu a ferradura na porta?

— Não — admitiu ela. — Mas essa é uma tradição folclórica antiga, para manter as fadas do lado de fora.

Preston assentiu.

— E todas as árvores plantadas ao redor da propriedade são freixos da montanha. Para alguém que não guarda nenhum livro de seu pai, ele parece ter estudado suas edições com bastante atenção.

Freixos da montanha, ferro. Effy até havia notado um monte de tramazeiras nos arredores da casa, pois também eram usadas para proteger contra o Povo das Fadas.

Ianto tinha pendurado os retratos encomendados pelo pai logo acima das escadas: o Rei das Fadas e Angharad. Talvez estivessem lá como uma forma de proteção. Se ele conseguisse manter o Rei das Fadas preso em uma moldura, dentro de uma das histórias de Myrddin, isso o impediria de entrar pela porta da frente.

Effy se perguntou se talvez aquilo fosse o que Ianto *realmente* queria dela: uma casa que pudesse protegê-lo do Rei das Fadas. E se ele também tivesse visto a criatura na estrada, com a coroa de ossos e os cabelos pretos molhados?

Mas o que o Rei das Fadas poderia querer com Ianto? Ele perseguia garotas com cabelos claros para adornar sua coroa. Os homens dormiam profundamente em suas camas enquanto as esposas e filhas eram levadas. Era o que as histórias diziam.

Pensou também no que o pastor lhe dissera ao entregar as pedras de bruxa: *Uma jovem bonita sozinha nos penhascos lá em cima...*

Effy balançou a cabeça para dissipar os pensamentos. Preston, que segurava a borda da estante com as duas mãos, recuou, suspirando.

A estante balançou o suficiente para revelar uma fresta de espaço entre a prateleira e a parede. Effy e Preston se entreolharam.

Sem precisar falar, ambos foram até a extremidade da estante e puxaram. Aquilo emitiu um ruído alto, que Effy tinha certeza de que perturbaria a senhora da casa — se ela estivesse mesmo no quarto ao lado. No entanto, a pulsação dela estava tão acelerada que não conseguiu se demorar pensando na possibilidade de que eles poderiam ser pegos.

Quando conseguiram afastar a estante o suficiente, Effy pôde ver que não havia parede adiante. Havia apenas um espaço escuro vazio que se tornava... um pequeno cômodo escavado na lateral da casa.

— Cuidado — alertou Preston. — Effy, espere. Vou pegar uma vela.

Ela foi logo entrando. Não queria esperar. O coração dela batia forte, mas o lugar era tão escuro que não tinha escolha. Ficou ali, no cômodo frio, sem enxergar nada ao redor, e estranhamente não estava com medo. Era tudo tão silencioso, o ar tão parado. Effy só podia imaginar que qualquer coisa que estivesse naquela sala com ela, se alguma vez tivesse estado viva, já estaria morta.

Preston voltou com uma vela e deslizou para dentro do cômodo ao lado dela. O espaço apertado os obrigava a andar com os ombros encostados. Ela podia sentir o braço dele se movendo enquanto respirava, meio ofegante e de forma entrecortada.

Ele moveu a vela ao redor, revelando paredes cobertas de poeira e cantos cheios de teias de aranha, gesso descascado e manchas cinza de mofo. Onde a tinta havia sido descascada, um pedaço de alvenaria estava exposto, e o rejunte era preto, como se tivesse sido tingido com tinta.

Não havia nada na sala, exceto por uma única caixa feita de lata, fechada.

Estava bem no centro da área, obviamente colocada ali de propósito.

Effy resolveu se ajoelhar ao lado do objeto, mas Preston estendeu o braço, impedindo-a de se abaixar.

— O que foi? — questionou ela. — O que é?

— Seus joelhos — respondeu ele, abaixando a vela até a altura das pernas dela. — Tenho certeza de que ainda estão machucados e... — Ele parecia perturbado ao passar uma das mãos pelo cabelo desgrenhado, e levou mais um momento para concluir: — Deixa comigo.

Effy observou enquanto Preston se ajoelhava no chão.

— Pensei que você fosse me dizer que a caixa era mal-assombrada.

Não dava para enxergar o rosto dele no escuro, mas ela ouviu o agora familiar som da risada de Preston.

— Se bem que parece mesmo, né?

— Fico feliz em saber que você não é totalmente desprovido de imaginação.

— Está trancada.

— Ah, não — disse Effy, o tom de voz beirando a petulância. — Me dá aqui.

Preston se levantou, limpando as calças, e lhe entregou a caixa. Assim como todo o quarto, estava coberta de poeira. Effy teve que assoprar a frente para ler as palavras estampadas no objeto: PROPRIEDADE DE E. MYRDDIN.

Effy sentiu o coração acelerar. Ela conteve seu entusiasmo enquanto examinava o restante da lata. Abaixo do nome dele estava uma pequena gravação dos mesmos dois santos, Eupheme e Marinell, com suas barbas volumosas feito ondas titânicas. Effy teve a mesma sensação de quando folheava aqueles livros antigos na biblioteca da universidade — como se estivesse descobrindo algo arcano, secreto e especial, algo que pertencia a ela, mesmo que de um jeito não tão significativo.

E a Preston, é óbvio. Pela quantidade de poeira, ela podia dizer que nenhum outro dedo havia tocado aquele recipiente por um longo tempo. Havia uma pequena fechadura na frente, mas o metal em si parecia muito frágil, tão fraco quanto a lata onde o avô de Effy costumava guardar charutos com exímio cuidado.

Então ela bateu a caixa contra a parede, provocando um estrondo absurdo. Um dos cantos do metal se entortou num instante, como se fosse um guardanapo amassado.

— Effy! — gritou Preston. — O que você está fazendo?

— Abrindo — respondeu ela, apontando o óbvio.

— Mas Ianto... — gaguejou ele. — Ele vai perceber que a caixa do pai foi esmagada e saqueada.

— Olha a quantidade de poeira — argumentou Effy. — Acho que ele nem deve saber que isso está aqui.

Preston resmungou outra vez em protesto, mas Effy já havia forçado a abertura da fechadura danificada. Ela abriu a tampa, com as dobradiças enferrujadas rangendo.

Lá dentro havia um pequeno caderno com capa de couro, com um pedaço de barbante enrolado ao redor.

Effy prendeu o fôlego. Estava diante de algo que Emrys Myrddin *realmente* havia escrito. Aquilo era melhor do que qualquer descoberta que ela já havia feito na biblioteca. Melhor do que qualquer tesouro que um mergulhador de águas profundas pudesse descobrir.

Effy lançou um olhar furtivo para Preston, que estava boquiaberto e de olhos arregalados, e descobriu que nem se importava que ele estivesse descobrindo isso com ela.

— Não consigo acreditar — disse Preston. — Nunca achei que a gente fosse encontrar... bem, ainda não dá para saber o que tem aí dentro. Pode ser um almanaque de previsão do tempo. Ou um livro de receitas.

Effy lançou um olhar fulminante para ele.

— Ninguém guarda um livro de receitas trancado em uma caixa secreta, em um quarto secreto.

— Em se tratando de Myrddin, eu não ficaria muito chocado — defendeu Preston, seco.

Ele pegou o diário e algo caiu do miolo. Várias coisas, na verdade. Quase uma dúzia de fotografias, desbotadas e desgastadas pelo tempo.

Com os dedos trêmulos, Effy pegou uma delas: o retrato de uma garota, não aparentava ser muito mais velha do que ela, com cabelos longos e claros. Ela estava encarapitada no divã, no escritório de Myrddin, vestindo um robe de cetim que revelava uma panturrilha branca.

Preston franziu a testa.

— Quem é essa?

Effy percebeu que não conseguia falar. O ar no cômodo de repente pareceu pesado demais.

Ela pegou a próxima foto, que mostrava a mesma garota, no mesmo divã, mas em uma posição diferente: as pernas estavam esticadas agora, os pés descalços pendurados na borda da poltrona, e o robe havia subido um pouco mais, expondo a curva de sua coxa.

Embora Effy já soubesse o que encontraria, ela precisava pegar a próxima foto. Por tanto tempo a garota havia sido escondida, acumulando poeira. Era assim que pessoas se transformavam em fantasmas — quando sua vida significa tão pouco que ninguém sequer lamenta a perda.

Na fotografia seguinte, com o robe aberto, a garota exibia os seios redondos e firmes. Os mamilos eram pequenos e estavam eriçados. Talvez fizesse frio no escritório naquele dia. Ela não encarava a câmera, seu olhar era vazio e estava focado em outro lugar. Os braços estavam arqueados sobre a cabeça, mas de uma maneira rígida e artificial, como se tivessem sido posicionados ali pelas mãos ou pelo capricho de outra pessoa.

Era um corpo plano e nu, com todas as suas partes cuidadosamente posicionadas e contabilizadas, como se fosse um desenho feito por um açougueiro. Duas pernas e dois braços, cabelos dourados na cabeça, barriga chapada e seios perfeitamente simétricos. Se você a cortasse ao meio como um peixe, ambos os lados seriam idênticos.

Effy apertou a foto com um pouco mais de força, amassando as bordas. Um nó rígido se formou em sua garganta.

Preston pegou outra fotografia. O rosto dele estava muito vermelho, o olhar inquieto, tentando se fixar em qualquer lugar, menos na imagem da garota nua.

— Quem você acha que ela é? — perguntou ele mais uma vez.

— Eu não sei. — A voz de Effy soava arrastada, como uma reverberação debaixo da água. — Essas coisas podem ser do Ianto...

— Ianto não precisa manter seus... hum... materiais adultos trancados a sete chaves desse jeito. — Preston estava corado até a nuca. — Você viu os livros dele.

Materiais adultos era o tipo de eufemismo que apenas um acadêmico inventaria. Se as circunstâncias fossem diferentes, Effy poderia ter achado graça.

Mas a garota das fotos não era uma adulta de verdade. Não podia ser. Ela parecia ter a idade de Effy, e Effy não se sentia *adulta*.

As fotografias a deixaram tonta, e a visão dela já embaçava nas bordas.

— Elas têm que ser de Myrddin, então. — A certeza disso era como um soco no estômago. Seu fôlego vinha agora apenas em lufadas ásperas e quentes.

Preston olhou para ela, franzindo a testa.

— Effy, você está bem?

— Sim — disse ela, com dificuldade. No entanto, não suportava mais olhar para a garota. Então virou a fotografia.

Havia algo rabiscado do outro lado, em uma escrita apressada, mas delicada.

Preston leu em voz alta de modo um tanto vacilante:

— "Eu te amarei até a ruína."

Era o que o Rei das Fadas havia dito a Angharad na primeira noite em que se deitaram juntos. Seus cabelos pretos e longos estavam espalhados no travesseiro, se misturando ao dourado pálido dos cabelos dela.

A caligrafia não era de Ianto.

Houve um baque vindo do andar de baixo, seguido pelo arrastar de uma porta se abrindo, e ambos se sobressaltaram com o susto. Effy recobrou os sentidos. Colocou a caixa no chão e a fechou, amassada mesmo, enquanto Preston guardava o diário no bolso do casaco. Ambos saíram depressa do cômodo apertado e empurraram a estante de volta para o lugar.

Deixaram as fotografias dentro da caixa. Effy nunca mais queria vê-las. Ela não tinha como saber, mas podia jurar que a garota nas fotos estava morta.

Quando voltaram para o escritório, Effy ofegava. O nariz dela coçava com alergia à poeira, o sangue pulsava nas veias, e, quando Preston tirou o diário do bolso, era nítido o tremor nos dedos longos do rapaz.

Ainda assim, ele desenrolou o barbante com habilidade, e Effy aguardou, hipnotizada. Ambos estavam inclinados sobre a mesa, próximos o suficiente para que seus ombros quase se tocassem. Ela podia sentir o calor do corpo dele, junto ao zumbido frenético de energia que Preston irradiava.

Por trás dos óculos, ele franzira a testa, completamente focado. O barbante caiu no chão.

Effy não conseguiu se conter; avançou e abriu o caderno na primeira página. Ao fazer isso, a protuberância no lugar do dedo anelar faltante roçou no polegar dele. O rapaz olhou para baixo por um momento, a atenção desviada brevemente, e depois voltou a contemplar o diário.

A primeira página era difícil de ler com a caligrafia horrorosa de Myrddin. Os dois inclinaram a cabeça, apertaram os olhos e leram.

> *10 de março de 188*
>
> *Visitei Blackmar em Penrhos. Ele me deu algumas anotações sobre* O jovem cavaleiro, *as quais achei úteis. Também se ofereceu para me apresentar ao seu editor, um certo Sr. Marlowe, em Caer-Isel. Blackmar parecia pensar que o chefe da Greenebough Books ficaria encantado com minha criação — a qual ele classificou, com propriedade até demais, como "um pouco crua". Três de suas filhas estavam lá também. A esposa, presumo, fora banida.*

A primeira página terminava assim. Preston levantou o olhar do caderno para Effy. Era a primeira vez que ela o via boquiaberto.

— Não acredito — confessou ele. — Este é o diário verdadeiro de Myrddin. É óbvio que parte de mim esperava encontrar algum trabalho inédito dele... mas eu nem ousei imaginar que seria um diário *completo*. Você sabe o quão valioso é isto, Effy? Mesmo que a gente não encontre nenhuma evidência de farsa, este diário... bem, Gosse vai ter um ataque cardíaco. De verdade, acho que todo acadêmico da faculdade de literatura daria o braço esquerdo por isso. Sendo um artefato de museu, valeria milhares. Talvez *milhões*.

— Acho que você está se precipitando um pouco — avisou Effy. Mas a voz da garota soava fraca e o coração estava acelerado. — Só se Ianto não fizesse ideia de onde isso estava. Do contrário, ele mesmo teria tentado vendê-lo.

— Ou — disse Preston, com uma sombra perpassando seu rosto — há algo aqui que ele não queria que ninguém soubesse.

Eles continuaram lendo.

> *30 de janeiro de 189*
>
> O jovem cavaleiro *será publicado. Greenebough parece cauteloso, porém otimista, mas não espero que o livro faça muito sucesso. Os jovens podem até ler, mas acho que não é uma aposta interessante para esse público. O quanto os jovens de hoje se importam com cavalheirismo e modéstia? Não muito, pelo que posso dizer. Quando visitei Penrhos, vi as filhas de Blackmar outra vez. A mais velha é muito bonita e demonstrou interesse pelo meu trabalho. Mas a mente de uma mulher é muito frívola, e embora ela fosse um exemplo surpreendentemente equilibrado do sexo feminino, eu pude perceber que ela estava mais preocupada com salões de baile e rapazes. Ela escreveu alguns poemas.*

Effy não conseguia parar de ler de novo e de novo a linha que dizia que *a mente de uma mulher é muito frívola*. O trecho a feriu como uma picada de cobra, uma chicotada de dor súbita. Angharad era tudo menos *frívola*. Ela era astuta e ousada, sua mente estava sempre tramando, imaginando e criando mundos inteiramente novos. Ela era forte. Havia derrotado o Rei das Fadas.

Se Myrddin tinha tão pouca consideração pelas mulheres, por que escrevera *Angharad*?

— *O jovem cavaleiro* foi o primeiro esforço de Myrddin — disse Preston —, mas foi pouco comentado. Emrys Myrddin não era um nome conhecido até...

— Até *Angharad* — completou Effy, sentindo o peito doer.

— Vamos ver o que Myrddin tinha a dizer sobre isso.

Eles folhearam até 191, o ano da publicação de *Angharad*.

18 de agosto de 191

Blackmar me entregou Angharad no meio da noite. A chuva e a umidade desta época do ano são insuportáveis. Não costumo levar muito a sério as preocupações dos naturalistas, mas essas tempestades de verão são suficientes para me fazer prestar atenção aos avisos a respeito de um segundo Afogamento. Blackmar estava feliz em se livrar dela; ela o tem incomodado demais.

A publicação está marcada para o meio do inverno. O Sr. Marlowe está muito animado com a reinvenção de Emrys Myrddin.

Preston soltou um suspiro suave, os olhos castanhos brilhando.

— Effy, eu não acredito nisso.

Parecia condenatório. Mas, embora as palavras *a mente de uma mulher é muito frívola* ainda a incomodassem, Effy não estava disposta a ceder.

— Quem é Blackmar?

Preston piscou, como se tentasse banir o olhar de admiração do rosto.

— Colin Blackmar — respondeu. — Outro autor da Greenebough. Você deve conhecer a obra mais famosa dele, "Os sonhos de um rei adormecido".

— Ah, sim — respondeu Effy. — Aquele poema longo e chato que todos nós tivemos que memorizar no jardim de infância.

Preston repuxou um dos cantos da boca.

— Você se lembra de alguma parte do poema agora?

— "O rei adormecido sonha com lutas de espadas e foices" — recitou Effy. — "Ele sente o sangue fervente de seus inimigos através das malhas sob suas armaduras, e seu eu onírico sonha com água fresca e doce. Ele vê o longo corpo do dragão se desenrolar, o brilho das escamas, as lâminas dos dentes a brilhar, mas ah, o rei adormecido é frustrado! Pois ele é o cavaleiro e o dragão no campo de batalha de seu Mundo dos Sonhos."

Effy tentou declamar o poema com o drama apropriado, embora sentisse a cabeça doer e os joelhos fraquejarem.

— Você tem mesmo a memória melhor do que a de qualquer pessoa que eu já conheci — comentou Preston. Não havia como negar a admiração no tom de voz dele. — Seus professores da escola deviam ficar impressionados.

— Bobagem — disse Effy. — Que mérito há nisso?

— Blackmar sempre foi um autor mais comercial. Nunca foi um queridinho da crítica como Myrddin. Ninguém na faculdade de literatura está estudando "Os sonhos de um rei adormecido", eu garanto. — Quando Effy lhe lançou um olhar severo, ele continuou: — E não, eu nunca fui fã. Acho o trabalho dele... bem, chato.

Finalmente algo em que ambos podiam concordar.

— Você já sabia que Myrddin e Blackmar eram amigos? Por que Blackmar levou *Angharad* para ele em agosto de 191?

— Tenho algumas teorias — disse Preston. — Mas isso é grande, Effy. Mesmo que você esteja certa e Myrddin seja quem ele dizia ser, um gênio provinciano em ascensão, há tantas outras coisas que este diário poderia provar. Tantas coisas que outros estudiosos de Myrddin só foram capazes de especular até agora. Gosse vai engasgar com o próprio bigode.

— *Se* descobrirmos que Myrddin não é uma fraude — pontuou Effy, mas ela não conseguiu soar tão confiante como desejava. Seu olhar continuava voltando para o divã verde no canto. Ela podia imaginar a garota ali, com o robe aberto. — Isso prova que Myrddin pelo menos era letrado, mas... não se parece em nada com algo que um gênio improvável escreveria.

Preston piscou para ela, erguendo uma sobrancelha.

— Eu ouvi direito? Você está começando a mudar de ideia?

— Não! — exclamou Effy, o rosto pegando fogo. — Quero dizer, não completamente. É só que... as coisas que ele disse sobre as mulheres. Não vejo como você poderia escrever um livro como *Angharad* se acreditasse que as mulheres são fúteis e *frívolas*.

Ela tentou soar fria e racional, como Preston sempre fazia, sem transparecer emoções. Mas sua garganta estava apertada com um nó de lágrimas não derramadas. O Myrddin da fotografia na capa de *Angharad* e o Myrddin do diário eram como dois bois unidos por um jugo, puxando em direções opostas, e por mais que Effy tentasse, não conseguiria mantê-los juntos.

— Dissonância cognitiva — disse Preston. Quando Effy o encarou, ele acrescentou depressa: — Mas você tem razão. *Angharad* não é algo que seu querido misógino escreveria.

Chamar Myrddin de misógino era pesado. Provavelmente era a declaração mais ousada e inequívoca que ela já tinha ouvido de Preston. A palavra apertou o nó na garganta dela.

— Você não pode descartá-lo por causa de uma só linha em um diário — arriscou ela. — Talvez ele estivesse apenas... não sei, tendo um dia ruim.

O argumento era lamentável; Effy sabia. Preston inspirou como se fosse contra-argumentar, mas então fechou a boca. Talvez tenha percebido o olhar miserável dela. Os dois ficaram em silêncio por um momento e, no fundo de sua mente, Effy sentiu o divã atraí-la. Era quase como se ela pudesse se virar e encontrar a garota deitada logo ali, um cadáver branco azulado e infestado de larvas e moscas zumbindo. A imagem a fez querer vomitar.

— Gosto de ser cauteloso — disse Preston por fim, e Effy lhe agradeceu por romper o silêncio e o feitiço que aquelas fotografias haviam lançado sobre ela. — Mas depois de ver tudo isso, se eu tivesse que apostar... apostaria em nós, Effy.

Por trás dos óculos, os olhos de Preston estavam nítidos e focados, exibindo uma determinação que deixou Effy sem fôlego. Nunca imaginou que poderia ter algum tipo de *camaradagem* com Preston Héloury, um acadêmico detestável de literatura e um argantiano não confiável. No entanto, nem mesmo a palavra *camaradagem* parecia adequada.

Encontrando o olhar dele, Effy percebeu que o que sentia estava mais próximo de afeição. Até mesmo — *talvez* — paixão. E ela não pôde deixar de se perguntar se ele sentia o mesmo.

— Há algo aqui que alguém se esforçou muito para manter escondido — declarou Preston, sem deixar de olhar para ela. — Se conheço meus colegas, estamos falando de algo que eles matariam para ter. Mas se formos cuidadosos, podemos...

Ele foi interrompido pelo som da porta se abrindo. Effy nem mesmo tinha ouvido passos no corredor, mas Ianto estava junto ao batente, com as roupas encharcadas e os cabelos pretos colados ao couro cabeludo.

O reflexo de Preston foi tão rápido que Effy ficou impressionada. Ele enfiou o diário debaixo da montanha de papéis espalhados na mesa.

Effy soltou um arquejo de susto, baixo e abafado, mas imperceptível devido ao som da água escorrendo. Pingava das roupas de Ianto e do cano da arma que ele segurava sobre o ombro.

Ela estava quase *aliviada* em vê-lo ali, perfeitamente mortal, mesmo que estivesse cheio de raiva. Metade dela esperava encontrar o Rei das Fadas na soleira da porta.

— A tempestade começou tão de repente — comentou Ianto. — Assim que voltei de Saltney, comecei minha patrulha semanal pela propriedade. Wetherell jura que viu pegadas de lobo e está insistindo que eu contrate um zelador, mas gosto do ar fresco da manhã. Vocês dois parecem estar bem íntimos.

Como ele encontrou tempo para percorrer os terrenos depois de voltar da igreja? Com certeza eles não haviam passado mais de uma hora procurando o diário de Myrddin. No entanto, o carro *não* estivera no lugar, e Effy tinha visto aquela coisa morta se decompondo logo na entrada...

Ou, pelo menos, pensou ter visto. Ela havia tomado dois comprimidos cor-de-rosa por precaução, mas depois da noite anterior — depois do fantasma — não confiava mais na medicação. Talvez não houvesse nem animal, nem sangue.

Ela apertou os lábios, sentindo a pele coçar.

Com o rosto pálido, Preston se adiantou em explicar:

— Effy estava apenas me contando sobre seu trabalho. Tenho um ligeiro interesse em arquitetura. Sempre tive curiosidade sobre as diferenças entre as casas clássicas argantianas e llyrianas...

Ele parou de falar, e apesar do receio que sentia, Effy ficou encantada ao descobrir que Preston era um péssimo mentiroso.

— Nós estudamos na mesma universidade em Caer-Isel — acrescentou ela com suavidade. — E descobrimos que temos até alguns amigos em comum. É um mundo pequeno.

A discrepância entre as narrativas era óbvia, mas Preston não havia dado a Effy muito com o que trabalhar. Será que o garoto esperava mesmo que Ianto acreditasse que ele se importava com a diferença entre uma janela de guilhotina e uma de batente? Os dedos de Preston estavam cerrados ao redor da borda da mesa, os nós brancos.

Ianto apenas olhava, como se nenhum deles tivesse falado nada. Deixou o rifle deslizar devagar pelo ombro até ficar paralelo ao chão, o cano apontado vagamente na direção dos joelhos de Preston.

A garganta de Effy apertou.

— Eu acredito — começou ele, cada sílaba pausada e deliberada — que fui bastante generoso ao permitir que ambos entrassem na minha casa, e muito paciente ao permitir inquéritos sobre a vida e a história familiar de meu pai, coisas que são, é óbvio, muito pessoais para mim. Se eu descobrisse que minha paciência e generosidade estavam sendo exploradas, por qualquer motivo, imagino que todos nós preferiríamos não descobrir o que poderia acontecer.

— Certo — respondeu Preston, rápido demais, o pomo de adão se movendo enquanto ele falava. — Claro. Desculpe.

Effy resistiu à vontade de dar uma cotovelada no garoto. Óbvio que ele tinha que aparentar ser o maior culpado no planeta.

— Não se trata disso — disse ela, tentando manter a voz firme. — Estávamos apenas tomando café e conversando antes de começar a trabalhar. Você gostou do passeio até a cidade?

— Hmm — murmurou Ianto, de forma vaga. Ao redor do cano da arma, uma poça havia se formado no chão de madeira. — Talvez vocês já tenham conversado o suficiente por hoje, Srta. Sayre. Sr. Héloury. Effy, eu gostaria de ver alguns esboços novos hoje à tarde.

Era como se ele tivesse se esquecido de tudo que acontecera no dia anterior: o tempo que passaram no pub, Effy pulando do carro. Os olhos dele estavam turvos outra vez, impossíveis de decifrar. Mesmo que Effy tivesse se sentido corajosa o suficiente para tentar, ela não teria sido capaz de descobrir nada olhando para eles.

Sem mais uma palavra, Ianto se virou e bateu a porta quando saiu. Tudo que restou foi a poça de água no chão.

Todo o incidente foi o bastante para convencer Effy de que Ianto escondia algo, mesmo que ele não soubesse a respeito do diário. Enquanto tentava trabalhar nos esboços, sentada à mesa da sala de jantar, com o estranho lustre de vidro ondulando no teto, ela não conseguia parar de pensar nas fotografias da garota no divã. Cada foto era como uma estaca cravada em seu cérebro.

Elas eram nitidamente antigas, embora Effy não soubesse dizer o quanto. Ela voltava a pensar na linha rabiscada no verso da última: *Eu te amarei até a ruína*. A caligrafia era igual à do diário de Myrddin.

E seus pensamentos giravam ainda mais quando voltavam àquela linha do diário: *a mente de uma mulher é muito frívola*. Havia algo de errado, tudo parecia estranho, talvez não como Preston pensava, mas de uma maneira que fazia o peito dela apertar e os olhos arderem. Até então, a melhor conclusão possível era que o próprio diário fosse uma falsificação.

Que Myrddin nunca tivesse escrito aquelas coisas sobre as mulheres. No entanto, isso parecia bem improvável, tendo em vista o esforço imenso que alguém — talvez o próprio Myrddin — fizera para escondê-lo.

Isso a deixava com duas opções: a de que Myrddin acreditava em todas aquelas coisas e ainda assim tinha escrito *Angharad* (dissonância cognitiva, como Preston dissera), ou que ele não havia escrito o livro.

Naquele momento, Effy não tinha certeza de qual seria pior.

Ela trabalhou sem qualquer ânimo nos esboços, mal conseguindo segurar o lápis. Era bom que estivesse ganhando prática com o trabalho de arquitetura. No entanto, Ianto nunca desceu para ver o que ela estava fazendo, mesmo quando a luz cinza e fraca que entrava pelas janelas escurecera até desaparecer.

Effy espiou através do vidro manchado. A escuridão se alastrava do lado de fora, à medida que o sol sumia no horizonte. Ela dobrou os papéis e se levantou.

Pretendia voltar para a casa de hóspedes — de verdade mesmo —, mas de alguma forma suas pernas a levavam escada acima, passando pelo retrato do Rei das Fadas, que felizmente permanecia preso na moldura, pelas esculturas dos santos e pela porta do escritório onde Preston estava absorto no diário.

Era mais ou menos o mesmo horário em que, na noite anterior, ela vira o fantasma. No crepúsculo, a guerra entre a luz minguante e a escuridão faminta fazia tudo parecer trêmulo e irreal. Effy disse a si mesma que só pretendia levar os esboços para Ianto, como ele havia pedido. Mas enquanto se aproximava da porta que levava aos cômodos privativos, ela se deu conta de que se movia sorrateiramente, tentando não fazer barulho.

Havia ali a mesma quietude opressiva que Effy sentira quando tinha entrado nos cômodos mais cedo com Preston. No entanto, ela não viu o fantasma — nem o lampejo de um vestido branco ou de uma panturrilha nua, tampouco o balançar de cortinas. Effy estava prestes a voltar, decepcionada, quando ouviu uma voz.

— Tive que sair...

Ela congelou, como um cervo na mira de um rifle de caçador. Era Ianto.

— Eu não tive escolha — disse ele, e sua voz saía como um som baixo que lembrava um gemido de dor. — Esta casa tem um domínio sobre mim, você sabe disso, sabe sobre o freixo da montanha...

Ele parou de falar de repente. O sangue de Effy gelou.

E então ele voltou a falar:

— Eu tive que *trazê-la* de volta. Não era isso que você queria?

Effy esperou. O corpo inteiro da garota tremia, mas Ianto não disse mais nada.

Assim que encontrou forças para se mover, ela cambaleou escada abaixo, o medo ressoando nas veias. Era como se Ianto estivesse falando sozinho... ou com algo que não podia responder.

Algo como um fantasma.

CAPÍTULO DEZ

Quando Sua Majestade foi enterrado pela primeira vez,
Seu espírito não encontrava repouso em sonhos.
Era o vazio abominável que impunha um véu de horror.
Aquela escuridão escura e lúgubre,
Tão parecida com a morte, era insuportável.
Assim, os sonhos surgiram como alívio
Para a angústia do monarca semifalecido.

DE "OS SONHOS DE UM REI ADORMECIDO", POR COLIN BLACKMAR,
PUBLICADO EM 193.

No dia seguinte, Preston estava mais nervoso que o habitual, e se assustando com o menor som inesperado. Ele não conseguia superar o fato de que Ianto apontara o rifle para eles, mas essa era a menor das preocupações de Effy. A antipatia mais evidente de Ianto não a incomodava — um homem com uma arma era um inimigo que ela podia reconhecer e compreender com facilidade.

Não, ela estava muito mais preocupada com as coisas que só via pelo canto do olho, as vozes que ouvia quando mais ninguém estava escutando.

As ameaças de Ianto foram vagas, mas ela sabia que ele não queria ver Preston e ela juntos outra vez. Então, começaram a trabalhar apenas sob o manto escuro da noite.

Teriam levado dias, se não semanas, para ler o diário inteiro, com a atenção cuidadosa que as entradas exigiam. No entanto, todos os registros que *de fato* leram apontavam para Colin Blackmar. Se Preston estivesse certo, eles não teriam muito tempo para resolver o mistério antes que o restante da faculdade de literatura começasse a bater à porta — ou antes que Ianto os expulsasse da casa.

— Acho que temos poucos dias — comentou Preston. — Precisamos nos concentrar em Blackmar agora.

Effy não sabia nada sobre Blackmar, além de suas lembranças daquele poema horrível, que ela tinha uma nítida memória de recitar enquanto usava um uniforme escolar que pinicava.

— Ele é um escritor tão patriótico quanto se pode imaginar — disse Preston. — Abertamente nacionalista. Há um motivo para toda criança llyriana ter que aprender "Os sonhos de um rei adormecido". E o rei é venerado porque massacrou centenas de argantianos.

A voz de Preston subiu uma oitava no final; ele sempre soava atipicamente nervoso quando falava de Argant, e o sotaque discreto transparecia com mais proeminência.

— Aposto que o governo llyriano gostaria de poder colocá-lo no Museu dos Adormecidos também — comentou Effy. Isso era uma coisa que todos os Adormecidos tinham em comum: precisavam ser do Sul.

— Ah, Blackmar deve se lamentar noite e dia por ter tido a infelicidade de ter nascido ao norte de Laleston. Imagino que ele poderia inventar alguma história sobre ter sido uma criança órfã, acolhida pela nobreza, mas com sangue do Sul correndo nas veias. E aí vamos nós... Museu dos Adormecidos, veneração eterna, *magia*.

O tom de Preston destilava ironia, e Effy revirou os olhos.

— Deve ser frustrante, para você, ter que aturar todas as nossas superstições llyrianas. Só porque é uma crença arcaica não significa que não seja *verdadeira*.

— Argant tem as próprias superstições, pode ter certeza. Mas eu acho que a magia é apenas a verdade na qual as pessoas querem acreditar. Para a maioria, essa verdade é o que ajuda a dormir à noite, o que torna a vida mais fácil. É diferente da verdade *objetiva*.

Effy deu uma risada curta.

— Não é à toa que você é um péssimo mentiroso.

Effy não podia deixar de ficar fascinada pelo fato de que, apesar de todo o monólogo sobre boas mentiras precisarem de um público receptivo, ele ainda corava e gaguejava com as próprias mentiras.

— Não *gosto* de mentir. — Preston cruzou os braços na altura do peito. — Eu sei que não é realista, mas o mundo seria um lugar melhor se todos dissessem a verdade.

Era uma coisa bastante ingênua de se dizer. Effy nunca tinha pensado muito sobre as mentiras que contava — não se sentia *bem* com elas, mas também não se dilacerava de culpa. Mentir era um mecanismo de sobrevivência, uma saída para qualquer armadilha. Alguns animais amputavam os próprios membros com os dentes para escapar. Effy apenas escondia uma verdade após a outra, até que nem ela mesma tivesse certeza se havia uma pessoa real por baixo de todas aquelas mentiras desesperadas e urgentes.

No entanto, já fazia muito tempo desde que ela tentara dizer a verdade para alguém. Ela simplesmente presumia que ninguém acreditaria nela. Ainda mais Preston, com sua presunção e seu desprezo por qualquer coisa que não pudesse ser provada. No entanto, apesar de ser apegado aos seus princípios, ele não era tão mente fechada quanto ela imaginara. Ele considerava mesmo tudo que ela dizia, todas as informações novas que ela apresentava — e até se mostrara disposto a receber provas do contrário.

De alguma forma, Effy deixou escapar, num impulso:

— Você acredita em fantasmas?

Preston a encarou.

— De onde você tirou isso?

— Eu... não sei. — As palavras a pegaram de surpresa. — Curiosidade. Sei que você não acredita na magia dos Adormecidos, mas fantasmas são algo diferente, certo?

Preston assumiu uma expressão bastante séria.

— Não há provas de que fantasmas sejam reais. Nenhuma evidência científica sustenta isso.

— Mas não há nada que prove que eles *não sejam* reais, não é?

— Acho que não.

Ela esperava que Preston dissesse mais alguma coisa, mas tudo que ele fez foi fechar a boca e desviar o olhar. Era atípico dele ser tão reservado. Em geral, era necessário bem pouco para fazê-lo derramar poesia sobre qualquer assunto.

— E há tantas histórias de fantasmas — insistiu Effy. — Tantos relatos de aparições... aposto que em uma sala cheia de pessoas, metade delas afirmaria ter visto um fantasma. Toda cultura tem histórias de fantasmas. Isso parece significativo.

— Não sei o que fez você pensar nisso — disse Preston, devagar —, mas se você quer mesmo saber no que acredito: eu acredito na capacidade da mente humana de racionalizar e externalizar o próprio medo.

— Medo? — Effy levantou uma sobrancelha. — Nem todas as histórias de fantasmas são assustadoras. Algumas são reconfortantes.

— Tudo bem, então. — A voz de Preston soava tensa, seu olhar teimoso fixo em algum lugar acima da cabeça dela. — Acredito em emoções. Tristeza, terror, desejo, esperança ou outro tipo... que poderiam conjurar um fantasma.

Não era a resposta desdenhosa que Effy esperava. Ele não tinha rido da cara dela, como ela temia. Não a tinha chamado de infantil ou estúpida. Na verdade, ela podia afirmar, pela maneira como Preston falou e pelo jeito como todo o corpo dele tinha ficado tenso ao ouvir a palavra "fantasma", que ele não queria discutir o assunto. Era como se ela tivesse chegado perto demais de uma ferida.

Descobriu que não queria machucá-lo, então resolveu não mencionar o que ela tinha visto. O que tinha ouvido. Em vez disso, Effy perguntou:

— Blackmar está vivo, não está?

— Sim. — Preston pareceu aliviado por ela ter mudado de assunto. — Um ancião, mas vivo.

— Então vamos vê-lo — sugeriu ela. — Ele é o único que pode responder às nossas perguntas.

Preston hesitou. Como achavam perigoso demais deixar as luzes acesas no escritório, trabalhavam à luz da lua e de velas, mantendo o tom de voz baixo. Naquele momento, o lado esquerdo do rosto dele estava banhado em tons de laranja.

— Uma vez escrevi para Blackmar — confessou ele. — O nome dele aparece bastante nas cartas de Myrddin. Achei que ele pudesse me dar alguma perspectiva sobre o caráter de Myrddin, já que Ianto não fala nada sobre o pai.

— E então? — incentivou Effy.

— A carta voltou marcada como "devolver ao remetente" — disse Preston. — Mas eu sei que ele a abriu e leu, porque o selo estava violado e substituído por um outro, dele mesmo.

— Posso ver a carta?

Mesmo um tanto relutante, Preston concordou. Effy abriu o papel sobre a mesa, franziu a testa à luz da vela e leu.

Prezado Sr. Blackmar,

Como estudante de literatura na Universidade de Caer-Isel, estou desenvolvendo minha tese de pesquisa, que diz respeito às obras de Emrys Myrddin. Em meus estudos, tomei conhecimento da existência de uma correspondência entre os senhores, e gostaria de solicitar sua permissão para conduzir um inquérito acadêmico a respeito da natureza do relacionamento que mantiveram, se o senhor estiver disposto a responder a algumas de minhas perguntas. Se for de sua preferência, eu ficaria feliz de ir até Penrhos, caso prefira prosseguir com uma conversa frente a frente em vez de correspondências.

Atenciosamente,

Preston Héloury

Effy olhou para ele.

— Esta é a pior carta que eu já vi.

— Como assim? — Preston parecia ofendido. — É concisa e profissional. Não queria desperdiçar o tempo dele.

— O homem deve estar na casa dos 90 anos. Ele tem *bastante* tempo. Cadê a puxação de saco? As súplicas? Você pelo menos poderia ter *fingido* ser fã do trabalho dele.

— Eu já te falei, não gosto de mentir.

— Isso é por uma boa causa. Será que não vale a pena mentir um pouco, se isso ajuda a descobrir a verdade?

— Paradoxo interessante. Llyr não tem um santo padroeiro dos mentirosos abençoados à toa. Será que há pais que nomeiam seus filhos em homenagem à Santa Duessa?

Effy sentiu um arrepio. Não queria seguir por esse caminho sombrio.

— Alguns, eu acho, mas para de mudar de assunto. Estou zombando da sua carta terrível.

Preston suspirou.

— Tudo bem. Por que você não escreve uma, então?

— E vou mesmo — disse ela com determinação.

~

Naquela noite, Effy escreveu sua carta cheia de elogios e súplicas. Eles não podiam arriscar colocá-la na caixa de correio de Hiraeth, já que Ianto poderia facilmente abrir para olhar, então Preston dirigiu até Saltney para que eles pudessem fazer o envio.

— Não temos mais nada a fazer a não ser esperar — concluiu Preston. — E eu vou continuar lendo o diário.

Effy se fixara em um mistério diferente, aquele que ainda não tinha coragem de contar a Preston. O Rei das Fadas, o fantasma, a estranha conversa de Ianto no corredor. Os pensamentos a assombravam em seu sono e à luz do dia, e ela fugia de Hiraeth o mais rápido que podia à noite, correndo em direção à segurança da casa de hóspedes.

Era quase um alívio não pensar em Myrddin por um tempo. Ela não queria se lembrar das fotografias, da parte do diário em que ele chamava as mulheres de *frívolas*. Uma parte dela desejava nunca ter visto nada daquilo.

Pelo menos foi fácil distrair Ianto. Para ele, Effy desenhava esboços que jamais sairiam do papel, plantas baixas que nunca seriam concretizadas. Ela descobriu que ele era um público receptivo para suas mentiras. Ele queria acreditar, como ela já havia acreditado (como talvez uma parte dela *ainda* acreditasse), que o projeto de Hiraeth era mais do que apenas um futuro imaginado. Um castelo no ar.

— Gosto do visual do segundo andar aqui — disse Ianto, enquanto espalhavam os desenhos dela sobre a mesa de jantar. — As janelas da sacada com vista para o mar... Será lindo assistir ao nascer e ao pôr do sol. Minha mãe também vai gostar.

— Sua mãe se opõe a minha presença em Hiraeth? — Effy vinha segurando essa pergunta desde que chegara à mansão, mas após a estranha meia-conversa que entreouviu, estava mais difícil do que nunca não perguntar.

Aquele parecia um bom momento para isso. Ianto estava de bom humor. O sol se esgueirava pelas nuvens. O Rei das Fadas não tinha aparecido para ela desde aquele dia no carro, e Ianto nunca mencionou o incidente. Parecia que, para ele, aquilo nunca tinha ocorrido.

Ianto recostou na cadeira e soltou um suspiro. Houve um longo silêncio, e Effy começou a recear que, de fato, não fosse um bom momento para fazer a pergunta.

— Ela é uma mulher muito reservada — respondeu ele finalmente. — Meu pai fez com que ela ficasse assim.

O estômago de Effy revirou.

— Como assim?

— Ele cresceu em extrema pobreza, como você sabe. Não tinha muito mais do que as roupas do corpo e o pequeno barco de pesca do pai. Quando por fim teve algo só dele, era muito difícil de desapegar. — Outro momento de silêncio. — Ele deixou esta casa se deteriorar em vez de deixar qualquer pessoa vir consertar os canos rompidos ou as janelas quebradas, muito menos a fundação ruindo. É uma boa metáfora, eu acho, mas não sou um estudioso de literatura como nosso outro hóspede.

Ele quase nunca mencionava Preston pelo nome. Ele o chamava de *aluno* ou *argantiano*. As palavras de Ianto lembraram Effy de uma passagem de *Angharad*.

> *"Eu te amarei até a ruína", disse o Rei das Fadas, afastando uma mecha de cabelo dourado do meu rosto.*
>
> *"A sua ou a minha?", perguntei.*
>
> *O Rei das Fadas não respondeu.*

Isso a fez pensar nas fotografias de novo, o que fez suas bochechas corarem. Talvez ela não quisesse saber do fantasma, da viúva de Myrddin, de quaisquer segredos que Ianto estivesse escondendo. O mundo dele era um emaranhado capturado por uma rede de pesca, um mundo de coisas quase mortas se debatendo, sufocando ao ar livre.

Talvez Preston estivesse certo sobre o motivo pelo qual as pessoas acreditavam em magia. A verdade era uma coisa feia e perigosa.

— Bem — disse Effy —, vou tentar ao máximo não incomodar sua mãe.

— Ah, duvido que você a tenha perturbado — respondeu Ianto. Seus olhos sem cor tinham adquirido um pouco daquele brilho estranho que ela tinha visto no pub, e isso a assustou tanto que ela recuou na cadeira. — Você é tão recatada quanto um gatinho filhote.

Effy tentou dar um sorriso. Com os dedos trêmulos, ela segurou as pedras de bruxa no bolso.

Apenas um dia depois da conversa com Ianto, havia uma carta na caixa de correio de Hiraeth. Effy e Preston estavam vigiando a caixa o tempo todo para interceptar a correspondência antes que Ianto pudesse vê-la. Aconteceu de chegar durante a vigia de Effy, e ela pegou-a, apertou-a contra o peito e correu escada acima até a casa. Não se importou que ainda estivesse de dia e que Ianto pudesse vê-la e ficar furioso; ela irrompeu escritório adentro, ofegante, e jogou o envelope na frente de Preston.

Ele estava sentado na escrivaninha de Myrddin, com a cabeça inclinada sobre o diário. A luz do sol entrando pela janela iluminava pequenas partículas douradas no cabelo castanho do garoto e destacava a pálida constelação de sardas em seu nariz. Quando viu a carta, seu rosto se iluminou com um sorriso que, por algum motivo, fez o coração de Effy palpitar.

— Ele respondeu mesmo — disse Preston. — Não creio.

— Você deveria ter mais fé em mim. Posso ser muito charmosa, sabia?

Preston soltou uma risada abafada.

— Eu sei muito bem disso.

As bochechas de Effy coraram. Ela pegou o envelope e rompeu o selo de Blackmar com cuidado. Retirou a carta com delicadeza. O papel finíssimo era quase translúcido à luz do sol. Então ela o segurou para que Preston também pudesse ler.

Senhorita Euphemia Sayre,

Fiquei satisfeito em receber uma carta tão admiradora. Você parece ser uma jovem adorável e agradável. Ficaria mais do que feliz em receber você e seu companheiro acadêmico em minha propriedade, Penrhos.

Você já sabe o endereço, como a entrega bem-sucedida de sua carta demonstra. A senhorita parece ser uma jovem muito especial, de fato, por estar tão interessada no trabalho de dois homens velhos, um agora morto há seis meses. De fato, irei entretê-la pelo tempo que for necessário para responder de maneira satisfatória às suas perguntas sobre meu trabalho e o trabalho de Emrys Myrddin. Ele era um amigo querido e, no final das contas, família.

Com os melhores cumprimentos,
Colin Blackmar

— Bastou eu falar o quanto amava "Os sonhos de um rei adormecido" — disse Effy, radiante com o resultado de seus esforços, as palavras soando rápidas e ansiosas. — Eu mal mencionei Myrddin. Não queria ofendê-lo sugerindo que eu poderia estar mais interessada no trabalho de Myrddin do que no dele. Não disse que você só precisava bajular um pouco?

Effy lançou um olhar esperançoso para Preston, mas ele apenas observava a carta em silêncio, com a testa franzida.

— Eu não sabia que esse era o seu nome completo.

Em toda a sua empolgação, ela havia se esquecido de que assinara a carta para Blackmar como *Euphemia*. Tinha feito isso de propósito. Ninguém, nem mesmo sua mãe ou seus avós rígidos e formais, a chamava assim. No entanto, o apelido *Effy* soava infantil e frívolo. Ela não queria que Blackmar a visse como *frívola*. Queria que ele levasse suas perguntas a sério. Então usou seu nome de batismo.

De repente, ela sentiu o estômago encolher ao ver a mente de Preston trabalhando.

— Sim. Esse é o meu nome completo.

— Você se importa se eu perguntar... desculpe, não quero ser grosseiro... — Ela nunca o tinha ouvido gaguejar assim. O garoto estava vermelho até a ponta das orelhas. — Você não precisa responder, óbvio, e, de verdade, sinta-se à vontade para me bater ou me chamar de idiota por perguntar, mas... você foi uma criança trocada?

Effy deixou o silêncio tomar conta do ambiente. Ela havia usado seu apelido por tanto tempo que quase esquecera o significado de seu nome verdadeiro: que o nome de um santo era a marca de uma criança trocada.

Effy fechou a mão esquerda em punho e a abriu logo depois. Era mesmo uma pergunta rude. Ninguém perguntava uma coisa dessas. Ela era uma boa menina do Norte, de uma boa família do Norte, e trocar crianças era um costume bárbaro, praticado apenas por camponeses do Centenário Inferior.

— Sim — ela acabou confessando, surpresa com a facilidade com que disse aquela única palavra.

— Me desculpe, de verdade. É que você mencionou não ter pai... — Preston passou a mão pelo cabelo, parecendo bastante infeliz.

— Tudo bem — respondeu ela. Isso também foi fácil de dizer. Na verdade, percebeu Effy, ela poderia contar a história toda como se tivesse acontecido com outra pessoa, e seria completamente indolor. — Minha mãe tinha minha idade, ou algo assim, quando me teve. Meu pai era mais velho que ela, e trabalhava no banco do meu avô. Não houve casamento ou cortejo adequado. Foi uma vergonha para o meu avô que ela acabasse grávida. Ele demitiu meu pai, mandou-o de volta para o Sul. Ele era do Centenário Inferior, um daqueles gênios provinciais ambiciosos.

— Me desculpe — repetiu Preston, desesperado. — Não precisa dizer mais nada.

— Não me importo. — Effy estava em outro lugar agora, flutuando. Sua mente havia aberto a válvula de escape e a levado para longe. — Minha mãe levou a gravidez adiante, mas uma criança era um inconveniente para todo mundo. Para ela e para meus avós. Eu era uma criança terrível também. Fazia escândalos e quebrava coisas. Mesmo bebê, eu não queria mamar. Gritava quando alguém me tocava.

E então ela parou de falar. A válvula de escape se fechou. Ela bateu de frente com aquela parede, a fronteira entre o real e o irreal. Em sua cabeça havia uma divisão bem estabelecida, um *antes* e um *depois*. Ela já fora uma menininha comum e imprudente. E então, em um piscar de olhos, ela se tornou outra coisa.

Ou talvez ela sempre tivesse sido essa coisa *errada*. Uma criatura perversa das fadas do mundo irreal, presa injustamente no mundo real.

— Há um rio que atravessa Draefen — continuou Effy depois de um momento. — Foi lá que minha mãe me deixou. Lembro que foi bem no meio do inverno. Todas as árvores estavam secas e sem folhas. Eu sei que ela pensou que alguma mulher triste e sem filhos me pegaria. Ela não pretendia me expor ao frio, me deixar morrer...

A expressão de Preston era indecifrável, mas ele não tirou os olhos do rosto dela. Effy deveria mesmo ter aceitado a saída que ele ofereceu e ter parado de falar. Preston era o maior cético que ela já havia conhecido. Ele não acreditava em magia; nem mesmo acreditava em Myrddin. Por que acreditaria nela, quando ninguém mais acreditara?

No entanto, ele a escutara quando ela perguntou sobre fantasmas. Ele não a repreendeu, nem caçoou, embora a discussão o tivesse deixado desconfortável. E então ela pensou na maneira como ele havia se jogado no chão na frente dela e limpado seus joelhos ralados, sem sequer questionar por que ela havia pulado do carro de Ianto.

Effy abriu a boca de novo, e as palavras jorraram.

— Nenhuma mulher sem filhos veio até mim — sussurrou ela. — Mas ele veio.

Por trás dos óculos, os olhos de Preston se estreitaram.

— Quem?

— O Rei das Fadas.

O velho e bárbaro costume era este: no Sul, acreditava-se que algumas crianças simplesmente nasciam erradas ou eram envenenadas pelas fadas no berço. Essas crianças trocadas eram terríveis e cruéis. Mordiam as mães quando elas tentavam amamentá-las. Sempre recebiam nomes de santos para tentar afastar o mal. Effy sempre se perguntara se sua mãe havia escolhido seu nome, Euphemia, para ser uma bênção ou uma maldição. A variação feminina de Eupheme, o padroeiro dos contadores de histórias. Na maior parte do tempo, parecia apenas uma piada cruel.

Mas, se isso não funcionasse, era direito da mãe abandonar a criança: deixá-la ao relento para que as fadas a levassem de volta.

Preston diria que aquela era apenas a verdade agradável que os sulistas contavam a si mesmos para poderem dormir tranquilamente à noite — que não estavam de fato entregando os filhos à morte, que nenhuma fada levaria as crianças de volta ao verdadeiro lar, no reino das fadas. Mas Effy o viu. Já havia passado treze anos, e a imagem ainda brilhava com riqueza de detalhes. Seu rosto belo e seus cabelos pretos molhados. Sua mão estendida para a dela.

Mesmo agora, o peito dela apertava de pânico ao pensar naquilo. Antes que o terror verdadeiro pudesse tomar conta de tudo e mergulhá-la nas profundezas, a voz de Preston estilhaçou a lembrança.

— Não estou entendendo — confessou ele. — O Rei das Fadas é uma história.

Ela tinha ouvido isso tantas vezes que as palavras não doíam mais. Normalmente teria parado de falar naquele momento, teria pedido desculpas e dito que estava apenas brincando.

Mas as palavras continuaram jorrando.

— Ele estava lá comigo — disse Effy. — Ele saiu de dentro do rio. Ainda estava todo brilhante e molhado. Estava escuro, mas ele parou sob um feixe de luz da lua. Ele disse que me levaria, e ele era assustador, mas quando estendeu a mão, eu a peguei.

Essa era a parte mais difícil de dizer em voz alta. A pior confissão, a verdade podre e sombria no âmago do seu ser. Ela havia estendido a mão de volta. Qualquer criança comum teria recuado de medo, chorado ou gritado, mas Effy não emitiu som algum. Estava pronta para ser levada.

— Mas minha mãe voltou — disse ela, a voz mais grave. — Ela me arrancou da margem do rio e puxou minha mão para longe do alcance do Rei das Fadas. Eu vi o olhar de fúria no rosto dele antes que desaparecesse. Não há nada que ele odeie mais do que ser rejeitado. Minha mãe me segurou, mas onde eu o toquei, meu dedo apodreceu. Ele o levou consigo e disse que voltaria para buscar o resto.

Ela levantou a mão esquerda, cujo dedo anelar estava faltando. Não mencionou a última frase que o Rei das Fadas dissera: que havia levado o dedo anelar dela para que nenhum outro homem pudesse colocar uma aliança. Para que ela sempre pertencesse a ele.

— Você disse que era inverno. — A voz de Preston era suave. — Seu dedo pode ter caído devido ao frio congelante.

Isso foi o que o médico dissera, é óbvio. Ele a enfaixou e lhe deu um xarope marrom para evitar infecção, assim como, anos depois, pílulas cor-de-rosa para evitar as visões que ela tinha.

Somente anos mais tarde, quando Effy leu *Angharad* pela primeira vez, foi que ela aprendeu o que mantinha o Rei das Fadas longe. Ferro. Freixo da montanha. Bagas de tramazeira. Ela quebrou um galho de freixo no parque em Draefen e o manteve debaixo do travesseiro. Roubou o candelabro de ferro do seu avô e dormia com ele nas mãos. Até tentou comer os frutos de uma tramazeira, mas eram tão amargos que cuspiu aos engasgos.

— Sei que você não acredita em mim — disse ela. — Ninguém nunca acreditou.

Preston ficou em silêncio. Ela quase podia ver a mente dele trabalhando, os pensamentos rolando por trás dos olhos dele. Por fim, ele disse:

— Imagino que seja por isso que você é tão fã do trabalho de Myrddin.

— Eu li *Angharad* pela primeira vez quando tinha 13 anos — revelou Effy, as bochechas coradas. — Se é isso que você quer dizer. Não era a imaginação de uma criança... eu não tinha uma imagem do Rei das Fadas na minha cabeça.

— Não foi isso que eu quis dizer — replicou ele. — Só que... deve ter sido mais fácil acreditar que havia alguma magia em ação... uma maldição de infância, o pernicioso Povo das Fadas. Algo além da crueldade humana comum.

Ele não acreditava nela. Talvez fosse melhor assim. O estômago de Effy revirava agora.

— Eu sabia que você não ia entender.

— Effy — disse Preston suavemente. — Me desculpe. Você não precisava me contar.

— Minha mãe voltou para me buscar, no fim das contas. E ela se sentiu muito culpada por me deixar. Até me deu o nome de um santo *bom*. Eu sinto pena das outras crianças trocadas, nomeadas de Belphoebe ou Artegall.

— Isso não está certo, Effy. — A voz de Preston era baixa, mas firme, e ele encontrou o olhar dela sem hesitar. — Mães não deveriam odiar seus filhos.

— O que faz você pensar que ela me odiava? — Agora ela estava irritada, não porque ele não acreditava nela, mas porque não tinha o direito de julgar sua mãe, uma mulher que ele nunca conhecera. — Como falei, eu era uma criança terrível. Qualquer mãe teria sido tentada a fazer o mesmo.

— Não — disse Preston. — Elas não teriam.

— Por que você sempre tem que ter tanta certeza de que está certo? — Effy tentou soar ríspida, mas pareceu apenas desesperada. — Você não conhece minha mãe, e mal me conhece.

— Eu te conheço bem o suficiente. Você não é terrível. Nem de longe. E mesmo que você fosse uma criança difícil, seja lá o que isso signifique, não há justificativa para sua mãe querer a sua *morte*. Como sua mãe esperava que você vivesse com isso, Effy? Que seguisse em frente como se nada tivesse acontecido, sabendo que ela tentou te abandonar no frio da floresta?

Ela engoliu em seco. Seus ouvidos zumbiam; por um momento, ela pensou que fossem os sinos vindos das profundezas do mar, os sinos da igreja afogada. Se estivesse com uma das pílulas cor-de-rosa ali, ela teria tomado.

Sua mãe havia conseguido aqueles comprimidos por um motivo, para que Effy pudesse *conviver* com a dor, para que pudesse seguir em frente sabendo que havia sido deixada para morrer uma vez. Sua mãe havia arrancado Effy direto das garras do Rei das Fadas, deixando apenas um dedo para trás. Isso era amor, não era?

— Você disse que acredita em fantasmas — disse ela, com dificuldade. — O que há de tão diferente nisso?

— Eu disse que acreditava no horror ou desejo que poderia conjurar um fantasma — corrigiu Preston. Seus olhos se desviaram, um músculo pulsou em sua garganta. — Não posso te dizer que acredito no Rei das Fadas, Effy, mas acredito na sua tristeza e no seu medo. Isso não é suficiente?

Effy não havia contado a ele a pior parte de tudo: que o Rei das Fadas nunca a havia deixado de fato. Se ela dissesse a Preston que vira o Rei das Fadas no carro com Ianto, ele perceberia que tinha cometido um erro terrível ao confiar nela para ajudá-lo. Ele nunca mais acreditaria em outra palavra que ela dissesse.

Então os olhos de Effy se encheram de lágrimas, e ela engoliu em seco para segurar o choro.

— Não. Não é suficiente. Você *está* sendo rude. Está sendo cruel. Ninguém... ninguém acreditou em Angharad também. E porque ninguém acreditou nela, o Rei das Fadas ficou livre para levá-la.

Preston respirou fundo. Por um momento ela pensou que ele poderia discutir, mas não havia petulância ou amargura no rosto dele. Só parecia triste.

— Me desculpe por ser rude — disse ele, por fim. — Não era minha intenção. Eu só estou tentando te dizer... Eu estava tentando te dizer que você merece algo melhor do que isso.

Em um choque repentino, como uma onda de água fria do mar, Effy se pegou pensando no professor Corbenic.

— Você merece um homem, Effy — dissera o professor Corbenic uma vez. — Não um desses garotos estranhos e cheios de acne. Eu vejo a maneira como eles olham para você, com olhos maliciosos e deprimidos. Mesmo que não seja a mim que você queira, no final, sei que você encontrará a si mesma nos braços de um homem, um homem de verdade. Você é demais para esses garotos fracos. Você precisa de alguém para desafiá-la. Alguém para controlá-la. Alguém para mantê-la segura, protegê-la de seus piores impulsos e do mundo. Você vai ver.

Ela fechou os olhos com força e balançou a cabeça para afastar as lembranças. Não queria pensar nele. Preferia pensar no Rei das Fadas no canto do seu quarto.

Mas quando abriu os olhos, não encontrou o professor Corbenic. Nem o Rei das Fadas. Tudo que viu foi Preston parado diante dela, observando-a com cuidado, com ternura, como se estivesse preocupado que até mesmo seu olhar a irritaria.

— Não quero mais falar sobre isso — arrematou ela.

— Tudo bem — disse ele gentilmente. Mas seus olhos nunca a deixaram.

~

Ela não se demorou em Hiraeth naquela noite. Não queria falar com Preston, e muito menos com Ianto. Quando o sol se rendeu à escuridão que se aproximava, Effy logo se retirou em direção à casa de hóspedes.

O ar estava frio e cruel e a relva molhada de chuva. Effy abotoou o casaco até o final e enrolou o cachecol ao redor do pescoço três vezes, escondendo a boca e o nariz atrás do tecido de lã. Então ela deslizou as costas pela porta da casa de hóspedes até se sentar na grama, apertando os joelhos contra o peito.

As pílulas permaneciam intocadas sobre a mesa de cabeceira, dentro do quarto. O céu ficava cada vez mais escuro. Repetidas vezes, as palavras de Preston ressoavam em seus pensamentos: "*Acredito na sua tristeza e no seu medo. Isso não é suficiente?*".

Não. Não era suficiente. Enquanto isso fosse a única coisa em que ele acreditava, ela sempre seria apenas uma garotinha assustada inventando histórias. Ela seria fraca, instável, não confiável, indigna da vida que desejava. Colocavam garotas como ela em quartos em sótãos ou em sanatórios, trancavam-nas e jogavam as chaves fora.

Effy esperou até estar escuro como breu e até que ela não conseguisse nem ver a própria mão na frente do rosto. Então acendeu uma vela que trouxera da casa e segurou-a em direção à densa escuridão.

Eu era uma garota quando ele veio me buscar, bela e traiçoeira,
e eu era uma coroa dourada e pálida em seus cabelos pretos.
Eu era uma garota quando ele veio me buscar, bela e traiçoeira,
e eu era uma coroa dourada e pálida em seus cabelos pretos.
Eu era uma garota quando ele veio me buscar, bela e traiçoeira,
e eu era uma coroa dourada e pálida em seus cabelos pretos.
Eu era uma garota quando ele veio me buscar, bela e traiçoeira,
e eu era uma coroa dourada e pálida em seus cabelos pretos.

Ela repetiu os versos várias vezes em sua mente, e então falou em voz alta, na noite escura repleta de um silêncio inquietante:

— Eu era uma garota quando ele veio me buscar, bela e traiçoeira, e eu era uma coroa dourada e pálida em seus cabelos pretos.

Ela não estava com medo. Precisava que ele viesse.

E então, atrás das árvores, houve um clarão. Cabelos pretos molhados. Até mesmo o vislumbre de um rosto, pálido como a luz da lua.

Todo o medo de Effy retornou de uma só vez, e sua mente se agitou como a espuma das ondas. Ela se levantou trôpega, derrubando a vela.

A grama molhada logo apagou a chama, e a garota foi mergulhada na escuridão.

Tateou até encontrar a maçaneta da porta, abriu-a com força e se atirou para dentro. Com um estrondo, bateu a porta atrás de si, o trinco de ferro raspando contra a pedra.

O coração de Effy batia forte como se ela fosse um pássaro aprisionado. Os joelhos tremiam tanto que ela caiu para a frente outra vez e teve que rastejar pelo chão frio até chegar à cama. Seus dedos tremiam demais para acender outra vela. Ela apenas se jogou na cama e puxou o edredom verde sobre a cabeça.

Ele tinha vindo buscá-la, como havia prometido todos aqueles anos antes. Ela o tinha visto. Ele era real. Ela não estava louca.

Enquanto o Rei das Fadas fosse real, ele poderia ser morto, assim como Angharad o havia vencido.

Se ele não fosse, nunca haveria como escapar.

Effy enfiou dois comprimidos para dormir na boca e os engoliu a seco. No entanto, nem mesmo as pílulas eram mais capazes de impedi-la de sonhar com ele.

CAPÍTULO ONZE

A maioria dos acadêmicos que estudam Myrddin o considera alguém cujo trabalho dialoga com Blackmar, embora persista um debate sobre até que ponto suas obras compartilham semelhanças temáticas ou estilísticas de forma autêntica. Nas raras entrevistas que concedeu, Myrddin expressou seu desejo de não ser rotulado como um "escritor do Sul", enquanto Blackmar, apesar de ser do Norte, demonstrava grande inspiração pelas tradições estéticas e folclóricas sulistas. Neste trabalho, proponho a tese de que Blackmar via o Sul como um domínio encantado de fantasia, aprisionado em uma era remota, servindo meramente como um palco para escritores do Norte projetarem suas fantasias. Sob essa ótica, argumento que Blackmar é, de fato, um escritor sulista — mas apenas no Sul concebido em sua imaginação.

DE *O QUESTIONAMENTO DO SUL: COLIN BLACKMAR, EMRYS MYRDDIN E A FASCINAÇÃO NORTISTA*, POR DR. RHYS BRINLEY, PUBLICADO EM 206.

Quando se encontraram no dia seguinte, Preston não comentou a respeito do Rei das Fadas ou de crianças trocadas. Effy ficou grata por isso. Ela não queria ter de se justificar, nem de ter de dizer a ele que passara a noite acordada na escuridão gelada, esperando que o Rei das

Fadas aparecesse. Preston havia tratado Effy com gentileza — mais do que qualquer outra pessoa a quem ela havia contado a verdade —, mas permanecia cético. Apesar de isso doer, a lembrança de ouvi-lo questionando *Isso não é suficiente?* ecoava na mente dela proporcionando algum consolo. Pelo menos ele não a chamara de louca.

Para além disso, havia a questão de convencer Ianto a deixá-los encontrar Blackmar. Não seria uma tarefa fácil. Preston tinha ficado tão *nervoso* perto dele ("Ele apontou uma *arma* para nós, Effy", disse o garoto quando ela o confrontou a respeito, em um tom de voz incomumente agudo).

Ela não gostava da ideia de implorar a Ianto para deixá-la sair de casa. E Preston não gostava de nenhuma das mentiras que ela propusera.

— Ianto não é um idiota —argumentou ele. — Não entendo como você pode relacionar isso ao seu projeto, e não vejo como você poderia convencê-lo de que eu precisaria ir junto. Pelo amor dos Santos, seria mais fácil apenas dizer a ele que estamos saindo para um encontro romântico à meia-noite.

Effy sentiu o rosto ruborizar.

— Acho que ele também não gostaria *dessa* opção.

As bochechas de Preston também coraram.

— É óbvio que não. Ele deixou evidente que não queria nos ver juntos de novo, mas pelo menos seria uma mentira mais convincente. Quero dizer... Bem, ele não se importa com o meu paradeiro. Ianto ficaria mais feliz se eu fosse embora e nunca mais voltasse. Ele só se importa com você.

Por mais que ela não quisesse admitir, Effy sabia que era verdade. Ainda assim, desde o incidente no pub, Ianto não havia esperado nada além de um pouquinho de flerte casto e superficial. Tudo bem, ela dava conta disso.

— Então por que não dizemos a ele que você está me levando para algum lugar? — sugeriu ela. — Uma carona para Laleston. Vamos a Laleston para que eu possa... sei lá, dar uma olhada em livros de arquitetura. Eles têm uma biblioteca lá. Se tudo correr conforme o planejado, talvez nenhum de nós volte mesmo. Podemos levar o diário conosco.

Ela falou com mais confiança do que sentia. Embora na metade do tempo em que estivera lá quisesse desesperadamente deixar aquela casa naufragante e seus segredos perturbadores, ela ainda sentia uma estranha atração que a desafiava a ficar. Afinal, este era o reino do Rei das Fadas. Talvez fosse àquele lugar que ela pertencesse.

— Suponho que seja verdade — disse Preston. — Você nunca assinou nada que te ligasse a ele, certo? Acertaram algum preço em dinheiro?

Ela achou engraçado vê-lo tão preocupado com os aspectos técnicos. A mente de Effy sempre pulava esses detalhes. Ela deixava essas pequenas coisas passarem batidas; nunca eram os pequenos detalhes que arruinavam sua vida. Se estivesse ajoelhada na praia, catando conchinhas, ela não veria a onda titânica erguendo-se sobre sua cabeça.

Sobre o que ela refletiria a respeito se não estivesse sempre esperando pela próxima onda? Ela não se permitiu dedicar muito tempo a essa questão. Precisava falar com Ianto.

Effy o encontrou sentado na beira do penhasco, em uma pose perigosa, estirado sobre as rochas brancas como um lagarto ao sol do meio-dia. O dia não estava ensolarado, mas mesmo a luz fraca e turva dava ao cabelo dele um brilho oleoso. Molhado. Ele sempre parecia molhado.

— Effy — disse Ianto quando ela se aproximou. — Sente aqui comigo.

Ela foi até ele, mas não se sentou. Um quilômetro abaixo da face dos penhascos, o mar se agitava como a água em uma lava-louças, preguiçoso e cinzento.

— Tenho uma pergunta.

— Disponha — respondeu ele de imediato. — Sério, Effy, por favor, chegue mais perto.

Ele estava sentado tão perigosamente perto da borda do penhasco que parecia mais um afloramento rochoso do que um homem. Tinha nascido no Centenário Inferior, naquela mesma casa. O perigo do mar era tão familiar para ele quanto respirar. De repente, Effy sentiu uma pontada de compaixão. Ele queria permanecer ali, com a fundação afundando e tudo.

Ela se perguntou se era possível amar algo até *desarruiná-lo*, reverter o processo de afogamento, tornar tudo novo outra vez.

Effy se aproximou, ficando a cerca de um braço de distância. Os olhos dele estavam turvos e incolores. Seguros, por enquanto.

— Preciso ir à biblioteca de Laleston. Eles têm alguns livros de que preciso... Desculpe, eu deveria ter trazido tudo comigo de Caer-Isel, mas não percebi o quanto esse projeto exigiria de mim.

— É uma viagem longa. Você tem certeza de que precisa ir?

— Sim. — O coração dela batia rápido diante da esperança de conseguir o que queria. — Tenho certeza. É a biblioteca mais próxima. Não quero ter que pegar um trem de volta para Caer-Isel...

— Deixe-me pelo menos te dar dinheiro para o trem — pediu Ianto. — Parece justo, já que você está aqui a meu pedido.

Effy respirou fundo.

— Obrigada, mas não precisa. Preston concordou em me levar.

No mesmo instante uma sombra atravessou o rosto de Ianto. No silêncio, uma ave marinha mergulhou e piou, o som ecoando sobre o mar revolto. O vento aumentou, trazendo consigo uma leve maresia salgada que umedecia o rosto de Effy. Os olhos incolores de Ianto mudaram de tom, o turvo desaparecendo... e Effy ficou tensa.

— Não confio naquele garoto argantiano — confessou Ianto enfim. — Ele está aqui há semanas, e sempre que pergunto se fez algum progresso, tudo que ele faz é gaguejar um jargão acadêmico que nenhuma pessoa comum poderia entender. E não gosto do jeito como ele olha para você.

Effy quase engasgou.

— Ele não olha para mim de jeito nenhum.

— Olha, sim — insistiu Ianto. — Onde quer que você esteja, ele te observa. É como se estivesse esperando você tropeçar para poder te pegar. É perturbador.

— Não é nada disso — rebateu ela, embora pudesse sentir um pulsar na garganta. — Ele é um acadêmico, como você disse... Não acho que ele tenha esse tipo de... ah... preocupações. Ele é muito focado em seu trabalho.

Mas, como era de se esperar, as palavras de Ianto fizeram todo tipo de pensamentos atravessarem a mente de Effy. A maioria deles inapropriados, muitos deles descaradamente lascivos. Até agora ela não se perguntara sobre as *preocupações* de Preston, se ele já tinha feito isso ou aquilo, talvez ele até tivesse uma namorada em Caer-Isel. Tudo isso era angustiante e confuso de imaginar.

— De todo modo... — Ianto sustentou o olhar dela. — Não posso permitir que você fique fora por muito tempo. Wetherell está me pressionando por um projeto final para que possamos discutir o orçamento.

— Serão apenas dois dias — disse Effy, cuidadosa.

Então viu aquela coisa estranha acontecer de novo: a escuridão desaparecia dos olhos dele, como a luz do sol atravessando nuvens, e então retornava abruptamente. Aconteceu várias vezes, do nublado ao claro, nublado e então claro, a mudança tão rápida quanto um piscar de olhos. A imagem fez o estômago dela embrulhar.

— É só que... não dá para fazer a viagem de ida e volta em um dia.

De repente, Ianto se levantou. Effy recuou.

— Quer saber? Talvez seja bom você passar um tempo fora — disse ele por fim. — Viver presa nesta casa pode ser sufocante.

Ele falou como se as palavras tivessem exigido um grande esforço. Todas aquelas mudanças repentinas nele — assim como o tremor e desmoronamento do penhasco sob seus pés — tornavam Ianto impossível de decifrar. Ele poderia apontar uma arma para ela um dia e ser amigável no próximo. Agarrar sua mão e apertá-la a ponto de machucar e no dia seguinte manter uma distância considerável.

O vento batia nos cabelos de Effy e nas pontas de seu casaco, sacudindo-os para a frente e para trás, agarrando-os e depois soltando-os. Ela voltou a pensar no fantasma, na conversa unilateral de Ianto. *Esta casa tem um domínio sobre mim,* Ianto dissera em voz alta, para ninguém em particular. Effy já não estava mais certa de nada quando se tratava de Hiraeth ou Emrys Myrddin, mas *disso* ela tinha certeza.

E se permanecesse ali, aquilo também a dominaria.

Ianto observava do estacionamento enquanto eles colocavam a bagagem no porta-malas do carro de Preston. Ao lado dele, Wetherell parecia tão sério e desaprovador quanto de costume, seus cabelos prateados cintilando com a névoa fina que cobria Hiraeth.

Preston estava preocupado com a viagem pelos penhascos. Effy só queria sair dali o mais rápido possível. Galhos de árvores pontiagudos despontavam através da névoa como dedos de bruxa, agarrando o ar.

— Não acredito que ele concordou — murmurou Preston enquanto levantava sua mala. Sua camisa subiu um pouco sobre seu abdômen, expondo uma faixa estreita da pele marrom. Effy assistiu, hipnotizada, até que a camisa dele voltou para o lugar.

— Você continua subestimando meu charme.

— Você está certa — respondeu ele. — Na página de título do nosso trabalho, vou me certificar de creditar você como Effy Sayre, a charmosa.

Ela tentou não rir para que Ianto não percebesse, mas sua pele formigou com satisfação.

Preston contornou o carro e abriu a porta dela. Quando chegou ao lado do motorista, tirou um cigarro do bolso e acendeu. Após um instante, ele perguntou:

— Quer um?

O mesmo prazer quente se acumulou no estômago dela.

— Claro.

Preston acendeu outro e o estendeu para ela. Ela aceitou, mas já não estava mais olhando para ele. Uma força havia atraído seu olhar para Ianto, parado no caminho de cascalho, os braços cruzados na altura do peito.

Não era o Ianto de olhos escuros e jovial, nem o Ianto de olhos brilhantes e perigosos. Effy levou um tempo para decifrar a palidez daquele olhar que seguia dela para Preston e de volta a ela. Quando compreendeu, viu que era muito pior do que poderia ter imaginado: pior que fúria, desprezo ou ira.

Era *inveja*.

Mesmo no inverno, o campo do Sul era verde e repleto de colinas cor de esmeralda e trechos de terras agrícolas aradas como cabelos trançados. Árvores coníferas se agrupavam ao longo das encostas em um verde mais escuro que dava um ar de plenitude à paisagem. Havia faixas de flores de cardo roxo e rochas cobertas de líquen que se projetavam da grama. Alguns supersticiosos do Sul acreditavam que as colinas eram as cabeças e os quadris de gigantes adormecidos.

Effy olhava pela janela do passageiro, tudo nítido e definido.

— É tão bonito — disse ela, maravilhada, tocando o vidro com os dedos. — Nunca passei pelo sul de Laleston antes.

— Eu também não — disse Preston. — Nunca passei pelo sul de Caer-Isel, na verdade, até vir para Hiraeth.

Ao deixarem Hiraeth para trás, sentiram como se tivessem saído do fundo do mar. Tudo que antes estava embaçado sob a película de água agora brilhava com claridade. Não havia mais neblina nas janelas ou umidade pingando das paredes. Sem mais espelhos embaçados pela condensação. O céu era de um azul magnífico pintado com nuvens pálidas e fofas deslizando. Ovelhas de rosto escuro pontilhavam as encostas, parecendo pequenas nuvens. Era como se a terra fosse um reflexo verde do céu.

Nada lembrava o reino do Rei das Fadas. Ela não conseguia imaginá-lo espreitando entre as colinas verdejantes, os campos de flores e as cabras.

Certamente não conseguia imaginá-lo sentado no lugar de Preston.

O garoto passou duas horas dirigindo por estradas serpentinas de mão única, para cima e para baixo, por vilarejos que não eram mais do que um punhado de casas com telhados de palha, aglomeradas como corpos ao redor de uma fogueira. Eles só pararam uma vez para que um fazendeiro atravessasse suas vacas. Preston dirigia com foco, seu olhar quase nunca deixando a estrada.

Effy se mexeu no assento e endireitou os ombros.

— Você precisa de uma pausa?

— Você sabe dirigir?

— Não — respondeu ela. — Minha mãe nunca me deixou aprender.

Não havia muita utilidade nisso em Draefen, onde bondes e táxis podiam te levar aonde quisesse. Lá, as casas eram agarradas umas às outras como teclas de piano, então nenhum lugar era muito longe.

Certa vez, ela havia pedido para ter aulas, mas a resposta da mãe foi nada mais que um suspiro irritado. "Mal posso confiar em você para se lembrar de desligar o fogão. Por que eu a deixaria ficar atrás do volante de um carro?"

— Tudo bem — disse Preston. — Estou bem para continuar dirigindo mais um pouco.

Inevitavelmente, a conversa deles se voltou para Myrddin, Blackmar e o diário. Eles haviam folheado o caderno para encontrar todas as referências possíveis sobre Blackmar e *Angharad*.

Myrddin volta e meia mencionava ambos. *Blackmar teve dificuldades com A. esta noite,* escrevera ele no verão antes da publicação do livro.

— Eu acho que Blackmar escreveu o livro — disse Preston finalmente, e então suspirou, como se a afirmação o esgotasse. — Myrddin fala sobre como Greenebough queria "reinventá-lo", desejava inclinar-se mais em direção ao mito do gênio provincial. Mas Myrddin nunca comenta nada sobre escrever *Angharad* por si só. Ele só menciona isso quando fala sobre Blackmar.

— Mas é estranho, não é? — Effy já tinha considerado a possibilidade, mas algo simplesmente *não* se encaixava. Ela não conseguia explicar. Não era apenas sobre Myrddin, não mais. Era uma sensação errada, no fundo de seus ossos e pulsante em seu sangue, que palpitava nela como um segundo coração. — A maneira como eles falam sobre ela... sobre o livro. Eles sempre chamam *Angharad* de "ela" ou "dela".

Preston deu de ombros.

— Marinheiros também chamam seus navios por nomes femininos. O pai de Myrddin era um pescador. Suspeito que seja apenas um pouco de irreverência por parte de Myrddin.

— Talvez. — Ainda parecia errado, de uma maneira que Effy não conseguia articular. — Tenho pensado novamente em "A morte do marinheiro": *Contudo, na época um marinheiro eu era, ainda sem vestígios de prata entre meus cabelos...*

— *... e, impelido pela ousadia característica da juventude, proferi: o mar é o único inimigo* — concluiu Preston.

— O mar é o quê, então? A morte?

— Não exatamente a *morte*. Mas morrer.

Ela arqueou uma sobrancelha.

— Qual é a diferença?

— Bem, naquela estrofe anterior, logo antes do trecho que você começou a recitar: "Tudo que é antigo deve se decompor". Eu acho que é sobre o mar se apoderando e corroendo você aos poucos, do mesmo jeito que a água, digamos, apodrece a madeira de um barco à vela. A última coisa que o mar tira de você é sua vida. Então... acho que é sobre morrer aos poucos. A arrogância do marinheiro não se baseia necessariamente na crença de que ele não morrerá, mas na de que o pior que o mar pode fazer é matá-lo.

Effy piscou. A estrada à frente subia e se aplainava, dividindo as colinas como um sulco cavado por uma mão antiga.

— Gostei — disse ela após um momento.

— Gostou? — Preston soou surpreso. Satisfeito. — Escrevi um ensaio sobre isso. Eu poderia incorporá-lo na minha tese... nossa tese. Já que você gosta.

— Sim — disse ela. — Ficarei feliz em associar meu nome a isso.

~

A viagem foi muito agradável, o dia verde, azul e, por fim, conforme a noite se aproximava, dourado. Depois de mais uma hora, eles pararam em uma pequena loja à beira da estrada, e cada um pegou um enroladinho de salsicha embrulhado em papel laminado e café em um copo descartável. Effy adicionou generosas quantidades de creme em seu café e três sachês de açúcar. Preston a observou com julgamento sobre a borda do próprio copo.

— Qual é o sentido de beber café se você vai diluí-lo tanto assim? — começou ele, enquanto voltavam para o carro.

Effy saboreou um longo gole.

— Qual é o sentido de beber café sem um bom sabor?

— Bem, eu argumentaria que café preto *tem* um bom sabor.

— Suponho que eu não deva me surpreender com o fato de que alguém que bebe uísque puro pense que café preto tem um *bom* sabor — disse Effy, fazendo uma careta. — A não ser que você seja um masoquista disfarçado.

Preston girou a chave na ignição.

— Masoquismo não tem nada a ver com isso. Você pode aprender a gostar de qualquer coisa se beber o suficiente.

O carro retornou para a estrada. Por um tempo, eles beberam o café e mastigaram os salgados em silêncio. A mente de Effy estava presa na lembrança de Preston engolindo aquele uísque sem pestanejar. Ele não parecia ser do tipo que ia a festas, virando a noite em pubs ou dançando até o dia amanhecer, voltando cambaleante para seu quarto e dormindo durante as aulas da manhã. Esse tipo de pessoa cruzava o caminho de Effy na universidade o tempo todo, mas ela nunca foi uma delas, nunca realmente conheceu uma delas — nem mesmo Rhia era tão irresponsável.

Ela olhou para Preston, a luz dourada banhando seu perfil, transformando o castanho de seus olhos em um tom de avelã. Toda vez que ele tomava um gole de café, Effy observava o pomo de adão se movendo e seu olhar se demorava um pouco mais no rastro de umidade nos lábios dele.

De repente, ela indagou:

— Você tem namorada? Lá em Caer-Isel?

O rosto de Preston ruborizou. Ele estava no meio de um gole, e engasgou ao ouvir a pergunta dela, lutando para engolir antes de responder.

— O que te fez pensar nisso?

— Nada em particular — mentiu Effy, porque era óbvio que não confessaria que estava pensando nisso desde a conversa com Ianto, muito menos admitiria o quanto ela prestava atenção nele. — É só que frequentamos a mesma universidade, mas não nos conhecíamos lá. Estava só pensando em que tipo de coisas você fazia...

Ela também estava ruborizando profusamente, os olhos fixos no copo de café apoiado em seu colo. Então ouviu Preston respirar fundo.

— Não, eu não tinha — disse ele. — Quero dizer, não tenho. Às vezes, conheço umas garotas e... bem, sabe como é. Mas nunca é mais do que uma noite, talvez um café na manhã seguinte... esquece. Desculpa.

Naquele momento, o rosto dele adquiriu um tom de vermelho *fenomenal*. Preston manteve a atenção focada na estrada, embora por um breve momento seus olhos tenham se desviado para a garota, tentando avaliar sua reação. Effy apertou os lábios, mal escondendo a vontade inexplicável de sorrir.

Gostava de deixá-lo desconcertado. Nos últimos dias, isso estava acontecendo com mais frequência.

— Não se preocupe — disse ela. — Sei o que você quer dizer. Que conquistador você é, hein, Preston Héloury.

Ele riu, ainda com as bochechas coradas.

— Nem de longe.

— Não sei, não. Acho você muito charmoso, apesar de toda a sua presunção.

— Você me acha presunçoso?

Effy teve que rir.

— Você não é a pessoa mais acessível que já conheci. Mas suponho que isso seja porque você é também a pessoa mais inteligente e eloquente que já conheci.

Preston apenas balançou a cabeça. Ele ficou em silêncio por um momento, olhando pela janela enquanto a paisagem passava devagar. Por fim, falou:

— Há muito o que compensar quando você é o único argantiano no programa literário mais prestigioso de Llyr.

De repente, Effy foi tomada por compaixão... e culpa. Ela se lembrou de como o havia recriminado junto ao penhasco e depois, no pub, cutucando-o, questionando suas lealdades.

— Sinto muito se as pessoas foram cruéis com você. Me desculpe pelas coisas que eu falei quando nos conhecemos.

— Tudo bem, de verdade — disse ele, virando-se para encará-la. — São apenas cochichos e olhares nos corredores. Tenho certeza de que você também recebeu sua parcela justa, sendo a única mulher na faculdade de arquitetura.

Effy ficou tensa. Ela percebeu que, sem querer, havia criado a oportunidade perfeita para que ele perguntasse sobre o professor Corbenic. Ainda não sabia se aquele boato específico havia chegado à faculdade de literatura.

— Não é tão ruim — disse ela. Uma mentira. — Eu sabia no que estava me metendo.

Preston tomou fôlego, e parecia querer dizer algo mais. No entanto, apenas fechou a boca e voltou a olhar para a estrada. Os dois caíram em um silêncio um tanto desconfortável à medida que as colinas verdes passavam, parecendo tão grandes quanto ondas na maré alta.

~

Penrhos, a propriedade de Blackmar, não estava tecnicamente localizada no Centenário Inferior. Ainda ficava ao sul de Laleston, e o ponto de referência mais próximo era Syfaddon, uma movimentada cidade onde a luz dos lampiões se acumulava sobre as pedras de paralelepípedo úmidas, e os toldos das lojas esvoaçavam ao vento como vestidos pendurados em varais.

O carro de Preston avançava pelas ruas lotadas, parando várias vezes para que os comerciantes pudessem arrastar seus carrinhos, ou para dar passagem a uma criança desgarrada que fugia da mãe... As janelas dos pubs e lojas refletiam o fulgor das lâmpadas a gás.

— Não fica longe daqui — murmurou Preston. Os nós de seus dedos estavam brancos em volta do volante, a testa franzida com a imensa concentração necessária para não atropelar um pedestre desatento. — É só subir a rua. Muito menos isolado do que Hiraeth.

Effy observava um peixeiro ajustar um de seus pescados, deixando a boca aberta para que ela pudesse ver a língua e os dentes da carpa. Os peixes estavam alinhados perfeitamente numa cama de gelo, tão ordenados quanto corpos em gavetas de crematórios.

— Blackmar é de Syfaddon?

— Não, ele é de Draefen, na verdade. Acho que descende de um daqueles industriais pós-Afogamento. Petróleo ou ferrovias, algo assim. Dinheiro o suficiente para nunca ter que trabalhar um dia na vida, o que não faz um perfil de autor muito interessante.

— Pelo menos não tão interessante quanto um gênio provincial promissor — comentou Effy, enquanto o mercado de Syfaddon encolhia no retrovisor. — Então você acha que Greenebough moveu os pauzinhos para que Blackmar escrevesse *Angharad*, mas publicasse sob o nome de Myrddin?

— Isso. Essa é a minha teoria. Blackmar teve a melhor educação que o dinheiro pode comprar. Estudou literatura na universidade de Caer-Isel. Há até uma bolsa de estudos com o nome dele, ou talvez do pai dele...

— Mas ninguém lá está estudando "Os sonhos de um rei adormecido" — pontuou ela. — É irônico, não é? A obra mais conhecida dele é um fracasso comercial, mas *Angharad* é aclamada. Quero dizer, por que Blackmar concordaria com isso? Você disse que ele já era rico o suficiente, então não é como se Greenebough pudesse convencê-lo com dinheiro... E se ele era capaz de escrever algo como *Angharad*, por que seu outro trabalho é tão... tão medíocre?

Preston ponderou em silêncio por um momento.

— Você está certa — concluiu ele. — Ainda há muitas peças que não se encaixam. Mas é por isso que estamos aqui.

Depois de dizer aquilo, ele virou em uma estrada mais estreita, mais mal pavimentada e alinhada com enormes olmos. As sombras entre as árvores pareciam densas e oleosas, como se a própria escuridão estivesse se movendo. A noite chegava; o sol se inclinava suavemente para a linha do horizonte e as nuvens se tingiam de um tom profundo de violeta que lembrava hematomas. Foram mais alguns minutos por aquela estrada escura e acidentada antes que as torres de uma casa surgissem acima das árvores ao longe.

Os portões pretos de ferro forjado surgiram, cortando a visão da casa em fatias. Chamar aquilo de *casa* parecia insuficiente, até desrespeitoso — o que estava diante deles era uma construção gigantesca de alvenaria, com abóbadas de aresta, colunas de mármore e janelas com caixilhos.

Effy não se considerava uma arquiteta de verdade, mas poderia calcular o custo de cada característica, cada varanda e balaustrada, e isso somava uma quantia que a deixava tonta.

Preston parou o carro em frente aos portões e eles se entreolharam, a mesma pergunta não dita em seus lábios, antes que os portões começassem a se abrir devagar.

Ele dirigiu até a entrada circular, ao redor de uma fonte de mármore cercada por ilhas gramadas com um trabalho de paisagismo impecável. A estátua de uma donzela dava forma à fonte. Ela tinha os braços rente às laterais do corpo e exibia a palma das mãos, de onde jorrava água.

Por um momento, Effy jurou ter visto o rosto da mulher mudar, como se seus olhos se movessem sob os cílios de mármore, mas quando piscou, a estátua estava imóvel outra vez. Nunca havia sido uma mulher, nunca havia estado viva.

Ela cravou as unhas na palma da mão e, por algum motivo, achou apropriado sussurrar:

— Isto tudo não pode ser fruto da escrita, pode?

— É dinheiro de família, eu acho.

Era tão diferente de Hiraeth, e isso, mais do que qualquer outra coisa, foi o que a chocou. Por que os descendentes de Myrddin viviam em tamanha decadência, com todos os seus pertences, que um dia foram adoráveis, agora encharcados, apodrecidos e cobertos de sal marinho e sujeira?

Os arbustos em Penrhos eram bem-cuidados como se fossem cavalos de equitação, sem folhas desgrenhadas ou galhos quebrados. Mesmo sem uma herança familiar, os Myrddin deveriam ter dinheiro — não havia motivo para que Ianto e sua mãe vivessem daquele jeito, a menos que estivessem fazendo isso por uma deferência supersticiosa e equivocada ao marido e pai falecido.

Preston estacionou, e eles saíram. O ar estava frio o suficiente para que a respiração de Effy flutuasse condensada à frente dela. Na luz do entardecer, ela apertou os olhos e notou as portas duplas de madeira no topo de uma grande escadaria de pedra.

Logo depois, com um rangido alto, as portas se abriram.

Ela não viu Blackmar muito bem; só conseguia ouvir o som de sua bengala batendo contra a pedra enquanto ele descia em direção a eles. Quando chegou perto o suficiente para Effy distinguir detalhes, ela viu o lampejo do roupão de veludo vermelho, o ébano da bengala e o brilho de um dente de ouro quando ele sorriu. Usava chinelos de veludo vermelho que combinavam com o roupão.

O rosto dele era como um espelho enferrujado, salpicado por um milhão de rachaduras. Ele era a pessoa mais anciã que Effy já havia visto.

— Euphemia! — saudou ele, com uma voz brônquica, rouca e eufórica. — Estou tão feliz por você ter aceitado meu convite.

E então ele a agarrou pela cintura em um abraço zeloso e rangente. Effy ficou parada, incerta do que fazer, apenas esperando que ele a soltasse.

Por fim, Blackmar a soltou, os olhos afiados brilhando no rosto enrugado como uma noz.

— Ah, muito obrigada por nos receber — disse Effy, sem fôlego, quando ele a soltou.

— Fico sempre feliz em entreter meus admiradores. — Blackmar sorriu. De perto, Effy podia ver que quase um terço de seus dentes estava faltando, e que todos haviam sido substituídos por imitações de ouro. — Este é seu... colega?

— Sim — disse Effy. — Este é Preston Héloury.

A testa enrugada de Blackmar se enrugou ainda mais.

— Héloury — repetiu ele devagar. Com seu sofisticado sotaque llyriano, ele fez o nome argantiano soar quase como uma maldição. — Esse nome é familiar... Você é um estudante da faculdade de literatura, não é? Você já me escreveu antes.

— Sim, já escrevi. — A postura de Preston era rígida, os braços cruzados na frente do peito. — Também sou um admirador, apenas não tão... hum... eloquente quanto Effy. Euphemia, digo.

Ele teve um pouco de dificuldade com a primeira sílaba; Effy podia ver a pequena ruga em sua testa enquanto ele tentava pronunciá-la com o sutil sotaque argantiano.

Ouvir seu nome completo da boca de Preston pela primeira vez fez Effy se sentir estranha. Não foi desagradável, mas diferente e peculiar, fazendo a pele dela formigar com um calor inesperado. Com o esforço adicional para articulá-las, as vogais soavam de alguma forma mais suaves. Mais gentis.

— Bem, os argantianos não são conhecidos por seu zelo ou paixão. Suponho que as montanhas sejam frias demais. — Blackmar riu, muito satisfeito com a própria piada. — Entrem, os dois. Vou pegar um pouco de conhaque para vocês.

Dois empregados vestidos de preto retiraram as malas do carro de Preston e as carregaram em silêncio pelas escadas até a casa. Effy e Preston seguiram devagar. As nuvens baixas e planas escureciam as torres da Mansão Penrhos, quase envolvendo-as por completo, como um par de mãos enluvadas. Os funcionários pousaram as malas no chão por um breve momento, para abrir as portas, e então todos entraram.

Por dentro tudo era tão grandioso quanto Effy esperava: havia uma escadaria dupla de mármore branco que levava ao segundo andar, tapetes de veludo macio que combinavam com os chinelos e o roupão de Blackmar, um papel de parede adamascado cravejado de pinturas e retratos emoldurados em ouro. Uma grande tapeçaria representava a árvore genealógica da família, começando com um tal de Rolant Blackmar, que Effy supôs ser aquele industrialista — de petróleo ou ferrovias.

Acima da tapeçaria havia uma enorme cabeça de veado empalhada, os olhos sombrios e vazios, encarando o nada.

— É lindo — disse Effy, porque sentiu que era o que se esperava que ela dissesse, e porque isso poupava Preston de ter que mentir de novo.

Penrhos *era* bela, de uma maneira peculiar. Ornamentada à perfeição, com móveis, papel de parede e tapetes combinando de maneira impecável. Não havia sequer uma mancha de poeira ou um esconderijo de teias de aranha nos cantos. Os retratos eram todos sérios e sem sorrisos; as cortinas de veludo não deixavam entrar nem um fio de luz. Também não havia luminárias audaciosas ou pinturas abstratas ousadas, nem candelabros feios que faziam você levar muito tempo para decidir se eles embelezavam ou enfeiavam.

Era uma casa bonita, mas não havia *originalidade*. Uma casa sem imaginação.

Effy achava quase impossível acreditar que o autor de *Angharad* pudesse viver ali.

— Obrigado, obrigado — disse Blackmar, acenando com a mão. — Mas vocês ainda não viram a melhor parte. Venham para a sala de estar. Tenho certeza de que vão querer relaxar depois da viagem longa.

Effy não achava que beber com Blackmar seria relaxante, de forma alguma, mas, mesmo assim, ela o seguiu até o cômodo, com Preston a tiracolo.

A sala tinha a mesma coesão: cortinas azul-pavão e poltronas combinando, que eram lindas, mas não muito inspiradoras. Havia outra cabeça de veado empalhada sobre a porta, e um relógio de pêndulo ressoava em um canto. Eram por volta das seis e quinze da noite.

Os empregados haviam desaparecido; Blackmar serviu o conhaque com a mão enrugada e trêmula. Entregou um copo de cristal lapidado para cada visitante.

Conhaque era uma escolha estranha. Effy só tinha visto seus avós bebendo-o, apenas um gole após o jantar servido em um copo minúsculo. Não é que fosse exatamente *rude* servir conhaque sem oferecer uma refeição primeiro, mas isso dava a Effy a distinta sensação de que havia algo errado com Blackmar.

Talvez a perfeição de seus móveis tentasse compensar algo. Uma casa bem-ordenada para uma mente em decadência.

— Saúde — disse Blackmar, acomodando-se em uma poltrona com grande esforço. — Um brinde ao sucesso acadêmico da pesquisa de vocês, e que também me façam boa companhia.

Ele riu de novo da própria piada, e eles brindaram. Preston engoliu seu conhaque sem pestanejar; Effy fez um biquinho e fingiu dar um gole. Não achou que Blackmar notaria. Ele sugou metade do conteúdo do copo em um único gole.

— Obrigado — agradeceu Preston, de maneira nada convincente. — E obrigado mais uma vez pela sua hospitalidade.

Blackmar o dispensou com um gesto.

— Eu sou um anfitrião que gosta de entreter, sabe? Todos os grandes escritores gostam. Entretenho leitores, convidados... Houve um tempo em que eu entretinha mulheres, mas esses dias infelizmente ficaram no passado.

Por obrigação sombria, Effy riu. Preston apenas olhou para o próprio copo, desconfortável.

— Bem, eu adoraria se você pudesse nos entreter com algumas respostas — disse ela. — Quando foi que você conheceu Emrys Myrddin?

— Ah, puxa. Faz tanto tempo; não sei se lembro o ano exato. Deve ter sido no final dos anos 180. Meu pai o contratou, na verdade, como arquivista para alguns de nossos registros familiares. Ele era meu empregado, sabe?

Effy olhou para Preston. Isso parecia, de alguma forma, significativo. Os olhos de Preston também brilhavam com interesse — até mesmo Effy precisava admitir que esse fato reforçava a teoria de que Blackmar era o verdadeiro autor.

— Então ele morava em um apartamento em Syfaddon, como os outros empregados, mas durante o dia ele ficava aqui em Penrhos, organizando arquivos e fazendo outras coisas tediosas e banais. Mas eu sou um homem curioso, e sempre estive interessado na vida dos meus empregados. Nas *histórias* deles. E já que não tinha nada melhor para fazer, comecei a passar um tempo com Emrys na sala de registros. Acabou que nos demos muito bem.

"Eu podia perceber que ele era do Sul, claro, pelo nome e sotaque, mas ele era diferente dos outros sulistas que contratamos. Mais perspicaz. Mais ambicioso. Naquela época, eu estava trabalhando em um rascunho muito inicial de 'Sonhos', e Emrys mostrou grande interesse na minha escrita. Em algum momento ele me disse que também era escritor, e compartilhamos alguns de nossos trabalhos em andamento.

O coração de Effy acelerou enquanto ela se inclinava para a frente, mas Preston falou antes que ela tivesse a chance:

— Myrddin devia estar trabalhando em *O jovem cavaleiro* — disse ele. — Foram esses trechos que você viu?

Blackmar inclinou a cabeça. Refletia com os olhos nublados.

— Acredito que sim. Pelo amor dos Santos, faz tanto tempo. Parece que foi em outra vida. Emrys estava desesperado... pensava que ninguém ia querer comprar um livro de um camponês do interior do Centenário Inferior. Mas minha família tem conexões com a Editora Greenebough, então ofereci fazer uma recomendação.

Effy assentiu devagar. Isso tudo estava alinhado com o que tinham lido no diário.

— Mas *O jovem cavaleiro* não fez muito sucesso, não é? Myrddin não se tornou um nome conhecido até...

— Sim. — A voz de Blackmar de repente se tornou ácida. Ele colocou o copo quase vazio em uma mesinha lateral austera. — Essa é a parte da história que todo mundo conhece. *Angharad* tornou Myrddin famoso.

Blackmar assumiu uma postura evasiva, e Effy percebeu que Preston também notou a mudança. O garoto pousou o copo sobre a mesa e, de forma um pouco desafiadora, perguntou:

— Myrddin ainda era seu empregado naquela época?

— Não, não — respondeu Blackmar. — Ele já havia ganhado o suficiente com os royalties para alugar um apartamento em Syfaddon. E então comprou aquela casa terrível na baía dos Nove Sinos. Nunca consegui entender por que, de todos os lugares, ele queria voltar para Saltney. Mas ele disse que havia algo na baía que o atraía. Como um farol para um navio, chamando-o de volta para casa.

— Não há nada que se compare ao lugar onde você nasceu — disse Preston. Havia um olhar solene, mas indecifrável em seu rosto. — Então, vocês dois trocavam correspondências enquanto Myrddin escrevia *Angharad*?

— Sabe de uma coisa? Minha memória já não é tão boa quanto antes — comentou Blackmar, a voz afiada. — Acho que seria melhor você falar com alguém da Greenebough sobre esses assuntos. Por coincidência, o editor-chefe da Greenebough, Marlowe, virá amanhã à noite — acrescentou ele, definitivamente evasivo.

Mas Effy não desanimou.

— Que maravilha! — exclamou ela. — Muito obrigada por nos deixar passar a noite aqui. Tenho certeza de que encontraremos tudo o que procuramos.

Preston lançou um olhar para ela, que lhe deu um aceno silencioso, quase imperceptível, em resposta.

Trêmulo, Blackmar se levantou. No tempo que levou para ele ficar de pé, Effy observou uma mosca pousar na cabeça empalhada do veado e se esgueirar para dentro de uma das narinas. O veado não se perturbou. Morto, como deveria estar.

— Me desculpem — disse Blackmar. — Sou um homem velho agora e vou para a cama cedo. Vou mandar os empregados mostrarem seus aposentos para vocês.

As malas deles já haviam sido colocadas em dois quartos adjacentes no andar de cima. O quarto de Effy tinha cortinas opacas pretas e uma enorme anêmona-do-mar azul em cima da mesa, paralisada em uma suspensão atemporal. Um espelho de corpo inteiro estava virado para a parede. Por algum motivo, Effy sentiu que seria má ideia virá-lo para a frente.

A cama estava surpreendentemente bagunçada: um emaranhado de lençóis verde-mar e um edredom roxo incongruente, da cor de vinho recém-saído da garrafa. Ao contrário do resto de Penrhos, não havia nada enfadonho sobre esse quarto; era um pouco caótico.

Se Effy tivesse permissão para decorar o próprio quarto quando criança, talvez ele se parecesse um pouco com aquele. Ela sentou-se na beirada da cama, soltando um suspiro.

Preston se inclinou sobre a mesa, os braços cruzados.

— Blackmar ficou evasivo, não foi? No momento em que mencionamos *Angharad*.

— Sim. — Effy mordiscou o lábio. — Aí tem coisa. Não sei o que é. Mas teremos a chance de conversar com o editor-chefe da Greenebough amanhã.

Embora tudo que tivessem descoberto até o momento parecesse sustentar a teoria de Preston de que Blackmar era o verdadeiro autor, Effy não conseguia se convencer disso. Não era apenas sua lealdade a Myrddin, embora ainda sentisse aquela admiração infantil. Havia algo mais. Segredos enterrados sob anos de poeira. Uma emoção impossível de definir.

— Ainda assim, não temos muito tempo — disse Preston. — Se não voltarmos para Hiraeth amanhã à noite, Ianto ficará muito desconfiado.

Mas não era em Ianto que ela estava pensando. Era no Rei das Fadas, na criatura com os cabelos pretos lisos e a coroa de ossos. Em Penrhos, ela se sentia segura. Ali, aquele mundo de perigo e magia parecia bem acorrentado e amarrado.

— Vamos ter que voltar, então — disse Effy, baixando o tom de voz. — Sinto muito por não poder ajudar a dirigir.

— Não, tudo bem. Não me importo de dirigir. Estaremos de volta em Hiraeth antes da meia-noite, eu prometo.

A meia-noite era uma coisa de conto de fadas. Ela não sabia se Preston estava pensando nisso quando prometeu, mas Effy estava se lembrando de todas as maldições que transformavam princesas de volta em garotas camponesas assim que soavam as doze badaladas do relógio. Por que sempre eram meninas que não mereciam confiança? Tudo poderia ser tirado delas em um instante.

— Obrigada — disse ela, tentando tirar esses pensamentos da cabeça. — Amanhã vamos falar com o editor da Greenebough e teremos as respostas de que precisamos.

Preston assentiu.

— Por enquanto, acho que vamos apenas... dormir com o estômago vazio.

Effy deu uma risada suave. Também achara estranho que Blackmar tivesse oferecido conhaque sem comida de acompanhamento, mas quem era ela para questionar o homem quando ele havia sido generoso o suficiente para responder a todas as suas perguntas incisivas?

Até certo ponto, é óbvio.

Ela pegou a bolsa e começou a procurar pelo frasco de pílulas para dormir. Não se importava mais se Preston visse. Ele já sabia que ela era uma criança trocada. Tinha aprendido seu verdadeiro nome. Ele sabia no quanto ela acreditava no Rei das Fadas.

Effy procurou várias vezes, e ainda assim não encontrou. Seu peito começou a apertar de pânico, a respiração ofegante. E então, o lampejo de uma memória: seu frasco de pílulas na mesa de cabeceira na casa de hóspedes de Hiraeth. Havia esquecido lá na pressa de partir.

— Ah — sussurrou ela. — Essa não.

— O que foi?

— É... — Era difícil falar com a boca tão seca. Ela pigarreou, sua visão embaçando nas bordas. — Esqueci minhas pílulas para dormir. Não consigo dormir sem elas.

Preston se afastou da mesa e caminhou até a garota. Ainda de pé, ele a observou com a testa franzida.

— O que te mantém acordada à noite?

A pergunta inesperada surpreendeu Effy em seu estado de pânico, suavizando a pulsação aguda de adrenalina. Ninguém nunca havia lhe questionado algo do tipo, desde que ela era criança e temia as criaturas nas sombras do quarto.

Levou algum tempo até que ela encontrasse as palavras para responder.

— Medo — disse ela por fim. — Não de algo específico... é mais uma sensação corporal. Somática. É difícil de explicar. Meu peito fica apertado e meu coração bate rápido demais. No fim, acho que tenho medo de que algo ruim aconteça comigo enquanto estou deitada. Temo que alguém me machuque.

As palavras saíram todas de uma vez, atropeladas e ofegantes. Ela não havia mencionado o Rei das Fadas diretamente, mas o resto fora verdadeiro o suficiente.

Tentou avaliar a reação de Preston. Ele apenas olhava para ela com a mesma testa franzida, a mesma preocupação de sempre.

— Há algo que ajude? Quero dizer, além das pílulas para dormir.

Ninguém nunca lhe havia feito essa pergunta também, desde que o médico lhe entregara as pílulas. Effy o encarou, sentindo-se pequena, mas não necessariamente frágil, como uma presa para um caçador.

— Acho que ajuda não estar sozinha.

O silêncio caiu sobre o quarto estranho. Preston respirou fundo. E então disse, com muito cuidado:

— Eu posso ficar com você.

Effy piscou, surpresa, as bochechas esquentando na mesma hora. Preston também corou, como se só então percebesse que suas palavras tinham certa implicação.

— Não *desse* jeito — ele a assegurou, passando uma das mãos nervosamente pelo cabelo. — Eu até posso dormir no chão.

Apesar de tudo, Effy riu.

— Não precisa dormir no chão.

A cama era grande o suficiente para os dois, até mesmo sem sequer se encostarem. Os momentos seguintes se desdobraram em silêncio: Preston se virou de costas, com o rosto voltado para a parede, para que Effy pudesse trocar sua blusa e calça pela camisola e deslizar para debaixo do edredom cor de vinho.

Preston se virou outra vez e se sentou hesitante na beirada da cama. Effy lhe deu um olhar encorajador, embora suas bochechas ainda estivessem avermelhadas de vergonha, e ele se moveu para se deitar ao lado dela. Ela por baixo dos cobertores, ele por cima. Virados um para o outro. Sem se tocar.

Ela nunca tinha estado tão perto dele antes. Os olhos dele eram fascinantes daquele ponto de vista, castanho-claros com anéis esverdeados e manchas douradas ao redor da íris. Suas sardas eram pálidas, desbotadas pelo inverno. Ela suspeitava que se tornariam mais proeminentes quando o verão chegasse. Seus lábios estavam um pouquinho manchados pelo conhaque.

Enquanto Effy olhava para Preston, ele a encarava. Ela se perguntava o que ele via. O professor Corbenic vira olhos verdes e cabelos dourados, algo macio, branco e maleável.

Às vezes, ela queria contar a alguém tudo que havia acontecido e ver o que tinham a dizer sobre isso. Ela já havia escutado a versão da história em que ela era uma vagabunda, uma puta, uma prostituta. Havia ouvido tantas vezes, era como uma mancha em veludo: nunca sairia por completo. Ela se perguntava se havia de fato outra versão da história. Nem mesmo conhecia a sua.

Preston não poderia adivinhar todas as coisas que passavam pela mente dela. Ao contrário de Effy, ele parecia muito cansado. Por trás dos óculos, suas pálpebras haviam começado a pesar. A cena era até engraçada: a pálpebra esquerda parecia cair um pouco mais do que a direita. De longe, ela nunca teria notado.

— Está com sono? — perguntou ele, suas palavras um tanto arrastadas.

— Não muito — confessou ela.

— O que mais eu posso fazer?

— Apenas... fale — disse ela. Precisou baixar o olhar, envergonhada. — Sobre qualquer coisa.

— Vou tentar pensar nos tópicos mais entediantes que conheço.

Ela sorriu, mordendo o lábio.

— Não precisam ser entediantes. Você poderia... poderia me contar algo novo. Algo que você nunca me contou antes.

Preston ficou em silêncio, contemplativo.

— Bem — disse ele após um momento —, se quer saber por que me lembro tão bem de "A morte do marinheiro", é porque há um velho ditado argantiano bastante parecido, chega a ser estranho.

— Sério? — Effy se animou. — O que diz?

— Vou te contar se você prometer que não vai se assustar com o som da nossa língua pagã. — O canto da boca dele se ergueu ligeiro.

Effy deu um sorriso suave.

— Eu prometo.

— *Ar mor a lavar d'ar martolod: poagn ganin, me az pevo; diwall razon, me az peuzo.*

— Isso é mesmo argantiano?

— Sim. Bem, é a língua do Norte. É o que as avós falam para os netos que reviram os olhos. — Preston sorriu de leve.

— O que significa?

— "Diz o mar ao marinheiro: lute comigo e viva; me negligencie e afogue-se."

— Isso soa muito como algo que Myrddin escreveria — comentou Effy. Era a primeira vez, ela percebeu, que ouvia argantiano falado por um nativo. Era bonito... ou talvez fosse apenas a voz de Preston. — Diga mais alguma coisa.

— Hmmm... — Preston franziu a testa, pensativo. Então falou: — *Evit ar mor bezañ treitour, treitouroc'h ar merc'hed.*

— O que quer dizer?

Ele soltou um olhar divertido.

— "O mar é traiçoeiro, mas as mulheres são ainda mais."

Effy corou.

— *Esse* não soa como algo que sua avó diria.

— Você tem razão. Ela me daria um cascudo por isso.

— Me conte mais um — pediu Effy.

Preston mordeu o lábio, os olhos vidrados enquanto pensava. Por fim, ele pronunciou:

— *Ar gwir garantez zo un tan; ha ne c'hall ket bevañ en e unan.*

— Esse foi o que eu mais gostei — disse Effy. — Me diga o que significa.

Atrás de seus óculos, os olhos de Preston se fixaram nela.

— "O amor é um fogo que não pode queimar sozinho."

O coração de Effy pulou uma batida.

— Parecia muito mais longo em argantiano.

— Estou parafraseando. — A voz dele ficou mais baixa, sonolenta. — Prometo que não estou xingando você em segredo.

— Não pensei nisso. — As pálpebras de Effy começaram a pesar também. — Foi uma grande ajuda. Obrigada.

De olhos fechados, Preston parecia não ter ouvido. Após alguns momentos, a respiração dele desacelerou, o peito subia e descia com o ritmo do sono.

Com muita delicadeza, de modo a não perturbá-lo, Effy tirou os óculos do rosto do garoto. Ele nem se mexeu.

Foi tomada por uma curiosidade, e então colocou os óculos em si mesma por um momento. Effy havia se perguntado mais de uma vez se Preston *precisava* dos óculos ou se os usava apenas para parecer mais sério e erudito. Mas quando piscou repetidas vezes atrás das lentes grossas, sua visão embaçou e a cabeça protestou latejante. Então ela percebeu que ele precisava mesmo do acessório.

Bem. *Angharad* ainda a deixava inquieta, mas esse era um mistério resolvido.

Ela dobrou as hastes dos óculos com cuidado e os colocou na mesa de cabeceira. Ao se virar, Effy viu uma das pedras de bruxa furadas no meio afundada no tapete felpudo. Devia ter caído de seu bolso enquanto ela se despia. Effy pegou-a do chão.

Preston ainda não havia se mexido. Ela se virou de volta e segurou a pedra furada em frente a um de seus olhos, prendendo a respiração, o pulso acelerado.

Mas tudo que ela viu foi o rosto adormecido de Preston: seu nariz longo e fino, com as pequenas marcas que seus óculos haviam deixado, suas sardas, a leve covinha em seu queixo. A pele parecia macia; havia uma pequena ruga em sua testa, como se, mesmo durante o sono, a mente dele estivesse cheia de com que se preocupar.

Effy baixou a pedra de bruxa. Seu coração ainda batia forte, mas por um motivo muito diferente. Ela rolou e colocou a pedra na mesa de cabeceira ao lado dos óculos de Preston. Então puxou a cordinha da luminária, mergulhando na escuridão.

Effy acabou conseguindo dormir. Quando acordou na manhã seguinte, Preston já havia se levantado. Ele estava sentado à mesa, lendo o diário de Myrddin.

Ao ouvi-la se mexer, ele se virou. Seu cabelo desarrumado atingia um nível de anarquia sem precedentes; os fios castanhos pareciam estar todos se rebelando uns contra os outros e contra seu couro cabeludo. Ele colocara os óculos de novo.

A primeira coisa que ela disse ao se sentar foi:

— Ainda bem que Blackmar não passou para nos espiar.

O rosto de Preston ficou vermelho.

— Não foi nada de mais, mas posso imaginar o que teria parecido.

— Não, você se comportou muito bem. — Effy deixou o cobertor cair. Uma das alças de sua camisola havia escorregado pelo ombro, e ela notou que Preston desviava intencionalmente o olhar enquanto ela a ajustava. — Obrigada.

— Não há nada para agradecer — disse ele, ainda sem encará-la. — Dormi bem, na verdade.

— E manteve as mãos quietinhas. — Ela não pôde evitar de deixá-lo desconcertado mais um pouco, apenas porque gostava da maneira como ele ficava envergonhado.

Naquele quarto, com apenas ela e Preston, Effy quase se esqueceu de que estavam em Penrhos. Poderiam estar em qualquer lugar, em um pequeno espaço seguro só para os dois, com tudo quieto e vagaroso. Até a luz que entrava era suave e tinha um tom de dourado pálido.

Com relutância, Effy saiu da cama, e Preston se virou mais uma vez para que ela pudesse se vestir.

Ele havia permanecido fielmente ao lado dela a noite toda, com os joelhos encolhidos para se ajustar ao comprimento curto do colchão. Até mesmo sua respiração fora suave e discreta. Ele não a havia tocado, mas, pelo amor dos Santos, ela bem que gostaria.

CAPÍTULO DOZE

O que define um romance? Todos os estudiosos parecem convergir em um único ponto: é uma história que deve ter um final feliz. E por que isso? Digo: é porque um romance é uma crença no impossível, é crer que tudo terminará bem. Pois o único fim verdadeiro é a morte – e desta forma, o romance não seria uma repreensão à mortalidade? Quando o amor está aqui, eu não estou. Quando o amor não existe, eu vou embora. Talvez um romance seja uma história sem fim; onde *o fim* é apenas um guarda-roupa com fundo falso, levando a mundos mais estranhos e mais misericordiosos.

DE *UMA TEORIA EPISTEMOLÓGICA DO ROMANCE*, POR DR. EDMUND HUBER, EXTRAÍDO DO *JORNAL LLYRIANO DE CRÍTICA LITERÁRIA*, PUBLICADO EM 199.

Depois de passar tanto tempo em Hiraeth, Effy quase havia se esquecido de como era viver em uma casa comum. Ela tomou banho em uma banheira perfeitamente adequada e mundana da propriedade de Blackmar, e se envolveu em um dos roupões de seda da casa.

Toda a experiência foi muito agradável. As tábuas do assoalho não eram frias, e as janelas não deixavam entrar as correntes de vento do início do inverno. Quando terminou de se banhar, ela voltou para o quarto, sentindo-se limpa e desperta, e afundou na cama outra vez. Podia ouvir os sons de Preston enchendo a banheira no quarto ao lado e não demorou para enrubescer.

Tudo que acontecera na noite anterior (embora nada tivesse acontecido *de verdade* — eles sequer haviam tocado a ponta dos dedos) quase distraiu Effy de sua tarefa. Enquanto Preston tomava banho, ela se levantou e começou a explorar o quarto.

Abriu as gavetas da escrivaninha e encontrou... nada. Que decepcionante! Alguém tinha limpado o quarto minuciosamente havia muito tempo e o deixara em desuso desde então. Ela se perguntou de quem seriam aqueles aposentos.

Havia vários vestidos cheirando a mofo no guarda-roupa, mas sem um fundo falso, nada de quarto secreto... Effy até tentou empurrá-lo para ter certeza. Ela espiou atrás das cortinas opacas pretas. Adiante, o gramado impecável de Penrhos reluzia intocado como uma pintura a óleo.

Parecia quase bobo demais procurar debaixo da cama, muito fácil e infantil, mas ela se ajoelhou mesmo assim. Logo seu nariz coçou. Estava escuro demais para ver sob a estrutura da cama, então Effy estendeu o braço e tateou ao redor.

Seus dedos se fecharam em torno de algo: um pedaço de papel. Dois, três.

Ela os agarrou o mais rápido que pôde, com medo de que, por algum motivo, eles pudessem simplesmente desaparecer, flutuar para longe. Effy os segurou contra o peito, respirando com dificuldade. Eles pareciam um segredo, assim como o diário, do mesmo modo que ela sentira quando folheou aqueles livros antigos na biblioteca da universidade. Estava prestes a conferi-los quando ouviu a porta se abrir.

Effy se virou depressa, mas era apenas Preston com o cabelo úmido e despenteado, saindo do banho, vestindo um dos roupões de Blackmar. O roupão era curto demais para ele, e Effy sentiu-se, por um momento, lasciva demais com o pouco que viu. Que jovem deste século ficaria febril com a visão das *panturrilhas* de um homem? Ela era como uma daquelas protagonistas de um romance de época, desmaiando ao vislumbrar o tornozelo desnudo de seu noivo.

— Effy — chamou Preston —, o que você está fazendo no chão?

— Encontrei isto — respondeu ela, segurando os papéis. — Debaixo da cama.

Ela planejava se levantar, mas antes que pudesse, Preston se ajoelhou no chão ao lado dela. Ainda havia gotículas de água cintilando nos ângulos do rosto dele, uma mecha úmida de cabelo caindo sobre a testa. Mesmo molhado, o cabelo dele parecia rebelde. Effy respirou fundo, agora bem irritada consigo mesma por estar tão investida em detalhes tão banais.

Os papéis eram muito antigos; dava para notar antes mesmo de checar as datas no cabeçalho. As bordas estavam enroladas, a tinta um pouco desbotada, e, em geral, eles tinham a aparência de terem sido esquecidos — como se alguém que estivesse fugindo os tivesse deixado escorregar e acumular poeira debaixo da cama, ou como se um dos funcionários da casa não tivesse conseguido alcançá-los com sua vassoura.

Effy segurou a primeira página de forma que ela e Preston pudessem ler juntos.

17 de abril de 189

Minha menina astuta e inteligente,

Você deve ter conseguido meu endereço nos papéis do escritório de seu pai, caso contrário, como saberia para onde me escrever? Não voltarei a subestimar a sua astúcia e talvez até espere que um dia você apareça à minha porta. Eu não protestaria. Ficaria muito feliz em ver você me olhando de cara feia na soleira.

Os poemas que você me enviou eram, creio eu, bastante bons. Gostei em especial daquele sobre Arethusa. Nunca pensei que uma garota de sangue nórdico tivesse qualquer interesse em nossos mitos e lendas, mas suponho que seu pai não tenha lhe dado um nome sulista à toa.

Por favor, me mande mais, se assim desejar. Quando estiver outra vez em Penrhos, gostaria muito de discutir sobre Arethusa.

Ela é geralmente vista como um sincretismo, ou melhor, uma equivalente de Santa Acrasia, que, como sabe, é a padroeira do amor sedutor. Um tema muito interessante para o seu poema.

Seu,

E.M.

— Arethusa — disse Effy. Sua mente ainda estava confusa com o esforço de tentar entender tudo que acabara de ler, mas ela sabia quem era Arethusa. — Ela é a consorte do Rei das Fadas, no início do livro.

— Sim — confirmou Preston. — Ela é apresentada como uma armadilha para o protagonista... sedutora e ativa, enquanto Angharad é submissa e passiva. Como sua divindade de duas cabeças, as Santas Acrasia e Amoret. Como Myrddin mencionou na carta. Mas Arethusa acaba se tornando uma aliada. É uma reinvenção muito astuta do clichê da vilã sedutora.

— Ele não mencionou para quem estava escrevendo. — Effy olhou de novo para a página para se certificar. — Ele disse que ela tinha um nome do Sul... uma das filhas de Blackmar. O diário de Myrddin menciona que a filha mais velha de Blackmar mostrou a ele um pouco de sua poesia, lembra?

Preston assentiu.

— E as datas batem... aquela entrada foi em janeiro; esta carta foi escrita em abril.

O coração de Effy acelerou. O fato de estar tão perto de Preston só piorava as coisas. Os ombros deles quase se tocavam, e ela podia sentir o calor do corpo dele contra o dela. Ela respirou fundo para se acalmar, e disse:

— Vamos olhar o próximo.

13 de novembro de 189

Minha menina tola e adorável,

Receio que seu pai tenha nos descoberto. Ele me perguntou, sem eufemismos ou subterfúgios, se eu havia posto em perigo a pureza de sua filha, se eu a tinha levado para a cama. Eu disse a ele, de forma honesta, que NÃO *tínhamos dormido juntos. Eu não sei se você é virgem, como a protagonista que você mesma criou. E não sei por que seu pai tem tanto interesse na pureza de sua filha — você é uma mulher adulta, pelo amor dos Santos.*

É melhor não nos vermos por um tempo — pelo menos até que eu possa falar com seu pai sobre esse assunto delicado. Mas se conseguir escapar, vou recompensá-la com tudo de mim.

Seu,

E.M.

O estômago de Effy revirou como um navio no oceano revolto. Ela não queria pensar em Myrddin dessa maneira. Isso era pior do que as fotografias. Ela amara tanto o livro de Myrddin que havia deixado marcas de lágrimas nas páginas, o relera tantas vezes que a lombada estava rachada — ela não queria imaginá-lo daquela maneira, refletindo se deveria tirar a virgindade de alguma jovem mulher.

Com a respiração ofegante, ela olhou para Preston. As lágrimas ardendo nos cantos dos olhos de Effy.

Ele olhou de volta para ela, preocupado. Então, disse com o tom de voz tenso:

— Vamos ler o último. É curto.

1º de março de 190

Minha menina linda e devassa,

Você me disse algo ontem à noite, enquanto estávamos na cama, que não esquecerei tão cedo. Eu estava quase adormecendo, mas você puxou as cobertas sobre seu seio desnudo e se sentou. Inclinando-se sobre mim, você disse: "Eu te amarei até a ruína."

Sentei-me como se tivesse sido cutucado, já que nenhum de nós havia dito aquelas três palavras banais ao outro antes, e respondi um tanto grogue: "Ruína de quem? Sua ou minha?"

Você não respondeu, e ainda me pergunto.

Seu (de todas as formas possíveis),

E.M.

— Essa é a frase — sussurrou Effy. — De *Angharad*.

Preston engoliu em seco.

— "'Eu te amarei até a ruína', *disse o Rei das Fadas, afastando uma mecha de cabelo dourado do meu rosto.* 'Sua ou minha?', *eu perguntei. O Rei das Fadas não respondeu."* — A voz de Effy saía trêmula. — Na primeira vez que eles se deitaram juntos. Na noite de núpcias.

— Primavera de 190 — disse Preston, e sua voz também vacilava um pouco. — Deve ter sido por volta de quando Myrddin começou a escrever *Angharad*... ou supostamente começou a escrever *Angharad*. Tudo se encaixa.

Effy balançou a cabeça. Sua visão ficou turva e o pânico a escalava em ondas.

— Ainda não entendo.

— *Esta* é a conexão com Blackmar. Não é sobre amizade ou emprego... Myrddin teve um caso com a filha de Blackmar, e de alguma forma *Angharad* nasceu disso. Não é de se admirar que Blackmar tenha sido tão evasivo. Não sei como Greenebough entra nessa história, ou por que foi tomada a decisão de publicar o livro sob o nome de Myrddin, se a obra for de fato de Blackmar, é óbvio, mas é possível que a filha de alguma forma fizesse parte do... processo de negociação.

— Você acha que eles a usaram para barganhar, como uma cabeça de gado? — Effy desejou poder sair do próprio corpo, deslizar para fora daquela porta, para um lugar seguro e submerso. Mas seu corpo parecia aterrar sua mente com toda a força: o sangue fervendo, o estômago revirando, sinais terríveis de vida. — E se Blackmar estava tão preocupado com a *pureza* de sua filha, e Myrddin obviamente a tomou, então por que ele deixaria Myrddin ter *Angharad* também? Aquela parte do diário diz que Blackmar entregou o manuscrito a ele em agosto de 191.

Ela mal conseguia pronunciar as palavras. Preston a olhava com ainda mais preocupação agora.

— Effy — chamou ele, devagar —, você está bem?

— Aquele verso — disse ela, seus olhos ardendo com lágrimas não derramadas. — "Eu te amarei até a ruína". Essa é uma das frases mais famosas de *Angharad*, e Myrddin nem mesmo a inventou.

Preston hesitou. Quando voltou a falar, sua voz era gentil.

— Escritores pegam coisas da vida real o tempo todo. Não é como se a frase fosse protegida por direitos autorais.

É lógico que Effy entendia isso. Mas ainda assim parecia errado; tudo aquilo parecia muito errado.

— Queria que pudéssemos falar com ela. A filha de Blackmar.

— Essa seria a solução mais simples — confirmou Preston. — Mas vamos ter que nos contentar em falar com o editor da Greenebough.

A sensação de que tudo aquilo estava errado recaiu sobre ela, pesada como uma pedra. Ela não conseguia evitar a imagem de Myrddin deitado na cama ao lado de uma jovem enquanto ela proferia em voz alta a frase mais famosa de *Angharad*.

Ela desejou poder voltar àquele dia em seu quarto na república estudantil, quando olhou para a foto de Myrddin na orelha de seu livro, quando aquele era apenas um espaço em branco no qual ela poderia lançar suas fantasias, como tinta sobre uma tela. Ela não queria mais respostas. Cada nova pista que descobria era como um golpe na parte de trás da cabeça: brusco, repentino e agonizante.

Effy e Preston vasculharam meticulosamente debaixo da cama em busca de mais cartas perdidas, mas tudo que encontraram foi poeira.

Um segundo antes de desistirem de procurar e descerem para o café da manhã, os dedos de Effy se fecharam em torno de algo duro e frio. Quando puxou, a palma e os dedos tinham pequenos cortes. Uma faca.

Era pequena, como algo que se usaria para cortar frutas na cozinha, mas o cabo era de prata e havia uma leve camada de ferrugem ao redor da lâmina. Ela e Preston se entreolharam enquanto ela segurava a faca junto ao peito. Nenhum dos dois precisava falar nada para saber que era de ferro.

Eles se vestiram e desceram, Effy ainda se sentia enjoada. Lá descobriram que um buffet inteiro havia sido montado na sala de jantar. Os empregados, vestidos de preto, pareciam ainda mais elegantes e eficientes do que no dia anterior, perambulando feito monges sombrios, limpando os móveis como uma penitência. Como não encontraram uma refeição tradicional para o café da manhã (para o desânimo de Effy, que ansiava por uma xícara de chá para acalmar o estômago), decidiram comer azeitonas recheadas e minúsculas tortas de frutas que se dissolviam feito açúcar na língua.

Era estranho que Blackmar tivesse deixado um banquete apenas com comida de jantar. No entanto, depois do conhaque da noite anterior, Effy supôs ser uma característica do homem ancião. Ela estava pegando uma segunda tortinha quando o Blackmar em pessoa entrou, vestindo um terno adornado com um lenço de aparência austera no bolso do paletó.

— O que vocês estão fazendo?! — gritou ele, consternado. — Essa comida é para a festa!

Preston se engasgou com um doce confeitado.

— Que festa?

— A *festa* que estou organizando para hoje à noite — repetiu Blackmar, impaciente. — Eu contei a vocês, não contei? É por isso que o editor-chefe da Greenebough está vindo. Ele vem para a festa.

— Não — disse Effy. Ela tentou engolir o resto de sua torta sem que ele notasse. — Você não disse nada a respeito de uma festa.

— Bem, eu espero que vocês se juntem a nós, depois da longa viagem até aqui. Será a oportunidade para falarem com alguém da Greenebough. Acredito que ele poderá dar mais detalhes do que eu. Como eu disse, minha memória não é mais o que costumava ser.

— Mas não temos roupas apropriadas aqui — disse Effy, gesticulando para as calças e o suéter largo que vestia.

— Que bobagem. — Blackmar gesticulou como se não fosse importante. A mulher que lustrava algo atrás dele estremeceu, como se ele tivesse estalado um chicote e a atingido. — Minha filha deixou várias roupas aqui. Vocês duas parecem ter o mesmo tamanho. E Preston pode pegar emprestado um dos meus ternos. Tenho vários à disposição.

E assim foi decidido. Blackmar saiu depressa (tão rápido quanto alguém de sua idade seria capaz de se locomover) e os dois voltaram para seus respectivos quartos. Effy não conseguia parar de pensar nas cartas, ainda mais naquela última. As informações rodopiavam em sua mente como um redemoinho de águas turvas. Quando chegou na metade da escada, seus joelhos tremiam tanto que ela tombou para a frente, segurando-se no corrimão.

— Effy? — Preston se virou. — Qual o problema?

— Não sei — ela conseguiu dizer. — É só aquele último verso. Aquela última carta. "Eu te amarei até a ruína..."

Ela parou de falar, os dedos apertando o corrimão com força. Preston apenas a encarou perplexo.

— Até onde sabemos, pode ser algo que a filha de Blackmar leu em um dos poemas do pai — disse ele. — Eu poderia ler de novo e ver se algo se destaca para mim. É um começo, não é? Mais evidências de que Myrddin não é tão genial quanto dizem. Mais evidências ligando *Angharad* a Blackmar...

— Não — disse ela, resoluta, surpreendendo a si mesma com a veemência de sua voz. — Não é isso que quis dizer. Você não... você não precisa, obrigatoriamente, atribuir tudo a Blackmar. Talvez *Angharad* tenha sido um esforço conjunto entre os dois. — Preston abriu a boca para responder, e Effy logo acrescentou: — Não estou tentando defender Myrddin, só porque sou fã. Nem sei se ainda sou.

Ela apertou os lábios, com os olhos marejados. Preston apenas a encarou em silêncio.

— Eu não ia te acusar disso — disse ele, a voz gentil. — Acho que você tem um bom argumento. Não sabemos como tudo isso aconteceu, e Blackmar se recusa a pronunciar a palavra *Angharad*, então não vamos conseguir respostas dele. Hoje à noite, vamos sondar o editor da Greenebough o melhor que pudermos.

Effy assentiu bem devagar. Continuou subindo as escadas, mas o enjoo não diminuiu.

Os convidados de Blackmar começaram a chegar no final da tarde, pouco antes do anoitecer, com a luminosidade laranja-dourada sendo lançada sobre os capôs brilhantes dos carros. Eles subiram a entrada circular e estacionaram um ao lado do outro, como um arranjo de insetos sob o vidro de um entomologista. Effy observou da janela, contando os convidados enquanto saíam de seus carros, mulheres usando echarpes de tecido diáfano e homens com semblantes fechados sob os bigodes.

Havia pelo menos trinta pessoas, e Effy se perguntou se isso era melhor ou pior para o objetivo deles. Uma reunião tão grande poderia fazer com que fosse difícil conseguir falar a sós com o editor da Greenebough. No entanto, um evento mais íntimo faria com que ela e Preston parecessem dois penetras estranhos. A idade deles já os destacaria da multidão: nenhum dos convidados que chegavam era mais jovem que a mãe de Effy. Isso a deixou inquieta, e ela fechou as cortinas.

Ela e Preston não encontraram nada sobre o caso no diário de Myrddin. Na verdade, todos os registros que deveriam ter aparecido entre abril de 189 e março de 190 haviam sido arrancados completamente do caderno. Preston parecia mais abatido do que Effy jamais o vira.

Esperando animá-lo um pouco, ela disse:

— Só o fato de provar que Myrddin teve um caso secreto... isso já é alguma coisa, não é? Ele já era casado naquela época?

— Não tenho certeza — disse Preston. — Não há quase registro algum sobre sua vida pessoal, nenhuma certidão de casamento que eu pudesse encontrar. Um caso secreto é alguma coisa. Mas não é *suficiente*. Essas cartas valem um escândalo de jornal sensacionalista e talvez um parágrafo ou dois de uma tese, mas não constituem uma tese por si só. Precisamos de mais contexto e mais provas.

Eu não quero mais provas. Mas Effy não conseguiu proferir as palavras.

Tentando tirar isso da cabeça, ela foi ao guarda-roupa escolher uma roupa para a festa. Foi passando os vestidos como se estivesse folheando fichas de catálogo na biblioteca, a seda sibilando entre seus dedos. Parou quando encontrou um vestido verde-esmeralda escuro, com um corpete ajustado nas costas. O decote era profundo e tinha mangas de tule cintilante.

Uma memória surgiu na sua mente de forma tão intensa que ela se sentiu quase empurrada para trás. As fotografias da garota no divã, os olhos vazios, os seios nus... tudo veio até ela de uma vez, atingindo Effy com a força de ondas batendo contra um penhasco.

— Preston — chamou ela. — Você se lembra daquelas fotos?

Ele franziu a testa para ela.

— As do cofre de Myrddin? Você não acha...?

— Eu acho que era a filha de Blackmar. *Só pode* ter sido. A escrita no verso, aquela frase... "Eu te amarei até a ruína".

— Isso certamente explica por que Myrddin sentiu a necessidade de esconder aquelas fotos. — Preston manteve o tom contido, mas seus olhos brilharam.

— Isso é uma prova, não é? Quero dizer, talvez não seja incontestável, mas é significativa. Uma prova do caso, e de que Myrddin devia algo a Blackmar. As fotos foram encontradas na própria casa de Myrddin, escondidas em seu diário. E se...

Effy se calou no meio da frase, tomada de susto. Quase dissera algo ingênuo e fantasioso, algo que soaria tão infantil quanto acreditar no Rei das Fadas. Preston a olhou com suspeita.

— E se o quê? — perguntou ele.

— Nada. Deixa para lá.

— Precisamos voltar para buscá-las — disse Preston, com urgência na voz. — Precisamos das cartas e das fotos para provar que eles tiveram um caso. Depois disso é só um pulo até provar que Blackmar escreveu o livro, ou pelo menos partes dele. Temos que encontrá-las antes de Ianto...

Ele parou, vendo o pânico tomar o rosto de Effy. Ela se lembrava da inveja nos olhos de Ianto enquanto os observava partir. A ideia de ele encontrar as fotografias soava ainda pior para ela.

— Talvez devêssemos ir agora — sugeriu ela. — Que se dane essa festa estúpida!

— Não. — Preston balançou a cabeça. — Precisamos conseguir algo de Greenebough, o que pudermos. Provar que o caso aconteceu é uma coisa, mas provar que ele está conectado a *Angharad* é outra. Para conseguir isso, precisamos de Blackmar e do editor.

Ele estava certo, é óbvio. Effy recuou, soltando o fôlego. Ela tirou o vestido verde do armário e o colocou em cima da cama, de modo que parecia um corpo sem cabeça e sem membros.

— Então acho que é melhor a gente se arrumar.

Repleta de convidados, a sala de jantar estava banhada em uma luminosidade fraca, lançada no ambiente por pelo menos cem velas. As mulheres se moviam graciosamente em seus vestidos coloridos em tons pastel, as saias de tafetá farfalhando como o vento. Nas mãos e nos antebraços, usavam luvas longas e elegantes que lembravam pescoços de cisnes. Elas se aninhavam ao lado dos maridos, que vestiam ternos pretos de bom gosto, enroscando os braços enluvados nos deles. Quando riam, cobriam a boca com as mãos brancas.

Effy já havia ido a festas elegantes como aquela com seus avós, mas apenas quando era criança. Naquela época, ela vestia meias-calças brancas e sapatos de couro envernizado, e se sentava emburrada no sofá, beliscando a comida nada atraente dos adultos. Ela se sentia igualmente deslocada agora, certa de que cada par de olhos na sala olharia para ela e a julgaria como jovem demais para pertencer àquele espaço.

Nuvens de fumaça de cigarro flutuavam pelo ar de modo fantasmagórico. Dava para notar que haviam colocado mais comida na mesa do buffet, a equipe de funcionários conseguiu fazer parecer que não havia sido atacada por dois convidados desatentos horas antes. Ela procurou pelos empregados de Blackmar e os encontrou parados em silêncio nos quatro cantos da casa, como relíquias velhas de família que alguém se sentiria culpado demais para jogar fora.

Effy estava usando o vestido verde. O vestido da filha de Blackmar. Caía bem nela, com o decote profundo em formato de coração e as mangas que se ajustavam em seus ombros, mas não apertavam a ponto de marcar a pele. Sob a iluminação da casa, a cor era mais discreta — um verde floresta em vez de esmeralda, como musgo e folhas.

Talvez ela estivesse parecida com um dos Homens Verdes — não fadas, mas alguma criatura menos sensível, mais primal — que vagavam pelas florestas do Centenário Inferior com algas trançadas em suas barbas.

Ou ainda, pensou Effy com certo alarme, estivesse parecida com a própria Angharad, vestida com os adornos do Rei das Fadas.

Não, disse ela a si mesma com firmeza. O Rei das Fadas não apareceria para ela naquela casa. Penrhos era um lugar ancorado no mundo real. O mundo do Rei das Fadas estava adormecido, como campos sem cultivo. Ela não o tinha visto desde que deixara Hiraeth, e na noite passada, dormindo ao lado de Preston, nem sequer havia sonhado com ele. Acordou se sentindo revigorada e segura, pela primeira vez desde que conseguia se lembrar. Não sentiu falta alguma das pílulas para dormir.

Todavia, o vestido de seda parecia uma camada tão fina para colocar entre seu corpo e o mundo. Às vezes, ela sentia como se sua pele estivesse esfolada; sempre que se expunha ao ar, doía e ardia. E embora o vestido fosse lindo, tinha saído de moda havia décadas. Com certeza os convidados iriam perceber e ridicularizá-la por isso — Effy começou a se encolher no meio da multidão, as vozes correndo ao seu redor como água, e o coração da garota estava quase saindo pela boca.

Preston se inclinou para ela e sussurou:

— Você está bem?

Ele vestia um dos ternos de Blackmar, também um pouco curto nos braços e nas pernas, mas bem ajustado. Ele tinha dispensado a gravata, deixando o colarinho da camisa aberto, e Effy estava fascinada pelas duas abas de linho branco que se desdobravam para expor o pescoço dele, notando sua pulsação que latejava à luz das velas.

Lá estava ela de novo: ansiando miseravelmente, como se estivesse em algum Romance com R maiúsculo. Algo que Preston acharia *ridículo*.

— Sim — confirmou ela, espantando aqueles pensamentos. — Estou bem.

— Bom. Então vamos encontrar o homem da Greenebough e sair daqui.

Blackmar os encontrou primeiro, abrindo espaço pela multidão, vez ou outra cutucando alguém no caminho com sua bengala de forma rude. Ele parecia ridículo em seu terno caro. Era como se alguém tivesse colocado uma gravata e um paletó em uma abóbora podre.

— Euphemia — disse ele, exibindo os dentes de ouro ao sorrir. — Preston. Estou tão feliz por terem se juntado a nós.

— Claro — respondeu Effy. Ela elevou sua voz acima do som da música e acrescentou: — Obrigada pelo convite. Sentimos muito por comer sua comida mais cedo. Você poderia nos apresentar ao editor-chefe da Greenebough?

Ela sabia que estava sendo um pouco rude, mas não se importava. O relógio de pêndulo no canto acabara de marcar seis horas. Eles tinham que sair em uma hora ou nunca conseguiriam voltar para Hiraeth antes da meia-noite.

— Só um momento — disse Blackmar. Ele a olhou de cima a baixo, os cantos dos olhos se enrugando ainda mais. — O vestido da minha filha fica bem em você.

Effy sentiu o estômago revirar.

— Obrigada. Se me permite perguntar, onde está sua filha agora?

Blackmar apenas a encarou, por tanto tempo que o sangue de Effy gelou. Preston pigarreou, como se isso pudesse chamar a atenção de Blackmar de volta.

Finalmente o anfitrião piscou e, então, como se nunca tivesse ouvido a pergunta de Effy, como se ela nunca nem tivesse dito nada, anunciou:

— Vou apresentá-los ao Sr. Marlowe. Ele é o editor-chefe da Greenebough.

Sem dizer mais nada, ele começou a marchar de volta pela multidão. Talvez houvesse alguma estranheza em Penrhos, afinal. Blackmar havia se comportado como se estivesse sob efeito de algum feitiço estranho.

Effy e Preston o seguiram, perplexos. Por um momento, Effy se convenceu de que havia apenas *imaginado* fazer a pergunta. Mas não — ela sabia que tinha proferido as palavras. E sabia que Blackmar a havia ignorado da maneira mais peculiar e embaraçosa possível.

Ela olhou para Preston, que lhe devolveu um olhar sombrio. Eles precisavam de respostas, e rápido.

O Sr. Marlowe era um homem de cerca de 40 anos, com um bigode preto muito fino. Ele usava uma gravata vermelha berrante e não se levantou ao vê-los se aproximar.

Em vez disso, ele girou o gim em seu copo e disse, em um tom de voz sugestivo:

— Blackmar, seu patife, eu pedi sobremesa e você me trouxe uma torta envolta em seda?

Effy corou furiosamente. Estava muito atordoada e envergonhada para dizer uma única palavra para se defender. Preston deixou escapar um som engasgado, franzindo a testa com indignação — ou melhor, raiva. Ela nunca tinha visto sua expressão se transformar daquele jeito. Ele abriu a boca para falar, mas antes que pudesse, Blackmar se acomodou na poltrona ao lado de Marlowe e o repreendeu:

— Meu amigo, ainda não são nem seis horas. Você tem que desacelerar se não quiser acabar esparramado no meu tapete outra vez.

— Vou acabar onde eu quiser — rebateu Marlowe, petulante, embora tenha abaixado sua taça. Ele observou Effy e Preston com um olhar pouco interessado e vago. — Suponho que vocês sejam os universitários. Venham, sentem-se e façam suas perguntas.

Effy não queria se sentar. Preston se acomodou em uma das poltronas, observando Marlowe com desprezo.

Ela cerrou os punhos, cravando as unhas nas palmas. A poltrona ao lado de Preston era de um tom discreto de verde. A cabeça dela começou a latejar e Effy sentia que estava sendo arrastada para o fundo daquele lugar sombrio nas águas. Preston rapidamente olhou para ela, preocupado, e quando o silêncio se estendeu tempo demais, ela se sentou. Ainda podia sentir o calor em suas bochechas.

— Obrigado por nos ceder um pouco de seu tempo — disse Preston, mas sua voz era rígida. Fria. Não fez qualquer esforço para ser amigável, e Effy temia que, mesmo em seu estado nada lúcido, Marlowe fosse capaz de perceber. — Estamos envolvidos em um projeto sobre Emrys Myrddin e gostaríamos de ter a perspectiva de seu editor. Para ser mais específico, sobre o processo de publicação de *Angharad*.

— Herdei a empresa do meu pai há vários anos — disse Marlowe. — Não tive nada a ver com a publicação de *Angharad*. Mas é o nosso trabalho mais lucrativo até hoje. Você poderia comprar sete versões de Penrhos com os royalties anuais, não é mesmo, Blackmar?

Blackmar parecia bastante desconfortável.

— Isso mesmo.

— E depois de publicar *O jovem cavaleiro* — continuou Preston —, a editora logo solicitou outro livro a Myrddin?

Marlowe pegou a taça de novo.

— Pelo que sei das histórias do meu pai, foi um grande esforço para publicar. Dizem que é preciso uma aldeia inteira... bem, esquece, esse ditado é sobre uma criança, não é? — Seu olhar parecia distante. — Mas um livro é praticamente a mesma coisa.

— Então foi um esforço *conjunto*? — Preston arqueou uma sobrancelha. Effy sentiu o coração disparar. — Interessante, visto que *Angharad* é famoso por não ter dedicatória nem agradecimentos.

Marlowe deu de ombros.

— Myrddin era um sujeito estranho. Talvez tenha sido uma decisão do meu pai. Ele gostava de vender *autores* tanto quanto gostava de vender livros. O autor faz parte da história, sabe? O fato de Myrddin ser de algum buraco no Centenário Inferior ajudou bastante. Ele escreve muito bem para o filho de um pescador analfabeto.

Mesmo naquele momento, mesmo depois de tudo, Effy sentia a raiva explodir em seu peito. Ela cravou as unhas com mais força na palma da mão e, se esforçando para manter a voz calma, perguntou:

— Quando foi que Myrddin apresentou o primeiro rascunho à Greenebough?

— Em algum momento no início daquele ano, imagino. — Marlowe bocejou e fingiu parecer muito entediado. — Essas perguntas são terrivelmente comuns.

— Desculpe — disse Preston, nada convincente. — Quando seu pai recebeu o rascunho de *Angharad*, ele foi selado com o carimbo da propriedade de Myrddin em Saltney?

De repente, Marlowe pareceu irritado.

— Como diabos eu vou saber disso? Eu mal tinha saído do útero da minha mãe, e o Blackmar aqui ainda tinha a maior parte dos dentes.

Blackmar deu uma risada forçada, o suor escorria pela testa enrugada.

— Pelo amor dos Santos, não quero passar a noite discutindo a história de um livro que foi publicado há meio século.

As palmas das mãos de Effy estavam escorregadias de suor. Ela as esfregou nos joelhos, enrugando a seda do vestido. Ela podia sentir o perigo emanando de Marlowe como uma névoa, a mesma névoa fria e paralisante que se apoderou dela quando o professor Corbenic deslizou a mão por sua coxa pela primeira vez.

Ela respirou fundo e cerrou os dentes. Não tinha chegado até ali apenas para ser frustrada pelas próprias lembranças, pela própria fraqueza. Ela se inclinou na beirada da poltrona e disse:

— Você chegou a conhecer a filha mais velha do Sr. Blackmar?

Blackmar finalmente se manifestou, falando com a voz afiada:

— Já chega, Euphemia! Afinal, é uma festa. Deixe o homem respirar. Você tem a noite toda para conversar sobre nosso bom e velho amigo Myrddin.

Na mesma hora, o olhar de Marlowe se tornou claro e nítido. Assim como o de Ianto, assumiu um brilho endurecido, que lembrava vidro quebrado. Ele também se inclinou em seu assento e, em voz baixa, disse a Effy:

— Vou te dizer uma coisa, amor: dance comigo e eu prometo te dar tudo que tenho.

Não. A palavra surgiu na mente de Effy como uma onda forte, cuja sombra escurecia toda a costa. Mas bateu contra um paredão invisível, uma barreira tão teimosa e implacável quanto a face de um penhasco.

Não conseguia se concentrar no mundo ao seu redor, a realidade parecia ser arrastada pela correnteza turbulenta. Ela fechou os olhos e, quando os abriu, jurou que podia ver a forma do Rei das Fadas por cima do ombro de Marlowe. Seus dedos frios e brancos se curvaram, tentando tocá-la...

E então, inexplicavelmente, Preston pegou a mão dela. Seu toque a puxou da água turva e o Rei das Fadas desapareceu tão depressa quanto surgiu.

— Peço desculpas se não ficou evidente para o senhor, Sr. Marlowe — disse Preston, a voz ríspida. Ele ergueu as mãos unidas deles e sorriu de leve.

Marlowe se recostou, bufando de surpresa.

— Bem. Eu não esperava que... Quero dizer, você não parece exatamente do tipo que... não importa. Leve a senhorita para dançar, então. É isso que as mulheres querem, não é? Dança e conversa fiada. Tenho certeza de que ela está cansada dessa conversa de homens.

— É o que farei — respondeu Preston. — Effy, vamos lá.

Ele a ajudou a se levantar e a conduziu entre a multidão até o centro da sala, em meio aos outros casais que dançavam. Ela piscava enfurecida, ainda tentando entender tudo aquilo. Tudo que pensava era como permaneceu calada e na figura do Rei das Fadas. Apesar disso, ela se agarrou a Preston como uma âncora, a cabeça erguida logo acima da água espumosa, o local do afogamento.

De alguma forma, a outra mão dela encontrou o caminho para o ombro de Preston, e a dele, para a cintura dela.

— Sinto muito — sussurrou Preston. — Não consegui pensar em outra maneira de tirar Marlowe de cima de você. Homens como ele não parecem respeitar nada além da reivindicação de outro homem sobre uma mulher, e às vezes nem isso. — A voz dele assumiu um tom áspero, mais irritado. — De todo modo, ele não nos daria uma única maldita resposta. Não passa de um bêbado inútil.

Effy conseguiu dar uma risada trêmula.

— Nunca ouvi você xingar antes.

— Bem, às vezes a situação justifica. — A raiva na voz dele começou a diminuir aos poucos. — Não acredito que viemos até aqui para... Esqueça. Desculpe. Eu não queria obrigá-la a dançar. Apenas uma música e então acho que dá para escapar sem que Blackmar perceba.

— Apenas uma música — repetiu Effy. Por alguma razão, parecia uma coisa bastante triste de se dizer.

Naquele momento, ela tomou profunda consciência do toque de Preston em sua cintura. O calor da palma da mão dele através do vestido. A seda era muito fina e justa, de modo que ela tinha certeza de que ele podia sentir as curvas de seu corpo.

Ela podia sentir os músculos tensos do ombro dele através do paletó, a protuberância repentina do osso. Seus rostos estavam próximos, mais próximos do que na noite anterior, quando dormiram juntos sem nem mesmo se tocarem.

A música era dolorosamente lenta, e a voz do cantor soava quase como um lamento. Effy sabia que a proximidade de ambos acabaria em breve. Mas não queria que isso acontecesse.

Então ela percebeu, naquele instante, que não queria que Preston a soltasse. Na verdade, ela queria que ele a puxasse para mais perto. Queria desabotoar a camisa dele. Queria sentir com os lábios a pulsação no seu pescoço.

Infelizmente e a contragosto, Effy percebeu que, afinal, estava vivendo em um livro de romance. Por mais *ridículo* que fosse. Ela desejou em desespero que as coisas não fossem daquele jeito — afinal o que um homem como Preston Héloury iria querer com uma garota frívola, inconstante e descontrolada como ela? Essa era a narrativa na qual ela se via presa, a narrativa que fora construída ao seu redor como paredes de uma casa gigantesca.

Como esperado, a música terminou. Mas Preston não se afastou. Ele afastou o braço da cintura dela, mas segurou sua mão. Manteve seu olhar fixo em Effy, sem piscar. Foi só quando ela se lembrou do relógio, cada vez mais perto da meia-noite, que soltou os dedos dele a contragosto.

Juntos, eles se retiraram depressa da sala de jantar, atravessaram o corredor e saíram pela porta em direção à noite fria e úmida. Já haviam arrumado as malas, as cartas e o diário estavam seguros. Effy nem sequer sentiu o frio arrepiar seus braços nus; ela era pura adrenalina e calor quando abriu a porta do passageiro e afivelou o cinto de segurança.

As portas de Penrhos rangeram ao se abrir, e Preston acelerou para longe pela estrada de cascalho.

CAPÍTULO TREZE

Alguns teóricos acreditam que as deusas Acrasia e Amoret já foram uma figura feminina una, ao invés da deusa de duas cabeças adorada em Llyr atualmente. Quando foi que os llyrianos começaram a ver o amor como estritamente dicotômico, em vez de uma qualidade vasta e repleta de multitudes? Por que essa dicotomia foi caracterizada pela submissão *versus* dominação? Argumento que essa transformação doutrinária está ligada à evolução do papel das mulheres na sociedade llyriana, o medo do avanço feminino, sobretudo nas décadas logo após o Afogamento.

DE *HISTÓRIA SOCIAL DE UMA SANTIDADE*, POR DR. AUDEN DAVIES, PUBLICADO EM 184.

Preston dirigia rápido pelas estradas sem iluminação, as colinas verdes eram invisíveis no escuro, meros borrões passando pela janela como se fossem manchas no vidro. Eles passavam por elas com uma velocidade vertiginosa, e a escuridão os seguia logo atrás. Effy não costumava viajar de carro, e, quando o fazia, quase nunca experimentava tamanha velocidade. Ela se recostou no banco, sentindo-se um pouco enjoada.

Não podia culpar Preston por não perceber; ele olhava fixamente para a frente, todo concentrado, quase sem piscar, os faróis cavando túneis pela escuridão. Ela confiava nele, óbvio, mas isso com certeza era a coisa mais imprudente que qualquer um deles tinha feito até agora — incluindo se esgueirar para bisbilhotar bem debaixo do nariz de Ianto e, para ela, pular de um carro em movimento.

Aquele carro estava indo muito mais devagar.

Effy fechou os olhos. De novo e de novo, no teatro que se desenrolava por trás de suas pálpebras, ela assistia à progressão das fotografias, o roupão de cetim se abrindo, os seios da garota expostos no quarto frio. Via as letras sacudindo em suas mãos trêmulas, a escrita apressada de Myrddin: *Minha menina astuta e inteligente. Minha menina tola e adorável. Minha menina linda e devassa.*

Chame-a pelo nome, Effy queria gritar, mas ninguém iria ouvir, porque Myrddin estava morto. A garota também devia estar. A filha de Blackmar. A... conquista de Myrddin. Ela desaparecera com o tempo, assim como aquelas igrejas afogadas.

Em todo o seu tempo em Hiraeth, Effy nunca tinha ouvido os sinos.

De repente, ela começou a chorar. A ponta do seu nariz ardeu, seus olhos se encheram de lágrimas e um soluço estrangulado forçou seu caminho para fora de sua garganta. Ela colocou a mão sobre a boca, tentando abafar o som, tentando não distrair Preston da direção, mas logo estava ofegante, e lágrimas escorriam por suas bochechas.

— Ah, Effy — lamentou Preston. E então ele encostou o carro na beira da estrada. — Eu sinto muito. Há pouquíssimas coisas piores do que sermos decepcionados por nossos heróis, não é?

— Eu não sabia que Myrddin era seu herói. Pensei que você não gostasse dele.

— Eu gosto dele — disse Preston. — Quero dizer, eu *gostava.* Ainda gosto das palavras atribuídas a ele. Gosto que ele tenha escrito sobre a morte como uma decadência. Mortes que duram anos e anos, da mesma forma que o Afogamento... bem, deixa pra lá. Essas palavras ainda significam algo, seja Myrddin o verdadeiro autor ou não.

— É só que... — Do lado de fora do carro, a escuridão se assentava ao redor deles, desacelerando como a maré baixa. — Preston, eu li *Angharad* mais de cem vezes. Você sabe que eu posso citá-lo palavra por palavra. Ele me salvou. Eu acreditava em todas as coisas que Myrddin escreveu... ou não. É tudo mentira, não é? Uma história sobre uma garota que é sequestrada pelo Rei das Fadas, mas o derrota com sua coragem e inteligência... Se isso não é verdade, então tudo em que sempre acreditei também é mentira. Você me disse que o Rei das Fadas nunca amou Angharad. Que ele era o vilão do livro. Acho que estava certo.

— Effy. — Preston respirou fundo, mas não disse mais nada.

— Não existe Rei das Fadas — disse ela. Proferir aquelas palavras em voz alta a aterrorizava. Era como se paredes se fechassem e desmoronassem ao redor dela. — Eu pensei que *Angharad* fosse alguma história antiga revisitada, e que Myrddin fosse algum gênio de outro mundo, de um universo mágico como os demais Adormecidos. Mas ele não passava de um velho pervertido, e *Angharad* nada mais era do que uma tentativa astuta de seu editor para ganhar dinheiro. Não há magia alguma. Ou pelo menos não mais, porque eu parei de acreditar nisso. Agora é só mais uma mentira.

E o que dizer de todas as vezes em que ela folheara *Angharad* tentando descobrir seus segredos, se fortalecendo na maneira como a vida de Angharad espelhava a dela própria? E todas as noites em que ela dormira agarrada ao seu ferro, ao freixo da montanha, vendo o Rei das Fadas através de seus olhos semicerrados?

Nada disso era real. Ela era uma garota que perdera a sanidade, cuja mente não era confiável, exatamente o tipo de garota que sua mãe, o médico, seus professores da escola e o professor Corbenic disseram que ela era.

Esse era o epicentro da verdade, a verdade que ela tentou evitar a vida inteira: não havia fadas, não havia magia, e o mundo não era nada além de comum e cruel.

Ela deveria ter se envergonhado do quanto soluçava e chorava, a visão embaçada pelas lágrimas. Mas Preston apenas olhava para ela com as sobrancelhas franzidas em preocupação. Então ele tirou o próprio paletó e ofereceu a ela.

— Aqui — disse ele. — Desculpe, não tenho lenços.

Era tudo tão absurdo. Effy assoou o nariz na manga.

— Por que você está sendo tão gentil comigo?

— Por que eu não seria?

Ela soltou um riso choroso.

— Porque eu fui terrível com você. Te importunando a troco de nada, tentando te irritar, me comportando como uma boba...

— Você não se vê com muita clareza, Effy. — Preston se virou no banco para ficar de frente para ela. — Me desafiar não é *importunar*. Eu nem sempre estou certo. Às vezes mereço ser desafiado. E mudar de ideia não é um comportamento bobo. Quer dizer que você aprendeu algo novo. Todo mundo muda de ideia alguma vez, e deveria mesmo. As pessoas que nunca mudam são, sei lá, teimosas e ignorantes. Água em movimento é saudável; água parada é sinal de contaminação.

Effy enxugou os olhos. Ainda se sentia envergonhada, mas seu coração estava voltando ao ritmo normal.

— Qual dos seus heróis te decepcionou?

Preston suspirou. Foi um suspiro muito cansado que poderia ter vindo de alguém três vezes mais velho.

— Eu te disse antes que meu pai está morto. Bem, muitas pessoas perderam o pai; não é nenhuma novidade. Mas a maneira como ele morreu... eu não consigo imaginar nada pior.

— Você não precisa falar disso. — A tristeza na voz dele fez com que ela se sentisse mal por perguntar.

— Não, tudo bem. Minha mãe é llyriana, como eu disse. A família dela é de Caer-Isel, bastante abastada, sete pessoas com diplomas de pós-graduação entre os parentes mais próximos. Pessoas inclinadas à vida acadêmica. Meu pai é do extremo norte, das montanhas... é parecido com o Centenário Inferior, um lugar muito rural, mas sustentado pela mineração em vez da pesca. Foi uma história tórrida de amor proibido, pelo que eu entendi. Eles se mudaram para um subúrbio de Ker-Is, Caer-Isel, do lado argantiano da fronteira, perto o suficiente para que pudéssemos visitar a família da minha mãe com frequência. O meu pai nunca podia ir conosco... não tinha um passaporte llyriano. De todo modo, ele trabalhava como gerente de construção, nada de prestígio ou glamour.

Preston era um bom contador de histórias. Ele fazia pausas nos momentos certos, e sua voz assumia os tons apropriados. Effy tentava fazer o máximo de silêncio possível, controlava até mesmo a sua respiração. Era a primeira vez que Preston falava tão abertamente sobre si mesmo, e ela não queria arriscar interromper um momento delicado como aquele.

— Ele estava trabalhando até tarde durante uma noite de tempestade. Era verão; eu tinha 16 anos. As estradas estavam escorregadias e perigosas. O carro dele derrapou numa curva fechada.

— Nossa — lamentou Effy. — Preston, sinto muito.

— Ele não morreu naquela hora — informou Preston. Deu a ela um meio sorriso frágil. — Ele sobreviveu, mas bateu a cabeça com força no painel, e depois no asfalto. Ele sempre foi meio imprudente e não estava usando o cinto de segurança... Isso deixava minha mãe furiosa. A ambulância chegou e o levou para o hospital, e na manhã seguinte ele estava acordado e falante. Só que as coisas que ele dizia não faziam sentido.

"Meu pai não era de uma família rica, mas era um homem brilhante. Autodidata, leitor ávido, muito reflexivo. Era fácil para ele conversar à mesa de jantar ao lado dos meus tios com todos os seus diplomas importantes. Ele tinha uma biblioteca no porão com centenas de livros. O que mais? Deixa eu ver... Ah, ele amava os animais. Nunca tivemos um animal de estimação, mas ele chamava nossa atenção para cada coelho que via no gramado, cada vaca pela qual passávamos na beira da estrada."

A voz de Preston ficava cada vez mais baixa à medida que falava. A dor que transmitia partia o coração de Effy.

— Sinto muito — repetiu Effy, mas ele parecia não ouvir.

— Uma lesão traumática no cérebro, foi o que os médicos disseram no início. Talvez ele tivesse chances de voltar ao estado normal, mas não havia como ter certeza. Os dias se passavam e ele mal reconhecia minha mãe, meu irmão ou a mim. Às vezes dava para ver um raro lampejo de lucidez em seus olhos, quando ele se lembrava do rosto ou do nome de alguém, mas desaparecia em um instante. Não havia nenhum ferimento no corpo dele. Em tese, ele podia fazer tudo normalmente. Então os médicos nos deixaram levá-lo para casa, só que era como viver com um estranho.

"Ele ficou intransigente, combativo. Quebrava os copos e gritava com minha mãe, coisa que ele nunca tinha feito antes. Arrancava todos os livros das prateleiras. Era outra pessoa! No final das contas, decidimos mantê-lo confinado em casa... ou melhor, ele decidiu viver confinado... ao quarto no andar de cima, onde ele passava todas as horas do dia assistindo à televisão, dormindo. A gente levava as refeições dele em bandejas. Fui eu quem o encontrou, no último dia. Morto nos lençóis. Os olhos dele estavam abertos, e eu lembro da luz da televisão ainda cintilando sobre o rosto dele."

— Preston — começou ela, mas não conseguia pensar no que dizer. Ele gesticulou de modo contido, como se indicasse que ainda não tinha terminado de falar.

— Quando fizeram a autópsia, descobriram que o diagnóstico inicial dos médicos estava errado. Não era uma lesão cerebral traumática, ou pelo menos não do tipo que eles imaginavam, que nós todos passamos aquele tempo todo acreditando. Era hidrocefalia. Um fluido no crânio e na medula espinhal que não consegue ser eliminado. A pressão só aumenta. Se os médicos tivessem descoberto antes, talvez pudessem ter achado uma forma de drená-lo. Mas ninguém soube até que ele estivesse morto. Hidrocefalia. Água no cérebro.

A voz de Preston era quase inaudível. Vazia. Resignada. Effy queria abraçá-lo, mas se contentou em tocar uma das mãos dele.

Por um momento, ambos ficaram paralisados; ela esperou para ver se tinha feito algo errado, ultrapassado algum limite invisível. Mas então Preston virou a mão e entrelaçou os dedos com os dela.

— Eu gostaria de me lembrar — confessou ele, baixinho — da última vez que ele apontou um coelho no gramado. Quando o encontrei naquele dia no quarto, tudo em que conseguia pensar era nos coelhos. Aquela pessoa gentil, brilhante que ele tinha sido... essa pessoa tinha morrido muito antes dele. Às vezes me sinto culpado até mesmo fazendo o que faço, estudando as coisas que estudo... porque meu pai nunca teve a chance. E ele nem vai me ver formado, ou ler qualquer um dos meus artigos, ou...

Ele parou de falar, e Effy apertou sua mão. O vento chacoalhava as janelas do carro, e era como se estivessem em um rio agitado, agarrando-se um ao outro para que a água não os arrastasse.

Preston levantou o olhar para ela.

— Obrigado.

— Pelo quê?

— Eu não sei. Por me ouvir, eu acho.

— Você não precisa me agradecer por isso.

Preston ficou em silêncio. Após um momento, ele disse:

— E, bem, acho que é por isso que não tenho muita fé na noção de permanência. Qualquer coisa pode ser tirada de você, a qualquer momento. Nem o passado é garantido. Você pode perder isso também. Aos poucos, como a água corroendo a pedra.

— Eu entendo — assentiu Effy suavemente. — Entendo o que você quer dizer.

Com muita delicadeza, Preston desentrelaçou os dedos dos dela e colocou ambas as mãos de volta no volante.

— Vamos voltar para Hiraeth — disse ele. — Acho que ainda conseguimos chegar antes da meia-noite.

De alguma forma, mesmo sem os comprimidos, Effy conseguiu dormir. Foi a presença de Preston que a acalmou, assim como na noite anterior, só o fato de ele estar por perto era o suficiente para fazê-la se sentir segura.

A outra coisa que ela percebeu foi que o carro havia parado e sua cabeça se ergueu de onde estava encostada na janela fria. Para além do para-brisa salpicado de chuva, os faróis iluminavam a silhueta vaga da casa de hóspedes. Ainda sentia sua visão turva nas bordas e sua cabeça muito pesada.

— Ei — disse Preston. — Conseguimos. Faltam oito minutos para meia-noite.

— Ah, nossa! — disse ela com a voz grossa de sono. — Desculpe. Não acredito que peguei no sono.

— Não há nada pelo que se desculpar. Estou feliz que você tenha descansado um pouco.

Effy esfregou o rosto, removendo alguns vestígios de sal deixados em suas bochechas. Seus olhos estavam inchados. Preston saiu e deu a volta no carro para abrir a porta para ela, que se levantou instável, e ele ofereceu o braço para apoiá-la.

Effy segurou o braço estendido, os dedos curvando-se em volta do tecido, sentindo os músculos definidos e tensos através da camisa dele. Aproximando seu corpo do dele em busca de calor, ela deixou que Preston a levasse até a casa de hóspedes. A noite estava úmida e envolta em neblina, e não se ouvia som algum, exceto o dos grilos e do farfalhar da grama sob seus pés enquanto avançavam.

Quando chegaram à porta, Preston disse, um tanto sem jeito:

— Você deve estar aliviada por poder tomar seus comprimidos para dormir de novo.

— Sim. Acho que não posso esperar que você durma comigo toda noite.

Preston deu uma risada suave e recolheu o braço.

— Boa noite, Effy.

O estômago de Effy revirou em decepção. Mas tudo que ela fez foi sussurrar de volta:

— Boa noite.

Ela o observou enquanto ele voltava para o carro e continuou olhando até que as lanternas traseiras do automóvel desaparecessem na escuridão. Só então ela entrou na casa de hóspedes e se deitou na cama verde.

Será que se voltasse para fora, ela o veria? O brilho branco entre as árvores, o cabelo preto longo e liso? Ele havia aparecido para ela com tanta nitidez, tantas vezes desde aquela primeira noite na margem do rio. Agora ela sabia que era mesmo apenas sua imaginação. O esforço de uma menina triste para procurar sentido em um mundo insensível e cruel.

Ela sentiu seus olhos marejarem outra vez e os fechou com força para impedir o fluxo das lágrimas. Não havia mais nada a fazer, exceto tentar ser uma boa garota. Engolir seus comprimidos obedientemente. Desviar o olhar, caso visse o Rei das Fadas no canto do seu quarto. Chega de ferro, chega de freixo da montanha, chega de truques fantasiosos de garotinha.

Chega de *Angharad*.

Myrddin estava morto, em mais de um aspecto. Era hora de deixá-lo descansar – ou melhor, era hora de enterrá-lo. Eles tinham as cartas, o diário e, em breve, as fotografias. A verdade cairia no corpo sem vida de Myrddin como a última pá de terra, e talvez então ela se libertasse.

Effy procurou o frasco de comprimidos na mesa de cabeceira. Quando o pegou, se sentiu extremamente aliviada.

Só que daquela vez ela não tomou os comprimidos para afastar os pensamentos sobre o Rei das Fadas, ou sobre o professor Corbenic, ou as cartas de Myrddin, ou, ainda, a garota das fotografias. Ela tomou a medicação porque, caso contrário, teria ficado acordada a noite toda, imaginando o que poderia ter acontecido se tivesse se recusado a deixar Preston ir embora.

~

Embora, a princípio, Ianto a tenha encorajado a sair, e mesmo que eles tivessem tecnicamente conseguido voltar antes da meia-noite, na manhã seguinte ele não estava nada satisfeito. Observava-os enquanto tomava café, enquanto a água pingava do teto, sobre o lustre de vidro, e se acumulava na mesa da sala de jantar.

Os segundos deslizaram pontuados pelo gotejar intenso.

— Há uma grande tempestade se aproximando, sabia? — comentou Ianto, colocando a xícara na mesa. — Daqui a dois dias. A maior da década, segundo os naturalistas. A estrada para Saltney ficará alagada até só os Santos sabem quando.

— Achei que o inverno deveria ser uma estação seca — disse Preston.

— Não no Centenário Inferior. Não mais.

O silêncio recaiu sobre eles outra vez, exceto pelo gotejar.

Effy se perguntou o que estaria vazando lá de cima. Como a água havia entrado? Ela havia se esquecido da maresia pungente que exalava em Hiraeth: sal e podridão, madeira encharcada.

Ela lembrou da vez em que virou um tronco caído no jardim dos fundos da casa dos avós: a madeira se desintegrou ali mesmo em sua mão, e ela olhou para as folhas mortas e viscosas, o mofo esbranquiçado, os fungos que haviam brotado feito flores, com o formato e as linhas da concha de uma ostra.

As árvores não morriam quando eram cortadas, certo? A morte delas levara meses, anos. Que destino terrível de suportar.

— Imagino que você queira tapar as portas e janelas com tábuas — sugeriu Effy com um tom suave.

— Não preciso que uma garota do Norte me ensine como enfrentar uma tempestade, minha querida — rebateu Ianto. Seu tom era suave, apesar da amargura de suas palavras, mas havia um brilho cruel em seu olhar, algo cortante que atravessava a palidez. O suficiente para Effy sentir um arrepio. — Seus projetos são do que eu preciso. Wetherell tem me atormentado há dias. Onde estão?

Ela trocou um olhar com Preston, esperando que Ianto não notasse. Dois dias até a tempestade significava que era esse o tempo que eles tinham para desvendar os segredos da casa. Não podiam se permitir ficar presos ali por tempo indeterminado.

Tentando manter a alegria na voz, Effy respondeu:

— Eles devem estar prontos daqui a dois ou três dias.

Ianto soltou um suspiro baixo.

— Uma vez que os projetos estiverem prontos, ainda será preciso contratar empreiteiros, construtores, pesquisar materiais... Eu esperava começar a construção antes do final do ano.

Apesar de ter provocado Preston, Effy se sentia um pouco culpada por mentir para Ianto agora.

— Isso definitivamente ainda é possível — afirmou ela. — Eu prometo. Dois dias, e estará pronto.

— Certo — disse Ianto. Mas o olhar dele se tornou ainda mais afiado. — Espero que ambos tenham tido uma... viagem produtiva.

Ele estava tentando induzi-los a confessar algo, mas Effy não tinha certeza do quê. Será que Blackmar tinha ligado para Ianto e os delatado? Ou Ianto apenas tinha uma vaga suspeita de que eles poderiam estar mentindo, e esperava jogar verde para colher maduro?

Effy se lembrou do olhar de ciúmes no rosto de Ianto enquanto os observava partir. De alguma forma aquela era a emoção mais sinistra que ela podia imaginar. Seu coração batia acelerado no peito.

— Acho que nós dois encontramos o que precisávamos — respondeu ela, inquieta. — Se não se importar, eu deveria voltar ao trabalho agora...

Mas Ianto não se mexeu. Continuou a encará-la com seus olhos afiados como vidro, seus enormes dedos enrolados ao redor da alça da caneca de café.

— Senhor Héloury — disse ele. — Você pode se retirar. Eu gostaria de falar com Effy a sós.

Por um momento, parecia que Preston ia argumentar. Em silêncio, Effy implorou para que ele não dissesse nada. Eles estavam tão perto de conseguir provar *alguma coisa*, e só tinham que sobreviver a Ianto e àquela casa por mais dois dias. Agora não era hora de provocar a serpente.

Preston pareceu ter chegado à mesma conclusão.

— Certo — respondeu ele, levantando-se. — Tenho mais o que fazer.

Ele saiu, mas observou Effy sobre o ombro até passar pela porta. Effy sustentou o olhar dele pelo maior tempo possível, até a distância interrompê-los e ela ser forçada a olhar para Ianto outra vez.

— Sobre o que quer falar comigo? — Ela tentou soar serena, agradável. Maleável.

— Espero que aquele garoto argantiano não tenha feito nada inapropriado.

Effy não conseguiu evitar ruborizar.

— Não! Claro que não.

— Bom. — Ianto inclinou a cabeça. A água enfim parou de pingar; a poça na mesa de jantar estava turva e estagnada.

Ele ficou em silêncio por tanto tempo que Effy sentiu a necessidade de dizer alguma coisa.

— Isso é tudo?

Ianto enfim voltou seu olhar para ela.

— Você deve imaginar que passei todo esse tempo tentando definir que tipo de garota você é, Effy. Todas as mulheres são ou uma Acrasia ou uma Amoret. A padroeira da sedução ou a padroeira da submissão. Entretanto, algumas são muito mais uma do que a outra. Eu acredito que você seja uma Acrasia. Uma sereia, uma sedutora. Os homens não conseguem se controlar quando estão perto de você.

Ela tentou soltar uma risada, esperando refutar as palavras dele. No entanto, o rosto de Ianto exibia uma seriedade mortal. Os olhos não exibiam brilho algum.

O coração de Effy quase saiu pela boca. Ela estava com as pílulas cor-de-rosa no bolso. Será que, se tomasse uma agora, seria convencida de que ele não tinha dito nada de errado, de que o motivo pelo qual seu sangue pulsava com o pânico de uma presa era apenas fruto de sua imaginação?

No pálido espelho dos olhos de Ianto, Effy podia ver o próprio reflexo, exceto que o que via era a Effy criança. Choramingava com o nariz vermelho, assim como quando havia sido entregue à margem do rio. Impossível! Era um truque daquela casa miserável e de sua mente perturbada. Ela piscou sem parar até a imagem desaparecer, mas Ianto não desviou seu olhar por um momento sequer.

Ela havia renegado Myrddin. Havia deixado suas pedras de bruxa no bolso da outra calça. Havia jurado a si mesma que estaria sã e segura sem elas. Mas este era o problema de aniquilar sua imaginação: sua mente não podia mais conjurar aquela rota de fuga, aquela rachadura na parede. Não havia por onde ela pudesse escapar.

Effy gaguejou pelo resto da conversa e depois fugiu para o andar de cima.

Preston estava sentado no divã e segurava o diário de Myrddin quando ela entrou. Ele olhou para ela, com alegria e alívio, e disse:

— Consegui.

— Conseguiu o quê? — Effy ainda estava sem fôlego por ter subido as escadas em desespero, e a voz de Ianto ainda ressoava em seus ouvidos.

— As fotos — respondeu Preston. — Decidi aproveitar a oportunidade enquanto você estava com Ianto lá embaixo e... Effy, você está bem?

— Sim — disse ela, mas sua voz estava trêmula. As pernas ameaçavam ceder. — Ianto acabou de... bem...

Preston se sentou com as costas retas, atento.

— Ele te ameaçou?

— Não, não exatamente. — Como ela poderia explicar aquilo a ele? Mal conseguia explicar para si mesma. Ianto não brandira uma faca nem tentara se aproximar e deslizar a mão por sua coxa.

Como se tivesse sido conjurado, o rosto do professor Corbenic apareceu diante dela, ondulando como um reflexo na água. Ele lhe dissera uma vez: *Você precisa de alguém para desafiá-la. Alguém para controlá-la. Alguém para mantê-la segura, que a proteja de seus piores impulsos e do mundo. Você vai ver.*

As palavras agora soavam como uma profecia. Se uma história se repetisse tantas vezes, tijolo por tijolo, será que enfim se tornaria verdadeira? Uma casa sem portas ou janelas, sem saída.

Eu era uma garota quando ele veio me buscar...
Eu te amarei até a ruína...
Minha menina linda e devassa...
Os homens não conseguem se controlar quando estão perto de você...

— Pare — sussurrou ela, baixo demais para que Preston ouvisse. — Pare, pare, pare, pare...

— Effy — disse Preston, de pé. — Por favor. Sente-se. Você está pálida.

Entorpecida e enjoada demais para recusar, ela deixou que ele a conduzisse até o divã. Preston se sentou ao lado dela. Mesmo sem se tocar, estavam próximos o suficiente para que Effy pudesse sentir o calor do corpo dele e ver aquelas duas pequenas marquinhas que os óculos deixavam na ponte de seu nariz. Ainda queria perguntar se machucava. Ou se algum dia tinha doído, mas ele se acostumou tanto com a dor que nem a notava mais.

— Desculpe — disse ela, tímida. — Eu estou... estou bem. Só estou sem comer há algum tempo.

Uma garota perturbada, como o médico disse. Como sua mãe sempre acreditou, como os outros alunos sussurravam nos corredores. Ela tentou recuperar o fôlego, inspirando grandes lufadas de ar. Preston estava tenso ao lado dela, as mãos se movendo com ansiedade em seu colo. Como se ele quisesse tocá-la, mas não tivesse coragem.

Finalmente, Effy ergueu a cabeça. *Pare,* disse a si mesma com firmeza outra vez. *Não é real. Nada disso é real.*

— Você disse que conseguiu as fotografias... — ela conseguiu dizer por fim.

Preston hesitou, ainda bastante preocupado.

— Sim. E algo mais me ocorreu. Se as fotos foram mesmo tiradas neste divã, então significa que a filha de Blackmar esteve aqui em algum momento, em Hiraeth. O que significa que o caso durou mais do que apenas um ano. Blackmar disse que Myrddin não se mudou para cá até depois de *Angharad* ser publicado.

Effy franziu a testa. Ela se sentiu tonta, insegura na própria pele.

— Então aquela anotação no diário de Myrddin onde ele menciona que Blackmar deixou o manuscrito... foi no apartamento dele em Syfaddon?

— Deve ter sido. Parte de mim começou a pensar... bem... e se for tudo muito simples? E se Blackmar editou de leve o manuscrito e depois trouxe de volta para Myrddin enviá-lo a Greenebough? Não há nada de excepcional nisso. Mas então por que Blackmar fica tão desconfortável com qualquer menção a *Angharad* e à própria filha? Ele estava suando quando você perguntou a Marlowe sobre isso. Não paro de pensar nisso ao folhear o diário de Myrddin, mas estamos deixando alguma coisa passar, algo...

— Preston — interrompeu ela. — Precisamos entrar no porão.

Ela estava pensando em Ianto, é óbvio, o que a fez pensar na chave, e então a fez se lembrar daquela porta escura trancada, a madeira apodrecida e salpicada de mofo. Ela se lembrou da água se movendo, tão turva que parecia impenetrável, como um piso sobre o qual ela poderia andar, algo que ela teria que quebrar para conseguir escapar.

E então ela refletiu sobre a própria teoria. A mente de Effy girava a todo vapor no silêncio, como um disco tocando em uma sala vazia, embora ainda estivesse frágil demais para falar em voz alta. Ela pensava na garota das fotos. Uma vez achara o olhar dela vazio, mas acabara de perceber que não... a garota havia escapado do próprio corpo, seu espírito vagava por outro lugar enquanto a câmera de Myrddin lançava flashes sobre seus seios nus.

Effy conhecia bem aquele truque. Talvez magia fosse algo parecido. Se você se esforçasse o suficiente, poderia acreditar que estava fora da frieza e da banalidade do mundo.

O rosto de Preston empalideceu.

— Não podemos ir lá embaixo... está tudo submerso, e nem sabemos se há algo útil...

— Precisamos *tentar* — insistiu Effy. — O que mais podemos fazer? A tempestade está chegando, e não temos outras opções.

Preston respirou fundo.

— Mesmo se conseguirmos a chave... e isso é um grande *se*... O que a gente ia fazer? Nadar no escuro até tocar em alguma coisa? E se essa coisa for pesada demais? E se nos arrastar para o fundo? Essa parece uma ótima maneira de se afogar.

A voz dele vacilava como nunca. Os nós dos dedos brancos de tensão.

Effy franziu a testa.

— Você está com medo?

— De me afogar? Do escuro? Sim. É razoável ter medo disso — respondeu Preston ríspido.

Hidrocefalia. Água no cérebro. Como ela poderia culpá-lo por ter medo?

— Então eu vou — disse ela. — Você só precisa segurar uma lanterna.

— Effy, isso tudo é absurdo. A gente nem tem a chave.

— Posso conseguir — arriscou. E mesmo que uma parte dela desejasse que não, Effy sabia que era capaz. — Juro que posso. E depois vou nadar. Não tenho medo de me afogar.

Ela falava sério. Bem, na verdade, talvez ela tivesse medo uma vez que estivesse debaixo d'água, quando seus pulmões latejassem e queimassem... e a luminosidade diminuísse. Mas de uma maneira geral, a ideia de se afogar não a assustava.

Ela não tinha medo de morrer, não mesmo. Era o último ato de fuga, o último suspiro de um artista desesperado. Afogar-se não parecia uma morte tranquila, ainda mais se levasse em consideração as palavras de Ianto. No entanto, nada disso importaria uma vez que ela assumisse o risco. O medo e a dor podiam ser suportados se você soubesse que aquilo acabaria.

— Pare com isso — repreendeu Preston. — Só... só pare de ser tão imprudente. Você sabe que esse é o seu único defeito. Você pula de carros em movimento e mergulha em águas escuras.

Ele parecia tão zangado quanto quando confrontaram Marlowe na festa, e isso a chocou. Mas a raiva dele agora era diferente, mais tensa. Desesperada.

Effy ficou em silêncio por um momento, deixando que as palavras dele caíssem sobre ela e depois escorressem, como se fossem a própria água turva.

— Você não entende — disse ela. — Você não estava naquele carro com Ianto. Quando pulei, não fiz isso para ser *imprudente*. Eu estava salvando a mim mesma. O que você considera imprudência, eu considero sobrevivência. Às vezes não é bonito. Um joelho esfolado, um nariz sangrando ou seja lá o que for. Você me disse que não me vejo com clareza, mas eu vejo. Eu sei o que sou. Eu sei que, no fundo, não há muito mais para mim além de sobreviver. Tudo o que penso, tudo o que faço, tudo o que *sou*... não passa de um ato de fuga após o outro.

Acreditar nas histórias de Myrddin também se tornara um ato de fuga, o maior e mais duradouro de todos. Mas isso a tornara instável, indigna de confiança, uma garota frágil e inconstante. Essa era a ironia mais cruel: quanto mais tentava se salvar, menos se tornava uma pessoa cuja salvação valesse a pena.

Effy sustentou o olhar de Preston, destemida e ofegante, desafiando-o a responder. Ela se ouviu engolir em seco.

— Você não poderia estar mais errada sobre isso — rebateu Preston. A garganta dele pulsava e seus olhos, antes castanho-claros, de alguma forma tinham se escurecido. — Você não se resume a uma única característica. A sobrevivência é algo que você faz, não algo que você *é*. Você é corajosa e brilhante. Você é a pessoa mais real, mais inteira que já conheci.

Effy perdeu o fôlego e, quando tentou falar, descobriu que nenhuma palavra sairia. Queria dizer *Não acredito em você*. E também *Obrigada*. E então *Me conte mais sobre quem eu sou porque não sei mais*.

Se Myrddin não tivesse escrito *Angharad*, se ele realmente fosse apenas um velho pervertido, se não houvesse Rei das Fadas, então quem era ela? Apenas uma garota perturbada, se debatendo em águas turvas. Uma parte dela só queria chorar.

No entanto, ela não fez ou disse nada daquilo. Com um movimento rápido e decidido, ela passou uma das pernas sobre os quadris de Preston, montando nele, e deitando-o no divã. Então o manteve ali, seus rostos mais próximos do que nunca, os narizes próximos o suficiente para se tocarem. Onde seu peito estava pressionado contra o dele, Effy podia sentir o coração de cada um deles batendo juntos, em frenesi.

Por longos, longos minutos nenhum dos dois se moveu ou falou.

— Effy — sussurrou Preston por fim. Sua mão deslizou por baixo da saia dela, seus dedos envolvendo a curva do seu quadril. — Não podemos.

— Você não quer? — Ela queria dizer *Você não me quer?*, mas não conseguiu encontrar a coragem para incluir aquela palavrinha.

— Claro que quero. — Ele se moveu, e Effy o *sentiu*, duro e ávido contra sua coxa. — E se você fosse apenas uma garota, em uma festa, eu faria isso. Mas eu conheço você. Sei o que fizeram com você...

O estômago dela revirou.

— O que você quer dizer com isso?

Preston estendeu a outra mão em direção a ela. No início, Effy pensou que ele fosse acariciar seu rosto, mas, em vez disso, ele segurou as mechas douradas dela que caíam sobre ambos, fazendo cócegas em suas bochechas, juntou-o em uma espécie de nó e o passou sobre o ombro dela.

Foi um movimento cuidadoso e gentil. Effy soltou um suspiro trêmulo.

— Eu sei o que aconteceu com aquele professor na sua faculdade — disse ele suavemente. — O que ele fez com você... sinto muito.

Foi como se ela tivesse levado um tapa. Recuou, sentando-se, agora se sentindo desajeitada no colo de Preston.

— Você nunca me contou — disse Effy, com a voz trêmula. — Você nunca me disse que sabia.

— Você nunca mencionou. Eu não queria ser o primeiro a tocar no assunto. — Preston se sentou também, passando os braços ao redor de Effy, para que ela não se desequilibrasse. — No início eu nem tinha certeza se era você... havia apenas rumores sobre uma garota da arquitetura que tinha dormido com o orientador. E então descobri que você era a única garota do curso de arquitetura...

— Eu nunca dormi com ele. — Ela sentiu o estômago revirar como se fosse vomitar. — Nunca nem... isso não é justo. Os homens dizem o que querem e todos acreditam.

— Não é justo. — Preston falou em tom de voz baixo. — Eu sei.

— Fizemos outras coisas, mas não isso. — Ela sentiu a ponta do nariz esquentar, como sempre acontecia quando ela estava à beira das lágrimas. Ela tentou desesperadamente segurar o choro. — E todos acham que eu comecei aquilo, mas não foi assim. Nunca ganhei nada dele. Isso é o que todos os garotos da minha faculdade diziam. Mas ele só me tocou e eu deixei.

— Effy — disse Preston. — Eu acredito em você.

Ela piscou, metade em perplexidade, metade para impedir que as lágrimas caíssem.

— Então por que você não...?

Preston corou de leve.

— Eu não queria que fosse assim, com você passando por momento de vulnerabilidade e eu... deixa pra lá. Mas eu não vou ser mais um homem com segundas intenções. Não quero que você pense em mim desse jeito, como se fosse só uma trepada em uma poltrona. Não quero ser mais uma das coisas que te impede de dormir à noite.

Effy sentiu um soluço subir em sua garganta. Ela pressionou a palma da mão contra um dos olhos.

— Eu nunca pensaria em você assim. Eu pensei que você fosse... frio, frígido, como os estereótipos dizem. Sério. Eu não sabia que você sentia alguma coisa quando olhava para mim.

— Eu sentia. Eu sinto. — Preston segurou-a com mais força, os dedos tocando gentilmente as costas dela.

Ela se lembrou de como ele havia rabiscado o nome dela nas margens daquele papel: *Effy Effy Effy Effy Effy*. Queria ouvi-lo dizer o nome dela assim, de novo e de novo.

Ela estava quase implorando — de fato, vulnerável. Que tipo de sedutora era ela, se não conseguia seduzir o homem que *realmente* queria?

— Desculpe. Eu sou tão, tão estúpida.

— Pare com isso. Você não é. — Preston engoliu em seco, e Effy finalmente se permitiu colocar uma das mãos no pescoço dele, sentindo a pulsação sob sua palma. — Eu também queria você. Por tanto tempo. Foi terrível. Às vezes eu mal conseguia comer... desculpe, sei que isso parece muito estranho. Mas fiquei dias sem sentir nenhuma fome. Eu estava... ocupado. Você tirou de mim qualquer outra vontade.

Ela manteve a mão ali, no pescoço dele, e Preston manteve os braços ao redor dela. E lá fora, o mar rugia contra as rochas como um trovão que se aproximava. Todos os papéis, o diário e as cartas de Myrddin, as fotografias, foram espalhados pelo chão, as bordas levantadas por uma brisa incomum. E ainda assim algo emanava entre os dois, como água através de uma rachadura na parede.

CAPÍTULO CATORZE

A água encontra seu caminho através dos menores espaços e das fendas mais estreitas. Onde o osso encontra o tendão, onde a pele está dividida. É traiçoeira e amorosa. Você pode morrer tanto de sede quanto por afogamento.

DE *ANGHARAD*, POR EMRYS MYRDDIN, PUBLICADO EM 191.

Já chovia na manhã seguinte, mas nada além de uma garoa, o suficiente apenas para embaçar as janelas da casa de hóspedes. Do lado de fora, a natureza se tornava ainda mais verdejante: graças à água da chuva, as folhas e a grama assumiam tons de esmeralda, e o musgo nas árvores e nas pedras parecia mais opulento. Bem nutrido. A madeira havia escurecido bastante, agora úmida e capaz de respirar. Os pedaços do céu que se viam através da copa das árvores estavam cinzentos.

Effy caminhava pela trilha em direção à casa, seu cabelo esvoaçante devido à ventania. Lá embaixo, o mar se agitava. As rochas emergiam como dentes afiados em meio à espuma agitada. Ela cerrou os olhos e espiou um pouco melhor a parte do penhasco, de onde as aves marinhas haviam desaparecido, abandonando os ninhos e poleiros.

Uma vez, Effy havia lido um livro sobre o Afogamento que dizia que os animais tinham sentido sua aproximação. As ovelhas encurraladas haviam balido em desespero nos dias que antecederam a tempestade, o gado tinha se debatido contra suas amarras. No final, todos eles também pereceram. Um arrepio percorreu a pele dela.

Foi então que ela viu... o esvoaçar de algo escuro como um pedaço de tecido apanhado pelo vento. Conforme os olhos dela se ajustavam à luminosidade embaçada e ela piscava com a água da chuva em seus cílios, a coisa foi tomando uma forma mais sólida: os cabelos pretos úmidos desgrenhados como algas, a pele branca como osso e uma coroa irregular de galhos. Seu rosto estava borrado e sem características, como se fosse uma pintura arruinada pela chuva.

Ele falou com ela, mas em uma língua que não a destinada a ouvidos humanos, incompreensivelmente antiga, ou talvez ela não tenha conseguido distinguir as palavras devido ao som da chuva e do vento. Ele estendeu a mão, estendeu os dedos longos com garras nas pontas. Effy permaneceu petrificada, paralisada de terror, enquanto a chuva castigava ambos.

E então ela saiu correndo. O caminho para a casa já havia se transformado em lama, agarrando as botas dela a cada pisada. O frio a fez se arrepender por não ter escolhido calças em vez de saia e meia-calça. Ela correu até perder o fôlego, e então parou, ofegante, e espiou por cima do ombro.

Não havia nada além das rochas e da chuva, e as próprias pegadas molhadas no lamaçal. Effy cerrou os punhos gelados e apertou os olhos.

Ela havia tomado suas pílulas cor-de-rosa naquela manhã. Tinha decidido não acreditar mais em tais coisas. O que tinha dado errado? Será que passara tanto tempo no mundo irreal que era impossível se livrar dele? Passara tanto tempo acreditando nas histórias e mentiras, que sua mente agora rejeitava a verdade?

Talvez ela não pudesse mais ser salva. Talvez nenhuma pílula cor-de-rosa ou médico insistente pudesse salvá-la de se afogar.

Effy permaneceu ali, sob a sombra da casa enorme, engolindo suas lágrimas. Restava uma coisa, um último recurso desesperado. Algo em que ela ainda podia depositar suas esperanças. Talvez quando descobrissem a verdade sobre Myrddin de uma vez por todas — quando desenterrassem a pista final e irrefutável — o Rei das Fadas morreria com ele e seu legado.

Isso era tudo a que ela podia se agarrar, ou o restante de sua vida se resumiria a quartos trancados e pílula atrás de pílula. Ela afundaria no oceano como uma das esposas selkie de Myrddin e nunca mais emergiria.

Então ela tentou afiar seus pensamentos como se fossem o fio de uma faca, focando em uma única coisa — *a chave, a chave, a chave*. Mas seus pensamentos continuavam se voltando para Preston. Especificamente para a memória dos dedos dele ao redor de seu quadril. Ela havia revivido o momento repetidas vezes na noite anterior, enquanto estava na cama: a mão dele deslizando por sua coxa, por baixo da saia. Ele também a desejava, ela havia *sentido* a prova de seu desejo, ali, entre as pernas. E mesmo assim...

Ela balançou a cabeça, arrumou o cabelo para trás e se obrigou a pensar em qualquer outra coisa. Qualquer coisa, menos no Rei das Fadas (de quem ela não conseguia escapar), tampouco o garoto que ela *queria*, mas não podia ter.

Ao se aproximar da casa, Effy ouviu o som de badaladas. A princípio, ela pensou que fossem os sinos lendários que tanto ansiava ouvir, mas o som era mais limpo, como algo acima da superfície. Metal contra metal.

No alto, Hiraeth parecia gemer e balançar perigosamente contra as nuvens da cor de hematomas. Com as botas encharcadas, Effy contornou a casa indo na direção do barulho.

Para sua surpresa, ela encontrou Ianto ajoelhado junto à base de uma grande árvore escura. Ele segurava um martelo em uma das mãos e golpeava repetidamente um pequeno pedaço de metal, cravando a estaca na raiz da árvore. O cabelo rebelde devido ao vento esvoaçava ao redor do rosto, sua testa encharcada de água da chuva e suor.

Ele não viu ou ouviu Effy até que ela pigarreou e chamou:

— Ianto?

Ele se virou, com os olhos incolores turvos e sem profundidade.

— Effy.

— O que está fazendo? — Ela teve que elevar a voz para ser ouvida, falando por cima do barulho do vento.

— As árvores precisam ser fixadas — respondeu ele. — Senão o vento vai arrancá-las pelas raízes e lançá-las direto na parede norte da casa.

Effy olhou ao redor. Havia centenas de árvores cujos galhos chicoteavam com violência. As folhas se soltavam e rodopiavam pelo ar.

— Você precisa de ajuda aí?

Ianto deu uma risada sem humor.

— Não da sua, minha querida. Isso não é trabalho para mulheres. — Mas a voz dele era suave, e seus olhos não exibiam mais aquele brilho cruel e vítreo. Uma longa corrente de metal estava jogada no chão ao lado dele, enrolada como uma cobra pronta para atacar. — Bem, você poderia trazer minha jaqueta. Está pendurada em uma das cadeiras na sala de jantar.

— Claro — disse Effy. Ela já tremia, nervosa com a oportunidade à vista. Onde a gola de Ianto pendia, ela podia ver apenas um vislumbre do cordão de couro.

Effy correu escada acima até a casa e abriu a porta com esforço, respirando com dificuldade.

O saguão parecia mais escuro do que o normal, um castiçal enferrujado no canto emitia uma bolha de luz opaca. Effy passou pelas poças no chão, ignorando a água que pingava de cima e o teto que cedia como as bochechas de um velho.

Na entrada da sala de jantar, Wetherell parecia ainda mais carrancudo do que de costume.

— O que você vai fazer para enfrentar a tempestade, Srta. Sayre? — perguntou ele. Seus lábios mal se mexiam enquanto falava.

Ela não queria dizer que planejava partir; ele poderia avisar Ianto.

— O que há para fazer?

— Proteger as janelas com tábuas. Fixar as árvores. — Os olhos de Wetherell se moviam sob as pálpebras pesadas. — Se fosse esperta, partiria agora, enquanto ainda pode.

Effy piscou, surpresa.

— Você vai embora? Você é responsável pelo patrimônio de Myrddin...

— O patrimônio de Myrddin é mais do que apenas esta casa. É todo o dinheiro na conta bancária no Norte, os cheques de royalties da editora, as cartas que entreguei ao Sr. Héloury. Esta casa não é nada além de um feio e apodrecido testemunho da crueldade do falecido Myrddin e do preço que Ianto ainda está pagando por isso.

— Crueldade? Como assim?

— Este não é um lugar para onde trazer uma esposa, para criar uma família fadada ao medo da destruição. Myrddin fez isso de propósito. Foi para isso que construiu uma casa aqui, para prender a esposa e o filho. Queria que eles tivessem medo... medo de ficar e medo de partir, ambos na mesma medida.

De repente, Effy se lembrou da conversa unilateral que havia entreouvido.

Eu não tive escolha, Ianto dissera, gemendo como se estivesse com dor. *Esta casa tem um domínio sobre mim, você sabe disso, você sabe sobre o freixo da montanha...*

Ela se lembrou do olhar de inveja nos olhos dele quando havia deixado Hiraeth com Preston. Lembrou-se do quão desesperado Ianto estava para voltar para casa depois do jantar no pub, desesperado o suficiente para abandoná-la na beira da estrada.

Se ela não deveria acreditar em magia, como seria possível explicar qualquer uma dessas coisas? Ela não tinha outra escolha senão pensar que Ianto era um perturbado miserável infeliz, acorrentado àquela casa e ao legado de seu pai por culpa, tristeza e um terror incessante. Myrddin queria que Ianto tivesse medo, e ele teve, mesmo após a morte do pai.

Talvez a verdade libertasse Ianto também. Eles só precisavam chegar ao porão.

Effy respirou fundo e encarou os olhos de Wetherell sem arrependimento.

— Não tenho medo — disse Effy, mesmo enquanto o vento fazia o vidro da janela ondular como papel. — Não vou embora até conseguir o que preciso.

~

Quando ela voltou para entregar a jaqueta a Ianto, a chuva havia aumentado. As gotas grandes e pesadas quase doíam ao atingirem a pele dela. Ianto mal levantou os olhos quando Effy retornou; estava concentrado enrolando a corrente enorme ao redor do tronco da árvore, passando-a pelas estacas, com os dentes cerrados.

Ele lançou um olhar rápido a Effy e pediu, com a voz tensa:

— Cubra meus ombros, por favor.

Ela se aproximou devagar, a adrenalina pulsando nas veias. Se falhasse agora, provavelmente não teria outra chance. Com todo o cuidado do mundo, Effy colocou a jaqueta sobre ele. Um ombro, e depois o outro. E então, enquanto ele começava a enfiar os braços nas mangas, ela arrancou o cordão de seu pescoço com um puxão gentil e inofensivo.

Com uma inspiração rápida e cortante, Effy tropeçou para trás, enfiando a chave na manga do próprio casaco. Ianto nem sequer tremeu.

Por um momento, ele ergueu o olhar para a árvore que havia acorrentado ao chão como se fosse uma feiticeira atada a uma estaca. Ele tinha cerrado os olhos e sua expressão era indecifrável.

— Ianto — disse Effy, contrariando o que sabia que seria o melhor a fazer. Ela sabia que deveria fugir para o porão naquele instante. Sabia que Preston estava esperando por ela, que eles não podiam se dar ao luxo de desperdiçar nem mais um segundo. No entanto, o peito dela apertava com uma tristeza inesperada. *Esta casa tem um domínio sobre mim*, Ianto dissera em voz alta para ninguém em particular. Apesar de suas estranhas mudanças de humor e da crueldade ocasional, Effy enfim percebeu que eles tinham mais em comum do que ela pensava. — Tem certeza de que quer ficar?

Ele emitiu um som que Effy interpretou como uma risada. Quando Ianto se virou, tinha as mechas de cabelo preto coladas ao rosto, parecendo arranhões feitos pelas garras de uma besta selvagem.

— *"Um marinheiro eu era, ainda sem vestígios de prata entre meus cabelos e, impelido pela ousadia característica da juventude, proferi: o mar é o único inimigo."*

O som da chuva abafou a declamação, cortando as sílabas. Mas Effy sabia as palavras de cor. Ianto, com sua expressão sombria e olhar turvo, não tinha intenção de deixar Hiraeth.

Effy mal conseguiu acenar com a cabeça. Apenas cambaleou de volta para a casa com o coração batendo forte em seus ouvidos. Ianto havia omitido o primeiro verso do poema: *Tudo que é antigo deve se decompor.*

Preston esperava por ela do lado de fora do porão com uma das mãos apoiada na nuca, andando pra lá e pra cá, uma pilha de nervos. Effy tirou a chave da manga e estendeu-a para ele, balançando-a.

Por trás dos óculos, os olhos de Preston se arregalaram:

— Você conseguiu mesmo?

— Quando é que você vai parar de me subestimar?

Ele soltou uma risada nervosa.

— Você não precisa fazer isso, Effy. Sério. Podemos voltar depois. Podemos contratar uma equipe de dragagem para limpar a água...

— Preston — interrompeu ela, ríspida —, nós dois sabemos que não vamos voltar.

Wetherell havia desaparecido da soleira. Effy esperava que ele tivesse arrumado suas coisas e dirigido para longe daquela casa enquanto ainda tinha chance. Será que ele tinha virado os retrovisores do carro para o lado certo antes de partir?

Ela imaginou a bartender do pub em Saltney pregando tábuas nas janelas, todos os pescadores protegendo seus equipamentos. Quantas casas essa tempestade destruiria? Quantas histórias, quantas vidas desmoronando no mar do esquecimento e da indiferença? Com as mãos trêmulas, ela encaixou a chave na fechadura e girou.

A porta apodrecida se abriu sem emitir som algum.

Atrás da porta, a água escura ondulava e borbulhava. Entoava uma canção sem versos, do perigo das profundezas. Effy deu um passo escada abaixo, depois outro, até chegar ao último degrau não submerso.

Preston estava de pé junto ao umbral acima dela, e os ombros do garoto *tremiam*.

— Está tudo bem — disse ela, surpresa com a calmaria em sua voz. — Ligue a lanterna.

Sussurrando algo ininteligível, Preston a acendeu. A luz se espalhou pelas paredes de pedra úmidas e iluminou a inscrição desbotada acima da água. *O mar é o único inimigo.*

Effy gostava de nadar quando criança, quando seus avós a levavam para a piscina em um dos hotéis em Draefen. Iam nos fins de semana pela manhã, enquanto a mãe dela dormia até o meio-dia, aniquilada pela garrafa de gim da noite anterior. Em seu traje de banho amarelo brilhante, Effy costumava brincar dentro da água. Desafiava-se a ver quanto tempo conseguia aguentar com a cabeça submersa. Gostava tanto daqueles momentos que o avô havia notado seu entusiasmo e decidido pagar por aulas de natação, e embora a frequência dessas aulas tivesse diminuído pouco a pouco até o final do ensino médio, Effy se considerava uma nadadora melhor do que a maioria das pessoas.

Ela havia praticado apneia na noite anterior, para ver quanto tempo conseguia aguentar até que seus pulmões começassem a arder e o pânico se instalasse. Trinta segundos, quarenta, sessenta... Apesar de tudo, Effy sabia que, quando estivesse lá embaixo, seria diferente. É óbvio que seria. Quando houvesse apenas a luz distante e turva da lanterna de Preston, quando o frio penetrasse em seus ossos. Ela se ajoelhou no degrau escorregadio, coberto de cracas, e começou a tirar suas botas.

— Me dê só mais uma chance de convencê-la — pediu Preston, a voz urgente e trêmula. — Podemos encontrar outro jeito...

Effy colocou as botas de lado e ficou ali, de meias, tremendo com a sensação da pedra molhada. Ela tirou o casaco, amarrou o cabelo para trás com uma fita de veludo. Olhou para a água escura e impenetrável.

Por mais incrível que parecesse, um fragmento do reflexo dela ondulou naquele espelho escurecido. A palidez do rosto, um tufo de cabelo loiro escuro, o brilho das maçãs proeminentes do rosto e a penugem de cílios loiros.

Isso a fez se sentir, ao mesmo tempo, mais e menos assustada. Da mesma forma que se sentiu quando viu o fantasma no corredor — teve medo não da criatura em si, mas da água escura enclausurante.

Ela se virou para encarar Preston.

— Não tenha medo. Sei que consigo fazer isso.

Preston colocou a mão no braço dela, ancorando-a ali por apenas mais um momento. Ele olhou no fundo dos olhos de Effy e, com total firmeza e determinação, disse:

— Lembre-se do que conversamos. Mantenha uma das mãos na parede esquerda para não se perder. O primeiro mergulho é exploratório. Tente ver até onde vai a caverna, depois volte para respirar e vamos reavaliar.

Por baixo da gola da camisa, a garganta de Preston pulsava. Effy queria *tocá-lo* de novo, mas sabia que, se o fizesse, nunca mais ia querer soltar. Com muito cuidado, ela se afastou:

— Eu sei. Estou pronta.

E então ela se virou e começou sua descida. Soltou um gritinho ao sentir o choque da água fria que foi subindo até a cintura e depois mais alto, até que seus braços estivessem submersos. Então passou a flutuar, perdendo a sensação de terra firme sob os pés.

A água turva tornava seus movimentos mais lentos. Ela estendeu a mão em direção à parede esquerda, sentindo-a escorregadia devido às algas. Tocou nas cavidades inundadas onde os tijolos haviam se desintegrado. Chegou a ouvir a respiração de Preston acelerar, mas estava determinada a não olhar para trás. Seu cabelo flutuava como destroços pálidos. Ela respirou fundo mais uma vez e mergulhou.

Imediatamente a luz diminuiu; a água assumiu um tom de verde turvo, quase opaco. Effy bateu os pés, impulsionando-se para a frente. *Alguma coisa* tomava uma forma escura a distância, mas ela não conseguia discernir o que era. A garganta dela logo se apertou.

Ela se deixou flutuar um pouco mais, levada pela inércia do impulso que tomou, até que seus dedos tocaram aquela coisa sólida. O que quer que fosse aquilo... estava perto o suficiente.

Ela quis continuar, agarrar aquilo, *colocar as mãos em* alguma coisa, mas se lembrou de sua promessa a Preston e voltou, batendo os pés em direção à luz turva. Ela emergiu ofegante, e viu que Preston havia descido mais degraus, ficando submerso até os joelhos.

Ele agarrou o pulso dela e puxou-a escada acima, para fora da água.

— Effy! Você está bem? — indagou com a voz embargada.

Ela precisou respirar fundo por algum tempo antes de conseguir falar:

— Estou bem. Eu vi algo. *Toquei* em algo. Não sei o que é, mas preciso chegar até lá. Sei que consigo... — Os dentes dela batiam, embora a garota não sentisse frio. A adrenalina a envolvia em uma névoa entorpecedora, o sangue pulsando quente em suas veias.

Preston manteve um aperto firme no pulso dela.

— Tem certeza?

Ela assentiu. A cada segundo que passava, ela se sentia mais confiante. O feixe da lanterna tremeluzia nas paredes de pedra e na água, salpicando de ouro a superfície escura.

Effy se afastou de Preston, e por um momento se viu através dos olhos *dele*, se afogando aos poucos enquanto recuava pelos degraus, desaparecendo como uma selkie sob as ondas.

Nada ali lembrava a natação da infância, nas águas límpidas em um azul quimicamente tratado. O que estava diante dela era uma escuridão densa. Seu corpo já não tinha mais a leveza de quando ela era criança, com os membros esguios e uma confiança tranquila. Seus braços e suas pernas eram um fardo mais pesado agora.

Effy pressionou a mão esquerda na parede e bateu os pés, a forma escura se materializando devagar, como algo se movendo sob gelo. Ela estendeu a mão e tocou aquilo mais uma vez, tentando entender as proporções do objeto. Madeira apodrecida e antiga se desfez sob sua mão.

Havia um ruído baixo, um zumbido que parecia vir da própria água, e Effy se lembrou, de repente, de todas as histórias de fadas que advertiam as crianças sobre as margens dos oceanos e lagos. Kelpies, selkies, mulheres fadas enroladas em algas que carregavam as pessoas para o fundo e as estrangulavam com as mechas longas de seus cabelos. Arethusa, a consorte do Rei das Fadas, que seduzia os homens com sua beleza e depois os afogava enquanto cantava para abafar os sons de desespero.

Um medo tenso e terrível a dominou. Ela passou a mão pela madeira, agora bastante certa de que tocava uma prateleira. Ela era tão tola quanto o marinheiro no poema de Myrddin — se fosse mesmo ele o escritor —, que acreditava que a única coisa que ele tinha a temer era a força do próprio mar. Mil criaturas sombrias habitavam as profundezas. Havia mil maneiras de se afogar.

Effy lera uma vez, em um daqueles tomos antigos no sexto andar da biblioteca, sobre um método de tortura praticado no Sul, nos dias pré-Afogamento. As vítimas eram amarradas e forçadas a beber e beber e beber, até que seu estômago estourasse, até que seu corpo sucumbisse ao peso. A cura pela água, assim era chamado. Por dias, depois de ter lido aquilo, ela não conseguia parar de imaginar todos aqueles corpos inchados. Às vezes, a vítima era forçada a vomitar toda a água e depois bebê-la outra vez.

Os pulmões de Effy começaram a arder.

Seus dedos encontraram a borda de alguma coisa, algo com uma alça que ela podia agarrar. Ela tentou puxar, mas era muito pesado, e seu peito estava prestes a explodir.

No entanto, de alguma forma, ela sabia que, se emergisse agora, nunca teria coragem de voltar. Então tirou a mão esquerda da parede e usou ambas para agarrar o objeto pesado de metal e *puxar*.

Ela tentou nadar de volta à superfície, mas a coisa em suas mãos — que agora ela conseguia distinguir como uma caixa — a puxava para baixo. O pânico se alastrou. O frio e o medo. O medo terrível que a paralisava começou a puxá-la ainda mais fundo. Então a visão de Effy se escureceu nas bordas.

No entanto, Preston estava enganado sobre ela, de certa forma. Talvez ela só tenha percebido isso naquele momento. Mesmo com medo de viver, ela não queria morrer. Effy não era uma arquiteta e talvez nunca fosse uma contadora de histórias, tampouco herdeira de magia, mitos e lendas. Contudo, se tinha algo que ela sabia fazer muito bem, era sobreviver.

Effy escapou da água e emergiu em um mundo banhado de luz obstinada.

Seus olhos ainda estavam embaçados pela escuridão, portanto ela não conseguia enxergar Preston. Apenas sentiu os braços dele envolvendo sua cintura, puxando-a para cima dos degraus, ambos ofegantes e tossindo, e Effy cuspia a água fétida de sua boca.

Eles ficaram ali por um momento, Effy agarrada à caixa junto ao peito e Preston agarrando Effy. A água batia mansamente nos pés de ambos.

— Eu... eu consegui — gaguejou ela, com a voz rouca. — Eu disse que conseguiria.

— Effy — sussurrou Preston, a respiração quente contra a orelha dela. — Olhe.

Por um momento, ela não tinha certeza do que ele queria dizer; seu cérebro ainda parecia encharcado, agitado como a espuma das ondas. Seus dedos entorpecidos se abriam e fechavam em torno das bordas da caixa de metal enferrujada que agora parecia ser uma parte dela, um quinto membro.

Um grande e intimidador cadeado chacoalhava enquanto ela se movia. Mas impresso no topo da caixa, em letras pretas bem marcadas, estava uma palavra. Um nome.

Angharad.

~

A chuva caía sem cessar enquanto eles cambaleavam em direção à casa de hóspedes. O carro de Wetherell tinha sumido, deixando marcas frenéticas de pneus no lamaçal à entrada. Ao redor deles, enquanto o vento uivava, os sons terríveis dos galhos sendo torcidos e arrancados das árvores ressoavam, o barulho das folhas sendo levadas em grandes rajadas rodopiantes.

Effy teria ficado com medo, mas estava muito ocupada se concentrando em não morrer de frio.

Coberta por dois casacos — o dela e o de Preston —, tropeçava pela lama, enquanto segurava firme no braço do rapaz. Sob o outro braço, ele carregava a caixa de metal.

Effy tremia por inteiro, sua visão, embaçada na penumbra, captava as sombras deslizando entre as árvores. Por um momento, ela pensou tê-lo visto outra vez, com os cabelos pretos molhados reluzentes e a coroa de ossos brilhando. Mas quando piscou, ele havia desaparecido. Ela não sentia medo. O que quer que estivesse dentro da caixa era a verdade, e ela expulsaria o Rei das Fadas de uma vez por todas. Ela o expulsaria de sua mente. Acorrentaria a criatura no mundo dos mitos e da magia, ao qual ele pertencia.

O cabelo dela estava grudado na testa e nas bochechas, as mechas geladas contra sua pele feito algas em água lamacenta. As pernas, dormentes, tremiam e ela tinha receio de que seus joelhos pudessem ceder a qualquer momento.

De alguma forma, sem que ela dissesse qualquer coisa, Preston parecia saber, e segurou-a com mais firmeza, conduzindo Effy até o limiar da casa de hóspedes.

Enquanto ele abria a porta feita de pedra e ferro, um emaranhado de galhos passou voando na direção deles.

Preston fechou a porta, abafando o som horrível do vento.

Ele pegou o isqueiro e acendeu as velas e as lâmpadas a óleo, enquanto Effy permanecia parada, as roupas pingando no chão. Tudo parecia pesado como num sonho.

Ela olhava para a caixa, que Preston havia colocado em cima da mesa, lendo aquela palavra, aquele nome, sem parar. *Angharad Angharad Angharad Angharad Angharad.*

— Sinto muito — disse Preston, tirando-a do devaneio. — Não há muita lenha na lareira, e acho que não consigo arranjar mais, já que está tão molhado lá fora...

Ele parecia desesperado. Effy apenas piscou para ele e disse em uma voz monocórdica:

— Está tudo bem.

— Você deveria... hum... tirar suas roupas.

O comentário fez o coração de Effy bater mais forte e suas bochechas ruborizarem. Preston também corou e logo acrescentou:

— Não quis dizer desse jeito... é que você está encharcada.

— Eu sei — respondeu ela. Então tirou o casaco dele e depois o dela, deixando-os cair no chão.

Preston se virou, ficando de frente para a parede enquanto ela tirava a blusa, a saia e as meias molhadas. Ela procurou o suéter mais quente que tinha e o vestiu. Depois se enfiou debaixo das cobertas, puxando o edredom verde até o queixo.

Preston retornou, o rosto ainda ruborizado.

— Assim está melhor.

Ainda assim, ela sentia muito frio. Como se nunca mais pudesse se aquecer outra vez, mesmo debaixo das cobertas, mesmo com as quatro paredes ao seu redor. Ela queria se sentir segura, ancorada. Queria viver em um mundo onde não houvesse criaturas com chifres do lado de fora, onde não houvesse necessidade de colocar ferro na porta.

Aquele era o mundo irreal ou o real? Tudo parecia confuso, como se não houvesse mais uma fronteira rígida separando-os. O nível da água turva estava subindo e ela mal conseguia manter a cabeça acima da superfície.

— A tempestade — foi tudo que ela conseguiu dizer. E então Effy não foi capaz de pensar em mais nada para falar. Sua mente era um emaranhado de mar e ondas espumosas.

— Vai dar tudo certo — disse Preston. Seus óculos estavam manchados de água da chuva. — Ainda podemos chegar a Saltney. Você só precisa se aquecer primeiro. — Ele fez uma pausa, os lábios trêmulos. — Mas você conseguiu, Effy. Você conseguiu mesmo.

Ela emitiu um som sufocado, que esperava que tivesse soado como uma risada.

— Mesmo que eu tivesse perdido mais alguns dedos.

Preston apenas baixou a cabeça, como se quisesse repreendê-la, mas não tivesse coragem. Preston, que havia cuidado das feridas nos joelhos dela com toda a delicadeza, quando ambos ainda mal confiavam um no outro. Uma onda de afeição súbita e desesperada cresceu no peito de Effy.

— Eu deveria voltar para a casa — disse ele. — Nós...

— Não — interrompeu Effy, o coração batendo forte. — Não faça isso.

Ele franziu a testa para ela.

— Ainda precisamos pegar as cartas e as fotografias.

— Por favor — pediu ela. — Por favor, não vá embora. Acho que vou morrer se você for embora.

Ela estava falando sério, naquele momento, com o vento tentando atravessar a porta e sem nenhuma maneira de distinguir o que era real do que não era. Preston era a única coisa que parecia sólida, estável e verdadeira. Sem ele, ela afundaria e nunca mais voltaria à superfície.

O rapaz soltou um suspiro suave. Por um momento, Effy pensou que ele ia deixá-la de qualquer maneira, então sentiu seu coração apertar com toda a força.

No entanto, ele se aproximou devagar e se sentou na beirada da cama. Suas roupas também estavam molhadas. Sua camisa estava grudada na pele, translúcida devido à água da chuva.

— Tudo bem — concordou ele. — Eu fico.

O calor do corpo dele era perceptível através dos cobertores. Effy se sentou e chegou mais perto. Ela apoiou o queixo no ombro dele com muito cuidado, como se estivesse colocando um copo sobre a mesa e não quisesse fazer barulho.

Ela o sentiu inspirar devagar, os ombros subindo e descendo. Preston virou a cabeça na direção dela.

Ele a beijou, ou ela o beijou — isso importava tanto quanto se a casa estava afundando ou o nível do mar subindo. Quando seus lábios se tocaram, Effy não conseguiu pensar em mais nada.

Preston segurou o rosto dela com as mãos e, com excepcional delicadeza, deitou-a de volta sobre os travesseiros.

Eles se afastaram por um momento, o corpo de Preston metade em cima dela agora, apoiando-se nos cotovelos. Água escorria da nuca dele, descendo por suas clavículas.

— Effy, você tem certeza?

Ela assentiu com a cabeça. Ela queria dizer *sim*, mas de alguma forma a palavra ficou presa em sua garganta. Em vez disso, ela sussurrou:

— Nunca estive com ninguém antes. Já beijei garotos... e depois houve o professor Corbenic, mas aquilo foi...

— Não vai ser nada parecido com aquilo, Effy. Eu prometo. Serei gentil com você.

Ela acreditava nele. Isso quase a fez querer chorar. Com cuidado, ela começou a abrir os botões da camisa dele, deixando à mostra a garganta e depois o peito, o abdômen e o umbigo. Ela nunca tinha visto alguém nu daquela forma e por um momento ficou atônita com a *vitalidade* dele — os sinais de vida em cada músculo contraído, cada movimento de seus ossos sob a pele.

Effy não podia deixar de tocá-lo por toda parte, aqui e ali e aqui, na caixa torácica, no esterno e, finalmente, na pele acima da fivela do cinto.

Preston estremeceu sob o toque; ela o ouviu engolir com força. As mãos dele deslizaram por baixo do suéter dela.

— Posso?

— Sim — assentiu ela, enfim encontrando a palavra.

Ele pegou o suéter pela bainha e o puxou sobre a cabeça dela. *Ela* estava nua, e ele a beijou novamente, deslizando a boca ao longo da linha do maxilar, até o pescoço. Effy arfou quando os dedos dele encontraram seus seios, mas ele apenas os segurou, como se quisesse protegê-la da frieza do ar.

As mãos dela pararam na fivela do cinto dele, exasperada, o coração batendo descompassado. Ela podia senti-lo outra vez através da calça, rígido e urgente. Isso a excitou e a assustou ao mesmo tempo. Há muito ela o desejava, e agora sabia, sem sombra de dúvida, que ele a queria também.

Finalmente, ela conseguiu soltar a fivela do cinto dele e tirá-lo, e ele levantou as cobertas e deslizou para o lado dela.

O único obstáculo que restou entre eles foram os óculos. Ela os tirou do rosto de Preston e os colocou sobre a escrivaninha. Ele piscou para ela, como se estivesse reajustando a visão. Effy viu os dois pequenos sulcos na ponte do nariz dele e os tocou com o polegar, sentindo onde os pequenos pedaços de metal haviam feito a pele ceder.

Um canto da boca dele se curvou.

— O que está fazendo?

— Sempre me perguntei se dói usar os óculos.

— Na verdade, não — disse ele. — Na maioria das vezes, eu nem percebo. Gostaria de poder ver você com mais nitidez agora. Mas mesmo embaçada, você é linda.

Ela sentiu suas bochechas esquentarem. Não havia mais frio.

— Por favor, seja gentil.

— Ah. Eu serei. Eu prometo. — Ele se moveu para dentro, abrindo as coxas dela devagar.

Doeu um pouco, mas foi como prender a respiração com muita força e depois soltar: um alívio extremamente prazeroso. Effy gemeu baixinho no ombro dele, um som que era metade surpresa, metade rendição. Era fácil se render quando as investidas eram tão suaves. A terra nunca protestaria se o mar a banhasse com o que não poderia ser chamado de outra coisa senão *afeto*.

O ritmo da respiração deles se igualou, a boca de Preston perto do ouvido dela. Quando a respiração dele acelerou, Effy percebeu que ele estava muito perto, mas depois ele diminuía o ritmo outra vez, com movimentos longos e deliberados.

— Não — sussurrou ela, petulante, contra o pescoço dele. — *Não pare.*

— Eu só queria dizer que quando isso acabar, eu vou cuidar de você também. Se você quiser.

Effy fechou os olhos, e viu estrelas até mesmo na escuridão ao redor.

— Eu quero.

~

Quando de fato terminaram, Effy se deitou ao lado de Preston, ambos escondidos sob o cobertor verde. Ela deitada de barriga para baixo, ele de costas, mas estavam de frente um para o outro com as bochechas pressionadas nos travesseiros.

As quatro paredes do quarto pareciam impenetráveis. Effy mal podia ouvir a chuva.

— Não quero voltar lá para fora — confessou ela, com uma vozinha abafada. — Nunca mais.

Ele não perguntou se ela estava se referindo a voltar para a tempestade, ou para a casa, ou para o restante do mundo.

— Infelizmente isso parece impossível.

— Por que eu deveria acreditar nisso? Você não consegue enxergar nem dois metros à sua frente.

Preston riu.

— Vou colocar meus óculos de novo, se isso me der mais credibilidade.

— Não. Gosto de saber mais do que você, pelo menos uma vez.

— Você sabe muitas coisas que eu não sei. — Ele afastou uma mecha de cabelo úmido da testa dela. — Há um ditado argantiano sobre isso também, na verdade.

— Sério? Qual?

— *Ret eo anavezout a-raok karout.* "É preciso saber antes de amar."

Era uma coisa tão *prestoniana* de se dizer que Effy quase riu sozinha. Ele não amava nada mais do que a verdade, e ela não amava nada mais do que seu mundo imaginário. Apesar disso, de alguma forma eles haviam se encontrado.

— Veja só, vocês argantianos são um povo muito poético — comentou ela. — Por mais que a propaganda llyriana nos faça acreditar no contrário.

— Você me chamou de *presunçoso.*

Um sorriso se formou nos lábios dela.

— Bem, alguns estereótipos têm um fundo de verdade.

Preston bufou. Effy chegou mais perto dele. Ela passou um dedo suavemente pela curva do cotovelo dele, só para ver como ele se contraía e estremecia. Um sinal de vida, como minúsculos brotos verdes que cresciam da terra que passava por um inverno rigoroso.

Pelo canto do olho, ela avistou a caixa trancada.

— Mas você tem razão sobre uma coisa — disse ela por fim. — No final das contas, *teremos* que ir embora.

Preston deve ter ouvido a tristeza na voz dela, o tremor do medo. Ele a tomou nos braços, com as costas nuas dela contra o peito nu dele, a cabeça dela descansando sob o queixo dele. Seus batimentos cardíacos pareciam ter o ritmo de uma maré constante.

— A única razão pela qual algo importa é porque acaba — disse ele. — Eu não a abraçaria com tanta força agora se achasse que *poderíamos* ficar aqui para sempre.

— Isso me dá vontade de chorar. — Ela desejou que ele não tivesse dito aquilo.

— Eu sei. Não é o argumento mais original, e com certeza não sou o primeiro acadêmico a dizer isso... que a efemeridade das coisas é o que lhes dá significado. Que as coisas só são belas porque não duram. Luas cheias, flores desabrochando, você. Mas se tudo isso é evidência, acho que deve ser verdade.

— Algumas coisas são constantes — disse Effy. — Precisam ser. Acho que é por isso que tantos poetas escrevem sobre o mar.

— Talvez a ideia de constância seja o que de fato é aterrorizante. O medo do mar é o medo do eterno. Porque... como se pode vencer algo tão duradouro? Tão vasto e tão profundo. Hmm... Você poderia escrever um artigo argumentando isso, pelo menos no contexto das obras de Myrddin. Bem, talvez tenha que ser uma tese inteira.

— Ah, pare já com isso. Você está sendo tão... *você*.

Ela sentiu a risada dele ressoando em suas costas, fazendo com que ambos tremessem.

— Desculpe. Vou ficar quieto agora. Estou muito cansado.

— Eu também. — Effy bocejou. — Mas, por favor, volte a ser você quando eu acordar. Não vá a lugar nenhum.

— Não precisa se preocupar com isso.

Da mesma maneira inevitável com que o mar se erguia contra os penhascos, o sono tomou conta de ambos.

CAPÍTULO QUINZE

Passei inúmeras noites em vigília, contemplando como poderia libertar-me de sua influência. Nesse processo, compreendi que as verdadeiras restrições eram aquelas que eu mesma havia imposto. Durante esses momentos, eu me encontrava repetidamente questionando o mesmo enigma: por que o Rei das Fadas me escolhera? Que ações minhas justificariam tal destino? Essa indagação era dotada de uma magia poderosa, mantendo-me cativa naquela situação, enquanto meu esposo repousava ao meu lado. Enquanto eu não rompesse o encanto que minha própria mente tecera, jamais alcançaria a verdadeira liberdade.

DE *ANGHARAD*, POR EMRYS MYRDDIN, PUBLICADO EM 191.

Effy acordou na escuridão, as batidas de seu coração ressoando como sinos tocando. Trovões ecoavam contra as paredes de pedra da casa de hóspedes, e a água da chuva fazia as janelas tremerem. Todas as velas haviam se transformado em poças de cera. Quando ela se sentou e falou, seu hálito se condensou à frente de seu rosto.

— Preston — chamou ela. — A tempestade... precisamos ir.

Ele se sentou de repente, como se tivesse sido cutucado. Ela o observou piscar na escuridão densa, procurando pelos óculos na mesa de cabeceira, enquanto um relâmpago iluminava as janelas com um branco ofuscante. Ele finalmente os pegou e os colocou no rosto.

Ela podia sentir o pulsar de medo que irradiava dele, um calor que causava arrepios em sua pele.

Eles se vestiram em silêncio. Nada podia ser ouvido além dos sons do vento e da chuva, mas Effy tinha medo de falar, medo de expressar o quanto aquilo tudo parecia sério. Quando não aguentou mais, depois de amarrar o cabelo com os dedos trêmulos, ela perguntou:

— E se for tarde demais? E se não conseguirmos descer?

— *Vamos conseguir* — garantiu Preston, a voz determinada. — *Não vamos* ficar presos aqui.

— Eu sou tão estúpida. Não deveria ter te pedido para ficar. Não deveríamos ter dormido...

— Effy, pare com isso. — Ele se aproximou dela, pegou sua mão. — O que está feito, está feito, e eu não me arrependo. *Nunca* me arrependeria... não importa. Vamos levar essa caixa e dirigir até Saltney. Vamos encontrar um chaveiro para arrombá-la e...

Ele parou quando outro trovão retumbou pelo pequeno quarto. Effy olhou para a caixa, o queixo tremendo. Ela parecia tão grande e pesada, o cadeado brilhando sob camadas de algas e ferrugem.

Então algo lhe ocorreu, com um terrível sobressalto.

— As cartas. As fotografias e as cartas. Ainda estão lá em cima, na casa.

O rosto de Preston empalideceu. O peito dele se expandiu e depois se esvaziou enquanto ele inspirava uma profunda lufada de ar.

— Droga. Tudo bem. Eu subo e pego. Você fica esperando no meu carro.

— Agora é você que está sendo estúpido. — Outro relâmpago. — Eu vou com você.

Pelo menos Preston tinha aprendido a não discutir com ela. Eles vestiram os casacos e seguiram para a porta.

Por alguma razão, Effy sentiu um golpe de tristeza diante da ideia de deixar a casa de hóspedes para trás. Ela tinha sido útil durante a estadia dela em Hiraeth. O ferro na porta havia resistido; as quatro paredes não haviam desmoronado, mesmo com a água se infiltrando. Quer ele fosse real ou não, a casa tinha mantido o Rei das Fadas a distância.

Um último impulso de medo levou Effy a pegar as pedras de bruxa que restavam sobre a mesa e enfiá-las no bolso da calça.

Preston nem parecia ter percebido. Seus dentes estavam cerrados, os músculos pulsando em sua mandíbula. Quando ela se juntou a ele na porta, o rapaz segurou a mão dela.

— Eu falei sério — disse ele baixinho. — Quero cuidar de você. Quando voltarmos para Caer-Isel, para os professores horríveis e aqueles alunos péssimos... Nunca mais quero que você tenha que enfrentar tudo sozinha.

A garganta de Effy se apertou.

— Eles são cruéis. Serão cruéis com você também.

— Não importa. Eu não tenho medo de me importar com você, Effy.

Se tivessem mais tempo, ela teria se aconchegado nos braços dele e ficado ali até a tempestade passar. Em vez disso, ela apenas apertou a mão dele. Juntos, ambos abriram a porta.

A princípio, parecia impossível dar um único passo para a frente. O vento soprava com tanta fúria que Effy precisou fechar os olhos e proteger o rosto com a mão, e mesmo assim parecia tão brutal e cortante que ela pensou que teria a pele esfolada. A água da chuva a encharcou em um instante, molhando o casaco por completo.

Folhas e galhos voavam em velocidades vertiginosas. Preston também cobriu o rosto com as mãos e teve que gritar para ser ouvido em meio ao vento:

— Temos que ir rápido! Não vou conseguir descer se piorar.

Effy se perguntou como ele conseguiria descer *agora*, mas parecia um pensamento tão derrotista que não valia a pena dizer em voz alta. Com os dedos ainda entrelaçados, eles avançaram pela tempestade, pelo caminho que agora estava coberto de árvores caídas e que havia se transformado em um lamaçal.

Effy só não caiu porque Preston a segurava com firmeza. Quando ela teve que parar porque a lama sugava suas botas desesperadamente, ele a puxou para a frente outra vez, ajudando Effy a subir o pequeno aclive.

Mas chegar à beira do penhasco foi pior. De lá, Effy podia ver o mar e o céu, quase indistinguíveis em sua fúria cinza e branca. Juntos, eles se erguiam e depois se abatiam sobre o rochedo, e enfim Effy entendeu por que os sulistas, no passado remoto, antes do Afogamento, acreditavam que havia apenas dois deuses: o Céu e o Oceano. A terra era apenas algo preso e pressionado entre as fúrias em guerra.

De repente ela se lembrou do que Rhia tinha dito a respeito dos sulistas: acreditavam que os Adormecidos eram a única coisa impedindo o segundo Afogamento. Que a consagração de Myrddin os mantinha seguros. Será que ela e Preston haviam causado isso, de alguma forma? Será que desvendar as mentiras de Myrddin teria desgastado a magia dos Adormecidos, bem como Effy temia que pudesse acontecer?

Preston a puxou de volta quando um pedaço do penhasco desmoronou sob seus pés, na mesma hora engolido pela boca espumante do mar. Effy não pôde deixar de parar e observar enquanto mais coisas — ainda que fossem apenas pedras desgastadas pelo tempo — se perdiam nas eras.

No entanto, em meio ao caos, nenhuma figura sombria se destacava à sombra da casa. Effy pensou que aquele seria o momento mais propício para uma aparição, quando a barreira entre a realidade e *algo além* estava rompida.

Conforme tropeçavam pelo caminho, Hiraeth aparecia a distância, um baluarte escuro contra o céu cinza. Talvez Ianto estivesse certo; talvez a tarefa de Effy não fosse inexequível, afinal. Talvez houvesse alguma velha magia silenciosa protegendo-a, algo que nem mesmo suas descobertas poderiam arruinar.

As árvores, os freixos da montanha — apesar dos melhores esforços de Ianto —, estavam sendo arrancadas de suas raízes pelo vento. As bagas de tramazeira eram puxadas de seus galhos e esmagadas. Todos os encantos estavam sendo obliterados e, ainda assim, o Rei das Fadas não aparecia.

Effy estava confusa demais para saber se deveria sentir alívio. Telhas se desprendiam do telhado empenado como pássaros levantando voo.

Assim que chegaram aos degraus, uma árvore enorme passou carregada pelo vento, desgarrada de suas correntes. Effy cambaleou para trás, ofegante, e Preston gaguejou um palavrão.

— Pelo amor dos Santos — disse ele contra o vento. — Estou começando a achar que os naturalistas estavam certos sobre o segundo Afogamento.

Effy não mencionou as superstições do Sul ou os Adormecidos. Sua boca estava seca e seu estômago revirava com a mesma ferocidade do mar.

Eles subiram os degraus e entraram pela porta. Preston a fechou atrás deles, enquanto Effy se encostava na parede, tentando recuperar o fôlego.

— Se isto for um segundo Afogamento — começou ela, pronunciando cada sílaba dolorosa com cuidado —, o que devemos fazer?

Preston limpou a água da chuva de seus óculos.

— Sair daqui o mais rápido possível.

Não havia mais nada a dizer. Eles correram escada acima enquanto a casa gemia ao redor. A água escorria como sangue por cada fissura nas paredes e no teto.

Algumas das pinturas ao longo da escada haviam caído; o vidro que protegia o Rei das Fadas se estilhaçara, e ele a encarava com seus olhos incolores entre os cacos.

A moldura não o prendia mais. Effy sentiu um choque de medo antes de Preston apressá-la de novo, passando sob o arco esculpido com os rostos de Santo Eupheme e São Marinell. O arco estava desmoronando; seus rostos de madeira, apodrecidos. Não havia mais santos para protegê-la.

Suas orações são inúteis, dissera o pastor. *Elas não a protegerão contra ele.*

O segundo andar estava pior. As paredes estavam encharcadas de água, o revestimento se descolando em longas línguas de um verde desbotado.

Todas as lâmpadas de vidro foram quebradas, e o assoalho rangia sob os pés deles a cada passo.

Os dois avançaram em direção ao escritório, atravessando o perigo, enquanto metade do chão atrás deles desabava; a madeira antiga enfim cedendo sob o peso de tanta água.

— Está tudo bem — Preston murmurava, mais para si mesmo, pensou Effy, do que para ela. — Está tudo bem, está tudo bem... — Ele abriu a porta do escritório.

Effy congelou e sentiu o estômago revirar com um mau pressentimento.

Com toda a calma, Ianto anunciou:

— Bem-vindos de volta.

— O... o que você está fazendo aqui? — Preston gaguejou.

— *Bem* — disse Ianto devagar. — Ontem à noite, quando eu estava prestes a me deitar em paz, recebi uma ligação telefônica inesperada de um amigo de longa data. Blackmar é velho e meio demente, e no início pensei que teria que concordar em silêncio com os delírios de um lunático desdentado. Mas ele começou a me contar que havia hospedado alguns convidados inesperados, dois universitários de Caer-Isel. Ele disse que eles lhe contaram que estavam trabalhando em um projeto centrado em Emrys Myrddin e fizeram muitas perguntas suspeitas. Para ser mais específico, sobre a publicação de *Angharad*.

As pernas de Effy começaram a ficar dormentes. Depois os braços, depois o corpo todo. Ela mal podia sentir os dedos de Preston agarrando os dela.

Ianto continuou:

— Que curioso. — Ele colocou uma das mãos sob o queixo, em um gesto exagerado de perplexidade. — Curioso, curioso, curioso... foi o que eu disse a Blackmar, quando contei que *também* estava hospedando dois universitários de Caer-Isel, e um deles manifestou interesse na vida de meu pai e em suas obras. Fiquei muito surpreso com a insistência de Blackmar de que esses alunos exemplares, que eu havia permitido que entrassem em minha casa, pudessem ter quaisquer intenções perversas. Eu não gosto de esperar o pior das pessoas, vocês sabem disso. Mas também detesto ser feito de bobo. Então decidi vir até o escritório e fazer perguntas, mas... curiosamente, estava vazio.

Os olhos de Ianto. Estavam nítidos e translúcidos, sem mais turvação. Afiados o bastante para serem cortantes e claros o suficiente para que ela visse o próprio reflexo.

— Eu te avisei para ficar longe dele, Effy — disse ele.

— Ianto... — começou ela, mas sua voz tremia demais para continuar. Nas bordas, sua visão começava a embaçar, o medo tomando conta de seu corpo.

Ele se mexeu, chacoalhando as correntes que havia jogado sobre o ombro.

— Santa Acrasia é mesmo sua padroeira. Vejo a marca da boca dele em seu pescoço. Profanando-se, e por um *argantiano*, de todas as pessoas... Eu esperava mais de uma boa garota do Norte como você.

Aquele era o Ianto do pub, aquele que havia segurado sua mão e apertado até causar dor. Se ainda havia algum traço do Ianto gentil, alegre e esperançoso, ela não conseguia encontrar nenhum em seu olhar.

— Por favor — pediu ela. A bile subindo pela garganta. — Por favor, pare.

Era como se Ianto não a ouvisse, como se ela não tivesse falado nada.

— E você, Preston Héloury... muito bem. Não sei como você conseguiu seduzir Effy para o seu esqueminha, mas agora sei por que está aqui. Você afirmou que respeitava meu pai, o legado de Emrys Myrddin. — Ianto alcançou a mesa atrás dele, e Effy soltou um pequeno ruído estrangulado de terror, pensando que ele fosse apontar sua arma. Mas, em vez disso, ele pegou um pedaço de papel. — "Execução do autor: Uma investigação sobre a autoria das principais obras de Emrys Myrddin." Isso é um ataque ao legado do meu pai.

— Não é bem assim — tentou dizer Preston, com a voz rouca. Mas Ianto apenas balançou a cabeça e levantou a mão, chacoalhando as correntes de novo.

— Eu poderia ter acreditado em suas mentiras bajuladoras, se não tivesse encontrado isto. — Com um gesto teatral, ele reuniu as fotografias da garota e soltou-as no ar, permitindo que flutuassem até o chão. Effy viu um vislumbre da panturrilha nua da garota, o cabelo pálido dela. — Você não é melhor que um jornalista sensacionalista, procurando evidências de que meu pai levava uma vida dupla pervertida. Não sei onde você conseguiu isso, ou onde conseguiu encontrar o *diário* dele, mas isso termina aqui. Esta é a casa do meu pai. Esta é a *minha* casa. E vocês vieram aqui para destruí-la, para arruiná-la...

Suas palavras foram interrompidas por um enorme estrondo de trovão, tão alto que Effy se encolheu, e um relâmpago fantástico que iluminou todo o cômodo.

A casa rangeu ao redor deles e, de algum lugar lá embaixo, ressoou um som ainda mais alto de desmoronamento: mais rochas se desfazendo no mar.

— Ianto — disse Effy, uma vez que o trovão cessou e só restava o uivo do vento. Ela tentou imprimir um tom de voz baixo, maleável. O que mais poderia fazer senão tentar barganhar com ele? Ela realmente pensou que a verdade poderia salvá-lo, mas talvez ela não tivesse chegado a tempo. — Por favor... esta casa não vai sobreviver à tempestade. Todos nós precisamos ir embora, agora.

— Cale a boca — disse Ianto com selvageria. Seus olhos pálidos iam de Effy para Preston, oscilando de um modo maníaco e faminto. — Eu liguei para a universidade em Caer-Isel. Levei um tempo para convencê-los, mas enfim o escritório do reitor puxou os arquivos de Preston Héloury e Effy... ops, *Euphemia* Sayre.

Foi a primeira vez que ela ouviu seu nome completo, seu nome verdadeiro, da boca de Ianto. Houve outra explosão no céu, e algo grande e escuro bateu contra a janela, forte o suficiente para provocar uma enorme fissura no vidro. Um galho de árvore. A água da chuva começou a se infiltrar.

— Parece que você era um pouco problemática para a faculdade de arquitetura, Euphemia — continuou Ianto. — Um probleminha engraçado com seu orientador... aí a gente começa a pensar que era por isso que a universidade costumava proibir a presença de mulheres. Vocês todas são donzelas manipuladoras, e, por isso, não servem para o pensamento superior.

Effy cerrou os olhos.

— Pare.

— Talvez eu não tenha entendido bem qual era a sua. Talvez você seja Amoret, não Acrasia. Talvez você tenha ficado lá parada enquanto seu orientador fazia o que queria...

Foi Preston quem gritou então, acima do som do vento e do trovão.

— Pare com isso! Você não tem ideia do que está falando, seu...

— Eles também levantaram seu arquivo — interrompeu Ianto. — Preston Héloury. Que nome estranho, misturado. Sua mãe é uma llyriana de sangue azul, mas seu pai é só um camponês argantiano das montanhas. *Foi*. Levei um tempo, procurando em todos aqueles registros de jornais em argantiano, mas eu encontrei o obituário. Tão desagradável. Não consigo pensar em uma maneira pior de partir, com a mente se deteriorando em água.

O aperto de Preston na mão dela se intensificou. Por trás de seus óculos, seu olhar endureceu.

Finalmente, a janela atrás de Ianto se estilhaçou por inteiro, deixando entrar a chuva e o vento. Os cacos de vidro foram varridos e o cabelo de Effy voou ao redor de seu rosto, lágrimas ardendo em seus olhos.

— Por favor — implorou ela. Se a verdade não era capaz de salvar Ianto, talvez se a enterrassem seriam capazes de escapar. — Você pode ficar com o diário, as fotografias, *tudo*. Nunca escreveremos uma única palavra sobre seu pai. Por favor... todos nós temos que sair ou morreremos aqui.

— Oh, não — disse Ianto. — Este não é um lugar do qual se pode partir. As coisas vivem e morrem aqui, mas não vão embora.

Outro uivo ensurdecedor do vento, raios riscando o céu.

— Você é louco — gritou Preston.

E Ianto *parecia* louco de fato: seus olhos vidrados e excessivamente brilhantes, seu cabelo molhado grudado no rosto e nos ombros, a enorme corrente chacoalhando a cada movimento. Por outro lado, Effy podia jurar que o que Ianto dizia fazia sentido na mente dele. Havia uma lógica naquilo — uma lógica doentia, talvez —, uma que alguém como Preston nunca entenderia. Que apenas pessoas que acreditam em contos de fadas, magia e fantasmas poderiam enxergar.

Pessoas como ela e Ianto.

Effy se lembrou de uma história de fantasmas que seu avô lhe contara uma vez, sobre um prisioneiro que havia sido esquecido e deixado para morrer de fome acorrentado em uma masmorra. Seu senhor passou o restante da vida ouvindo o barulho de correntes à noite, movendo-se pelos corredores de seu castelo. A cada noite que passava, o som se aproximava, até que, certa manhã, o senhor foi encontrado morto na própria cama, com marcas sangrentas de estrangulamento ao redor do pescoço feito um colar de rubis.

Se ficasse ali, Ianto também se tornaria um fantasma. A única diferença é que não haveria casa alguma para assombrar.

Ela tinha que deixá-lo ali, em sua loucura, ou seria arrastada para baixo com ele.

— Preston — disse Effy com urgência. — Vamos embora.

Com as mãos ainda unidas, eles deram um passo cauteloso para trás. Mas antes que pudessem fugir em direção à porta, num rápido movimento, Ianto já tinha sua arma em mãos, o cano preto apontado para eles. A garganta de Effy secou. Ela ficou paralisada onde estava.

E então, de forma totalmente inesperada, Ianto perguntou:

— Vocês conhecem a história do primeiro rei de Llyr?

Nenhum deles conseguiu falar, mas isso não desanimou Ianto. Ele deu mais um passo em direção aos dois, o cano da arma ainda erguido. Suas correntes chacoalhavam como se fossem objetos usados para cleromancia e estivessem sendo lançadas para uma leitura da sorte.

— O primeiro rei de Llyr foi um chefe tribal que venceu todas as suas guerras — disse Ianto. — Ele juntava as barbas de todos os seus inimigos como prova, e as tecia juntas, formando uma longa capa. Ele tinha tendas, cabanas e até casas, mas quando seu reino finalmente foi unificado, ele quis construir um castelo. Encontrou os melhores construtores entre seus novos súditos, e eles começaram a escavar uma fundação. Mas toda noite, quando iam dormir, descobriam que a fundação estava inundada com água, mesmo sem se lembrarem de ter ouvido chuva.

"O rei, como era de se esperar, ficou perplexo e irritado. Zangado. Mas seu mago da corte, um homem muito velho, que tinha visto muitos chefes tribais viverem e morrerem, disse ao rei que a terra estava com raiva dele também. Todas as árvores que ele havia derrubado em sua missão, toda a grama que ele havia queimado... Por que a terra permitiria que ele construísse alguma coisa, quando ele a havia tratado com tamanha crueldade? O mago da corte disse ao rei que, se ele quisesse que seu castelo crescesse alto e forte, teria que devolver algo à terra. Um sacrifício.

"E assim o rei ordenou que seus homens encontrassem uma criança, um filho sem pai. Ele amarrou o menino órfão a uma estaca dentro da fundação de seu castelo e foi dormir. Quando voltou pela manhã, descobriu que, de fato, a água viera, e o menino se afogara, mas quando os responsáveis pela construção foram consertar a fundação, na noite seguinte, ela estava firme e seca. E então o castelo foi construído, e até hoje nenhuma tempestade ou conquistador conseguiu derrubá-lo."

Durante todo o discurso de Ianto, o vento não cessou seu lamento, e a chuva lhe chicoteava as costas. De algum lugar lá embaixo, Effy começou a ouvir sons de estalos e desmoronamentos: tábuas do assoalho desabando de forma implacável pelo penhasco e caindo no mar.

— Isso é um mito, uma lenda — disse Preston, com a voz carregada de desespero. — Não é verdade; não é *real*. A morte é real, e vamos morrer se permanecermos aqui.

Ianto deu uma risada baixa e amarga.

— Todo esse tempo no Centenário Inferior e você ainda não entende. O que seus cientistas e acadêmicos chamam de mitos são tão reais quanto qualquer outra coisa. De que outro modo uma terra e um povo poderiam sobreviver ao Afogamento?

Effy fechou os olhos contra o vento. Quando chegou a Hiraeth pela primeira vez, ela acreditava nisso também. Acreditava em Angharad, bagas de tramazeira, freixos da montanha e cinturões de ferro. Mas histórias eram coisas ardilosas, planejadas. Elas podiam trapacear, roubar e mentir na sua cara. Podiam desmoronar sob seus pés.

— Você é *mesmo* maluco — afirmou ela, arregalando os olhos para o cano da arma cada vez mais perto.

— Pode me chamar de maluco se quiser — disse Ianto, e ao dar um passo à frente, as correntes chacoalharam —, mas tudo que vejo diante de mim são uma fundação afundando e dois filhos sem pai.

A arma foi pressionada com força contra as costas dela antes que Effy sequer compreendesse aquelas palavras. Preston gaguejava protestos enquanto Ianto os conduzia de volta ao corredor, contornando os buracos onde as tábuas do assoalho haviam cedido, e descia as escadas. Água escorria pelos rostos arruinados de Santo Eupheme e São Marinell, fazendo parecer que choravam.

Uma torrente de água deslizava pelos degraus ao lado deles, levando consigo o quadro estilhaçado do Rei das Fadas. O vidro havia rachado, mas a pintura estava intacta por trás, os traços do rosto ainda nítidos. Era como se a água não pudesse tocá-lo de forma alguma.

Ianto os fez parar em frente à porta do porão. Agitou a ponta da arma.

— Percebi que minha chave tinha sumido, Euphemia — comentou ele. — Você nem precisava ser tão falsa. Eu a teria entregado a você, por um preço.

Então sua mão agarrou o rosto dela, segurando seu queixo e virando-o para ele. Seus olhos estavam límpidos, cristalinos. Ele segurou o rosto da garota com tanta força que machucou. Effy soltou um resmungo de dor.

— Não toque nela — rosnou Preston.

Ianto soltou-a com brutalidade. As unhas dele cortaram as bochechas de Effy a ponto de sangrar.

— Já ouvi o suficiente de você. Presunçoso e bajulador desde o primeiro dia em que deixei você entrar na minha casa. Acho que será uma maneira adequada de partir... assim como seu pai. Uma morte pela água.

— Não! — gritou Effy enquanto Ianto abria a porta. A água turva jorrava por todas as rachaduras na parede, avançando cada vez mais escada acima.

Sem soltar sua arma, Ianto ajeitou as correntes em seu ombro. Effy viu que havia uma estaca amarrada na ponta. Ele agarrou Preston pelo braço, empurrando-o em direção à água escura. As botas de Preston escorregavam na pedra lisa, as mãos se estendendo para se agarrar ao batente da porta. Ianto agarrou-o pela gola da camisa para que ele não caísse.

Foi só então que Effy percebeu que ele não pretendia jogar Preston para debaixo d'água. Em vez disso, começou a enrolar as correntes em volta dos pulsos de Preston.

— Pare! — Effy se jogou contra as costas de Ianto, mas era como uma onda minúscula batendo em pedra sólida. Ele a afastou com um movimento displicente.

Embora Preston lutasse contra as amarras, o aperto de Ianto era firme, e o rifle ainda estava apontado para seu peito, o cano brilhando à meia-luz.

Ianto arrastou Preston pelas correntes escada abaixo. Então pegou a estaca e a enfiou na parede, martelando-a ali com a coronha da arma. O tempo parecia se dobrar e desacelerar ao redor de Effy, como a água de um rio em torno de uma pedra. E não havia nada na mente dela, nada além do puro e brilhante surto de adrenalina em suas veias.

Ela correu escada abaixo atrás deles e agarrou o pulso de Ianto, fazendo-o bambear com a arma e tropeçar para trás, quase caindo na água escura.

— Sua garota estúpida — rosnou Ianto enquanto se recompunha. Água jorrava pelas paredes, pelas rachaduras na alvenaria, como centenas de olhos chorosos. — Você não tem ideia do que está fazendo.

E então, com um amplo movimento do braço, ele a arremessou contra a parede com tanta força que a cabeça dela bateu na pedra com um estalo terrível. Effy sentiu a dor nos dentes e na mandíbula, e então uma agonia quente e florescente se espalhou por todo o seu crânio e desceu até a garganta.

Ela conseguiu levantar uma mão dormente e tocar a parte de trás da cabeça. Seus dedos ficaram manchados de sangue.

Ianto era um homem grande, mas não *tanto*. Não o suficiente para que duas pessoas não fossem capazes de arrancar uma arma de suas mãos. A força que ele tinha parecia impossível. Sobre-humana.

Preston gritava, mas ela não conseguia escutá-lo. Tinha perdido completamente a audição, exceto pelo rugido de sangue em seus ouvidos. Com as pernas trêmulas, Effy deslizou pelos degraus, submergindo a parte inferior do corpo na água lisa e escura.

— Por favor — ela ouviu Preston implorar, quando sua audição retornou por um momento. — Faço qualquer coisa... apenas deixe-a viver. — A voz dele estava trêmula, as sílabas saindo entre soluços.

— Ah, não se preocupe com isso — respondeu Ianto. — A fundação precisa de apenas uma criança sem pai. Não tenho a intenção de deixá-la morrer.

Effy tentou se levantar, mas a dor era absurda. Estava vendo estrelas e a ponto de desmaiar. Ela ouviu o som da arma batendo contra a estaca outra vez, barulhos metálicos sombrios e o breve chacoalhar de correntes.

E então tudo, exceto a água, ficou silencioso.

Ianto pegou Effy pelo braço e a arrastou para cima dos degraus como se ela fosse leve feito uma boneca, um brinquedo de criança. A água jorrava ao redor deles, e, no andar de cima, a casa rangia sem parar.

A última visão que Effy teve de Preston foi apenas um vislumbre. Só conseguiu ver as correntes enferrujadas em volta de seus pulsos, prendendo-o à parede, e seu olhar cintilando temeroso por trás dos óculos.

Ela tentou gritar o nome dele, mas não conseguiu, e então Ianto fechou a porta.

~

Ianto a arrastou para a sala de jantar. A visão de Effy retornou aos poucos, o suficiente para ver que parte da entrada havia desabado. A madeira estilhaçada se projetava em ângulos estranhos, como os galhos de um pinheiro desfolhado.

Ela levou um momento para perceber que não era apenas o golpe em sua cabeça: toda a sala *estava* inclinada, tombando em direção ao mar. A mesa de jantar havia deslizado para junto da parede mais distante, as cadeiras amontoadas ao lado dela, e, contrariando todas as probabilidades, o lustre de vidro ainda balançava no teto, como o pêndulo pesado de um relógio de parede.

Com a visão ainda embaçada, ela foi coagida a sentar em uma das cadeiras mofadas. Ianto se movia com uma determinação desajeitada pela sala, empurrando móveis e abrindo as portas dos armários com raiva. Como se estivesse procurando algo. O rifle ainda brilhava em sua mão.

— Por favor — Effy conseguiu dizer, a boca cheia de sangue. — Faço qualquer coisa... o que você quiser de mim. Só não deixe que ele morra, por favor, não deixe que ele morra...

Ela não era capaz de dizer se Ianto a ouvia ou não. Ele não se virou por um longo tempo, e quando o fez, segurava algo com força. Um pedaço de papel amassado e um lápis. Ele os empurrou para ela, e em seu estado de perplexidade, Effy os pegou.

— Aqui — rosnou ele. — Termine as malditas plantas.

Effy apenas o encarou boquiaberta.

— A casa vai cair no mar.

Ianto riu, e foi um som terrível, áspero, como pedra raspando contra pedra.

— Quando a água encher os pulmões do seu amante, quando ele ficar pálido e inchado com ela, quando o corpo dele flutuar como a carcaça de um peixe morto... esta casa se manterá de pé. Com certeza.

O coração dela quase saía pela boca, o ódio cavando um buraco em seu estômago.

— Então por que eu deveria desenhar algo para você, se vai deixá-lo morrer? Não vou fazer isso. Eu me *recuso*.

A fúria atravessou o rosto de Ianto como nuvens escuras. Ele pressionou a ponta da arma sob o queixo dela.

— Eu não quero ter que matar você, Effy. Você sabe disso, não é? Eu sempre quis mantê-la aqui. Segura do mundo.

— Não, eu não sei — respondeu Effy. Sua visão ainda escurecia nas bordas. — Não sei do que você está falando.

Ianto deu uma risada suave... quase terna.

— Você não achou mesmo que a pessoa mais qualificada para este projeto fosse uma estudante de arquitetura do primeiro ano que estava sendo reprovada em metade das matérias, certo? Será que você nunca questionou por que o espólio de Emrys Myrddin contrataria uma garota manhosa sem nada a oferecer ao mundo além de um rostinho bonito?

Effy tentou responder, mas sua voz falhou. Tudo que saiu foi um ganido.

— Eu não precisava ler seu arquivo, Effy. — A voz de Ianto ficou mais suave, e ele baixou a arma, segurando o queixo dela com uma das mãos. — Eu já sabia que tipo de garota você é. Sempre soube. Uma garota bonita, mas fraca. Uma de quem ninguém sentiria falta. Quem notaria a sua ausência, se você desaparecesse? Alguma colega de quarto? Você era a escolha perfeita para esta casa. Para mim. Uma garota que poderia desaparecer com muita facilidade.

Houve um tempo em que Effy acreditou ser essa garota. Ela tinha medo de tudo que pudesse prendê-la, que pudesse acorrentá-la em algum lugar de onde ela não pudesse fugir. Ela havia se transformado em uma especialista na arte da fuga, uma ilusionista cujo único truque era desaparecer. A permanência era perigosa. Sempre parecia uma armadilha.

Mas agora as coisas eram diferentes. Talvez seus colegas de classe não perguntassem por ela, nem seus professores. Talvez até sua mãe ficasse aliviada por se livrar dela. Mas, se ela desaparecesse por um daqueles buracos traiçoeiros na fundação do mundo, Effy sabia que Preston passaria o resto de sua vida procurando por ela. Não podia deixá-lo sozinho. Não podia deixá-lo se afogar.

E ainda assim... ela não sabia como poderia impedir isso.

Devagar, Effy desdobrou o papel em sua mão. Seus dedos tremiam enquanto ela encostava a ponta do lápis na página.

— Aí está — disse Ianto, de alguma forma ainda mais suavemente do que antes. — Boa garota. Construa algo bonito para nós dois. Não quero passar mais tempo esperando. Já foram doze anos mortais procurando por você, e agora, finalmente, você veio para casa.

Lágrimas brotaram nos cantos dos olhos dela. Aquela velha sensação de medo que começava nas pontas dos dedos das mãos e dos pés, o terror somático que a prendia à noite, que, por toda a sua vida, a perseguia como um cão. Era o medo que seu corpo sentia antes que sua mente pudesse compreendê-lo.

— Ianto — tentou ela, mesmo enquanto movia o lápis trêmulo contra o papel —, por favor. Eu não...

— Sem choramingar agora — disse ele, estalando a língua. — Você é uma moça, não uma criança.

E então houve um rangido súbito e imenso. Um estalo violento. Atrás de Ianto, o lustre finalmente se soltou do teto e caiu no chão. Em um momento esplêndido, ele se estilhaçou fazendo pedaços de vidro voarem em todas as direções. Um caco cortou a bochecha dela; outro se alojou na panturrilha, atravessando o tecido de sua roupa.

Effy soltou um gemido de dor, mas Ianto mal pareceu notar. O chão inteiro era uma constelação de vidro estilhaçado, brilhando como geada. Mesmo enquanto o sangue escorria por sua bochecha, tudo em que ela conseguia pensar era Preston, lá embaixo, se afogando.

— Eu não consigo fazer isso — sussurrou ela. — Por favor, Ianto, *por favor*. Deixe-o ir embora.

— O amor é terrível, não é? — questionou Ianto, sua voz sobrepondo-se ao som da água agitada. — É por isso que aquela fala se tornou tão famosa: "Eu te amarei até a ruína." Acho que todos nós entendemos o que é ser destruído pelo amor. Até eu.

Ianto se inclinou em direção a ela, tão perto que ela podia sentir o cheiro de sal e podridão que emanava dele, o cheiro de terra úmida, de algo que não era exatamente humano.

Os dedos dele se fecharam com força ao redor da nuca de Effy, agarrando um punhado de cabelos dourados. Ele puxou o rosto dela em direção ao seu e pressionou os lábios nos dela com tanta violência que era como a água do mar atingindo os rochedos.

O tempo desacelerou ao redor dela outra vez. Effy sentou-se silenciosa e imóvel, sentindo as videiras crescerem em volta de seus pulsos e tornozelos, prendendo-a na cadeira.

Ela sabia que, se tentasse com força suficiente, poderia escapar daquilo: poderia ir para algum lugar nas profundezas de sua mente e se esconder até que tudo acabasse, até que seu corpo fosse seu de novo.

Mas Preston estava lá embaixo. Se afogando. Enquanto Ianto tomava seu lábio inferior entre os dentes e mordia com força suficiente para fazê-la sangrar, Effy enfiou a mão no bolso da calça e pegou as pedras de bruxa.

Quando Ianto interrompeu o beijo por apenas um momento, Effy enfiou as pedras na cara dele, dentro da boca, com toda a brutalidade que conseguiu. Ele cambaleou para trás em choque, engasgando e praguejando.

— Sua vagabunda — ele cuspiu enquanto as pedras de bruxa caíam no chão. — Você deveria ter se mantido pura para mim.

Ela ainda tinha uma última pedra de bruxa, presa entre o dedo indicador e o polegar da mão em que estava faltando o dedo anelar. Vacilante, Effy levantou-a na altura do olho.

O mundo ao seu redor ondulou, como se fosse um reflexo na água. E então ocorreu uma metamorfose trêmula: onde antes estava a camisa branca rasgada de Ianto, agora havia um colete feito de sarça escura, e por baixo apenas músculos, tendões e a pele pálida envolvendo os ossos. Seu cabelo estava mais longo, chegando ao meio das costas. O rosto antes rústico, desgastado e humano demais, agora era inacreditável, impossivelmente belo. As maçãs do rosto eram afiadas como lâminas, os olhos tão pálidos que quase pareciam não ter cor alguma, apenas o branco e uma íris preta, como um sol eclipsado. Seus dedos terminavam em garras, e ele estendeu uma das mãos para Effy, em um gesto de convite.

O choque da imagem quase a fez parar de respirar. Effy baixou a pedra de bruxa, mas o Rei das Fadas ainda estava ali. Usava uma coroa de ossos. Seu cabelo pingava água fétida. Ela piscou várias vezes, mas nada podia apagá-lo da sala.

— Enlouqueci de vez — ela conseguiu dizer, engasgada com as palavras.

— Não — disse o Rei das Fadas, e sua voz soava como tesouras cortando seda. — Você está vendo a verdade, como sempre viu, Euphemia. Você foi oferecida a mim na margem do rio, e depois retirada. Não gosto de ser abandonado. Passei doze anos procurando-a, mas você se escondeu de mim com seus truques mortais banais. Agora não mais. Venho reivindicar o que é meu por direito. Uma vez oferecido, um sacrifício não pode ser revogado.

Não podia ser real. E, no entanto, Effy sabia que era — precisava ser. Não tinha como escapar daquilo. Era para isso que toda a sua vida havia se encaminhado. Ela havia se escondido atrás de suas pílulas cor-de-rosa, atrás de seus santos, das receitas médicas e de sua mãe. Havia se convencido de que nada daquilo era verdade. E quase tinha funcionado.

Mas ali, no Centenário Inferior, naquela antiga casa que afundava, não havia mais onde se esconder.

— Por quê? — gritou ela, sobrepondo a própria voz ao som da água se debatendo abaixo. Era a pergunta que mais a atormentava. — Por que eu?

O Rei das Fadas riu, um som adorável e terrível.

— Não sou uma criatura tão cruel quanto as histórias dizem, Euphemia. Eu não apareço para as garotas apenas porque são bonitas. Você era uma menininha pequena e bonita, com seus cachinhos dourados, mas há muitas crianças bonitas que estão seguras em suas camas, e eu não posso tocá-las. Apareço para aquelas que são deixadas no frio. Elas não podem pertencer a qualquer outro lugar a não ser comigo.

De alguma forma, o lugar onde o dedo dela deveria estar começou a latejar, como se tivesse acabado de se lembrar que a perda dele era dolorosa. Uma dor fantasma, arrepiante e antiga, mas ainda assim uma dor. Effy apertou a pedra de bruxa, mesmo sabendo que isso não a salvaria.

— O mundo não foi gentil com você, Euphemia — prosseguiu ele, com sua voz afiada como seda. — Mas eu posso ser. Se você obedecer, se se entregar a mim por inteiro, serei tão gentil que levarei você às lágrimas.

Quando você era jovem, a única coisa que pude ter de você foi seu dedo. Agora terei o restante.

— Não — disse ela, ainda que sua respiração surgisse em espasmos ásperos de pânico. — Não. Eu não quero ir com você.

O Rei das Fadas inclinou a cabeça e, por um momento, pareceu intrigado. Quase humano.

— E por que não? O que a prende a este mundo mortal insípido? Aqui você é só mais uma garota bonita que foi maltratada. Comigo, você poderia ser muito mais. Comigo, você poderia ser uma rainha.

Parte dela esperou a vida inteira para ouvir essas palavras, temendo-as e desejando-as na mesma medida. Effy soltou um suspiro trêmulo, a dor fantasma do dedo que não tinha mais ainda latejava.

A mistura de crença, esperança e terror a manteve viva. Finalmente Effy entendeu a magia de Hiraeth, sua maldição e sua bênção. A Mansão Hiraeth, a grande construção que Ianto queria que ela projetasse, sempre seria um futuro imaginado, um castelo no ar. A magia residia na impossibilidade. O irreal nunca poderia decepcionar, nunca poderia ferir, nunca vacilaria sob seus pés.

Mas agora o real e o irreal haviam se misturado, e não importava mais qual era qual. Effy encarava o Rei das Fadas em todo o seu imenso poder, e ela era apenas uma garota segurando uma pedra furada.

— Temos um acordo, se você o salvar — disse ela por impulso. — Salve Preston, e vou com você. Farei o que você quiser.

O Rei das Fadas a olhou com um carinho traiçoeiro.

— Não faço acordos tendenciosos com garotas mortais. Garotas mortais trazem suas barganhas desesperadas a mim. Você já entrou no meu mundo, Euphemia. Você mordeu a isca e caiu direto na minha armadilha. Eu a terei de qualquer maneira, minha doce menina. Você não vai escapar de mim outra vez. Mas me faria muito mais feliz se você pegasse minha mão e viesse com um lindo sorriso no rosto.

Seria indolor. Effy sabia disso. Se aquilo fosse um tipo de morte, seria muito mais rápida do que o afogamento, mais fácil do que cair no mar junto àquela casa arruinada.

De certa forma, ela sempre ansiou por isso, por deslizar através da última rachadura no mundo. Mas agora ela tinha uma corda para prendê-la, paredes que se sustentavam e uma fundação forte.

Uma semente começou a brotar na mente de Effy.

— Como você gostaria de me receber? — perguntou ela com cautela, tentando imprimir um tom suave e doce. — Gostaria que eu me ajoelhasse?

A ideia pareceu surpreender o Rei das Fadas, se ele fosse uma criatura capaz de sentir tal coisa. Ele lhe ofereceu seu belo sorriso.

— Sim — respondeu ele. — Me faria muito feliz ver você ajoelhada.

O mais devagar possível, Effy se abaixou no chão. Os cacos de vidro penetraram em seus joelhos, mas ela engoliu a dor. Enquanto o Rei das Fadas se aproximava, ela vasculhou os destroços até suas mãos se fecharem em torno de um longo e largo caco de vidro, do tamanho de uma pequena adaga.

— Euphemia — disse o Rei das Fadas em tom de aviso.

— Não — falou ela, incisiva — Não diga meu nome.

E então ela ergueu o pedaço de vidro espelhado, que capturou a forma do Rei das Fadas e a refletiu de volta para ele. Ele encarou o próprio reflexo por um longo momento, vendo, pela primeira vez, o próprio rosto encantador, os cabelos pretos, a coroa de ossos. O momento parecia tão pesado que Effy quase abaixou o braço de cansaço.

Quando ela estava prestes a desistir, uma segunda metamorfose estremecedora ocorreu: no espelho, o Rei das Fadas se transformou. Seu belo rosto se tornou encerado e pálido, as bochechas esvaziadas como tigelas de porcelana. Seus cabelos assumiram um tom prateado, ficaram quebradiços, e depois caíram.

A pele despencou enrugada sobre ossos e, em poucos segundos, ele virou um homem muito, muito, muito velho, lastimável e, enfim, mortal.

O Rei das Fadas abriu a boca enrugada, mas não conseguiu pronunciar uma palavra sequer. Então sua figura se desfez como um castelo de areia na praia, varrido pela maré indiferente. Seus olhos murcharam nas órbitas. Até a coroa de ossos se desfez em pequenos pedaços.

Até que não sobrasse nada além de pó.

Effy se esforçou para ficar de pé. Cambaleou até os restos mortais dele, com os joelhos doloridos e as meias manchadas de sangue. Por uma última vez, ela ergueu a pedra de bruxa na altura do olho.

Mas, através do buraco, tudo permanecia igual. O Rei das Fadas ainda era um punhado de cinzas ao vento. E Hiraeth ainda desmoronava ao seu redor. Effy deixou a pedra cair sem sequer ouvir qualquer som além das batidas do próprio coração, e de sua respiração — o lembrete gentil, mas incessante, de que ela estava viva.

Ela deixou o caco de vidro cair também, um filete do sangue dela escorrendo com o movimento. Então ela se arrastou através do umbral arruinado da sala de jantar, de volta à porta apodrecida do porão.

CAPÍTULO DEZESSEIS

Nenhum ser humano é capaz de escapar de sua falha fundamental,
O vazamento constante de uma sombria deterioração.
Deterioração é uma coisa, perigo é outra, comentei sorrindo.
Mas o sábio, com um sorriso, respondeu:
— O oceano é algo que nenhuma espada pode derrotar.

DE "A MORTE DO MARINHEIRO", POR EMRYS MYRDDIN,
PUBLICADO EM 200.

O Rei das Fadas havia desaparecido, mas a casa ainda afundava, e agora não havia *tempo*. Preston poderia já ter se afogado. O simples ato de imaginar aquilo fazia Effy vacilar, a visão do corpo flutuando...

Mas quando Effy abriu bruscamente a porta do porão, ele estava lá, seu rosto pálido na luz tépida, os óculos brilhando como dois faróis.

Ela quase desabou de alívio. Preston estava submerso até os ombros, as paredes ainda choravam, mas ele estava vivo. Effy desceu até as águas turvas e nadou até alcançá-lo. Ela o abraçou, se agarrando a ele como uma boia, enquanto a água rodopiava ao redor deles, subindo em direção à porta aberta.

— Effy — ofegou ele. — Achei que você estivesse...

— Também pensei que você estivesse. — Ela tocou todas as partes dele que conseguia alcançar: as bochechas, o nariz longo e estreito, a testa, o queixo, a linha do maxilar que ela havia beijado na noite anterior, o pescoço que pulsava sob sua mão. Ela sentia a cabeça latejar, mas não se importava. *Sinais de vida,* pensou. Eles ainda poderiam sobreviver àquilo.

Depois de algum tempo, suas mãos deslizaram pelos braços de Preston até que ela alcançasse as algemas que o prendiam à parede. Effy agarrou as correntes e puxou. Ele também puxou, esforçando-se desesperadamente contra suas amarras, até que ambos ficaram sem fôlego. A estaca não havia se movido nem um centímetro.

O pânico começou a se infiltrar nela.

— Não está se mexendo!

— Eu sei. — A voz de Preston tremia, sua respiração contra a bochecha de Effy. — Estive puxando esse tempo todo... estou preso. Effy, você tem que sair daqui.

Ela soltou uma risada baixa e trêmula, um som que não continha humor algum. O que mais ela poderia fazer além de rir? Aquilo era absurdo.

— Não seja bobo — repreendeu ela. — Não vou te deixar aqui. Vou encontrar alguma coisa para quebrar as correntes...

Ela foi interrompida por outro terrível estrondo — um trovão, vidro se estilhaçando, tábuas do assoalho rachando...? Effy não conseguia mais distinguir. Havia tanta destruição ao redor deles que tudo parecia ser o mesmo barulho. Gesso e sujeira choviam do teto. A água havia subido até o queixo de Effy.

— Não temos tempo — disse Preston, o tom calmo. — Você precisa ir.

— Não. — Effy prendeu os braços sobre os ombros dele outra vez, cravando as unhas. — Não.

— Se você não for, nós dois vamos morrer aqui, e qual é o sentido disso? Você ainda pode chegar a Saltney, pegar as chaves do carro que estão no meu bolso e...

Naquele momento ela o odiou por tentar ser tão *racional.* O Rei das Fadas era real, o que significava que eles haviam extrapolado os limites da razão.

Além disso... não havia como barganhar com o mar.

— Você não está sendo justo. — Effy engasgou. — Acha mesmo que eu posso subir essas escadas, fechar a porta atrás de mim e ir *embora*? Depois de tudo...

Um soluço afogou o restante de suas palavras. Ele havia surgido em sua garganta sem que ela percebesse, e ela não se deu conta de que estava chorando até sentir um gosto amargo na boca. Lágrimas, sangue, água do mar, tudo tinha o mesmo gosto. Sal, sal e sal. Preston agora estava submerso até o queixo.

— Queria que pudéssemos ter ficado lá — sussurrou Preston, com os lábios encostando nos cabelos de Effy. — Para sempre... eternamente. Me desculpe por dizer toda aquela bobagem sobre as coisas só importarem porque não duram. Acho que foi orgulho. Eu não quero morrer aqui. Eu quero...

Sua voz falhou, e Effy caiu no choro mais uma vez. Lágrimas escorreram pelas bochechas dele, e ela tentou enxugá-las, afinal como ele poderia fazer isso com as mãos amarradas? Ela levantou os óculos de seu rosto e deu um beijo na ponta do nariz, depois na boca, provando nada além de sal. Preston se engasgou contra os lábios dela, um soluço estrangulado saindo de seu peito. A água já passava do queixo deles, chegando agora à boca.

— Eu te amo — disse Effy, pressionando sua testa na dele.

— Eu te amo — falou Preston, a voz trêmula. — Sinto muito por isso ter nos arruinado.

Uma parte dela queria sorrir, mas se ela abrisse a boca, a água entraria. Ela fechou os olhos, depois os abriu. Preston a encarava, com o olhar fixo por trás de seus óculos molhados. Ela queria que ele fosse a última coisa que visse.

No entanto... palavras familiares surgiram na mente dela. *Se tem uma coisa que eu sei fazer muito bem, é sobreviver.* Ela havia enfrentado o Rei das Fadas, e conseguira enfim derrotá-lo. Não podia deixar que tudo terminasse daquele jeito. Se era uma sobrevivente, agiria como uma até seu último suspiro.

Effy estendeu as mãos e começou a puxar as correntes de Preston outra vez. Ela puxou com tanta força que sentiu a própria pele rasgar, e Preston também se esforçou, enquanto a água subia até a ponte de seu nariz. Mas ainda assim a estaca se manteve firme.

E então, mesmo sendo impossível, outro par de mãos se fechou sobre as dela.

Devo estar delirando, pensou Effy. Talvez ela já estivesse morta. Talvez sua fuga tivesse sido uma ilusão, afinal. Talvez Ianto a tivesse matado, ou o Rei das Fadas a tivesse levado; não importava o quê. Mas ela continuou puxando, movida agora apenas pelo instinto. Preston fez força para puxar. As mãos fantasmagóricas também puxaram. Finalmente, onde dois pares de mãos não foram suficientes, três foram, e ela sentiu algo ceder, a estaca se soltando da parede.

Assim que Preston se libertou, Effy o agarrou, ainda arrastando suas correntes, e o puxou para a superfície. Após piscar algumas vezes, expulsando o excesso de água que borrava sua visão, Effy notou alguém flutuando na água ao lado deles: uma mulher, com vestido branco e cabelos grisalhos espalhados como uma água-viva translúcida carregada pelo movimento das ondas. Sua pele era pálida e estava enrugada pela idade, mas as mãos que haviam tocado as de Effy eram macias como as de uma garota.

Effy soltou uma risada estrangulada, enquanto todos os três cambaleavam escada acima. Que absurdo, ser resgatada por um fantasma.

Mas se o Rei das Fadas era real, quem era ela para questionar?

Todo o restante parecia muito real, desde o braço de Preston sobre os ombros dela à pedra fria e escorregadia contra suas palmas e seus joelhos. Um relâmpago iluminou o rosto do fantasma, enrugado em alguns lugares, mas familiar, tão familiar que era quase como olhar em um espelho com molduras douradas.

Effy tinha visto aquele rosto preso em fotografias, logo acima de um torso nu. Pensava que a garota estivesse morta, apagada do tempo, mas agora estava bem ali diante dela.

Enquanto a casa inteira tremia com o vento uivante, Effy foi atingida em cheio pela surpresa da descoberta.

— É você — sussurrou. — Angharad.

~

A mulher, que não era um fantasma, os guiou com agilidade pelo saguão, evitando com habilidade os buracos no assoalho, como se já tivesse feito isso centenas de vezes antes. Effy se perguntava como aqueles pés descalços não sangravam com toda a madeira quebrada, cheia de farpas, e o vidro estilhaçado pelo chão.

Effy e Preston a seguiram de mãos dadas, se arrastando. Quando chegaram ao limiar, todos os três, encharcados e respirando com dificuldade, tiveram que se esforçar para abrir a porta.

O vento os agarrou de uma só vez. Arrancou a fita preta do cabelo de Effy e quase levou os óculos de Preston. Soprou a túnica de Angharad — que, de branca, passara a translúcida, completamente encharcada —, até que Effy pôde ver seus tornozelos e joelhos nus, e as veias azuis sob sua pele. Ela parou por um momento, mesmo em meio às rajadas mortais, apenas para contemplar.

O cabelo de Angharad se agitava ao redor de seu rosto. Envelhecer, percebeu Effy, era o oposto da alquimia. O que agora era prata, um dia fora ouro.

— Vamos — incentivou-os Angharad, com um refinado e elegante sotaque do Norte. — Precisamos encontrar abrigo.

O carro de Preston ainda estava estacionado junto à entrada da casa, mas deixar Hiraeth tinha se tornado um sonho distante. Seria impossível dirigir naquela tempestade, impossível enxergar através do para-brisa. Enquanto desciam os degraus, Effy viu o músculo na mandíbula de Preston se contrair e relaxar. A mão dele, entrelaçada à dela, estava gelada.

— Para onde vamos? — perguntou ele, elevando a voz para ser ouvido a despeito do vento uivante e da chuva que os castigava sem cessar.

Effy sabia a resposta.

— A casa de hóspedes — disse ela. — Ficaremos bem lá.

Preston olhou para ela como se estivesse louca.

— As quatro paredes aguentarão — disse Angharad. — E não temos outra opção.

Preston reconheceu a lógica da fala e apertou a mão de Effy com mais força.

Não havia mais caminho no pavimento; tudo se tornara um lamaçal movediço. Eles derraparam ao longo da beira do penhasco, braços e pernas se movendo sem jeito. Preston chegou a erguer um braço para protegê-los do tronco de uma árvore arrancada. A lama havia subido quase até as barras de suas calças. Ramos voavam acima da cabeça deles como flechas mal lançadas, sem rumo e mortais.

A barra do vestido de Angharad estava escurecida.

— Não parem de andar — gritou ela.

Effy sentiu como se tivesse sido atingida por um chicote.

— Não vou parar.

Eles atravessaram a lama passando por uma terra arrasada: árvores arrancadas, seus troncos partidos e suas raízes expostas ao ar como homens abatidos no auge da batalha. A casa de hóspedes estava agora à vista, suas quatro paredes de pedra inabaladas pela tempestade.

Quando finalmente chegaram, Angharad empurrou a porta reforçada com ferro, forçando-a para que abrisse. Effy e Preston passaram, e o garoto fechou a porta atrás deles, abafando o som do vento.

Effy se apoiou na mesa, tentando recuperar o fôlego. Ela não conseguia sentir as pernas. Quando olhou para uma de suas mãos, viu que as pontas de seus dedos trêmulos estavam azuis.

E ainda assim, ela não ligava. Ela observou a mulher de vestido branco torcer o cabelo. A água escorria de seu corpo esguio, formando uma poça no chão.

De todas as coisas que poderia fazer, Preston começou a andar de um lado para o outro. Caminhava entre a porta e a mesa, parando para examinar Effy de cima a baixo, e na segunda volta, ao notar os dedos azuis de Effy, pegou ambas as mãos dela em uma das dele, levantou-as até a boca e soprou.

— Não vou deixar você perder mais um — disse ele.

Havia muitos outros machucados mais urgentes, incluindo a pele cortada nos pulsos de Preston e o ferimento na cabeça de Effy, mas nada disso parecia importar naquele momento. Effy ainda se sentia anestesiada.

— Bem, quando algo está destinado a apodrecer, não há como evitar — disse Effy por fim, um pouco tonta.

A estranheza do que ela disse fez com que Preston franzisse a testa, mas a cabeça de Angharad se ergueu, como se tivesse sido chamada pelo nome.

Esse movimento pareceu lembrar Preston da presença dela, e ele parou de soprar nos dedos de Effy por tempo o suficiente para dizer:

— Obrigado. Eu... obrigado.

Angharad assentiu uma vez, comprimindo os lábios.

— É você mesmo. — Preston hesitou, baixando suas mãos e as de Effy. — A senhora da casa. A viúv...

Ele parou e, por um momento, tudo ficou em silêncio, até o som do vento batendo contra a madeira e a pedra. Era como se a casa de hóspedes tivesse sido coberta por uma camada de neve.

Por fim, Angharad inclinou o queixo.

— Sim — assentiu ela. — Eu sou Angharad Myrddin, nascida Blackmar. Meu marido está morto há seis meses. Suponho que meu filho tenha morrido assim como a casa do pai. Mas, na verdade, como o pai, ele morreu meses atrás.

A tristeza na voz de Angharad era difícil de suportar. Effy pensou no que havia se tornado o Rei das Fadas, agora apenas um monte de poeira e cinzas. Ianto havia perecido junto a ele, como vinho derramado de um vaso quebrado, possuidor e possuído, ambos arruinados por aquele único fragmento de espelho.

Apertados pela mão de Preston, os dedos dormentes de Effy tremeram.

— Eu não quis... — disse Effy, desesperada. — Eu não quis matá-lo também, eu apenas... Eu não sabia. Não até ter acabado. Bem, eu não acreditava em mim mesma.

Para Preston, aquilo devia ter soado absurdo. Mas Effy sabia que Angharad entenderia. A mulher mais velha cruzou os braços ao redor do próprio tronco, como se estivesse abraçando a si mesma, e respondeu:

— Não havia mais nada a ser feito. Como eu disse, meu filho está morto há muito tempo. Para se tornar o receptáculo do Rei das Fadas é preciso perder a si mesmo, pouco a pouco, como a água que desgasta as pedras. Ianto lutou o quanto pôde.

— Com licença... — disse Preston, piscando. — Você quer dizer que o Rei das Fadas é real?

Angharad lançou-lhe um olhar cansado.

— Os nortistas nunca entendem até verem algo com os próprios olhos. Não te culpo. Eu também já fui uma nortista ingênua, pensava que as histórias eram apenas histórias e que o Rei das Fadas não era mais do que papel, tinta e superstição sulista. A magia do mundo real é apenas mais astuta, sabe se disfarçar melhor. O Rei das Fadas é ardiloso e secreto, mas ele *é* real. *Era*.

Ouvir alguém dizer isso em voz alta, finalmente... Os joelhos de Effy quase cederam de uma vez por todas.

— Eu o vi a vida inteira — sussurrou a garota. — Desde que eu era pequena. Ninguém nunca acreditou em mim.

Angharad a olhou com firmeza.

— Ninguém acreditou em mim também. Nem sobre o Rei das Fadas. Nem sobre o fato de ele ter usado meu marido e, depois, meu filho como seus receptáculos. Tampouco sobre as palavras que eu escrevi. Sobre meu livro.

— Nós acreditamos em você — disse Preston. — Nós... ah... lemos suas cartas.

— Quais? Pensei que Greenebough tivesse queimado todas.

— Encontramos algumas debaixo da sua cama — disse Effy. — Fomos visitar seu pai em Penrhos. Parecia que aquelas tinham ficado para trás, juntando poeira...

Só depois que relatou esses fatos, Effy percebeu quão humilhante era tocar no assunto diante dela. Suas bochechas ruborizaram. A testa enrugada de Angharad se enrugou ainda mais.

— Humm... — disse a senhora por fim. — Parece que vocês dois vão ser um problema para Marlowe e meu pai.

— Ianto tentou nos matar por isso — disse Preston. — Ou não era ele, suponho, se...

Ele parou de falar outra vez, parecendo um tanto desamparado. Effy não o culpava pela dificuldade em aceitar a revelação sobre o Rei das Fadas. De todos os descrentes que ela já havia conhecido, ele era, de longe, o mais cético.

— Meu filho. — Um olhar de devastação cruzou o rosto de Angharad. — Ele tem muitas características do pai. *Tinha*. O Rei das Fadas pode sentir a fraqueza e o desejo nos homens. É como uma ferida, uma lacuna que ele pode usar para se infiltrar.

Effy tentava não pensar em Ianto em seus últimos momentos, sua boca pressionada contra a dela com tanta força que sua mandíbula ainda latejava. Havia outro Ianto também, o que ela tinha visto surgir em momentos específicos, como uma foca emergindo da água por um momento. Ele havia sido gentil com ela quando se conheceram, esperançoso sobre a casa que ela nunca construiria e o futuro que ele nunca veria.

As melhores partes dele eram todas muito familiares para ela. Ele também gostava de acreditar em coisas impossíveis. Não era sua culpa que o Rei das Fadas o tivesse usado.

— Sinto muito — disse Effy, e ainda parecia não ser suficiente.

Angharad acenou com a mão, embora seus olhos verdes parecessem úmidos e brilhantes demais.

— Bem, imagino que vocês tenham muitas perguntas — disse ela depois de um momento. — Vamos nos sentar.

~

Angharad acendeu uma fogueira com a pouca madeira seca que havia, e todos se sentaram no chão diante do fogo. O tom azulado de morte havia recuado das pontas dos dedos de Effy, deixando-os sensíveis e rosados de novo. Ela se aconchegou perto de Preston enquanto o vento sacudia as paredes, a chuva tornando o vidro da janela marmorizado e opaco.

— Eu tinha 18 anos quando conheci Emrys Myrddin — começou Angharad. — Não posso dizer que, naquela época, tinha alguma ideia de que um dia nos casaríamos, que teríamos um filho juntos, que tudo isso aconteceria. *Tudo isto aqui.* — Ela soltou um riso triste e vazio. — Minha vida. Naquela época, Emrys era apenas um belo estranho, um funcionário do meu pai, e tudo que eu sabia era que, quando eu fazia perguntas, ele as respondia. Eu não enxergava o Rei das Fadas por trás de seus olhos.

Preston se inclinou para a frente.

— Quantos anos Myrddin tinha na época?

— Trinta e quatro. — Angharad olhou para o fogo. — Quando eu era jovem, acreditava que havia atraído tudo que aconteceu. Acreditava que queria aquilo.

O estômago de Effy revirou.

— As cartas que vimos... seu pai não ficou feliz que você e Myrddin... hum...

— Que tivemos um caso — disse Angharad, direta. — Foi assim que todos chamamos na época. Uma coisa ilícita, todas as partes igualmente culpadas. Myrddin era solteiro, mas ainda assim era bastante escandaloso ter relações com uma jovem, a filha do seu melhor amigo. Essa era outra coisa em que ninguém acreditava... que tudo havia começado de uma maneira tão inocente. Eu era uma garota e meu pai não tinha tempo para mim. Eu queria que ele lesse alguns dos meus poemas, mas ele me dispensou. Ele disse que a mente das meninas não era adequada para contar histórias; éramos muito caprichosas e inconstantes. Essas foram suas palavras exatas, banais e redundantes, se querem saber minha opinião. É por isso que a única obra duradoura de Colin Blackmar é um poema entediante que crianças leem no jardim de infância.

A surpresa de Effy ao ouvir Angharad criticar o próprio pai foi tanta que ela soltou uma risada inapropriada e alta.

— "Os sonhos de um rei adormecido" é mesmo terrível, não é? Por que a Greenebough Books o publicou?

— Ah, tenho certeza de que ele viu uma lacuna no mercado para a poesia do cotidiano, que pudesse ser decorada e repetida mecanicamente, capaz de ensinar sobre metáfora e verossimilhança às crianças de 9 anos. O velho Marlowe era muito astuto. Não ouvi elogios semelhantes ao seu filho.

— Não, eu imagino que não — disse Preston. — Nós o encontramos, em uma das festas do seu pai. Ele não passa de um bêbado pervertido.

— Bem, meu pai também — disse Angharad, ainda olhando para as chamas. — Acho que ele está velho demais agora para ser um mulherengo, e minha mãe está morta, então imagino que, tecnicamente, ele não esteja *galanteando* por aí, mas ele é desprezível. Peço desculpas por vocês precisarem conhecê-lo.

Ela levantou a cabeça e olhou para Effy ao dizer aquilo, com os olhos verdes duros e brilhantes. Effy se sentiu presa naquele olhar, como destroços em uma rede de pesca. Os olhos de Angharad eram tão claros que lembravam espelhos gêmeos — nada parecidos com a água suja que a maré deixava espalhada pela areia. Effy viu o próprio reflexo hesitante em miniatura encarando-a de volta. Seus cabelos loiros estavam uma bagunça e suas bochechas pálidas estavam manchadas de rubor.

— Você não precisa se desculpar, ele não é responsabilidade sua — disse Effy, desviando o olhar do próprio rosto depois de um longo tempo.

Angharad lhe ofereceu um pequeno sorriso.

— Bem. Independentemente disso. Há três homens nesta história, e nenhum deles pediu desculpas pelo que fez. Nunca expressaram nem mesmo um pingo de culpa.

— Culpa — repetiu Preston. — Culpa sobre o quê?

O fogo crepitou. Trovoadas ressoaram feito ondas quebrando na costa. Os olhos de Angharad refletiam a luz do fogo.

— Nosso caso começou devagar — disse ela. — No início, era nada mais do que cotovelos se esbarrando. O toque de um joelho. Então um beijo, cheio de culpa e arrependimento. Outro beijo, uma penitência.

Depois outro, embriagante e roubado, e sem arrependimento. Emrys temia a ira do meu pai, mas nada mais.

Effy sentiu uma mão fantasma alisar seu crânio, rastejando os dedos pelos cabelos. Os sussurros de seus colegas zumbiam na parte de trás de sua mente, seu sobrenome riscado da lista de chamada da faculdade e substituído por *puta*.

— Dá mesmo para chamar um relacionamento de caso se o homem for quase duas vezes mais velho, e você for apenas... bem...

— Uma garota? — Angharad arqueou a sobrancelha.

— Sim. — A palavra pesava na boca de Effy.

— Eu tinha 18 anos — retomou Angharad. — Isso significava que eu era uma mulher, aos olhos de algumas pessoas. Bem... eu era uma mulher quando era conveniente me culpar, e uma garota quando pretendiam me usar. Todos pensavam que eu queria aquilo. Eu me convenci de que queria também. Emrys sempre foi gentil comigo. Pelo menos, antes de o Rei das Fadas dominá-lo por completo. Acho que também foi um pouco de rebeldia juvenil da minha parte. Eu odiava meu pai e queria desafiá-lo.

A princípio, Effy imaginou a mão do professor Corbenic, com todos os seus pelos ásperos, segurando seu crânio. Agora, com uma onda de náusea que a fez querer vomitar, ela substituiu a imagem pela mão de Myrddin, agarrando a parte de trás de sua cabeça, segurando-a como um peixe e se deliciando ao vê-la se debater.

— Emrys leu minha poesia — continuou Angharad — e me disse que partes eram boas e que partes eram um lixo. Ele me encorajou a escrever mais; disse que eu tinha talento. Eu queria ser publicada também. — Ela deu uma risada seca e sem humor. — Acho que meu sonho se tornou realidade, de certa forma.

O estômago de Effy se contorceu de tristeza. Preston falou, gentil:

— O livro... *seu* livro... é o mais famoso da história de Llyr. Talvez isso seja triste pra você. Sinto muito.

Angharad balançou a cabeça.

— Por muito tempo, eu parei até de pensar nele como *meu* livro. É muito difícil acreditar em algo quando parece que o mundo inteiro está tentando te convencer do contrário.

Eu sei, pensou Effy. E então, porque podia, ela disse em voz alta:

— Eu sei.

— Meu pai me desprezava — disse Angharad com um leve sorriso. — Minhas irmãs todas odiavam ler. Elas tocavam harpa, faziam tortas e estavam ansiosas para encontrar um marido que trabalhasse no banco. Eu era o tipo de garota que, nas histórias antigas, chamaria a atenção do Rei das Fadas.

Effy respirou fundo, tremia ao ouvir Angharad. Mesmo tendo visto o Rei das Fadas se desintegrar em pó, o medo que sentia dele ainda não havia desaparecido. Seu corpo se lembrava tão bem do que era sentir medo que levaria muito tempo até que pudesse se libertar da sensação.

— Emrys foi quem me disse isso. — O sorriso de Angharad agora era quase sincero. — Naquela época, eu não entendia que isso significava que ele viria atrás de mim. Eu era uma garota do Norte. O Rei das Fadas era uma lenda... uma superstição do Sul, como eu disse. Mas aquelas palavras plantaram a semente.

"Fui à biblioteca em Laleston e li todos os tomos que pude encontrar sobre o mito do Rei das Fadas. No entanto, descobri que as histórias eram sempre sobre como mantê-lo a distância, como se esconder dele: a ferradura que você poderia colocar acima da porta ou o colar de bagas de tramazeira que você poderia usar. Eram sobre as garotas que ele roubava e como as matava. Então eu pensei: e se houvesse uma garota que *convidasse* o Rei das Fadas até sua porta? Que não chorasse quando fosse levada? Que se apaixonasse por ele?"

— Então *era* um romance — disse Effy. Preston lhe lançou um olhar carrancudo.

— No início, sim — respondeu Angharad. — Nunca mudei uma palavra sequer do começo do livro. Não queria que houvesse *sinais*. Queria preservar o que senti quando o escrevi, quando achei que seria uma história romântica. Eu queria que o público também acreditasse que estava lendo um romance.

Effy abriu a boca para falar, mas Preston foi mais rápido.

— Então nós dois tínhamos razão, de certa forma — disse ele. — Era um romance... até não ser mais.

Angharad baixou a cabeça.

— A protagonista não sabe... e eu não sabia, naquela época... o que tudo se tornaria. Escrevi a primeira parte antes de saber. Antes daquela noite que passei com Emrys em seu apartamento. Aquilo...

Foi a primeira vez que Angharad parou tão abruptamente em sua narrativa, e o silêncio súbito foi tão duro e áspero quanto uma pedra caindo de uma grande altura. Foi uma pausa longa e insuportável, e Effy pôde sentir o desespero correndo nas próprias veias.

O barulho da chuva batendo no telhado ressoava. Finalmente, Angharad abriu a boca outra vez.

— Eu tinha um espelho de mão — disse ela, a voz agora em tom mais baixo. — Depois que fizemos amor pela primeira vez, nos deitamos juntos na cama, e Emrys adormeceu. Mas eu senti como se houvesse um fogo em minhas veias, um zumbido nos meus dedos das mãos e dos pés, e eu não conseguia dormir. Então me sentei e estava penteando meus cabelos enquanto me olhava no espelho; o que mais eu podia fazer? Eu me sentia tão desprovida de um corpo quanto um fantasma. Não podia mais confiar na própria forma. Eu estava lá, na cama, ao lado dele, e quando o espelho refletiu a imagem de Emrys adormecido, foi o Rei das Fadas que eu vi atrás de mim.

Effy prendeu a respiração. Mesmo na narrativa, décadas depois, o medo de Angharad era tão palpável e tão familiar que seu estômago revirou. Preston apertou a mão de Effy com mais firmeza.

— Eu não acreditei, claro — disse ela. — Pensei que meus próprios olhos estavam mentindo para mim. Por quanto tempo eu tinha ouvido que o cérebro de uma mulher não podia ser confiável? Com o choque, eu deixei o espelho cair, e ele se estilhaçou pelo chão. Eu me lembrei dos livros que li na biblioteca. Diziam que se o Rei das Fadas visse o próprio reflexo, seria destruído. Mas Emrys estava dormindo, e só eu tinha visto a verdade.

"O que eu tinha visto ocupou todo o meu ser por semanas a fio. O restante do livro fluiu de mim como nenhuma história ou poema jamais havia fluído. Eu o finalizei em não mais do que quinze dias. Era um livro feito dos meus próprios medos e minhas próprias esperanças, sobre uma garota que tinha visto coisas terríveis, mas, no final, as derrotou."

— Como Myrddin colocou as mãos nele, então? — perguntou Preston. — E como tudo isso... se tornou dele?

Angharad sorriu com pesar.

— Eu estava tão envolvida no mundo que havia criado dentro da minha mente que, por um tempo, esqueci que o mundo real existia. Acho que foi por isso que me descuidei a ponto de ser pega. Meu pai encontrou uma das cartas de Emrys para mim. Ele ficou furioso, é óbvio. Não que ele se importasse por *minha* causa, mas porque isso minava seu poder. Era como se alguém tivesse plantado em sua terra sem sua permissão, ou erguido uma cerca em volta do que costumava ser seu.

As palavras fizeram o sangue de Effy rugir em seus ouvidos, como água correndo pela encosta de um penhasco. Ela queria cobrir os ouvidos com as mãos para abafar o som, mas não o fez. Não podia. Era a dor que tornava as coisas reais. A dor que transcendia todos os anos que se estendiam entre elas, unindo duas garotas diferentes, em dois litorais diferentes, separadas por meio século.

— Ao mesmo tempo que fomos descobertos, eu fui descoberta. Emrys encontrou o manuscrito recém-finalizado na gaveta da escrivaninha que eu usava quando o visitava. Ainda não sei se foi Emrys quem leu ou o Rei das Fadas. De qualquer forma, ele percebeu que o livro poderia lhe trazer dinheiro, fama. Até mesmo eternidade.

— Um lugar no Museu dos Adormecidos — disse Effy.

Angharad assentiu.

— Quando me dei conta, estava sendo arrastada para a sala de estar com meu pai, Emrys e Marlowe. Todos reunidos ao meu redor, sentados solenemente em suas poltronas. Franziam as sobrancelhas enquanto delineavam a arquitetura do meu futuro.

Arquitetura. A palavra espetou Effy como um espinho. Ela e Angharad tinham caído na mesma armadilha, amordaçadas, silenciadas pelas paredes de tijolos construídas ao redor delas.

— E o que eles disseram?

— Que eu tinha sido muito má, é óbvio. — Angharad deu um sorriso fraco. — Mentindo para meu pai, seduzindo seu ex-funcionário e amigo. Que tipo de garota depravada faria uma coisa dessas? Com certeza não uma que pudesse ser confiável o suficiente para viver a própria vida. Com certeza não uma que pudesse ter escrito um livro como aquele.

Effy ouviu a respiração de Preston acelerar, mas ele não disse uma palavra.

— Então tudo foi decidido — explicou Angharad — por esses três homens severos sentados em suas poltronas. Emrys poderia ficar comigo. Greenebough poderia ficar com o manuscrito. E Emrys poderia ficar com a glória, mas, em troca, meu pai receberia todos os royalties. "Considere isso um dote", foi o que Marlowe disse.

Agora Effy entendia a opulência de Penrhos, o desconforto óbvio que Blackmar havia demonstrado quando eles o questionaram sobre *Angharad*.

— Então Emrys nunca ganhou nada com o livro, afinal?

— Nem um centavo. Ele, meu pai e Marlowe fizeram seus cálculos nojentos e descobriram o valor do meu livro e o valor da minha vida. E o que eu ganhei em troca? Não fui expulsa da casa do meu pai, nem deserdada por ser uma mulher leviana. Uma vergonha para o nome Blackmar.

— Inacreditável. — Preston bufou e balançou a cabeça. E então, percebendo seu erro, logo acrescentou: — Não que eu não acredite em você. É só que... é tudo tão injusto.

Angharad arqueou uma sobrancelha e se inclinou para mais perto do fogo. A luz das chamas se acumulou em todas as fendas do seu rosto, as rugas ao redor de seus olhos e as linhas de expressão nas laterais de sua boca, que se acentuavam quando sorria... as marcas da passagem do tempo. Seu cabelo, agora seco, caía leve sobre os ombros. Prata pura, exceto por alguns poucos fios dourados remanescentes.

— Nunca nomeei a narradora, sabe? — disse ela. — O livro é em primeira pessoa, como vocês certamente estão cientes, e ela nunca é referida pelo nome. O Rei das Fadas só a chama de...

— Minha menina — citou Effy. Da mesma maneira que Myrddin chamou Angharad em suas cartas. As palavras pareciam bastante pesadas.

— Então a omissão do nome da personagem principal foi intencional? — Preston se inclinou para a frente, ávido por respostas. — Sempre achei que fosse para refletir a universalidade da experiência de Angharad, como sua história refletia as histórias de milhares de outras garotas e... nossa, me desculpe. Não quero ser rude. É que eu tenho tantas perguntas.

— Eu entendo. — Angharad puxou os joelhos para o peito, e, de repente, quase parecia uma garotinha em seu vestido branco. — No final, vou responder a todas, mas é tanta coisa para lembrar. O peso de uma memória é uma coisa importante. A gente se acostuma a nadar com o peso dessas coisas nos puxando para baixo. Uma vez livre, nem dá pra saber o que fazer com o próprio corpo. É difícil encarar a própria leveza.

Uma memória surgiu na mente de Effy.

— Nas cartas de Myrddin — disse ela —, ele menciona que Blackmar estava trazendo Angharad para sua casa. Nós achamos que ele estava falando sobre o manuscrito. Mas, na verdade, devia estar se referindo a você.

Angharad assentiu.

— Meu pai me entregou a Emrys como se eu fosse um cavalo comprado e vendido. Nos casamos em questão de semanas. O livro foi publicado pouco tempo depois. Marlowe decidiu o título.

— Achei que fosse apenas uma ironia da parte de Myrddin, chamar o livro de *ela* e *dela*. — Preston corou. — E, a princípio, eu pensei que Blackmar o tinha escrito. Achava que *essa* era a conspiração que estávamos tentando descobrir.

— As cartas. — Effy piscou, como se recém-despertada de um sono. — Preston, você se lembra? Havia algumas cartas estranhas, supostamente de Myrddin, mas com o nome dele escrito errado. Foi o que te fez desconfiar que poderiam ser falsificações.

— Ah — disse Angharad. — Cerca de uma década após a publicação do livro, alguns repórteres intrometidos começaram a investigar. Em um acesso de paranoia, Emrys queimou todas aquelas cartas e rasgou páginas de seu diário. Marlowe era ainda *mais* paranoico, então redigiu algumas cartas que seriam prova da autoria de Emrys, caso fosse necessário. Nunca foi, é óbvio. Ninguém se importou em investigar mais. Até que...

— Eu apareci. — Preston engoliu em seco. — E ainda demorou tanto. Me desculpe. Agora parece óbvio, como se eu devesse ter sabido.

— Bem, no final das contas, você chegou à resposta — disse Angharad. — Mesmo com o mundo contra você... Marlowe, meu pai e meu filho, que era parecido demais com o pai *dele*. Eu devo soar tão inocente quanto uma criança agora. Mas, por toda a minha vida, esses três *foram* o meu mundo inteiro.

A voz de Effy vacilou quando ela perguntou:

— E quanto ao Rei das Fadas?

— O Rei das Fadas era todos eles — disse Angharad. — Todo homem desejoso tem a mesma ferida, que ele pode usar para se infiltrar. Na verdade, o domínio do Rei das Fadas sobre Emrys se tornou inabalável em Hiraeth. Aqui, seu poder esteve no auge. Ainda assim, houve anos de dúvida... Eu estava lidando com as imperfeições do meu marido ou com a crueldade do Rei das Fadas? Era quase mais fácil quando o Rei das Fadas o tomava por completo. Então eu sabia que deveria esperar crueldade vindo dele, e eu tinha meus pequenos truques mortais.

— O freixo da montanha, as bagas de tramazeira, a ferradura sobre a porta. — Effy se deu conta. — Nada disso era para manter o Rei das Fadas afastado. Era para mantê-lo preso aqui.

Foi por isso que Ianto a havia apressado de volta para Hiraeth, no dia em que foram ao pub. Precisava voltar para as correntes que Angharad havia colocado na casa, antes que o Rei das Fadas chegasse a possuí-lo por inteiro. Effy sentiu outra onda de tristeza. Ianto estava mesmo lutando contra o Rei das Fadas, da melhor maneira que podia.

Eu tive que trazê-la de volta, ela se lembrou de Ianto dizendo. *Não era isso que você queria?*

Ele não estava falando com um fantasma, afinal. Estava falando com o Rei das Fadas, com a voz dentro da própria cabeça, invisível e inaudível para qualquer outra pessoa. E ele estava falando sobre Effy: o Rei das Fadas não podia permitir que Ianto a deixasse escapar de seu controle.

— Emrys, ou o Rei das Fadas, quebrou todos os espelhos — disse Angharad. — E, obviamente, me proibiu de comprar novos. Seu poder era suficiente para *me* manter aqui, e minha astúcia mortal era suficiente para manter *ele* aqui também. Quando meu marido morreu, pensei que enfim estaria livre dele. Mas o Rei das Fadas encontrou um novo receptáculo. Meu filho.

Mais uma vez, a voz de Angharad foi preenchida com tristeza, como uma onda solitária no mar.

— Sinto muito — disse Preston mais uma vez. — Por isso... e por tudo que você suportou.

O sorriso de Angharad era triste e gentil.

— Eu também sinto. Pelo que meu filho fez, pelo que o Rei das Fadas fez, pelo que não consegui impedir que fizessem. Ele lutou, sabe... Ianto. Ele conseguia afrouxar as amarras do Rei das Fadas às vezes, o suficiente para sair de casa. Só que, no final das contas, o Rei das Fadas começava a tomar o controle outra vez, e Ianto tinha que voltar correndo. Para prendê-lo aqui de novo, na minha pequena teia, no meu pomar de freixo da montanha.

Ianto tinha dirigido pelos penhascos com tanta pressa, mesmo enquanto perdia a batalha. Effy *tinha* visto o Rei das Fadas no carro afinal, sentado ao seu lado. Não tinha sido sua imaginação, uma alucinação. As pílulas cor-de-rosa não poderiam ter impedido aquilo, nem mesmo Ianto.

— Eu pude perceber que ele estava lutando contra isso — disse Effy. — Ele não era um monstro por completo.

Angharad baixou o olhar.

— Confesso que houve momentos em que eu poderia ter conseguido um espelho, mas eu sabia que não conseguiria usá-lo contra meu próprio filho, mesmo vendo o domínio do Rei das Fadas sobre ele crescer a cada dia. Eu te convidei para vir para cá, Preston, na esperança de que você pudesse descobrir a verdade. Mas você... — Ela se virou para Effy, os olhos opacos. — O Rei das Fadas queria uma noiva, e eu não sabia como mantê-la segura dele.

— A casa de hóspedes. — Effy percebeu, e isso parecia quase uma tolice agora, com a tempestade batendo nas paredes e as brasas queimando com sua luz que, pouco a pouco, se extinguia. — Você me protegeu. Você ordenou que Ianto me fizesse ficar aqui.

Angharad parecia quase envergonhada.

— Imaginei que você pudesse interpretar isso como uma ofensa. Não tinha certeza se seria suficiente para mantê-la segura. Mas, ainda assim, era alguma coisa.

Não tinha sido Myrddin protegendo-a, como Effy pensou no início; ele não tinha colocado ferro algum na porta. Tinha sido Angharad o tempo todo — em todos os momentos... Angharad.

Effy sentiu lágrimas brotarem em seus olhos. Assim como Angharad tinha dito, ela sentiu como se um enorme peso fluísse para longe, e a leveza de seus membros era um sentimento desconhecido. Como a flutuabilidade da água.

— Obrigada.

— Não há nada pelo que agradecer. — Angharad se virou para Effy, seus olhos verdes encontrando os dela. — Levei décadas para aprender.

— Não só por isso — disse Effy. — Você não tem ideia... Li seu livro centenas de vezes, talvez mais. Ele foi um amigo quando eu não tinha nenhum. Era a única coisa que me dizia que eu estava sã enquanto o mundo inteiro me dizia que eu estava louca. Ele me salvou de mais maneiras do que posso contar. Porque eu sabia que, não importava quão assustada eu me sentisse, eu não estava sozinha de verdade.

Os olhos de Angharad também estavam marejados.

— Era tudo que eu queria quando eu era jovem — disse ela. — Quando eu tinha a sua idade. Queria apenas que uma garota, pelo menos uma, lesse meu livro e se sentisse compreendida. Então eu também seria compreendida. Escrever aquele livro foi como acender um farol. Há navios no horizonte? Eles vão sinalizar de volta para mim? Nunca tive a chance de saber. O nome do meu marido estava por toda parte, e o navio dele era o único que eu podia ver.

— Eu vi a sua luz — sussurrou Effy. — Eu posso vê-la. E ela me salvou.

— Você também me salvou — confessou Angharad. — O Rei das Fadas se foi. Não importa o que aconteça agora, estou livre.

Lágrimas rolavam pelas bochechas de Effy, e por mais que tentasse, ela não conseguia contê-las. O calor em seu peito se espalhou pelas suas veias, até as pontas dos dedos das mãos e dos pés. O espaço onde seu dedo anelar um dia estivera não doía mais. Esse fantasma também havia sido banido.

— Sinto muito — disse Preston baixinho —, mas não conseguimos recuperar a tempo... o diário de Myrddin, as cartas. As... hum... fotografias. — As bochechas ficaram coradas. — Nós dois sabemos a verdade, mas o resto se perdeu com a casa.

— Vocês encontraram o diário de Emrys? — A voz de Angharad subiu uma oitava, incrédula. — Meu filho não sabia que aquele quarto secreto existia. O Rei das Fadas poderia saber, mas eu coloquei ferro na parte de trás do guarda-roupa, então ele não poderia chegar até lá, mesmo que quisesse. Como vocês o encontraram?

Preston lançou um olhar para Effy, repleto de admiração e afeto.

— Alguém aqui é muito esperta. Effy.

— Effy — repetiu Angharad. Era a primeira vez que ela pronunciava aquele nome. — Não consigo nem começar a explicar o quanto sou grata por tudo que vocês fizeram por mim. Os dois. É o suficiente. Estar livre desta casa e saber que pelo menos duas pessoas conhecem a verdade.

Mas Effy apenas enxugou os olhos, sentindo-se miserável. Sentindo *raiva*. Era um sentimento incomum e inesperado. Seus membros, que antes estavam leves, de repente se fortaleceram, como se tivessem sido preenchidos por um propósito.

Não era o suficiente. Não era o bastante para justificar uma vida inteira na obscuridade e repressão, uma menina e depois uma mulher e depois um fantasma, sozinha naquela casa em ruínas, atormentada sem parar pelo Rei das Fadas. Não era justo, e Effy não podia suportar aquilo. Ela ia gritar a verdade para o mundo, mesmo que fosse apenas sua voz, e mesmo que isso deixasse sua garganta em carne viva. Ela não aguentava mais ficar em silêncio.

Também não voltaria para Caer-Isel apenas para baixar a cabeça sempre que um colega risse dela ou todas as vezes que avistasse o professor Corbenic no corredor.

Ela não voltaria para aquela poltrona verde.

O olhar de Effy percorreu o cômodo e acabou se voltando para algo que ela havia esquecido até então.

Ela se levantou de forma tão abrupta que Preston se assustou, e Angharad piscou, perplexa. Com o coração acelerado, Effy pegou a caixa pesada da mesa e trouxe-a até os dois, o barulho do cadeado ressoando com o movimento.

— Nós temos isto — disse ela, ofegante devido ao esforço. — Não conseguimos abrir, é óbvio, mas...

Angharad olhou para ela com os olhos arregalados e incrédulos.

— Como? — Foi tudo que ela conseguiu dizer por um tempo. — Achei que tivesse sido perdido, afogado.... aquela citação boba. Foi Emrys quem escreveu aquilo. Ele redigiu todos os poemas, mais ou menos. Pelo menos quando era *ele mesmo* no controle. Foi depois de uma discussão que tivemos, quando meu marido ainda era meu marido por algum tempo. Eu queria que nos mudássemos, antes que o Rei das Fadas tomasse o corpo de Emrys de novo, mas ele estava tão iludido quanto o seu parasita, ensandecido por aqueles ciclos de possessão. Ele disse que era *importante*, de certo modo, que vivêssemos em Hiraeth, mesmo que a ruína da casa fosse iminente. Eu respondi: "Bem, tudo que é antigo deve se decompor. Você não pode lutar contra o tempo." E sabem o que Emrys disse em resposta? "Não é com o tempo que eu me preocupo, minha menina querida. O mar é o único inimigo." Como você conseguiu recuperar isso?

Effy e Preston se entreolharam.

Por fim, Preston disse:

— Corajosa também. Corajosa e inteligente, essa Effy Sayre.

— Estou vendo... — disse Angharad. Devagar, ela levou as mãos ao pescoço. Jogou o cabelo para trás, por cima dos ombros, e enfiou os dedos dentro da gola do vestido. Momentos depois, ela puxou uma corrente fina e, pendurada na ponta, havia uma chave.

A chave entrou na fechadura como uma espada encaixando-se na bainha. Effy viu um livrinho com capa de couro enfiado lá dentro, e cartas amareladas enroladas com barbante. Então ela reconheceu a caligrafia decorosa de Angharad, e viu o nome dela e o de Myrddin em cada página. O dele no alto, indicando a quem a carta era destinada (*querido*), o dela embaixo, assinando a correspondência (*sua*); ele começando, ela terminando.

Effy também notou que a tampa do baú tinha um espelho embutido, e nesse espelho ela observou os próprios lábios se separando, os cílios se agitando ao piscar os olhos, os cabelos dourados encaracolados à luz do fogo. Ela viu seu rosto refletido ali, ao lado do rosto de Angharad. E logo acima das cartas antigas, passado, presente e futuro se emaranhavam, juntos em um momento tão tenso e contido quanto uma respiração presa.

Effy levantou a mão e tocou o próprio rosto, observando seus movimentos no espelho. Tocou a ponte do nariz, deslizou os dedos pelas bochechas e a linha do maxilar. Não sentia mais dormência, e o calor irradiava de sua pele.

Sinais de vida, enquanto seus músculos se contraíam e pulsavam ao toque leve como uma pluma. Sinais de vida, em toda parte.

CAPÍTULO DEZESSETE

Que sabedoria você espera receber de uma garota marcada pela morte? Isto é tudo que posso dizer: no fim entendi que a maré estava em mim. Era um espectro que não podia ser banido. Mas um hóspede, mesmo indesejado, merece atenção. Você arruma um lugar para ele descansar. Oferece a mais preciosa garrafa de vinho que tiver. Se aprender a acolher aquilo que te causa repúdio, aquilo que te aterroriza, poderá voltar a dançar na areia e se divertir nas ondas, como nos seus anos de juventude. Antes de o mar ser visto como aliado ou adversário, ele apenas *existe*. Assim como você.

DE *ANGHARAD*, POR ANGHARAD MYRDDIN (NASCIDA BLACKMAR), PUBLICADO EM 191.

Como esperado, demorou bastante para que Effy e Preston compilassem e indexassem as cartas. Precisaram copiar as páginas do diário de Angharad usando o mimeógrafo barulhento, em Laleston. Além disso, Preston teve que datilografar tudo na velha máquina que o bibliotecário-chefe permitiu, com certa relutância, que usassem. Os dois passaram duas semanas em Laleston, e já estavam fora de Caer-Isel havia mais de um mês.

Preston trabalhava com um cigarro na boca, com a fumaça exalando para fora da janela do quarto do hotel. Às vezes ele se levantava para caminhar um pouco, bagunçando ainda mais seu cabelo desarrumado, murmurando a respeito do narrador onisciente e o melodrama. Effy nem sempre entendia, mas oferecia novas perspectivas sempre que podia.

Ela sentia, assim como Preston, que entendia *Angharad* em um nível quase impossível de explicar: era tão instintivo e inconsciente quanto seus pulmões funcionando e seu coração batendo.

— Por que você não faz uma pausa? — sugeriu Effy, sentada na beirada da cama do hotel enquanto segurava uma caneca de café. — Eu posso escrever por um tempo.

— Não precisa. — No início, Preston tinha dito que achava que poderia ser difícil para ela. Ler todas as palavras, escrever de maneira tão formal e direta sobre uma vida que se parecia tanto com a dela própria.

— Eu quero — insistiu Effy. Ela passou a caneca de café que segurava para ele. — Quero acabar logo com isso. Quero que tudo seja concluído logo.

O que ela queria dizer era que desejava que tudo fosse resolvido de forma organizada. Sem mais perguntas, sem mais questionamentos. Sem mais repreensões sobre como o que ela sabia e o que acreditava não eram reais.

Preston franziu a testa.

— Eu não acho que a pesquisa acadêmica esteja *concluída* — apontou ele. — Isso é só o começo. Acadêmicos e jornalistas de tabloides vão nos perseguir. Perseguir *ela*. Vai haver centenas de artigos, até livros, argumentando contra nossa tese. Sem falar do Museu dos Adormecidos... Você está pronta para enfrentar tudo isso?

O argumento não a deixava feliz, mas Effy sabia que ele estava certo.

Ela assentiu enquanto se acomodava na cadeira da qual ele havia se levantado.

— Sim — respondeu ela. — Vamos registrar tudo. — Vendo a expressão alarmada no rosto de Preston, ela acrescentou: — Não *tudo*. Mas as partes em que os acadêmicos vão acreditar.

Se ela e Preston publicassem um artigo sustentando a existência literal do Rei das Fadas, seriam ridicularizados pela Universidade. Effy aceitou aquilo. Era o suficiente — por enquanto — que ela e Angharad soubessem a verdade.

E, obviamente, embora ela tivesse visto o Rei das Fadas, Preston não o vira. Effy sabia que ele acreditava nela, à sua maneira, de uma forma que não comprometesse seu cinismo. Ela não sabia dizer exatamente como ele encontrava o sentido da narrativa. Era muita coisa para acreditar — a possessão de Ianto, os detalhes no diário de Angharad —, mas também havia muito a duvidar. A morte de Ianto *poderia* ter sido bem comum. Os sinos da igreja afogada nunca foram ouvidos. Quando pensava nisso, uma tristeza minúscula se instalava no coração de Effy, no quanto era possível que ela e Preston talvez *nunca* vissem as coisas da mesma forma.

Mas ele acreditava no medo, na tristeza, e nos desejos dela. Isso tinha que ser o suficiente.

Duas semanas depois, tinham finalizado o rascunho. A página de rosto estampava o nome dos dois em uma fonte simples e inequívoca, em negrito: *Euphemia Sayre e Preston Héloury*. Seu nome verdadeiro escrito no papel pálido. Se havia algo a que seu nome de verdade deveria estar associado, era àquilo. Um nome que carregava tanta tristeza e sofrimento, mas também força. Esperança. A vontade de fazer o nome da antiga santa significar algo novo.

Effy definiu o título. *Revelando Angharad: Uma investigação sobre a autoria das principais obras atribuídas a Emrys Myrddin.*

Angharad havia alugado um apartamento nas proximidades de Laleston, com flores nas janelas e vista para a rua movimentada abaixo. De todos os cômodos era possível ouvir buzinas e freios de carros, além de pessoas gritando. Não era um apartamento silencioso. Effy sentia que Angharad já havia experimentado silêncio suficiente para uma vida inteira.

Ela e Effy se sentaram juntas, perto das janelas amplas que deixavam entrar a luz dourada intensa do final da tarde. O cabelo prateado de Angharad havia sido cortado. Ela trocou as madeixas voláteis e ligeiramente selvagens de uma jovem donzela por um corte de aspecto mais severo, como o de uma professora ou governanta, alguém com uma autoridade perceptível. Effy gostou.

— Preston diz que eles virão atrás de você — disse ela. — Assim que nossa tese for publicada... repórteres e acadêmicos vão começar a te assediar.

— Que venham. Já passei tempo demais em silêncio.

— Eles vão te pressionar. Podem ser cruéis.

— Não tenho nada a esconder. E quem me resta para envergonhar? Meu filho está morto. Meu pai logo estará. Minhas irmãs e eu não nos falamos há décadas. Não tenho que decorar uma história inventada para contar. Daqui para a frente, lidarei apenas com a verdade.

A verdade. Effy assentiu.

Na rua abaixo, uma carroça passou, as rodas batendo contra o pavimento.

— E quanto a Marlowe? Preston acha que ele pode tentar processar...

— Que tente. Greenebough não tem mais nada para tirar de mim. E eu nunca assinei nada; só Emrys assinou. O segredo era tão precioso que não havia contrato, nenhum rastro de papel, nada com o meu nome.

Alguém gritava na rua.

— Você organizou suas contas? — perguntou Effy.

— Graças a Wetherell — respondeu Angharad. — Marlowe ainda me deve royalties das outras obras de Emrys. Isso está no testamento do meu marido. Você não precisa se preocupar tanto comigo, Effy. Eu sei que sou uma mulher idosa agora, mas não estou procurando *paz*. Passei minha vida inteira lutando, mesmo que ninguém soubesse. As batalhas diárias que travava na privacidade daquela casa, garantindo que o freixo da montanha estivesse florescendo e o ferro nas portas se mantivesse firme... Se eu sobrevivi a isso, posso sobreviver a jornalistas e acadêmicos.

— Eu queria ter lutado. — A afirmação foi uma surpresa até mesmo para Effy. As palavras saíram de sua garganta com espontaneidade. — Sei que o venci no final, mas por tantos anos tudo que eu conseguia fazer era correr e me esconder. Eu só ficava lá sentada e deixava a água subir. Eu não sabia que podia lutar. Não sabia como fazer nada além de esperar para me afogar.

— Ah, não, Effy. Não foi isso que eu quis dizer. Você não precisa pegar uma espada. Sobreviver também é uma forma de bravura.

Como se sentisse que Effy estava prestes a chorar, Angharad colocou uma de suas mãos com gentileza sobre a dela. Effy enxugou algumas lágrimas incipientes e anunciou:

— Tem mais uma coisa.

Angharad ergueu uma sobrancelha, e Effy pegou sua bolsa. Lá de dentro, tirou seu velho e desgastado exemplar do livro, as páginas amassadas e com manchas de água, e a lombada rachada depois de ter sido aberto tantas vezes.

A capa ainda carregava o nome daquele homem morto, mas Effy abriu o livro na página que continha a primeira linha.

Eu era uma garota quando ele veio me buscar, bela e traiçoeira,
e eu era uma coroa dourada e pálida em seus cabelos pretos.

Effy estendeu o livro para ela.

— Você poderia autografar para mim?

Em silêncio, Angharad pegou o livro. Em tinta preta, ela escreveu seu nome com força na página. Quando terminou, disse em voz baixa, quase como uma confissão:

— Esperei tanto tempo para fazer isso.

— Com seu autógrafo, eu sempre vou me lembrar da verdade — disse Effy. — Sempre saberei. Um farol, como você disse.

— Sei que você tem que ir agora — disse Angharad, enxugando o rosto. — Mas, Effy, você sempre será bem-vinda. É seguro aqui. Estou plantando bagas de tramazeira nas janelas. Você sabe o que dizem sobre velhos hábitos.

Juntas, elas derramaram algumas lágrimas. Os olhos verdes de Angharad brilhavam. Cheios de luz como dois faróis estendendo-se sobre águas escuras, dizendo a Effy que havia um porto seguro logo à frente.

Havia tanto a *fazer* quando finalmente retornaram a Caer-Isel. Preston se preocupava um pouco com todo o conteúdo do curso que havia perdido, mas Effy não compartilhava de tais preocupações. Sua vida em Caer-Isel havia sido tão pequena, tão miserável e desgastada, que fora fácil escapar pelas brechas. Ela deixara tudo para trás tão depressa, desesperada para escapar das paredes prestes a desmoronar.

Agora ela queria derrubá-las até a fundação. Queria começar do zero.

Rhia fingiu um choque exagerado quando viu Effy, e até simulou um desmaio brincalhão.

— Graças aos Santos — disse ela. — Você voltou. Pensei que tivesse se transformado em um peixe.

— Nada de guelras ou barbatanas — disse Effy. — Mas você estava certa sobre o Centenário Inferior. É um lugar estranho. Ele transforma quem a gente é de um jeito diferente.

Rhia franziu a testa, olhando-a de cima a baixo.

— Você parece diferente. Não consigo dizer o que é. Talvez seja seu cabelo. Sem ofensas, mas você o penteou desde a última vez que nos vimos?

— Raríssimas vezes — respondeu Effy com um pequeno sorriso.

— Bom, já que você não teve a decência de *ligar*, vou ter que organizar uma festa de boas-vindas de última hora. Não estará à altura dos meus padrões usuais. Peço desculpas antecipadas.

— Oh, não — disse Effy.

— Oh, sim — insistiu Rhia.

Effy colocou sua mala no chão e pendurou o casaco.

— E como estão as aranhas?

Rhia soltou um longo e exausto suspiro.

— Deram uma trégua da guerra, por enquanto. Graças aos Santos. Gerações inteiras viveram e morreram na sua ausência.

Effy riu. Ela começou a desfazer as malas, enquanto Rhia a atualizava com as novidades. Effy dobrou suas blusas grossas e meias de lã e as guardou na gaveta, deixando a voz de Rhia em segundo plano.

Tocou seu exemplar de *Angharad*, deslizando a ponta dos dedos pela lombada desgastada. Depois, ela o colocou debaixo do travesseiro. Velhos hábitos.

— Ei — chamou Effy. — Posso convidar alguém para a festa?

Rhia ergueu as sobrancelhas.

— Mas é óbvio. Quem?

— Alguém que você ainda não conhece. Mas acho que você vai gostar dele. — Effy fez uma pausa, pensativa. — Ele é um pouco convencido, até você conhecê-lo de verdade. Muito pedante. Muito inteligente.

— Humm... descrições muito interessantes. — Rhia se jogou na cama de Effy, com um sorriso travesso no rosto. — Mal posso esperar para atormentá-lo.

Effy podia facilmente imaginar a cena.

— Tenha cuidado. Ele é craque na lábia e na teimosia.

~

Depois disso, passou-se mais uma semana até que Effy e Preston pudessem apresentar sua tese ao reitor. Effy havia encontrado Fogg apenas uma vez, quando ele lhe dera permissão para ir a Hiraeth, e ele não havia mudado nada desde então. Era um homem esguio com cabelos muito brancos e seu rosto não exibia marcas de expressão causadas por sorrisos. Seu amplo escritório comportava uma área para reuniões com cinco poltronas agrupadas em torno de uma mesa de centro, e sua assistente serviu chá e biscoitos em pratinhos prateados barulhentos.

O professor Gosse, orientador de Preston, também estava presente. Ele era o oposto do reitor Fogg em muitos aspectos: baixo e corpulento, com um bigode imponente e cabelos pretos cacheados e volumosos. Ele preferiu ficar de pé em vez de se sentar, e recusou o chá e os biscoitos. Seus olhar se movia sem parar pela sala, como um gatinho seguindo um pássaro de brinquedo pendurado em uma vareta.

Os momentos iniciais se seguiram em silêncio. Fogg bebericou seu chá. Ele segurava uma cópia da tese no colo. Preston balançava a perna num tique de ansiedade, e Effy remexia os dedos na pele da coxa sem parar.

O professor Gosse caminhava como Preston costumava fazer. Seus passos rápidos sobre o piso de madeira eram o único som na sala.

Por fim, Fogg abandonou a xícara de chá e disse:

— Me parece bastante boa.

Effy quase soltou uma risada de alívio altamente inapropriada. Ela tapou a boca com a mão para impedir que o som saísse, enquanto Preston se adiantou:

— Sei que as seções de teoria e crítica poderiam ser mais desenvolvidas. Poderíamos ter citado mais fontes, nos aprofundado mais em teorias alternativas. Mas, no geral, o senhor acha que o argumento convence?

— Bem, há um *argumento*. E certamente vocês forneceram evidências às quais nenhum outro acadêmico tem acesso... este diário e estas cartas. Suspeito que haja muito mais do que o que entrou no artigo. Mas não significará muita coisa até que sejam amplamente divulgadas.

— O quê? — perguntou Effy, com dificuldade. — O que você quer dizer com "amplamente divulgadas"?

— Qualquer tese precisa passar por uma *avaliação crítica*, minha querida — disse o professor Gosse. Ele havia parado de caminhar pela sala. — Você pode construir um argumento com base na sua interpretação das evidências, contudo, se mais ninguém leu as evidências... bem, nesse ponto, não passa da criação de um mito. Ninguém tem motivo para acreditar em você.

Preston concordou.

— Sei que parece um pouco contraintuitivo. Mas teremos que dar a todos a chance de ler as cartas e o diário antes de podermos provar que nossa tese está correta.

Effy olhou para a cadeira ao seu lado, o quinto assento disponível no escritório. Parecia *conspicuamente* vazia. Parecia que deveria estar ocupada por Angharad. Ela se lembrou da determinação de Angharad quando mencionou essas possíveis investigações. Se ela estivesse ali, teria repetido: *Que venham.*

— Então digamos que... se divulgarmos tudo que temos... — propôs Effy, com cuidado. — Vamos entrar em guerra com todos os outros acadêmicos, não é?

— Ah, não apenas com os acadêmicos — respondeu o professor Gosse. — Com os jornalistas de tabloides, o Museu dos Adormecidos, o espólio de Myrddin, a Editora Greenebough... todos têm interesse direto em preservar o legado do autor. Os sulistas vão se revoltar, o que fará com que o governo llyriano entre em um frenesi de pânico. Pessoalmente, imagino que vão processar a universidade. Eles podem até processar *vocês*.

Preston emitiu um som de desespero. O reitor franziu a testa.

— A universidade tem amplo suporte jurídico — disse ele. — Mas essa primeira pessoa do plural me perturba, Euphemia. Para ser franco, você não é uma *acadêmica*. Não é uma estudiosa de literatura. Você é uma aluna de primeiro ano de arquitetura...

— Com todo o respeito, senhor — interrompeu Preston —, mas este trabalho é tão de autoria de Effy quanto minha. Não poderia ter sido escrito sem ela. Nós não teríamos encontrado o diário ou as cartas se não fosse por ela. E ela é mais brilhante do que qualquer um dos meus colegas na faculdade de literatura, então se o senhor estiver planejando deixá-la de fora de alguma forma, ficarei muito feliz em levar o *meu* trabalho para outro lugar. Para um jornalista de tabloide, talvez?

Os lábios finos de Fogg se comprimiram ainda mais.

— Você se provaria um péssimo pesquisador, Sr. Héloury, se deixasse essa descoberta para uma coluna de fofoca em um jornal.

— Não é minha primeira escolha — pontuou Preston. — Se fosse, estaríamos agora nos escritórios do *Llyrian Times*, em reunião com o editor-chefe. Mas se o senhor se opõe à inclusão de Effy, bem, é exatamente isso que terei que fazer.

Effy lhe deu um sorriso de gratidão enquanto esfregava a extremidade abrupta de seu dedo anelar amputado.

— Você sempre foi tão teimoso, rapaz. — O professor Gosse parecia se divertir. — Mas nunca pensei que tentaria *extorquir* a universidade. Parabéns por isso. — Ele parecia falar de coração.

O reitor deu um resmungo de desgosto.

— Como você acha que vai ficar a imagem da universidade se publicar uma tese revolucionária com o nome de uma *mulher* na folha de rosto? Nunca houve uma mulher na faculdade de literatura antes. É algo sem precedentes.

— É um precedente absurdo e arcaico — disse Preston. — Deveria envergonhar a universidade.

— Cuidado com o que diz, Héloury — alertou o reitor Fogg.

Effy olhou mais uma vez ao redor da sala. Angharad já havia estado naquela situação antes: três homens discutindo sobre seu trabalho, decidindo seu futuro. Ela havia sido silenciada naquela época.

Mas Effy não ficaria em silêncio agora.

— Esta tese relata a história de uma garota que foi vítima de homens poderosos — falou ela. — Ela foi negociada como uma cabeça de gado, trocada por homens que tentaram reivindicar o trabalho que era dela e somente dela. Como o senhor acha que vai ficar a imagem da universidade... se fizer exatamente a mesma coisa? Se entregarmos a tese e o senhor a publicar sem o meu nome, irei direto ao *Llyrian Times* e contarei a eles mais uma história sobre homens que se aproveitam de jovens mulheres. Se é esse o tipo de legado que quer para si como reitor...

Foi impressionante a velocidade com a qual o rosto do reitor Fogg ficou vermelho e, depois, roxo. Effy concluíra, após uma inspeção mais detalhada, que aquele cabelo branquíssimo era, na verdade, uma peruca. Isso porque, nervoso, ele coçara a cabeça, fazendo com que o cabelo deslizasse para o lado um pouco mais do que o usual.

O homem tomou um gole decoroso de chá, como se precisasse se acalmar, e então argumentou:

— Então você quer que eu a admita como estudante da faculdade de literatura? Não há outra maneira de justificar a autoria de uma aluna de arquitetura.

A respiração de Effy ficou entalada na garganta, e depois de um instante ela foi capaz de responder.

— Sim. Serei a primeira mulher na faculdade de literatura, mas não a última.

Fogg quase se engasgou com seu chá. Já o professor Gosse, encantado, deu uma gargalhada.

— Gostei disso, hein — disse ele. — Esta universidade finalmente vai se atualizar. Seria o começo de uma boa história, não é? Uma história na qual a universidade se torna um farol progressista, e seu reitor será visto como um feroz, mas benevolente defensor dos direitos das mulheres.

No entanto, algo ficou preso em Effy como uma farpa. Ela sentiu a boca ficar seca, e teve ainda mais dificuldade para engolir em seco antes de conseguir falar.

— O senhor nunca poderá contar essa história, a menos que o demita — afirmou ela, a voz trêmula.

— Demitir *quem?* — Fogg exigiu saber.

Ela respirou fundo.

— O professor Corbenic.

E então Fogg *riu*, incrédulo.

— Já chega, Euphemia. Corbenic é um professor titular. Ele é admirado em sua área e um amigo pessoal meu. Se você acha que vamos demiti-lo a seu pedido, por causa de uma mágoa colegial...

— Uma mágoa colegial? — A voz de Effy de repente se tornou dura, o sangue esquentando em suas veias. Ela acabara de interromper o reitor da universidade inteira, mas nem se importava. — Isso é tudo que Angharad também era. Uma garota. A menos que o demita, o senhor nunca verá uma página dessas cartas.

Houve um longo silêncio, e o coração de Effy batia tão alto que ela mal conseguia ouvir qualquer outra coisa, enquanto o olhar do professor Gosse oscilava ansiosamente entre os dois, como se esperasse ver quem piscaria primeiro.

Preston tinha cerrado os dentes, e sua mão se moveu para segurar a borda da poltrona de Effy.

Era tarde demais para salvar Angharad. Talvez fosse tarde demais para salvar a si mesma. Mas não era tarde demais para evitar que outra garota pudesse entrar no escritório do professor Corbenic e sentar naquela poltrona verde sem saber o que a esperava.

— Vou considerar — concluiu o reitor Fogg, cada palavra arrancada por entre dentes cerrados. — Temos muito mais a discutir. Se isso tranquiliza sua mente, uma vez que você estiver oficialmente matriculada na faculdade de literatura, nunca mais terá que ver o professor Corbenic.

No passado, ela teria considerado aquilo uma vitória suficiente. Ela teria saído, escapado daquele cômodo abafado e apenas esperado que nunca tivesse que esbarrar em Corbenic nos corredores. Mas isso não era uma garantia, e ela não entraria em mais nenhum acordo escorregadio e tendencioso com homens que acreditavam estar além de culpa ou responsabilidade.

Effy se levantou. Ela já tinha permanecido sentada por bastante tempo.

— Não. Não é suficiente. E eu não estou blefando. Se o senhor não o demitir, eu vou contar a verdade ao país inteiro. Ao mundo inteiro.

Fogg apenas a encarou, os olhos irritados se estreitando como fendas. Apenas um mês antes, ela teria se encolhido sob aquele olhar e escaparia o mais rápido que pudesse.

Mas ela havia enfrentado o Rei das Fadas em todo o seu poder. Ela o fizera desmoronar, tornar-se poeira. Em comparação àquilo, a batalha com Fogg era fichinha.

— Tudo bem — assentiu o reitor. A voz soava como um rosnado baixo. — Vou aceitar os seus termos, por mais absurdos que sejam.

O professor Gosse riu.

— Gosto desta garota, Fogg. Estou ansioso para orientá-la.

Preston também se levantou.

— Temos que falar sobre um cronograma de publicação, fazer revisões. E, óbvio, assinar os papéis relativos à transferência de Effy da faculdade de arquitetura para a de literatura.

— Claro — disse o reitor Fogg, azedo. — Meu escritório entrará em contato. Agora, ambos, saiam da minha frente.

Effy manteve os lábios apertados até deixarem o escritório do reitor, então desceram o corredor e saíram do prédio em direção ao ar livre da tarde fresca. Tudo parecia brilhante, banhado pela luz do sol. Preston precisou até apertar os olhos por trás dos óculos enquanto a encarava.

Uma tensão maravilhosa crescia no peito dela, até que os dois explodiram em gargalhadas.

— Conseguimos — vibrou ela. — Nós conseguimos de verdade!

A promessa que ele havia feito a ela semanas antes, de que escreveriam um artigo que garantiria a admissão de Effy na faculdade de literatura, de que ele enfrentaria o reitor Fogg e lutaria por ela, finalmente tinha se concretizado. Aquela era a fundação sobre a qual Effy poderia construir uma vida nova.

E então, para a surpresa de Effy, Preston a puxou para um abraço e a levantou no ar. Ele a girou por um momento antes de colocá-la de volta no chão, com as bochechas coradas, parecendo tímido.

Effy riu de novo.

— Não sabia que você era tão romântico.

— Eu não era — admitiu Preston, ainda ruborizado. — Até você chegar.

Agora era *ela* quem corava. Effy segurou o rosto dele com as mãos.

— Acho que deveríamos comemorar.

~

Quando chegaram ao dormitório de Effy, ela percebeu que Rhia havia subestimado a si mesma. Para uma festa de última hora, havia uma seleção impressionante de bebidas, um ótimo número de convidados, e até mesmo um cartaz escrito à mão que dizia "BEM-VINDA DE VOLTA", pendurado com grampos de cabelo e linha de costura.

Rhia arrastou Effy e Preston para o meio da cozinha e imediatamente o bombardeou com perguntas. Effy se divertiu em silêncio enquanto ele tropeçava nas respostas. Não havia intelecto erudito ou horas de estudo suficientes que o ajudariam a passar naquele tipo de teste.

Rhia havia pegado emprestado (*roubado*, ela confessou depois de duas rodadas de bebidas) um toca-discos da faculdade de música. Ele tocava sem parar, a agulha desgastando o vinil com suavidade. Quando uma música lenta começou, Preston pegou a mão de Effy. Ela apoiou a cabeça no ombro dele e os dois dançaram (na verdade foi mais um balanço, já que Preston também estava um pouco bêbado). Quando a música terminou, Effy sentiu uma pontada de tristeza.

Então Preston encontrou um colega de literatura, e ela pôde presenciar o comportamento dele entre amigos pela primeira vez. O rapaz estava muito mais paciente do que quando se conheceram, naquele dia junto aos penhascos. Mesmo quando o colega argumentava que "Os sonhos de um rei adormecido" era uma obra difamada injustamente, Preston ouvia e contra-argumentava sem um pingo de presunção.

Ao seu redor, Effy podia sentir as paredes surgindo, brotando da terra como uma árvore, mas Effy não se sentia oprimida. A arquitetura de sua nova vida estava tomando forma, com janelas e portas. Ela não precisava escapar por brechas. Se quisesse sair, ela poderia. Se quisesse ficar, havia reparos que podiam ser feitos. A fundação seria forte. Effy tinha certeza disso.

Depois de várias horas, Preston a levou até o dormitório dele. Assim que chegaram, ele caiu na cama sem nem tirar os sapatos. Effy se deitou ao lado dele, as pálpebras pesadas. A luz do luar entrava pela janela, nítida e brilhante como a luz de um farol.

A noite ainda era assustadora. O Rei das Fadas ainda aparecia como uma forma vaga e escura no canto do quarto dela, com as mãos pálidas estendidas e a coroa de ossos brilhando. Caso conseguisse dormir, o professor Corbenic a esperava no mundo dos sonhos com as mãos enormes e um relógio brilhando no pulso. E agora, os sonhos de Effy eram ainda mais vívidos, com imagens de casas se afogando no mar agitado e indiferente.

E o Rei das Fadas, sempre o Rei das Fadas, no corpo de Ianto ou no dele mesmo. Ela o havia derrotado em Hiraeth, mas será que algum dia ele iria embora de uma vez por todas? Quando fechava os olhos, ela ainda podia vê-lo. O fantasma permanecia — ou, pelo menos, a dor e o medo.

Preston se mexeu durante o sono, passando os braços pela cintura dela. O coração dele batia suave contra as costas de Effy, com um ritmo tão constante quanto a maré. As paredes ali eram fortes. Elas resistiriam a qualquer coisa. Não havia necessidade de ferro, de bagas de tramazeira, nem de freixo da montanha.

O perigo era real. Effy e Angharad tinham provado isso, com sua astúcia e seus espelhos. O perigo vivia com ela; talvez tivesse *nascido* com ela, se as outras histórias sobre crianças trocadas fossem verdadeiras. O perigo era tão antigo quanto o mundo. No entanto, se fadas e monstros eram reais, as mulheres que os derrotavam também eram.

Effy não tinha sua cópia de *Angharad* sob o travesseiro, mas pensou nas últimas linhas do livro, que ela sabia de cor.

> *Entendo que você me veja como uma garotinha, e o que uma garotinha poderia compreender sobre a eternidade? Contudo, há algo que eu compreendo: se você sobreviver ao oceano ou não, se estiver perdido na sua imensidão ou se as ondas te levarem de volta à costa — cada história é narrada no idioma das águas, em dialetos de sal e espuma. E o oceano, o imenso oceano, murmura o segredo sobre como todas as coisas encontram seu fim.*

A manhã seguinte começou um tanto desconfortável, com ambos de ressaca e Preston sofrendo de uma dor de cabeça. O brilho do sol lançado sobre o rosto deles era intenso demais. Effy cobriu a cabeça com um travesseiro e soltou um gemido insatisfeito, enquanto Preston se esforçava para convencê-la a levantar da cama.

— Café — sugeriu ele com uma voz animada e persuasiva, e, finalmente, ela se desvencilhou das cobertas, as mechas do cabelo loiro grudadas na lateral do rosto.

Precisavam urgentemente de café. Foram até o Bardo Indolente e pegaram copos descartáveis, segurando-os com firmeza enquanto caminhavam pela rua ao longo do lago Bala, sua respiração formando nuvens brancas no ar frio. A manhã estava bastante gelada, mas os raios solares eram intensos e haviam derretido parte do gelo no lago, revelando faixas de água azul entre as fissuras.

Effy apertou seu casaco cinza no corpo, o vento agitando seus cabelos. Ela havia esquecido a fita para amarrá-lo, ou talvez tivesse se perdido em algum momento da noite anterior. Pararam em um dos mirantes, debruçando-se sobre a balaustrada para ver a corrente lenta arrastando pedaços de gelo pela superfície do lago.

Por trás deles, os prédios imponentes de pedra branca da universidade projetavam sombras vastas, comparáveis às enormes montanhas argantianas na outra margem.

A visão da terra natal de Preston do outro lado da água a fez refletir.

— Você contou tudo para sua mãe? — perguntou ela.

— Eu liguei para ela ontem, antes de a gente sair — respondeu Preston. — Ela ficou feliz por mim, claro, mas acho que, no fundo, ficou um pouco chateada. Ela também era admiradora de Myrddin. Embora viva em Argant, seu coração ainda é llyriano.

Assim que retornaram para Caer-Isel, Effy tinha ido ao Museu dos Adormecidos. Ela não contou a ninguém sobre isso, nem mesmo a Preston. Naquele dia, pegou um dos folhetos e caminhou ao redor das criptas, passeando entre os Adormecidos, homens enrugados cuja suposta magia impedia que seus corpos se deteriorassem.

Depois de um tempo, ela chegou ao caixão de vidro de Myrddin e contemplou seu rosto adormecido.

Foi a primeira vez que o viu. Um rosto alongado e esguio, surpreendentemente comum, repleto de rugas e manchas características da idade. Effy se questionou: quando a tese deles fosse publicada, a magia se dissiparia? Será que o museu encerraria a exposição devido à vergonha, os curadores se reuniriam em suas salas enfumaçadas e, com expressões severas, decidiriam remover o corpo da exposição?

Mesmo depois de tudo que acontecera, o pensamento a enchia de tristeza. Às vezes, a verdade custava muito caro. Navegar pelo mundo sem ter uma história para confortá-la parecia terrível.

Mas Effy aprendera uma lição valiosa. Ou, pelo menos, estava no caminho para isso. Era melhor ser a autora da própria narrativa. Erguer o próprio lar, assentado sobre uma base sólida e repleto de janelas que banhassem o interior com luz natural abundante.

Imaginava que, no final das contas, algumas pessoas nunca se convenceriam do contrário. Para elas, Emrys Myrddin havia escrito *Angharad*. Ponto final.

Depois de abandonar a cripta e sair em meio a uma multidão de outros visitantes, ela descartou o folheto em uma lixeira do lado de fora.

Agora, Effy piscava contra o vento, sua mente voltando-se para o rosto de Preston diante dela.

— Ainda vejo algum mérito na poesia dele — disse ela. — Pelo menos em "A morte do marinheiro".

— Com certeza — concordou Preston. — Ele não era um escritor terrível, apesar de tudo. Não sei o que restará para ele em termos de legado. Talvez, quando estivermos mortos, alguns outros estudiosos tentem reabilitar sua imagem.

Reabilitar significava, literalmente, tornar algo passível de ser utilizado de novo. Como se o legado de Myrddin fosse uma casa velha que eles estavam tentando derrubar.

Eles não tinham visitado as ruínas de Hiraeth, mas Effy podia visualizá-las tão facilmente quanto havia imaginado a grandiosa mansão que ela poderia ter sido. Restos de madeira e pedra espalhados pelo penhasco, móveis destroçados contra as rochas, o telhado partido ao meio, com as telhas dispersas ao longe. E, naturalmente, o mar, engolfando tudo ao seu alcance.

— Estou em um dilema — disse Effy, mordiscando o lábio. — Não sei se prefiro que ele seja esquecido em uma vergonha eterna ou que suas obras ainda sejam valorizadas pelo que são. As obras autênticas, quero dizer. Acho que uma parte de mim ainda o ama. A *ideia* dele.

Preston sorriu para ela.

— Tudo bem — respondeu ele. — Você não precisa saber. Para ser sincero, parei de acreditar na verdade objetiva.

Effy riu de leve.

— Parece que você também foi mesmo marcado por tudo que aconteceu.

— Claro que sim. Marcado por você. — O vento bagunçou ainda mais os cabelos dele, já desalinhados, e enquanto ele empurrava os óculos para cima do nariz, Effy foi tomada por uma súbita onda de afeto. Um sinal de vida: terno, quase angustiante, mas real. — Tem algo que venho querendo te perguntar.

De repente, o estômago dela revirou.

— O que foi?

— Ah, não é nada importante — avisou ele depressa. — Não faça essa cara. Por um tempo, eu não sabia se valia a pena mencionar... porque é uma coisa bem... estranha, na verdade. Pode ser apenas fruto da minha imaginação. Durante nossa estada em Hiraeth, enquanto eu dormia no escritório de Myrddin, algumas vezes eu acordava com o som de sinos vindo de fora da janela. Eram como sinos de igreja, mas a igreja mais próxima fica a quilômetros de distância de lá, em Saltney. Uma ou duas vezes cheguei a sair para ver o que era, mas nunca encontrei nada. O som parecia vir dos penhascos, o que parece impossível, eu sei. Mas eu precisava perguntar, só para ter certeza: você também ouviu esses sinos, não ouviu?

AGRADECIMENTOS

Obrigada à minha agente salvadora de vidas e realizadora de milagres, Sarah Landis: cada passo que dei nesta jornada foi mais leve com você ao meu lado. Obrigada à minha brilhante, perspicaz e compassiva editora, Stephanie Stein: você me ajudou a contar a melhor versão desta história. Obrigada a Sam Bradbury, minha fada-madrinha do outro lado do lago: três já foram e espero que venham muitos mais.

Obrigada a Sophie Schmidt, assistente editorial extraordinária, e aos demais integrantes da equipe da Harper por ajudar a trazer este livro ao mundo. Agradeço aos demais responsáveis pelo marketing e pela publicação. Obrigada a todos na Del Rey UK por mais um. Sou incrivelmente sortuda por estar cercada por algumas das melhores pessoas da indústria.

Como sempre, Allison Saft e Rachel Morris: eu não poderia ter sonhado com amigas mais maravilhosas. O esforço mental coletivo é real. Obrigada por encherem minha vida de bom humor e amor incondicional.

Para Manning Sparrow e Sophie Cohen: todos os dias sou grata pelo fato de que, graças a alguns algoritmos da internet, conseguimos nos encontrar. Manning, obrigada por mais de dez anos (!) de amizade amorosa, engraçada e verdadeira. Sophie, obrigada por entrar na minha vida no momento certo e segurar minha mão em alguns dos meus momentos mais sombrios.

Obrigada a Grace Li, uma das coisas mais brilhantes sob o sol da Califórnia — que venham mais um milhão de encontros para tomar café. Agradeço a Courtney Gould, por sempre ser um ombro amigo e um motivo para sorrir.

Para todos os autores absurdamente talentosos que seguraram minha mão e compartilharam sua sabedoria comigo ao longo desta jornada: ainda estou me beliscando por poder considerá-los colegas e amigos. A todos aqueles que compartilharam suas críticas: obrigada por lerem, oferecerem suas *blurbs* e espalharem o amor.

Obrigada aos livreiros, blogueiros e influenciadores por compartilharem seu entusiasmo e ajudarem este livro a alcançar seu público. Sou eternamente grata em especial a Joseline Diaz, Kalie Barnes-Young, Brittany Smith e Bridey Morris. Muito obrigada.

Para James: obrigada por não ter medo de me amar, por sempre acreditar em mim, por me lembrar do que é real. Não sei como começar a desvendar tudo que minha cabeça pensa e meu coração sente. Espero que este livro seja um bom começo. Eu te amo.

E para Zelda: eu me lembro de você. Eu acredito em você.

Este livro foi composto na tipografia Adobe Jenson Pro,
em corpo 12/16, e impresso em
papel off-white no Sistema Cameron da
Divisão Gráfica da Distribuidora Record.